W0381445

Guy Helminger

Neubrasilien

Roman

Unverkäufliches
Freiexemplar

Ich danke dem Luxemburger Kulturministerium und dem Land Nordrhein-Westfalen für die Unterstützung meiner Arbeit an diesem Roman.
Der Robert-Bosch-Stiftung möchte ich für das »Grenzgänger-Stipendium« danken.

1. Auflage 2010

© Eichborn AG, Frankfurt am Main, September 2010
Umschlaggestaltung: Christina Hucke
Verwendung der Karte mit freundlicher Genehmigung
der Gemeinde Niederkerschen, Luxemburg
Lektorat: Karsten Kredel
Ausstattung, Typografie: Susanne Reeh
Satz: Greiner & Reichel, Köln
Druck und Bindung: CPI – Clausen & Bosse, Leck
ISBN 978-3-8218-6132-6

FSC
Mix
Produktgruppe aus vorbildlich bewirtschafteten
Wäldern und anderen kontrollierten Herkünften
www.fsc.org Zert.-Nr. GFA-COC-001223
© 1996 Forest Stewardship Council

Alle Rechte vorbehalten. Kein Teil des Werkes darf in irgendeiner Form (durch Fotografie, Mikrofilm oder ein anderes Verfahren) ohne schriftliche Genehmigung des Verlages reproduziert oder unter Verwendung elektronischer Systeme verarbeitet, vervielfältigt oder verbreitet werden.

Eichborn Verlag, Kaiserstraße 66, 60329 Frankfurt am Main
Mehr Informationen zu Büchern und Hörbüchern aus dem Eichborn Verlag finden
Sie unter www.eichborn.de

Für
Falk,
Melvin,
Ava
und Ilona

Die Figuren in diesem Roman sind frei erfunden
und kennen keine Entsprechung in der Realität,
auch wenn die Geschehnisse jener Jahre sich ähnlich
dem Erzählten abgespielt haben sollten.

Personenverzeichnis

November 1999 – August 2003

Die Luxemburger:
Betty Hoschert, Gewerkschaftlerin
Jean Hoschert, Bildhauer
Charlotte Hoschert, ihre Tochter
René Donkelziffer, Verein zur Unterstützung eingewanderter Arbeitnehmer
Arno Bausch, Geldtransportfahrer
Cecile Pfaff, Freundin von Charlotte Hoschert

Die Montenegriner:
Biljana Kaljević, Asylsuchende
Aleksandar Kaljević, ihr Mann
Tiha Kaljević, ihre Tochter
Dušica Kaljević, Tihas Schwester
Nada Dobrić, Ärztin
Adnan »Mr. Carter« Dobrić, Journalist
Danilo Žunić, Asylsuchender

April 1828 – März 1831

Liliane Meier, Bäuerin
Leo Meier, ihr Mann
Josette Meier, ihre Tochter
Marc Meier, ihr Sohn
Pol Crucht, junger Mann aus Wahl
Aloyse Marner, Freund von Pol
Arnold Pallen, Notarschreiber aus Esch an der Alzette
Nicolas Pallen, sein Enkel

1. Herz der Ferne

– Wie lange dauert es noch?
– Wir sind bald da.
– Ich weiß nicht.
– Gegen neun Uhr, hat er gesagt. Ankunft gegen neun Uhr.
– Der sagt doch gar nichts.
– Doch, hat er.
– Ich hab noch keinen von denen sprechen hören.
– Auf den Bergen glänzt jetzt der Schnee. Das habe ich immer gerne gesehen, dieses wilde Funkeln in der Stille dort oben.
– Da wird irgendwann alles kaputt sein.
– Aber doch nicht die Berge.
– Doch, das kriegen die auch noch hin.
– Wer die?
– Dumm reden können wir alle.
– Was ist das?
– Was?
– Still. Er hat angehalten.
– Was?
– Wir können noch gar nicht da sein.
– Still.

Als Betty Hoschert den Anruf erhielt, stieg sie gerade aus dem Wagen. Sie schubste die Tür zu, kramte in ihrer Handtasche nach dem Handy, verschloss durch Druck auf den Schlüssel das Auto und ging auf die Tür des Gewerkschaftsgebäudes zu.
»Nee, auf dem Weg zur Arbeit«, sagte sie, »stehe schon davor.« Tatsächlich blieb sie in diesem Moment stehen, als gehorche sie ihren eigenen Worten.
Der Himmel über der Stadt sah dunkel und verregnet aus. Das letzte Licht taumelte über die Häuser, gefiltert durch ein graues Leintuch.
»Scherzkeks. Ich war den ganzen Tag unterwegs und wollte mich

noch eine Weile mit unseren Busunternehmen beschäftigen«, sagte Betty, sog einmal kurz und geräuschvoll Luft durch ihre leicht nach unten gebogene Nase.

Ein Kollege kam aus dem Gebäude, nickte ihr zu, ging an ihr vorbei, während sie sagte: »Schon wieder«, und ihre braunen Haare hinter das linke Ohr schob. Durch die Glastür beobachtete sie der Sicherheitsbeamte. Betty drehte sich um. Der Wind blies ihr kalt ins Gesicht.

»Ich kann nicht. Ich kann einfach nicht«, sagte sie.

Etwas weiter die Straße hoch stieg ihr Kollege in sein Auto. Die Scheinwerfer leuchteten auf, dann bewegte sich der Wagen langsam nach vorn und wieder zurück, um aus der schmalen Parklücke zu kommen.

»René, es ist fünf durch. Ich war den ganzen Tag auf den Beinen, komme nie rechtzeitig nach Hause, weiß nicht einmal mehr, wann ich mit Jean und der Kleinen zum letzten Mal zu Abend gegessen habe. Ich finde es auch wichtig, ein Zeichen zu setzen, aber heute ist es halt schlecht.«

Betty zog ihre Jacke am Hals zusammen, ging einige Schritte die Straße hoch.

»Komm mir bitte nicht so. Sonst raste ich aus«, erwiderte Betty. Ihr Gesicht straffte sich. Aus dem vorbeifahrenden Auto winkte der Kollege ihr zu.

»Ich weiß, dass das nicht lustig ist, aber mein Leben ist auch nicht lustig. Scheiße. Ich komme vorbei.« Sie legte auf, ließ das Telefon in ihre Handtasche fallen und ging zu ihrem Wagen zurück.

Als sie wenig später am Ortsschild Senningerberg vorbeifuhr, fluchte sie noch einmal laut, bog in den Kreisverkehr ein, sah bereits einige der Demonstranten vor dem Hotel stehen. Sie rollte auf den Flughafenparkplatz, nahm ihre Tasche vom Beifahrersitz und ging über die Kreuzung zum Menschenpulk vorm Hoteleingang.

»Warum tue ich das?«, sagte sie laut.

Die Bogenlampen, die in runde, Flugobjekten ähnliche Schirme mündeten und alle zwanzig Meter die Straße säumten, warfen Lichtkreise auf den Asphalt.

Vor dem Hotel standen weiße Kleinbusse, von Polizisten bewacht. Auch vorm Eingang bildeten Uniformierte eine Kette. Die Demonstranten hielten Abstand, aber es lag Unruhe in dieser Distanz, so als wartete jeder Einzelne darauf, endlich handeln zu dürfen. Ihre Atemwolken bildeten Nebelbänke vor den Mündern, kleine Dunstkegel, die sich mit schleppender Regelmäßigkeit auflösten, um im nächsten Moment wieder zu entstehen.
Betty zog den Reißverschluss ihrer Jacke bis unters Kinn. Sechzig, siebzig werden es sein, dachte sie, erblickte René im Gespräch mit einem Mann, schob sich durch die Menge, an Mützen und Wintermänteln vorbei auf den gegenüberliegenden Bürgersteig.
»Genau«, war das erste Wort, das sie René sagen hörte. Er hatte die Hände tief in den Taschen seines Mantels vergraben, während das Licht einen gelblichen Schimmer über sein Brillengestell zog. Der Mann erwiderte nichts, schaute zu Betty.
»Genau«, wiederholte René, küsste Betty auf die Wangen, ohne die Hände aus den Taschen zu nehmen, nickte in Richtung seines Gesprächspartners: »Das ist Guy Regenwetter. Er ist Lehrer. Aus seiner Klasse haben sie heute Morgen eine albanische Schülerin abgeholt.«
»Aus dem Unterricht?«, fragte Betty.
»Die Schulstunde war so gut wie beendet«, erwiderte der Lehrer, »wir wollten in die Pause, aber das macht die Sache ja nicht besser, oder?«
»Genau«, murmelte René. Sein blondes Haar sah hell aus, als läge etwas Reif darauf.
»Und jetzt?«, fragte Betty.
René zuckte mit den Schultern, schaute zum Hoteleingang hinüber: »Ich weiß es nicht. Vielleicht verhindern wir die Abschiebung, vielleicht nicht, vielleicht ändern sich zumindest die Methoden. Beim nächsten Mal. Jedenfalls ist genug Presse da.«

Ein dunkelblauer Audi hielt an der Kreuzung. Die hinteren Türen gingen auf, und drei Jugendliche stiegen aus. Während der Wagen wendete und davonfuhr, schlenderten die Jungs zu den Demonstranten, wo sie von Freunden erwartet wurden. Betty

sah, wie sie zur Begrüßung die Fäuste zusammenstießen und sich dann gegenseitig mit den Ellenbogen berührten, ehe sie zur Hoteltür schauten. Einer zündete sich eine Zigarette an.
»Wie viele sind es diesmal?«, fragte Betty. Sie stand nicht gerne einfach herum, tatenlos, wortlos. Zeit war nichts, das es im Überfluss gab, vielmehr etwas, das stark mit der eigenen Person verbunden war, und Betty Hoschert hatte das Gefühl, dass sie beim Verteilen der Sekunden definitiv zu kurz gekommen war.
»Sechsunddreißig Personen«, antwortete René, »sieben Familien aus Montenegro und die anderen aus dem Kosovo«.
»Der Kosovo-Krieg ist gerade fünf Monate vorbei«, warf der Lehrer ein, ohne jemanden anzusehen. Seine Kiefer mahlten, als müsse er seine Gefühle wie harte Körner zerbeißen.
»Sie kommen nach Bologna«, antwortete René.
»Nicht nach Serbien?«, fragte der Lehrer.
René schüttelte den Kopf: »Erstmal Italien, weil das das erste EU-Land war, das sie auf der Flucht erreichten. Werden sie dort abgelehnt, geht es zurück.«
Wenn man demonstriert, sollte man wenigstens wissen, worum es geht, dachte Betty, ordnete die schmalen Armreifen an ihrem Handgelenk.
Im gleichen Moment drückte etwas die Demonstranten nach vorn, schob sie dem Hoteleingang entgegen. Stimmen waren zu hören, sie riefen: »So nicht! So nicht!«, riefen es sechs-, siebenmal, fanden zu einem schwachen, rhythmischen Chor zusammen. Betty hatte das Gefühl, im Fußballstadion von Jeunesse Esch zu stehen. Die Polizisten an der Tür reagierten so wenig auf die Rufe wie die Spieler sonntags auf dem Platz. Die Demonstranten rückten näher.
»So nicht!«
Dann wichen sie langsam zurück und standen bald wieder auf ihrem ursprünglichen Platz, als hätten sie sich nie nach vorn bewegt.
Bettys Blick glitt an der gelben Säule über dem Eingangsbereich hoch, sprang schräg von Stockwerk zu Stockwerk, von Fenster zu Fenster, balancierte auf dem Flachdachgeländer. Darüber hing ein abnehmender Mond zwischen anthrazitfarbenen Wolken.

Sein Licht war von einem durchsichtigen Gelb, fast weißlich, aber voller Schatten, die wie Staubflusen in den Kraterecken lagen. Betty erkannte darin die Umrisse ihres eigenen Hauses, Jeans Skulpturenwerkstatt, das unaufgeräumte Zimmer ihrer Tochter, verklebt von merkwürdigen Postern, die Küche überquellend vom dreckigen Geschirr, das ihr Mann mit einer wütenden Handbewegung zu Boden beförderte. Sie sah die Geste, seit es auf den Kacheln gescheppert hatte, immer wieder, egal, ob sie im Büro saß oder mit Arbeitgebern diskutierte. Plötzlich stand Jean vor ihr, wischte die Teller von der Ablage. Sie hob ihre Hände an die Ohren, die Küche begann sich zu drehen. Dann legte sich Stille über die Scherben, ein stummer Splitterteppich. Jean atmete schwer, starrte in ihr Gesicht. Auf seiner Glatze vibrierte ein Lichtpunkt. Betty drehte sich um, ging ins Wohnzimmer, sah wie durch einen Gazevorhang, dass die Pflanzen alles hängen ließen.
»Ich muss die noch gießen«, sagte sie vor sich hin.
»Was?«, fragte René.
Ein Handy klingelte. Betty griff in ihre Tasche, merkte, dass es nicht ihr Klingelton war, nahm trotzdem das Telefon heraus, schaute auf das Display. 19 Uhr. Es würde wieder Ärger geben.
»Regenwetter«, sagte der Lehrer, drehte sich um, entfernte sich einige Schritte, ehe er nickte und etwas zu laut in die Muschel rief: »Von wegen. Es hat noch nicht mal angefangen.« Er ging langsam die Straße hinab. Betty sah ihn gestikulieren. Sein Schatten kroch schrittweise unter ihm hindurch, verlängerte sich nach hinten wie eine Schleppe.
»Ist schon klar«, winkte der Lehrer ab, »aber die kommen nicht direkt nach Serbien, wusstest du das nicht?«
Betty sah zu René, der mit den Achseln zuckte, bevor er einer Abgeordneten zuwinkte. Dann sagte er: »Einer ist seit gestern auf der Flucht, ein Siebzehnjähriger.«
»Aber du weißt, wo er ist«, erwiderte Betty.
»Nein«, sagte René, »wie kommst du darauf? Ich habe es heute Morgen erfahren. Als die Ersten abgeholt wurden, hat uns ein Landsmann von ihnen, der im Nebenzimmer wohnt, angerufen. Er hat mir auch von dem Jungen erzählt.«
Vor ihnen zog sich der Knäuel der Demonstranten leicht zu-

sammen, so als drängten alle zum selben Punkt. Betty sah die Abgeordnete dort stehen. Sie sprach kaum, hörte nur zu, hob ab und an den Kopf, aber das reichte, um die Umstehenden immer enger an sich zu binden. Dann schaute die Abgeordnete die Hotelfassade hoch, und alle Köpfe ringsum legten sich ebenfalls in den Nacken, aber in den Fenstern der fünften Etage war nichts zu sehen.

Betty fühlte die Kälte im Rücken. Sie fror an den Füßen, trat von einem Bein auf das andere. »Hast du eine Ahnung, wie lange das noch dauert?«, fragte sie.

René schüttelte den Kopf. Auch ihm wurde es langsam zu kalt. Er hatte die Hände noch immer in den Taschen, presste die Arme an seinen Körper, dass der Mantel sich vorne bauschte und hinten eng am Rücken anlag.

Neben ihnen erschien Guy Regenwetter mit einer brennenden Kerze in der Hand, versuchte die Flamme mit der gekrümmten Rechten zu schützen. Viel Wind ging nicht. Das kleine Feuer brannte ruhig, flackerte kaum, verdoppelte sich sternförmig in den Augen des Lehrers. Nach und nach tauchten weitere Flämmchen auf. Schließlich reichte eine Frau auch Betty und Jean Kerzen, zündete sie an, entfernte sich stumm.

»Ich mag Kerzen nicht, noch nicht einmal auf dem Tisch im Warmen beim Essen«, sagte Betty.

»Es ist ein Symbol«, erwiderte der Lehrer.

»Für was?«, fragte Betty.

Der Lehrer antwortete nicht.

»Zumindest wärmen sie die Finger«, warf René ein.

Die Demonstranten wirkten beruhigt, standen leblos herum. Alle schienen mit ihren Kerzen beschäftigt, schauten in die Flammen. Ein Dominikanerpater in weißer Kutte schritt zwischen ihnen hindurch.

»Ein fahrbares Klo habt ihr nicht dabei, oder?«, fragte Betty.

Eine gute halbe Stunde später ging die Abgeordnete auf den Hoteleingang zu, sprach mit den Polizisten. Dann öffnete sich die Tür, ein Mann in Zivil trat heraus, hörte der Politikerin zu und bat sie hinein. Die Demonstranten reckten die Köpfe. Obwohl sie nicht sahen, was drinnen vor sich ging, schärfte die Tatsache, dass jemand von ihnen hineingelangt war, ihre Aufmerksamkeit. Aber nichts geschah. Nur Bettys Handy meldete sich. Sie wartete auf den zweiten Klingelton, öffnete die Handtasche, hielt dabei die Kerze schräg, sodass Wachs auf die Erde tropfte. Das Display zeigte ihre eigene Festnetznummer an. Sie hob ab, hielt sich die Kerze mit der anderen Hand vom Leib. Ihre Handtasche baumelte neben ihrer Achselhöhle.

»Du brauchst gar nichts zu sagen«, begann Betty, noch ehe am anderen Ende der Leitung jemand hätte etwas sagen können, »ich bin am Findel. Ich weiß, dass ich es versprochen habe, und ich wollte auch nach Hause, aber dann ...«

»Was machst du denn am Flughafen?«, unterbrach Charlotte sie.

»Ach, du bist es«, sagte Betty.

»Willst du weg?«, fragte ihre Tochter beiläufig. Betty hörte den Fernseher im Hintergrund laufen.

»Nein, der René hat mich angerufen, weil sie wieder welche abschieben«, sagte Betty.

»Paps wollte, dass ich dich anklingele«, antwortete Charlotte. »Ich geb' dich mal weiter.«

»Charlotte, schau nicht so viel ...«

Während Betty wartete, spürte sie ihren Arm langsam schwerer werden. Sie blies die Kerze aus, sah aus dem Augenwinkel, wie der Lehrer sie anblickte, legte die Kerze vor ihre Füße. Anschließend schob sie ihre Tasche wieder über die Schulter.

»Gibt's dich noch?«, fragte Jean. Seine Stimme klang im Hörer noch kratziger als sonst.

»Hör auf, die Kleine aufzuwiegeln«, sagte Betty.

René schaute sie an, zog eine Grimasse und wendete sich ab.

Jean schwieg.

»Es war halt nötig«, sagte Betty.

»Was war nötig?«, fragte Jean.

»René hat mich angerufen, weil einige Kosovo-Albaner abgeschoben werden«, antwortete Betty.

»Schön, dass du zur Stelle bist, wenn dich die Albaner brauchen«, sagte ihr Mann, ließ den Satz am Ende im Ruß seiner Stimme absterben.

»Ich habe jetzt keine Lust, mich zu streiten«, sagte Betty.
»Ich auch nicht«, antwortete Jean, und beiden war klar, dass der Streit längst begonnen hatte.
»Kümmere dich um die Kleine. Sie soll nicht dauernd fernsehen«, sagte Betty.
»Jawohl, Chef. Sonst noch Befehle aus der Ferne?«, antwortete Jean.
»Scheiße«, sagte Betty, dann legte sie auf, schaute zum Findel hinüber, stampfte wütend mit dem Fuß, traf dabei die Kerze, die einige Meter über den Asphalt schlitterte, bevor sie mitten auf der Straße liegen blieb.
Als wäre dies das verabredete Zeichen, öffnete sich die Hoteltür und die ersten Flüchtlinge wurden herausgeführt. Sofort kam Bewegung in die Demonstranten. Einige riefen: »Aufhören!« und »Schämt euch!«, während sie auf die Kleinbusse zuschritten. Die Polizisten versuchten, Platz zu schaffen, eine geschützte Gasse zu bilden. Trotzdem kam es zu Berührungen mit den Asylsuchenden. Einige reichten ihnen die Hand, hielten sie fest, bis die Beamten sie wieder trennten. Dann kamen die nächsten aus dem Hotel. Sie sahen müde aus, trugen kleine Koffer bei sich. Der Lehrer hatte sich in die erste Reihe gedrängt. Die Demonstranten drückten ihre Handflächen gegen die Windschutzscheiben. Alles ging mit einem Mal sehr schnell. Die Türen schlossen sich, die Motoren starteten, die Busse fuhren los, während Hände sich von außen in die Rahmen der Seitenfenster krallten, als wollten sie die Wagen aufhalten. Aber die Kleinbusse fuhren sowieso nur einige Meter, stoppten. Weitere Flüchtlinge wurden diesmal die Feuertreppe hinabgebracht. Als die Demonstranten sahen, dass eine hochschwangere Frau unter ihnen war, verharrte ihre Masse einen Moment lang wie erstarrt, dann entstand ein Tumult. Zwei Jugendliche warfen sich vor die Reifen der Busse, wurden von den Beamten hochgerissen und weggetragen, andere schrien: »Ich schäme mich, Luxemburger zu sein!«, immer wieder: »Ich schäme mich, Luxemburger zu sein!« Die Erregtheit ging auch auf Betty über, lenkte ihre Wut in eine andere Bahn. Die Motoren liefen weiter. Wieder und wieder legten sich Demonstranten vor die Räder.

Betty sah den Dominikanerpater beten. Es roch nach Abgasen.

Wenig später hatten die Polizisten den Weg freigeräumt. Die Wagen rollten auf die Kreuzung zu, fuhren über den Parkplatz des Flughafens bis vor das Gebäude, wo ein Doppeldeckerbus startbereit wartete. Noch bevor alle Demonstranten die Abflughalle erreicht hatten, waren die Flüchtlinge umgestiegen. Jemand reichte René ein Megaphon. Die letzten protestierenden Nachzügler kamen angelaufen. Und während der Bus das Flughafengelände verließ, lud René zu einer erneuten Kundgebung auf den Clairefontaine Platz ein.
»Nächsten Freitag!«, rief er.
»Ohne mich«, sagte Betty, ohne dass jemand sie hören konnte.

Am Morgen dieses langen Novembertages 1999, gegen sechs Uhr, war ein kleiner Transporter auf den spärlich beleuchteten Platz neben dem Bahnhofsgebäude in Esch-Alzette gerollt, hatte sich auf die Mauer, über der die Schienen nach Luxemburg-Stadt lagen, zubewegt und abrupt gebremst. Einige Sekunden später wurden die hinteren Türen aufgerissen, und ein Lichtstrahl schoss zwischen den Traubenkisten hindurch ins Innere des Wagens. Die zehnjährige Tiha verengte ihre Augen zu Schlitzen, aber das gebündelte Licht verschwand sofort wieder. Der Fahrer, dessen Gesicht aus Wachs geformt zu sein schien, nahm mit schnellen Griffen den rechten Turm aus Traubenkisten von der Ladefläche, winkte alle heraus, stellte die Trauben, nachdem der Wagen leer war, wieder hinein, nahm seinen Strahler, stieg ins Auto und fuhr davon.
Tiha sah den Wagen über den Parkplatz beschleunigen; die Bremslichter leuchteten einmal hell auf, bevor er auf die Straße rollte. Dann war er hinter einem Haus verschwunden.
»Wir sind da«, sagte ihre Mutter.
Tiha bemerkte ein Glänzen in ihren Augen und dachte, Mama freut sich. Auch sie war froh, dass der Mann mit dem Wachsgesicht weg war. Er hatte unterwegs nie gesprochen, war während der Pausen nervös auf und ab gegangen, hatte schon nach

kurzer Zeit wieder zur Eile ermahnt. Dabei hatten sie immer irgendwo gehalten, wo sowieso niemand vorbeikam, auf einer abgelegenen Straße, in einem Waldstück. Das Wachsgesicht aber hatte immer nur mit der Hand gewedelt, wenn es weitergehen sollte, außer beim letzten Mal, als Mr. Carter ihn gefragt hatte, wann sie denn ankämen, da war ihm eine Uhrzeit rausgerutscht. Aber nicht einmal die stimmte, so dunkel wie es war, konnte es gar nicht neun Uhr sein.

Auf der anderen Seite des Parkplatzes standen zwei schwarze Taxis. Die Fahrer hatten die Köpfe in den Nacken gelegt und dösten.

Biljana strich ihrer Tochter über die Haare. Tiha mochte das, aber an diesem Morgen hatte sie das Gefühl, es liege keine Zärtlichkeit, sondern Verlegenheit in der Geste.

»Was machen wir denn jetzt, Mama?«, fragte sie.

Die Umstehenden sahen sie lächelnd an. Einige hielten ihre Koffer in der Hand, als wüssten sie, wohin sie gehen sollten, als würden sie jeden Augenblick abgeholt. Nur Danilo Žunić trat unruhig von einem Bein auf das andere und lächelte nicht. Sein gehetzter Blick tastete die Gesichter seiner Mitreisenden ab, als suchte er Verbündete, wüsste aber schon im Vorfeld, dass er keine finden würde.

»Wir warten, bis die Geschäfte aufmachen. Dann können wir deinen Vater anrufen«, antwortete Biljana.

»Aleksandar wird gleich hier sein«, sagte Mr. Carter. Er sagte es so übertrieben, dass Tiha sofort wusste, dass es noch dauern würde, bis ihr Vater käme. Sie war zehn, da musste niemand mit ihr reden wie mit einer Fünfjährigen!

»Ach ja?«, antwortete sie.

Mr. Carter legte erstaunt den Kopf schief. Er war ein netter Mann, den Tiha bereits aus Trpezi kannte. Aber er konnte schlecht lügen. Sie ahnte sofort, wenn er schummelte oder Geschichten erzählte, die wahr klangen, es aber nicht waren. Er hatte nie in ihrem Dorf gewohnt, zumindest nicht, seit Tiha sich erinnern konnte, war aber einmal die Woche abends aus Berane gekommen, um mit den Männern Karten zu spielen. Das war, bevor ihr Vater weggegangen war. Tiha wusste, dass er eigentlich Adnan Dobrić hieß und für eine Zeitung geschrieben hatte. Warum jeder ihn Mr. Carter nannte, wusste sie nicht. Seine Frau Nada stand neben ihm, das lange, dunkle Haar hochgesteckt, was altmodisch aussah. Alles an ihr sah altmodisch aus. Sie hatte fast so wenig gesprochen wie das Wachsgesicht, seit sie zu ihnen gestoßen war. Aber das machte Tiha keine Angst, im Gegenteil. Nada war Ärztin. Sie hatte Tiha den Fuß abgetastet und verbunden, als sie beim Marsch durch den Wald umgeknickt war.

»Damit das so schnell nicht wieder passiert«, hatte sie zu Tiha gesagt. Mehr hatte sie nicht gesagt, auch nicht, als das Wachsgesicht wieder mit der Hand gefuchtelt hatte. Nada war sitzen geblieben, hatte ihren Kopf gewendet und das Wachsgesicht auf eine Weise angesehen, dass sofort klar gewesen war, wer hier bestimmen würde, wann es weiterginge. Das Wachsgesicht hatte sich daraufhin umgedreht und gewartet, bis alle von selbst aufgestanden und weitermarschiert waren.

Nach und nach tauchten Einheimische auf, gingen hinter den Taxis vorbei, überquerten die Straße. Wenig später hörte Tiha einen Zug oben über die Mauer fahren.

»Ich bin weg«, sagte Danilo Žunić in das verklingende Rattern. Er sagte es, als verachte er jeden, der noch eine Sekunde länger hier stehen blieb. Seine strubbligen Haare wirkten im Licht der schummerigen Parkplatzbeleuchtung noch gelber, als sie in Wirklichkeit waren. Er selbst bestand aus Haut und Knochen, und in seinem blassen Gesicht hingen zwei aufgerissene Augen voll wässrigblauer Farbe. Er war der Einzige von ihnen, der während der Flucht einmal gebetet hatte. Er hatte sich hingestellt, die Hände geöffnet und zu murmeln angefangen, dann hatte er sich auf die Knie fallen lassen und die Stirn auf den Boden gedrückt. Aber niemand hatte ihm das abgenommen. Mr. Carter hatte Biljana zugeflüstert: »Ich kenne seinen Vater, ein guter Mann, aber der da, der lügt sogar beim Beten. Dem hat doch einer in den Kopf gepinkelt.«

Die Sätze waren nicht für Tiha bestimmt gewesen, aber sie hatte

sie gehört, weil sie noch wach gewesen war. Seitdem stellte sie sich Danilos Kopf wie einen mit Urin gefüllten Behälter vor.
Dieser Mensch war ihr unsympathisch. Alles tat er mit Wut, selbst seine Sätze stolperten zu schnell über die Lippen. Er keifte. Unterwegs war jedes Gespräch sofort beendet gewesen, wenn er sich eingemischt hatte.
Die anderen nickten Danilo zu. Er drehte sich um, schulterte den braunen Sack, in den er seine Kleider gestopft hatte, und machte sich auf den Weg. Die gelben Haare blieben lange sichtbar, auch noch, als Danilos Kleidung bereits vom Ende der Nacht geschluckt wurde.
»Wir können auch nicht hier bleiben«, sagte einer der Männer.
»Wenn die Polizei nicht kommt, müssen wir halt zur Polizei.«
»Ich frage den Taxifahrer«, sagte Mr. Carter, und strich mit beiden Händen über seine graue Frisur.
Die andern blickten ihm nach, als er den Parkplatz überquerte, an die Scheibe des Taxis klopfte und mit dem Mann redete. Er konnte bereits einige Brocken Deutsch und das, so hatte er gehört, verstand man hier in Luxemburg. Aber der Taxifahrer schien nicht aus Luxemburg zu sein. Er sprach Französisch. Also reduzierte Adnan seinen Satz auf ein einziges Wort, das er wiederholte. »Polizei«, sagte er, dann auf Serbisch: »milicija«. Der Taxifahrer wies mit dem Finger in Richtung Frontscheibe und nickte.
»Dorthin?«, fragte Adnan.
»Si«, sagte der Taxifahrer, »tout droit.«
Adnan sah die Straße hoch. Jenseits des Bahnhofsgebäudes erstreckte sich ein weiterer Parkplatz, auf dem Busse hielten. Gegenüber lagen Geschäfte, die noch geschlossen hatten. Die Fassaden sahen grau und schmutzig aus, nicht wie im reichsten Land Europas. Er bedankte sich und ging zu seinen Landsleuten zurück. Einige griffen nach ihren Koffern, noch ehe Adnan ihnen erklärt hatte, dass die Polizeistation direkt vor ihnen lag. Sie mussten nur der Straße folgen.
»Können wir nicht auch mit und von da aus Aleksandar anrufen?«, fragte Tiha.
Biljana verneinte: »Wir haben das so abgemacht. Ich weiß nicht genau, was dein Vater vorhat. Er kennt sich hier schon aus.«

»Wir sehen uns«, sagte Mr. Carter, reichte Tiha die Hand. Auch Nada verabschiedete sich von ihr, hielt ihren Blick einige Sekunden lang, ohne zu blinzeln, auf sie gerichtet. Die anderen winkten kurz, dann gingen alle los, nur sie und ihre Mutter blieben zurück.
Es war noch immer dunkel. Aber mehr und mehr Menschen kamen zum Bahnhof oder verließen ihn. Der Taxifahrer, der Adnan gezeigt hatte, wo es zur Polizeistation ging, fuhr vom Parkplatz. Wenig später stieg ein Fahrgast in das zweite ein.

»Wie lange müssen wir warten?«, fragte Tiha.
»Bis die Geschäfte aufmachen«, wiederholte Biljana. Sie war sich nicht einmal sicher, ob ihr Mann von ihrer Ankunft wusste. Wenn sie es sich genau überlegte, konnte er gar nicht wissen, dass sie hier waren. Ihr Vater, der sie und seine Enkelin durch Bosnien bis nach Kroatien begleitet hatte, würde ihn nach seiner Heimkehr nach Trpezi sicher angerufen haben. Aber war er bereits wieder heimgekehrt? Und selbst wenn er es bereits geschafft und Aleksandar angerufen hatte, wusste ihr Mann zwar, dass seine Familie im Anmarsch war, aber nicht, wann sie in Esch ankommen würde.
Biljana öffnete den Reißverschluss an der Seite ihres Koffers, entnahm dem Fach einen Zettel mit der Telefonnummer von Aleksandars Bruder, bei dem ihr Mann seit seiner Flucht wohnte. Živko war bereits vor acht Jahren nach Luxemburg gekommen und arbeitete als Dreher. Er hatte seine Papiere, er war angestellt, alles legal. Biljana sah auf die Nummer, dann steckte sie den Zettel in ihre Hosentasche.
Im hohen Gebäudeklotz des Bahnhofes gingen vereinzelt Lichter an, auch Parterre kam Leben in den Schankraum der Gaststätte. Aber von einer Kneipe aus würde sie nicht anrufen.

»Es ist gut, dass ihr geht«, hatte Biljanas Vater gesagt und auf die Wolken geschaut, die über Trpezi hinweggeglitten waren. Und niemand hatte daran gezweifelt, dass der alte Mann wusste, wovon er redete. Er war zwar nie in Luxemburg gewesen, hatte aber in Deutschland gearbeitet und lebte jetzt wieder in seinem

Haus in Rožaje. Unterwegs hatte er oft gesungen, laut und brummelnd. Auch wenn das Wachsgesicht seinen Zeigefinger auf die Lippen gelegt hatte, war er kaum zu bremsen gewesen. Alle außer Danilo hatten gelacht. Niemandem war in diesen Minuten das Wort »Flucht« in den Sinn gekommen, und Adnan hatte auf den Kugelschreiber in seiner Brusttasche geklopft und gesagt: »Ihr wisst es vielleicht nicht, aber wir machen Ferien.«

»Woran denkst du?«, fragte Tiha ihre Mutter leise.
Biljana streichelte ihrer Tochter erneut über die schwarzen Haare, antwortete: »An Opa Gordan. Wie er gesungen hat.«
Tiha lachte.
Am Himmel löste sich langsam die Nacht auf. Die Dunkelheit wurde maulwurfsfarben, durchsichtig, schließlich hell wie ein weißer, aber oft benutzter Putzlappen, der zwischen die Dachplatten der Häuser fusselte.
»Wärmer als in Montenegro ist es hier auch nicht«, sagte Biljana. Sie schlug die Arme um ihre Schultern, wirkte zierlich, so als brauche die Kälte nicht lange, um sie zum Zittern zu bringen. War das der Ort, an dem sie leben würde, an dem sie leben wollte? Sie würde ihren Vater vermissen, die Berge, das Haus, all die Kleinigkeiten, die selbstverständlich waren, das Gackern der Hühner, die Holzscheite vor der Tür, die Fahrten nach Berane.
Erneut rollte über ihnen ein Zug heran, bremste quietschend, fuhr wieder ab.
Tiha begann sich zu langweilen, ging die Mauer entlang und zählte die Autos. Sie hatte ihren Vater nun ein halbes Jahr nicht gesehen und stellte ihn sich dicker vor als früher. Bestimmt aß er viel hier in Luxemburg. Nicht dass er zu Hause wenig gegessen hätte, aber sie war sich sicher, dass er hier mehr aß. In Trpezi würden Eldina und Milka bald schon auf der Straße vorm Haus spielen, wie sie das immer mit ihr zusammen getan hatten, bis kurz vor zwölf der Bus kam, der sie hinab zur Schule brachte.
»Geh nicht zu weit weg«, hörte Tiha ihre Mutter rufen. Sie wandte den Kopf, ohne etwas zu antworten, ging weiter. Würde sie hier auch mit dem Bus zur Schule fahren?
In einige Geschäfte schien Leben zu kommen. Tiha sah, wie die

Schaufenster aufleuchteten, Verkäuferinnen durch die Läden schlenderten, die Theken bestückten oder die Waren neu anordneten. Sie hatte gute Augen. Opa Gordan würde das von hier aus nicht sehen können, vielleicht nicht einmal ihre Mutter.

Zwei Busse hielten am Straßenrand, versperrten die Sicht.
Ihre Mutter stand noch immer an der gleichen Stelle, den Koffer neben sich, und schaute in die Gegend. Ob es wahr war, was Onkel Živko gesagt hatte, dass alle Luxemburger freundlich und glücklich seien? Wenn Tiha sich die Menschen anschaute, die hier zur Arbeit liefen, war sie sich nicht so sicher.
Ein Mann im blauen Hemd stieg aus einem der Busse, zündete sich eine Zigarette an.
Hallo, dachte Tiha. Es war das einzige deutsche Wort, das sie kannte. Opa Gordan grüßte so, wenn er zu Besuch kam. Der Rauch stieg dem Mann wie ein umgekehrter Wasserfall übers Gesicht. Im Bus saß niemand.
»Wir telefonieren jetzt«, sagte Biljana.
Tiha erschrak. Sie hatte ihre Mutter nicht kommen hören.
»Mama!«, sagte sie.
Dann gingen beide am Taxistand vorbei, wo nun silbergraue Wagen hielten, kehrten dem Bahnhofsvorplatz den Rücken zu, warteten am Fußgängerstreifen. Als es grün wurde, ging Biljana zielstrebig los. Der Koffer schlug gegen ihre Beine. Tiha folgte ihr. Sie betraten eine Bäckerei. Biljana hielt der Verkäuferin den Zettel mit der Telefonnummer hin, während sie den Daumen und den kleinen Finger der rechten Hand neben dem Gesicht spreizte. Die Verkäuferin sah auf den Zettel, dann auf Biljana und Tiha, griff nach dem Hörer und reichte ihn über die Theke.
»Darf ich?«, fragte Tiha.
Ihre Mutter reagierte nicht, drückte die Tasten und horchte in den Hörer hinein. Tiha sah Biljanas Gesicht an, dass ihr Blut schneller als sonst floss. Dann glättete sich die Stirn, und der Körper ihrer Mutter sackte etwas in sich zusammen.
»Živko?«, fragte sie. »Wir sind da.« Sie wartete einen Moment, schaute auf das Brot in der Auslage. Schließlich sagte sie: »Aleksandar.«

Tiha fand, dass das ein merkwürdiges Telefonat war, bei dem nur Namen aufgesagt wurden und keiner wirklich sprach. Hätte ihre Mutter sie rangelassen, sie hätte geschrien. »Papa!«, hätte sie gebrüllt, »hol uns sofort hier ab. Mir ist kalt.«

Schließlich kam noch das Wort »Bahnhof« über die Lippen ihrer Mutter. Dann legte sie auf, und Tiha merkte, dass ihr Blick glasig geworden war. Sie wollte fragen, ja, freust du dich denn nicht? Aber diesmal hatte sie sich im Griff. Ihre Mutter gab das Telefon zurück, sagte: »Hvala!« Die Verkäuferin lächelte und schenkte Tiha eine kleine Tüte Kekse.

Die Luxemburger sind doch ganz nett, dachte Tiha.

Dann traten sie vor die Bäckerei, überquerten die Straße und stellten sich vor den Eingang des Bahnhofs. Die Kekse schmeckten gut.

Keine fünf Minuten später lief Aleksandar auf sie zu.

»So schnell«, jauchzte Tiha, während sie sich an ihren Vater drückte, der seine Frau küsste.

»Ja«, sagte Aleksandar, »so schnell.«

Er war gar nicht dicker geworden, nahm den Koffer, zeigte mit der anderen Hand auf ein Haus, etwa dort, wo das Auto des Wachsgesichtes heute Morgen verschwunden war und sagte: »Dort ist es.«

»Dann haben wir die ganze Zeit fast unter deinem Fenster gewartet«, erwiderte Tiha.

»Ach, meine kleine Ziege«, lachte Aleksandar, »jetzt habe ich dich wieder. Meine kleine, liebe Ziege.«

2. Zwei Gespräche

Am frühen Abend des 6. April 1828, zwei Wochen bevor das Schiff ablegen sollte, hing über der Gemeinde Wahl eine Nebelschärpe, die nicht unbedingt dicht zu nennen war, sich aber breit von den Strohdächern fallen ließ und bis zu jener Höhe hin verlief, von der aus Napoleon mehr als zwanzig Jahre zuvor über das ganze Land geblickt hatte. Josette Meier hingegen sah in der anbrechenden Dunkelheit nur wenige Meter weit, dann schoben sich die Felder und Äcker hinter einen Paravent aus Dunst, der viel, aber nicht alles verdeckte. Solche Stellwände benutzten einige Frauen in der Stadt, hatte ihr Bruder erzählt, obwohl er erst einmal dort gewesen war. Sie selbst war noch nie nach Luxemburg-Stadt gekommen, und so wie die Dinge standen, würde sie die Festung auch in Zukunft nicht sehen.

Ihre Absätze klopften auf den festgetretenen Pfad. Der Wind wehte kühl und feucht vom Wald her, Josettes Gesicht aber glühte unter der weißen Haube. Sie sah sich um, ob niemand in der Gegend sei, dann hockte sie sich neben den schmalen Weg, zog hinten den Saum der Röcke hoch und erleichterte sich in den Kartoffelacker. Anschließend fuhr sie einmal mit der Hand über das Vortuch, das schmutzig über dem obersten Rock lag, und setzte ihren Weg ins Dorf fort. Es war nicht angenehm, in der Dämmerung nach Hause zu gehen. Viel Gesindel trieb sich herum, Lumpensammler, Banden, die töteten, was ihnen über den Weg lief, sogar die Kirchen wurden beraubt. Josette beeilte sich, aus den Feldern hinauszukommen. Das Halstuch saß feucht im Nacken. Ihr Herz schlug etwas zu hastig. An den drei Buchen bog sie auf die Straße, sah zum Dorf hoch, das kaum zu erkennen war. Nur der Kirchturm ließ sich erahnen, zeigte stellenweise seinen Umriss, als würde er gerade erst gebaut. So hatte ihr Großvater ihn beschrieben, unfertig, fast wie eine Ruine, die nach und nach wieder aufgerichtet wurde. Er hatte dabei sein dürfen, nicht als Helfer, aber als achtjähriger Junge, der zwischen Stallsäubern und Hühnerfüttern immer wieder hingelaufen war, um zu sehen, wie hoch der Turm schon stand. Vom Bau des Gotteshauses hatte er so oft erzählt, dass Josette irgendwann klar geworden war, dass dies nicht nur irgendeine Geschichte für ihren Großvater gewesen war, sondern das Ereignis seines Lebens. Auf dem Totenbett hatte er seinen Sohn schließlich mehrmals beauftragt, ihn mit den Füßen zur Kirche hin zu beerdigen.

»Und legt den Kopf etwas höher«, hatte er gesagt, »dann kann ich den Turm sehen.«

Josette war sich nicht sicher, ob er ihn wirklich sehen konnte, aber die Richtung hatte gestimmt. Ein Kreuz war vom Schreiner am Kopfende des Holzsarges angebracht worden, damit sich nicht etwa kurz vor Grablegung herausstellte, dass niemand mehr wusste, wie herum der Großvater denn nun in der Holzkiste lag. Und die Glocken hatten geläutet, in der Art wie sie für Männer läuteten. Josette war vor der Kirchentür stehen geblieben, hatte hoch zur Spitze gesehen und das Gefühl gehabt, der Turm zittere. Das hatte ihr Tränen in die Augen getrieben, und Bilder waren ihr durch den Kopf gegangen, Bilder vom Großvater, wie er noch kurz vor dem Ende auf der Holzbank in der Küche gehockt hatte, nach vorn gekrümmt, sodass die Hälfte des geschnitzten Sterns auf der Rückenlehne sichtbar gewesen war. Ihr Vater war unschlüssig hin und her gegangen, sollte er aufs Feld, sollte er beim Alten bleiben? Da hatte Großvater mit seiner leisen Stimme gesagt: »Ich brauche niemanden zum Sterben. Geh.«

Und ihr Vater hatte geantwortet: »Du hast recht, die Ernte wartet nicht.«

Aber Großvater war nicht an diesem Tag gestorben, und Josette war abends erstaunt gewesen, ihn hustend in seinem Bett vorzufinden.

Ein Nieselregen wehte über ihr Gesicht. Vom Mond, der abends Licht brachte, war nichts zu sehen. Im Dorf bellten zwei Hunde. Plötzlich hörte Josette ein Geräusch in ihrem Rücken. Jemand schlug Holz gegeneinander. Sofort spannten sich ihre Beinmus-

keln. Sie hob ihre Röcke etwas an, wollte wegrennen. Es war nicht mehr weit bis zum Dorf, aber etwas zwang sie, sich umzudrehen.
Dort, wo die Sicht langsam aufhörte, der Nebel sich verdichtete, stand jemand, ein Mann, und klopfte zwei Stöcke gegeneinander.
»Wer ist es?«, rief Josette. Ihre Stimme klang dünn, fast leise.
Von oben stürzten zwei Schwalben durch den Nebel.
»Wer ist's?«, rief sie noch einmal, während sie rückwärtsging. Dann sah sie den Mann einen Schritt näher kommen, und obwohl sie Pol Crucht täglich im Dorf begegnete, erkannte sie ihn erst, als er mit »Ich« antwortete.
»Du hast mich erschreckt«, sagte Josette.
»Weibsleute sind halt schreckhaft«, sagte Pol. Von weiter hinten meckerte sich ein Lachen die Straße hoch – Aloyse Marner, der Pol nur selten von der Seite wich.
»Ich muss nach Hause«, sagte Josette und wandte sich zum Gehen. Pol war ihr nicht ganz geheuer, er verfolgte sie seit Monaten, war nett, meistens zumindest, aber er war ein Zugezogener, wie ihr Vater sagte, und Zugezogene blieben Fremde, auch wenn sie bereits zwölf Jahre hier lebten.
»Warte«, sagte Pol, warf die Stöcke zu Boden und kam mit schnellen Schritten auf sie zu. Josette zog ihr Brusttuch etwas hoch, obwohl es gut saß, fest am Halsleinen mit Nadeln befestigt war.
»Was willst du?«, fragte sie, noch ehe er sie erreicht hatte.
»Das weißt du«, antwortete Pol.
Erneut hörte Josette Aloyse lachen, sah ihn aber nicht.
»Gar nichts weiß ich«, sagte sie, »mein Vater schlägt mich, wenn ich nicht nach Hause komme.«
»Das tut er nicht«, sagte Pol.
Josette wischte sich den Nieselregen vom Gesicht. »Du schleichst dich heran wie ein Pferdedieb«, sagte sie, »ehrliche Leute tun das nicht«.
»Auch Pferde spricht man von hinten an, damit sie nicht ausschlagen. Mit Dieben ist da nichts«, lachte Pol.
Josette wusste nicht, ob sie einfach weitergehen sollte. Es war unwahrscheinlich, dass gerade jetzt jemand vorbeikäme, aber

wenn doch, dann sähe das merkwürdig aus, sie mit ihm hier. Und die Leute redeten so schnell.
»Ich will nicht, dass du mir nachstellst«, flüsterte Josette, zog dabei ihre Brauen nach oben.
»Tue ich nicht«, wehrte sich Pol, »ich war unterwegs.«
»Unterwegs«, wiederholte Josette. Sie bemerkte, wie Aloyse langsam aus dem Nebel kam, die beiden Stöcke aufhob, noch einige Schritte weiterging, bevor er stehen blieb, sein blasses Gesicht dem Himmel zuwandte und lachte. Auf dem Rücken trug er einen Sack voll Disteln, die vereinzelt oben aus der Öffnung ragten.
»Isst er die selbst?«, fragte Josette, obwohl sie wusste, dass Aloyse die Disteln an das Vieh verfütterte. Aber sie verspürte ein Gefühl der Befriedigung beim Aussprechen dieser Gemeinheit. Pol antwortete nicht, schaute Josette nur an, bis sie rot wurde. Aloyse hatte ihr nichts getan, das ganze Dorf hielt ihn halt für einen Deppen, weil er nicht sprach und immer lachte. Zudem war seine Familie die ärmste in der Gegend.
»Ich könnte dir die Wörter sagen«, flüsterte Pol.
»Dann tu es doch«, antwortete Josette sofort. Irgendetwas trieb sie dazu, ihn herauszufordern. Sie hatte keine Angst vor einem Zugezogenen. Und wann würde noch mal jemand kommen und ihr die Wörter sagen. Das konnte dauern. Sie wollte sie hören, auch wenn Pol ihr gleichgültig war.
»Ich habe Anstand!«, erwiderte Pol, »ich bin nicht so!«
»Na, dann«, antwortete Josette. Sie sah, wie Pol ein klein wenig zusammensackte, schluckte, sich wieder fing. Er verengte seine Augen etwas und presste: »Ich liebe dich« hervor.
Josette kicherte, hörte aber sofort wieder auf, weil Aloyse die Stöcke zweimal schnell gegeneinander hieb. Sie wollte Pol etwas erwidern, ihn verletzen, aber Aloyse schlug das Holz erneut aufeinander. Also sagte sie: »Du weißt doch, dass wir wegfahren. Was redest du.«
»Ich glaube nicht, dass ihr fahrt«, sagte Pol. »Euer Hof ist noch nicht verkauft.«
»In zwei Wochen legt das Schiff in Remich ab«, antwortete Josette.

»Ihr könnt nicht, wenn ihr keinen Käufer findet«, sagte Pol.
»Du weißt eben nicht alles«, antwortete Josette. Sie sah, wie der blasse Aloyse die beiden Stöcke mit der linken Hand über seinen Kopf hob und in die rechte schnäuzte. Anschließend schaute er sich den Schnodder an, spielte etwas mit den Fingern, ehe er sich der glibberigen Ausscheidung mit einer schnellen Bewegung der Hand entledigte.
»Dieses Land drüben ist nicht schön. Die Menschen da essen ihre Toten. Die Pest geht um dort«, rief Pol, schlug seinen vernagelten Schuh in den Staub. Einige Steinchen flogen gegen Josettes Rock.
Sie schüttelte den Kopf: »Du redest Unsinn. In Brasilien ist alles gut. Wir bekommen fruchtbares Land. Hier tragen die Äcker so gut wie nichts. Und mein Vater sagt, dass die Zölle uns kaputtmachen. Der niederländischen Regierung gefällt das. Es gibt keine andere Möglichkeit.«
»Wir fahren auch nicht weg. Wir bleiben hier«, erwiderte Pol.
»Weil ihr zu arm seid, die Überfahrt zu bezahlen«, antwortete Josette und sah, wie Pols Schultern sich spannten unter dem hellblauen Kittel. Jetzt schlägt er dich, dachte sie. Aber Pol sagte: »Ich könnte dir noch einmal die Wörter sagen. Für dich würde ich das machen.«
Josette lachte. Und als Aloyse erneut die Stöcke gegeneinander schlug, lachte sie noch lauter.
Pol biss die Zähne aufeinander, sein Blick verfinsterte sich, ehe er sagte: »Du hast etwas sehr Böses in dir, Josette. Vielleicht sind deshalb deine Augen so schwarz.«
»Dann sei froh, dass das Böse bald weg ist«, antwortete sie, drehte sich um und setzte ihren Weg fort. Den Blick nach vorn gerichtet, lauschten ihre Ohren in die entgegengesetzte Richtung. Aber Pol folgte ihr nicht. Es blieb eine kurze Weile still. Nur ihre Absätze waren zu hören. Dann hieben erneut die Holzstäbe aufeinander und Pol schrie: »Hör auf damit, du Schwachkopf!« Aus Aloyse' Mund wimmerte es.

Im Dorf vor dem ersten Haus, wo die Straße bereits gepflastert war, saß Albert Reisig auf einem Holzscheit, das er sich

hochkant untergeschoben hatte. Er wirkte unruhig. Während er mit seinem Nachbarn, der es sich auf dem Pflug bequem gemacht hatte, sprach, versuchte er die Balance auf dem Holz zu halten, schwankte fast rhythmisch von einer Seite zur anderen, was seinem Wortschwall aber keinen Abbruch tat. Nur als Josette grüßte, verstummte er kurze Zeit, sah sie merkwürdig an, bevor er wieder loslegte. Josette ging an der Kirche vorbei, blickte aus Gewohnheit zum Turm hoch, dann auf die Kuh, die vorm Eingang stand. Sie wollte das alles in Erinnerung behalten. Jeden Tag versuchte sie, sich eine Sache einzuprägen, schaute genauer hin, auf die Häuser, die Gesichter, die Schweine, die vielleicht auch anders aussahen in Brasilien, auf die Vogtei unten, ein Stück weit hinter den drei Buchen, den Friedhof mit den Schiefersteinkreuzen, auf dem der Pfarrer sein Vieh weiden ließ. Erst seitdem sie ihre Aufmerksamkeit so geschärft hatte, nicht mehr blind durch die Gegend lief, waren ihr Dinge ins Auge gesprungen, von denen sie nicht gewusst hatte, dass sie im Dorf zu finden waren. Die gekreuzten Pestpfeile über der väterlichen Eingangstür hatte sie früher schon bemerkt, und die Mutter hatte ihr erklärt, dass sie den Schwarzen Tod abwehrten, ihn aus dem Haus hielten, aber das kantige Steingesicht über Derdings Tür war ihr vorher noch nie aufgefallen. Auch nicht, dass die alte Maria Seyler zu große Hände hatte, mit denen sie ihren Mann verprügelte. Oder wie abends der Schein des Herdfeuers aus einigen Küchen, die Fenster hatten, auf die Straße fiel, die Schatten der Dinge zum Tanzen brachte.
Josette wich einer Pfütze aus, lief den Weg hoch.
Der Nieselregen hatte aufgehört. Der Nebel hing verhakt zwischen den Strohlagen der Dächer, riss um die Hausmauern herum auf, verband sich einige Ställe weiter wieder zu schlecht gewebtem Tuch. Vor den Höfen standen Karren und Ackergeräte. Ein strenger Geruch ging von den Mistgruben aus, die überall bis an die Hausmauern reichten. Hühner liefen über die Straße oder hockten auf den Holzstapeln, ihre steifen Hälse aufgeregt in die Dämmerung gereckt. Schließlich kam sie an die Stelle, wo ihre Großmutter eines Tages verschwunden war. Josette bekreuzigte sich vor dem halb verfallenen Haus, in dem nur Katzen leb-

ten. Sie war damals noch nicht auf der Welt gewesen und wusste auch heute noch nicht, ob was dran war an der Geschichte; ihr Vater schüttelte nur den Kopf, wenn sie fragte, aber im Dorf erzählte man sich, dass hier ein Mann allein mit seinen Kindern gelebt hatte. Ihm war die Frau gestorben, und er kochte selbst für seinen Nachwuchs, obwohl die Franzosen ihm nicht viel übrig ließen. Das war in der Zeit vor Napoleon, in der Zeit, als die Alten noch jung gewesen waren. An dem Tag, als einige Männer das Dorf mit Sensen, Knüppeln und Heugabeln verließen, um sich in Hosingen anderen Bauern anzuschließen und gegen die französischen Soldaten zu kämpfen, hatte der Mann gerade Fett in der Pfanne. Er griff neben sich nach dem mageren Stück Fleisch und sah, wie eine Katze es ihm vom Holzteller stehlen wollte. Der Mann wurde wütend, nahm die Pfanne und goss dem Tier das glühende Fett über den Kopf. Heulend, berichteten die Nachbarn, lief die Katze davon, und der Mann gab neues Fett in seine Pfanne. Alles wäre schnell vergessen gewesen, aber am anderen Tag lag Anne Weber aus Buschrodt, Josettes Großmutter, mit schlimmen Verbrennungen im Gesicht im Bett. Auch auf Drängen ihres Mannes hin konnte sie nicht erklären, woher sie diese Verletzungen hatte. Da schleiften die hiergebliebenen Bauern sie aus dem Haus und zerrten sie zum Witwer, ob er sie wiedererkenne. Einige schrien: »Hexe« und »Der Teufel hat sie geholt«. Danach war Anne Weber verschwunden. Keiner wusste, ob sie direkt in die Hölle gefahren war oder sich wieder in eine Katze verwandelt hatte. Auch Josettes Großvater hat sich all die Jahre über den Verbleib seiner Frau ausgeschwiegen, obwohl er nie an Hexen geglaubt hat. Der Mann aus dem Haus und seine Kinder zogen bald fort. Seitdem wohnte außer streunenden Katzen niemand mehr zwischen diesen Mauern. Doch abends kam von dort ein schwefeliger Geruch, auch jetzt konnte Josette ihn riechen. Sie bekreuzigte sich noch einmal und legte die letzten Meter zum Haus ihrer Eltern laufend zurück.

»Du bist spät dran«, begrüßte ihre Mutter sie. Sie saß vor dem offenen Herdfeuer auf einem Schemel, schaute in das Kartoffelwasser. Die Flammen warfen ein unruhiges Licht auf ihr Vortuch, das auch am Abend immer peinlich sauber war, obwohl sie genau wie Josette den ganzen Tag im Stall oder auf dem Feld arbeitete. Sie griff nach einigen Wacholderzweigen neben sich, warf sie ins Feuer, ehe sie nach oben in den Rauchfang, der fast ein Drittel der fensterlosen Küche einnahm, schaute. Dort hingen an einer Stange noch einige Schinken, die sie mitnehmen würden. Wacholderzweige ergaben beim Räuchern einen guten Geschmack.

Aus der angrenzenden Stube drang die Stimme ihres Mannes.

»Hat Vater Besuch?«, fragte Josette.

»Metty Schengen ist da«, antwortete ihre Mutter.

Josette setzte sich an den Tisch, wickelte das Brot aus dem Tuch und schnitt sich eine Scheibe ab, während sie fragte: »Was will er?«

»Was weiß ich«, antwortete die Mutter, »was wird er schon wollen.«

Josette biss in die Brotscheibe. Seit klar war, dass die Familie nach Brasilien aufbrechen würde, hatte sie Angst, ihr Vater könnte sie vorher noch jemandem zur Frau geben. Sie mochte das Dorf, aber sie wollte nicht hierbleiben, wenn alle wegfuhren. Und auch Metty Schengen hatte einen Sohn.

Sie schluckte den Bissen hinunter, horchte auf die Stimmen hinter der heißen, gusseisernen Platte, die an einer Stelle Küche und Stube verband und vor der das Herdfeuer knisterte. Aber zu verstehen war nichts. Das dunkle Relief der Platte zeigte Moses, wie er mit dem auserwählten Volk durch die Wüste zog. Josette mochte die Figuren. Ihr Großvater hatte ihr erzählt, dass er die Platte nach der Französischen Revolution durch eine kriegerische Abbildung hatte ersetzen müssen. Die neuen Herren waren von Haus zu Haus durchs ganze Dorf gezogen, hatten alle kontrolliert, waren überall fündig geworden. Acht Tage hatten die Männer ohne Kniehosen ihm Zeit gegeben, acht Tage, eine Platte zu besorgen, die alte aus dem Mauerwerk zu entfernen und die neue einzusetzen. Sie hielten religiöse Bilder für schädlich. Deshalb waren sie auch nicht lange an der Macht geblieben.

»Hör auf zu träumen und deck den Tisch«, sagte Liliane, stocherte vorsichtig mit einem Eisenhaken in der Glut.

»Ja, Mutter«, antwortete Josette, steckte sich den Rest Brot in den Mund und holte vom Stufenregal sechs Teller aus Steingut. Die Zinnteller, die sich auf dem Brett darunter stapelten, benutzten sie so gut wie gar nicht mehr. Sie nahm einen Krug, hielt ihn unter die Wasserpumpe in der Ecke, verteilte Löffel und Becher auf dem Tisch, schob mit dem Fuß den Brotkorb unterm Backofen beiseite, öffnete das Sauerkrautfass und füllte eine Schüssel damit.

»Der wird sich ja wohl bald verabschieden«, hörte sie ihre Mutter vor sich hin sagen. Vor ihr kochte das Kartoffelwasser. Dann stand auch sie auf, ging die ersten Schritte leicht gebückt, richtete sich auf, als sie die Kammer betrat, die zwischen Küche und Stall lag, und kam mit geschnittenem Schinken zurück. Während sie die Tür hinter sich schloss, hörte Josette das Quietschen der Haustür. Und noch bevor ihr Bruder die Küche betreten hatte, erkannte sie ihn an den harten Tritten und dem kurzen Zögern, ehe er die Tür zur Küche öffnete, so als fragte er sich jedes Mal, soll ich nun eintreten oder umdrehen? Seit die Eltern ihm mitgeteilt hatten, dass das weitere Leben jenseits des Meeres stattfinden würde, hatte sich dieser kurze Moment des Innehaltens verlängert. Josette konnte nun einen ganzen Atemzug tun, bevor Marc eintrat. Sie sog die Luft tief in die Lungen, entließ sie wieder. Dann klapperte der Türgriff, und Marc stampfte grußlos zum Tisch, schnitt sich eine Scheibe Brot ab und legte den Laib verkehrt herum zurück. Josette wollte das Brot sofort wieder richtig hinlegen, aber die Mutter hielt ihre Hand fest, während sie zu ihrem Sohn sagte: »Nur unehrliche Menschen legen das Brot auf den Rücken.«

Marc verdrehte kauend die Augen, stach mit dem Messer in den Laib, hob ihn an und zog, während er mit dem Oberschenkel den Laib nach vorne schob, das Messer wieder heraus. Anschließend setzte er sich vor einen der leeren Teller.

»Dein Vater hat noch Besuch«, sagte Liliane.

Marc antwortete nicht. Seine Weste sah verschmutzt aus, als habe er sich im Acker gewälzt. Vielleicht taten sie das auch, er und seine »Brüder«, wie sie sich gegenseitig nannten. Josette wäre gerne einmal dabei gewesen, bei ihren Treffen, ihren geheimen Versammlungen, wenn sie stritten und der niederländischen Regierung den Kampf ansagten. Aber es gab dort keine Frauen. »Noch nicht«, sagte Marc. Es gab nur junge Männer, eine Handvoll, vielleicht auch ein Dutzend, alles Bauernsöhne aus der Gegend, und dann Robert, der ihnen aus der Zeitung vorlas, weil sie selbst nicht lesen konnten, Robert, der ihnen Bericht erstattete vom Lauf der Dinge und ihnen erklärte, dass Luxemburg keine fremden Regenten brauchte. Robert kam aus der Stadt. Das wusste sie von Marc, aber gesehen hatte Josette ihn noch nie. Er hielt sich versteckt. Sie wusste auch nicht, wer dazu gehörte, zu diesem Kreis, ob ihr Bruder der Einzige aus Wahl war, der mitmischte, abends, wenn die Arbeit beendet war. Ab und zu verschwand er auch früher, was den Vater zur Weißglut brachte. Zweimal hatte er seinen Sohn bereits geschlagen, obwohl der zweiundzwanzig war, und Marc hatte sich nicht gewehrt, aber sein Blick war starr gewesen, als blicke er in eine andere Welt, so abwesend, dass der Vater nur noch gebrüllt und seine Hand nicht mehr erhoben hatte. In der Küche waren die Worte über die Wände gehuscht, als flüchteten sie vor den Schatten, die das Feuer dort züngeln ließ. Es waren keine schönen Abende. Aber sie brachten Veränderungen, keine direkt sichtbaren, eher so, wie der Tropfen die Kuhle in den Stein kerbt. Und Wochen später reagierte der Vater plötzlich gelassen auf irgendeine Erwiderung seines Sohnes, schaute nicht einmal auf, antwortete nichts. Das war eigentlich noch unheimlicher.

Marc erzählte Josette immer wieder von diesen Treffen, sagte ihr, dass man nichts hinnehmen müsse, sich wehren könne. Er wollte schreiben lernen, zwei Buchstaben hatte er ihr letztens mit einem Stock in den Staub gemalt. Davon durfte der Vater nichts wissen. Sie hörte ihrem Bruder gerne zu, er brachte eine neue Welt in ihren Kopf, aber er brachte auch Angst, Angst davor, er werde irgendwann zurückschlagen und vom Hof verbannt werden. Vielleicht würde man ihn verhaften. Wenn sie ihm ihre Bedenken mitteilte, lachte er nur und sagte: »Genau das mögen die da oben, diese Angst.« Marc wollte sein Land nicht verlassen, er wollte hier an Ort und Stelle das Leben besser machen. Brasilien lag so weit weg. Sie wären dort Zugezogene. Feige sei es, so wegzurennen, hatte er zum Vater gesagt und sich nur vor den Schlägen retten können, weil er aus der Küche gestürzt und weggelaufen war. Danach hatte niemand mehr gesprochen, sondern nur noch die Bissen hinuntergewürgt, während die Fliegen unruhige Kreise vor dem Herdfeuer gezogen hatten. Anschließend waren alle früh schlafen gegangen, hatten aber wach gelegen in ihren Strohbetten und darauf gewartet, dass Marc nach Hause käme. Doch er kam nicht. Erst am anderen Morgen war er wieder aufgetaucht und auf dem Feld seiner Arbeit nachgegangen, als sei nichts geschehen. Und so hatte es auch der Vater auf sich beruhen lassen, redete seitdem aber wenig mit seinem Sohn.

»Die Kartoffeln sind gleich so weit«, sagte die Mutter. Ihre Stimme wirkte noch weicher als sonst. Selbst wenn sie ungeduldig, gar wütend war, klang Liliane versöhnlich. Leider sprach sie wenig. Und wenn der Vater mit dem Sohn stritt, sagte sie gar nichts. Vielleicht weil das Auswandern ihre Idee gewesen war, dachte Josette. Trotzdem klang mit jedem ihrer Wörter im Raum eine Zuversicht an, als könne die Zukunft nur gut aussehen, egal was man anfasste oder trieb. Josette war der Mutter deshalb für jeden noch so banalen Satz dankbar, auch wenn es meistens nur um die Kartoffeln oder die Schweine ging.

Aus der Stube drang ein heiseres Lachen. Dann rief der Vater: »Bring uns einen Quarlie.«

Liliane reagierte nicht, setzte sich zurück auf den Schemel vors Feuer, legte ein Holzscheit nach. Josette wusste nicht, was sie machen sollte. Es war nicht gut, den Vater warten zu lassen, auch wenn man sich immer damit entschuldigen konnte, man habe ihn nicht gehört. Er war dann verärgert und die Stimmung schlecht beim Abendbrot. Aber auch der Quarlie, der Viertelliter Schnaps, brachte selten Freude mit sich, zumindest nicht für die Familie. Marc kaute ruhig an seinem Brot, und Josette spürte, wie die Hitze sich unter ihre Haube schob und ihr ins hochgesteckte Haar griff. Ein Satz der Mutter würde die Spannung lösen. Aus der Stube war nichts mehr zu hören. Warteten sie oder sprachen sie einfach weiter? Hoffentlich nicht von ihr. Josette war darauf gefasst, den Vater jeden Augenblick die Tür aufreißen zu sehen. Sie starrte auf das geschlagene Holz, das neben dem Herd lag, stützte die Finger ihrer rechten Hand auf die Tischplatte. Brannten die Brasilianer auch Schnaps? Wenn nicht, würde es ihnen bestimmt irgendein Luxemburger beibringen.

»Nun mach schon, Josette«, sagte Liliane leise, »und dann hol Nic und Louis. Wir können nicht mit dem Essen warten, bis Schengen weg ist.«

»Ich hol die Knechte«, antwortete Marc, schlug beide Absätze laut auf die Sandsteinfliesen, stand auf und ging aus dem Haus.

Josette nahm die Schnapsflasche und zwei Becher vom Regal, öffnete die Tür zur Stube, grüßte und stellte alles zwischen die beiden Männer, während sie über den Tisch hinweg in den Spiegel, der zwischen den beiden Fenstern hing, schaute. Draußen war es bereits völlig dunkel. Neben Metty Schengen stand eine Öllampe, die sein gerötetes Gesicht auf einer Seite erhellte. Sein Schnurrbart wirkte dünn und klein an seinem massigen Kopf. Ihr Vater nahm die Flasche und goss den Hochprozentigen in beide Becher. An der Schrankwand schräg hinter ihm dehnte sich sein Schatten aus, dann schmolz er zu einem Klumpen zusammen.

Die Männer tranken.

»Die eine hat Augen wie Kohlen und der andere ist ein Franzose geworden«, hatte der Vater geschrien, nachdem er das letzte Mal Selbstgebrannten getrunken hatte.

»Was hat Josette denn damit zu tun?«, hatte die Mutter erwidert. So schnell war die Antwort gekommen, dass Josette eine Wärme für die Mutter empfunden hatte, wie sie bei der täglichen Arbeit nie aufkam. Und abends war man sowieso immer zu müde für Gefühle.

Josette verließ die Stube, schloss die Tür hinter sich, hörte noch ihren Vater sagen: »Zerstäubte Austernschalen.«

Metty Schengen blickte Leo skeptisch an. »Austernschalen?«, fragte er.

Leo nickte. Der Schnaps brannte angenehm in der Kehle. Der Schmerz in seiner Schulter ließ augenblicklich nach.

»Das geht bestimmt auch mit normalem Kalk«, fuhr er fort, »müsste man ausprobieren. Jedenfalls füllen die das säuerlich gewordene Bier aus dem Fass in ein Gefäß ab, eben genau so viel, wie sie für den Tag brauchen, und schütten einen Löffel zerstäubter Austernschalen dazu.«

»Wie groß ist denn der Löffel?«, fragte Metty, machte dazu ein Gesicht, dass Leo diese Frage ebenfalls für relevant halten musste.

»Ein normaler Löffel eben«, antwortete er, »aber das Bier verliert schon nach einer halben Stunde seinen säuerlichen Geschmack und schmeckt wieder frisch.«

In Leos Augen glänzte eine Begeisterung auf, die Metty nicht mochte. Außerdem war er aus anderen Gründen hier, nicht um zu erfahren, wie man saures Bier wieder trinkbar machte, sondern aus Gründen, die noch nicht zur Sprache gekommen waren, weil Leo ständig Dinge erzählte, von denen er selbst nicht wusste, ob sie stimmten oder nicht. Austernschalen. Laut sagte er: »Ich weiß nicht. Den Engländern traue ich nicht.«

»Aber es stand in der Zeitung«, sagte Leo, goss erneut Schnaps in die Becher.

»Du kannst doch gar nicht lesen«, antwortete Metty, »genauso wenig wie ich. Lass dir nicht immer das Feld mit Schaben vollsäen.«

»Wenn ich es dir sage«, rief Leo, legte einen Finger zwischen den Kragen und seinen Hals, ließ ihn einige Male den Stoff entlang hin- und hergleiten. »Claude hat es mir erzählt, Claude Derding, und der hat lesen gelernt. Dem bringen sie sogar einmal in der Woche die Zeitung, und dafür zahlt er über drei Gulden im Jahr.«

»Wer so reich ist wie der. Irgendwann hat er das ganze Dorf unter sich. Ich mag ihn nicht«, sagte Metty, setzte den Becher an seine Lippen, behielt die Flüssigkeit im Mund, bis sein Zahnfleisch brannte, schluckte. In seinem Bauch breitete sich eine Hitze aus, als hätte er kochendes Wasser hineingegossen. Er begann zu schwitzen, und er wollte endlich zur Sache kommen. Also setzte er den Becher etwas zu laut auf den Tisch und sagte: »Ich bin noch immer am Hof interessiert. Du weißt, dass ich dir von An-

fang an abgeraten habe. Brasilien ist nichts für unsereiner. Das ist auch jetzt noch meine Meinung, aber da du unbedingt weg willst, mache ich dir ein neues Angebot.«
Leo lachte: »Das wäre dann das dritte. Und womöglich wird es noch schlechter ausfallen als die beiden ersten. Du hast nicht das Geld, das ich brauche.«
In der Stube wurde es wärmer. Metty spürte, wie die gusseiserne Platte mehr und mehr Hitze an den Raum abgab.
»Ich denke, in deinem Brasilien ist alles so billig, dass du kein Geld brauchst«, sagte er. »Und Land und Vieh bekommst du vom dortigen Kaiser auch noch geschenkt. Ein Kaiser, der sein Land verschenkt. Das ist wirklich großartig.«
Leo goss erneut Schnaps nach. Es war eine beruhigende Geste, denn in seinen Adern lief das Blut etwas zu rasch.
»4600 Acker, bestehend aus Wiese, Wald und fruchtbarem Boden«, erwiderte er selbstsicher, »so sieht es aus, ob du das wahrhaben willst oder nicht. Brasilien ist riesig. Die brauchen Leute, die dort arbeiten, damit der Staat blüht. Und zehn Jahre keine Steuern.«
Er trank seinen Becher in einem Zug leer, öffnete anschließend den Mund etwas, um seinen brennenden Atem schneller hinauszulassen, ehe er erneut ansetzte: »Hier machen sie uns doch fertig. Mahlsteuer, Schlachtsteuer, von den Kartoffeln der Zehnte. Die letzte Hungersnot ist gerade einmal elf Jahre her. Ich möchte so etwas nicht wieder erleben. Mein Hof ist bereits verkauft.«
»Was?«, entfuhr es Metty.
Gegen das Glas der Öllampe flatterte eine Motte.
»Du hast schon richtig verstanden«, antwortete Leo, leerte die Flasche in seinen Becher und trank ihn in kleinen Schlucken leer, während seine Augen den Nachbarn über den Rand hinweg fixierten. Mettys Haare, die an seinen Kopf geklatscht lagen, glänzten auffällig, ob vor Fett oder Schweiß, konnte Leo nicht entscheiden. Er setzte den Becher langsam auf den Tisch, schaute noch immer in Mettys Gesicht, als er nach seiner Tochter rief.
Als hätte Josette am Holz gehorcht, öffnete sie sofort die Tür

und kam herein. Aus der Küche war das Klappern der Löffel zu hören.
»An wen?«, fragte Metty.
»Zapf uns noch einen Quarlie«, sagte Leo, reichte seiner Tochter die leere Flasche.
»Kommen jetzt noch mehr Fremde ins Dorf?«, fragte Metty weiter.
Josette ging hinaus, ließ die Tür angelehnt. In der Stube roch es merkwürdig, fand sie, nicht nur nach Schweiß und Schnaps, es roch auch nach Hass. Sie hielt die Flasche unter das Fass, zog den Korken heraus und wartete, bis der Viertelliter das Gefäß gewechselt hatte. Als sie die Stube erneut betrat, war Metty Schengens Kopf so rot wie die Äpfel hinterm Haus. Er schien Atemnot zu haben, jedenfalls hob und senkte sich sein Brustkorb schwerfällig. Sein Mund stand offen. Josette stellte die Schnapsflasche auf den Tisch. Sofort griff der Vater danach, füllte beide Becher. Und als gelte es, den eigenen schneller zu leeren als der andere seinen, schütteten beide Männer den Branntwein in sich hinein und starrten sich an, bis Josette hinausgegangen war.
»Jetzt sag schon, wer ihn gekauft hat«, forderte Metty schließlich in die Stille hinein.
»Jemand aus dem Dorf. Habe ich doch gesagt«, antwortete Leo.
»Meier, ich lass mich nicht für einen Ochsen verkaufen«, sagte Metty drohend.
»Trink«, antwortete Leo, »dann ist alles halb so wild«.
Metty spürte ein merkwürdiges Kribbeln in seinem Kopf. Er hatte das Gefühl, seine Sehkraft lasse langsam nach, jedenfalls verschwammen auf dem Schrank die Konturen der Buchstaben, von denen er wusste, dass es die Initialen der Heiligen Drei Könige waren.
»Bist du dir überhaupt sicher, dass die Brasilianer frei sind und nicht mehr Portugal gehören? Ich weiß auch, dass man diese Nachrichten seit ein paar Jahren bekommt, aber wir wissen doch alle nicht, was stimmt und was nicht«, sagte Metty.
»Und wenn schon«, Leo hob die Schultern an und ließ sie wieder sacken, »ob Dom Pedro oder die Portugiesen, was spielt das für eine Rolle? Hier ist es doch auch nicht anders. Zuerst kommen

die ohne Kniehosen, nennen uns Wälder-Departement und schließen die Kirchen, dann kommt Napoleon ins Herzogtum und macht sie wieder auf.«

»Das weiß ich auch«, antwortete Metty, griff nun selbst nach der Flasche und schenkte nach.

»Kaum ist der Franzose vertrieben, kommen die Preußen und reißen sich einen Teil unseres Herzogtums unter den Nagel und nennen den Rest GROSS-Herzogtum«, fuhr Leo unbeirrt fort, den Anfang des Wortes überbetonend. Seine Zunge hatte bereits eine ungewöhnliche Schwere, und er wunderte sich selbst darüber, dass er alles nachsagte, was Derding ihm so erzählte, machte aber trotzdem weiter. »Jetzt sitzen sie noch immer in unserer Stadt, halten die Festung wie ein Rudel ausgehungerter Hunde. Das Großherzogtum aber gehört den Niederlanden. Und was macht das für einen Unterschied für uns?«

Mettys Oberlippenbart zitterte kurz. Er leckte den Schnapsgeschmack von den Haaren, ehe er sagte: »Die machen, was die machen. Ich schaue, dass ich klarkomme.«

»Das tue ich auch«, antwortete Leo, schlug mit der Faust auf den Tisch und rief erneut nach seiner Tochter.

Als die Tür aufging, sah Metty die beiden Knechte vom Tisch aufstehen, beide noch kauend. Leo hielt Josette wortlos die leere Flasche entgegen, rülpste.

Als sie hinausging, die Flasche mit beiden Händen vor der Brust haltend, als befürchte sie, das Gefäß fallen zu lassen, rief er ihr hinterher: »Bring auch etwas Brot.«

Josette füllte die Flasche auf und brachte sie zusammen mit dem angeschnittenen Laib zurück in die Stube.

Metty Schengens Haare standen nun an einer Stelle steif von seinem Kopf ab, als habe er daran gezogen. Auch ihr Vater wirkte betrunken, blähte abwechselnd seine Nüstern, bevor er die Lippe hochschob, als wolle er die Nasenlöcher verschließen. Er blickte an seiner Tochter vorbei, grummelte »Danke« und lachte. Dann riss er ein Stück Brot ab, stopfte es sich in den Mund und spülte, noch bevor er richtig gekaut hatte, mit Schnaps nach.

Josette ging hinaus.

Aus der Küche hörten die Männer Teller klappern.

Dann sagte Leo: »Für die Bauern läuft hier alles schief. Wenn du das nicht begreifst, kann ich dir auch nicht helfen.«
Metty machte eine ausladende Bewegung mit dem Arm, von der Leo nicht begriff, was sie bedeuten konnte. Nur dass die Öllampe dabei fast umgefallen wäre, registrierte er und schob sie etwas weiter weg. Auf dem Tisch lag reglos eine Motte.
Mettys Gesicht hing nun mehr im Schatten, was es aber weder dünner noch besser aussehen ließ. Seine Zunge lag dick auf seiner Unterlippe, und Leo dachte, nicht einmal einen Schnaps verträgt er. Trotzdem füllte er erneut beide Becher, bevor er sagte: »Wenn du in die Eisenherstellung wechselst, dann kannst du vielleicht überleben, aber nicht mit deinem Acker und dem Vieh.«
Metty lachte höhnisch auf. Sein Kopf flog dabei etwas zu weit in den Nacken.
»Derding sagt, die haben jetzt einen Kanal zwischen Maas und Mosel geplant, damit die das Eisen leichter zwischen Luxemburg und Lüttich verschiffen können, verstehst du«, schrie Leo, so als sei Metty plötzlich taub geworden oder hätte die Stube verlassen.
»Dieser Fladen von Derding«, brüllte Metty zurück, »hör mir auf mit dem Fladen.«
Leo griff nach der Flasche, wollte sie an seine Lippen setzen, bemerkte den Becher vor sich, stellte die Flasche zurück auf den Tisch und vergaß zu trinken.
»Ich glaube das nicht«, fügte Metty hinzu, »woher will der das wissen. Einen Kanal.«
»263 Kilometer lang«, antwortete Leo und hatte dabei das Gefühl, sein Kopf sei hart wie der Eichenboden unter seinen Füßen, »durch die Sauer und die Urt.«
Metty griff nach Leos Becher und trank, gurgelte kurz mit dem Selbstgebrannten, bevor er schluckte und laut: »Aaaahhhh« sagte. Dann riss auch er sich ein Stück Brot ab und begann zu kauen. Dabei murmelte er: »Ich glaube das nicht« vor sich hin.
»Du lebst doch noch nach dem Kalender der Republikaner, aber der ist schon wieder Vergangenheit«, sagte Leo.
»Derding redet nur. Er ist einen Kuhfladen wert«, fluchte Metty.

»Und er hat meinen Hof gekauft«, antwortete Leo.

In diesem Augenblick entstand eine Stille, die so sauerstoffarm war, dass die Öllampe auszugehen drohte. Metty ließ Leos Worte in seinem Kopf nachklingen, hörte sie sich erneut an, dann noch einmal, ob er richtig verstanden hatte. Schließlich zog ein Gewitter in seinem Schädel auf. Er begann zu schwanken, als wehre er sich gegen einen Sturm. Dann rollte es grollend und tief in seinen Mund herauf: »Derding.« Immer wieder sprach er den Namen aus. »Derding. Derding.«

»Er hat einen guten Preis gemacht«, sagte Leo schließlich, kratzte sich oberhalb der Wade, wo die Strümpfe unter der bocksledernen Kniehose mit Riemen verschnürt waren.

»Er besitzt uns bald alle«, schrie Metty, »wie kannst du das machen!«

»Schrei in deinem Haus«, brüllte Leo zurück, »hier bist du bei ehrbaren Leuten.«

»Ehrbar?«, rief Metty und lachte aufgesetzt, »ehrbar? Du hast das Dorf an ihn verkauft. An diesen Kuhfladen.«

»Ich habe nicht das Dorf verkauft, sondern meinen Hof«, erwiderte Leo laut und hustete. Aus seinem Mund flog dabei grüner Schleim auf den Tisch. Metty klopfte seinen Becher an seine Lippen, damit der letzte Tropfen herausrinne, und klatschte das Trinkgefäß dann genau auf Leos Auswurf.

»Du hast uns verraten«, sagte er und spuckte auf den Boden.

Leo wollte erwidern, dass sein Nachbar wohl betrunken sei und nichts vertrage, aber Metty fuhr fort, indem er das letzte Wort drei-, viermal wiederholte. Schließlich hatte er seinen Faden wiedergefunden und lallte: »Der Kuhfladen hat hier alles. Er hat den größten Hof, die meisten Felder. Und jetzt hat er auch noch deinen Hof. Für seinen Sohn, nehme ich an. Meinst du, der leiht einem von uns seine Pferde, wie du das getan hast? Soll ich ab jetzt das Fuhrwerk selber ziehen oder mir alles kaufen, was wir uns gegenseitig geliehen haben? Du hast uns verraten.«

»Wie wolltest du denn meinen Hof kaufen, wenn du dir nicht einmal Pferde leisten kannst?«, höhnte Leo.

»Du widerwärtiges Schwein«, schrie Metty zurück, wischte seinen Becher vom Tisch und hatte grünen Schleim an der Hand.

Leo sprang auf, griff hinter sich nach dem Reisestock, an dessen Ende sich ein Lederknopf mit Schlaufe befand. Anstatt seine Hand durch diesen Ledergurt zu schieben, fasste er ihn am falschen Ende und schwang die Lederschlaufe durch die Luft, was aussah, als wedele er Metty Luft zu. Trotzdem wich dieser zurück, ging so bis zur Tür, tastete nach dem Griff, während Leo unkontrolliert weiterwedelte.
Vom Schemel aus, auf dem sie saß, hatte Liliane nebenan die Unterhaltung mithören können, seit die Sätze laut geworden waren. Als aber Metty mit verzerrtem Gesicht und wirrem Haar in die Küche stolperte, bekreuzigte sie sich schnell zweimal, ehe sie aufstand und sich in die Ecke zur Wasserpumpe zurückzog.
Metty brüllte noch einmal: »Du widerwärtiges Schwein«, dann stürzte er in den Korridor und hinaus in die Nacht.
Liliane wartete darauf, dass Leo ebenfalls in die Küche stolpern würde, aber er kam nicht. Also bewegte sie sich am Herdfeuer vorbei auf die offene Stubentür zu und sah Leo drinnen mit dem Reisestock auf der Schulter stehen, als habe er sich verirrt. Er schaute auf die Wand neben sich, dann auf die gegenüberliegende Seite auf den Schrank, schließlich auf seine Frau, als habe er nichts von den dreien je gesehen. Auf dem Tisch spiegelte sich die Flamme der Öllampe in der leeren Schnapsflasche.
Leo machte einen Schritt nach vorn, lächelte, tat anschließend noch einen Schritt. Als er seine Frau erreicht hatte, hob er die linke Hand und streichelte ihre Wange.
Liliane schaute ihm in die Augen. Dann sagte sie: »Geh jetzt schlafen.«

3. Rosen

Aleksandar saß neben Biljana und Tiha auf dem Sofa und schaute fern. Was die dunkelhaarige Frau auf dem Bildschirm sagte, verstand keiner von ihnen. Dragana, die Übersetzerin, die beim Ausfüllen der Papiere dabei gewesen war, hatte ihnen empfohlen, sie sollten luxemburgisches Fernsehen schauen, das helfe, die Sprache zu erlernen. Das habe sie auch immer so gemacht, anfangs, als sie noch neu in diesem Land gewesen sei. Also schaltete Aleksandar seit einer Woche jeden Abend, wenn die Nachrichten kamen, auf den luxemburgischen Kanal und versuchte, anhand der Bilder den Sätzen einen Sinn zu geben, obwohl ihm bereits beim ersten Mal klar geworden war, dass diese Methode bei ihm und Biljana keinen Erfolg haben würde. Dragana hatte schon fließend Deutsch gesprochen, als sie aus Montenegro emigriert war, und die hiesige Landessprache klang dem Deutschen sehr ähnlich. Deshalb hatte sie die Nachrichtensprecherin auch bald verstanden.

Dafür hatte Aleksandar die Fernsehfrau getroffen, nicht absichtlich und nicht direkt. Von einem Treffen konnte also eigentlich nicht die Rede sein, aber er war ihr begegnet, hatte sie erkannt, als sie in ihr Haus gegangen war.

In Živkos kleiner Wohnung hatte Aleksandar nicht bleiben können, nachdem seine Familie angekommen war. Er hatte sich einen Tag später zusammen mit Biljana und Tiha bei der Polizei gemeldet. Dort waren ihre Fingerabdrücke aufgenommen worden, sie hatten das sogenannte rosa Papier bekommen und waren in ein Asylantenheim in Luxemburg-Stadt eingewiesen worden.

»Don Bosco«, hatte Dragana gesagt und kurz ihre Zähne aufeinandergeschlagen, »es ist nur für ein paar Wochen.« Sie war neben ihnen hergegangen, als sei es ihr Fehler, dass Aleksandar Kaljević samt Familie hier gelandet sei. Dabei hatte auch die

Übersetzerin das rosa Papier. Ihr Antrag war noch nicht zu Ende bearbeitet, obwohl sie seit vier Jahren im Land lebte.

Das Don Bosco sah von außen wie ein renovierungsbedürftiges Hotel aus und lag direkt neben dem Universitätsgebäude. Überall waren Löcher im Beton, als hätte auch hier der Krieg seine Spuren hinterlassen. Aber der Leiter hatte sie freundlich empfangen, sie an den Eimern im Flur, in die das Wasser von der Decke tropfte, vorbeigelotst und in einen großen Raum geführt, in dem bereits drei Parteien lebten. Die Wohneinheiten waren durch alte Schränke und herabhängende Tücher voneinander getrennt. Aleksandar hatte sich gewundert, dass es in Luxemburg Gebäude gab, die denen in seiner Heimat glichen, dann waren vertraute Sätze an sein Ohr gedrungen. Die Menschen hinter den Abtrennungen redeten serbokroatisch, schoben die Tücher beiseite, um sich die Neuen anzuschauen, und halfen, das provisorische Zuhause einzurichten. Drei Betten standen bereits in ihrem neuen Wohnbereich. Die Nachbarn brachten ein Sofa, einen Tisch und einen Fernseher. Einige Tage später fand Aleksandar einen Schrank, den jemand vor die Tür gestellt hatte, und Tiha brachte zwei Poster aus der Schule mit. Auf dem einen tanzte ein Schulmädchen mit Zöpfen, der Name Britney Spears stand darunter, auf dem anderen posierte eine Dame in Schwarz vor hellem Hintergrund. Nur der Schriftzug »Blondie« leuchtete neonfarben in der linken oberen Ecke. Biljana erlaubte ihrer Tochter, die Bilder mit Reißzwecken an die Schranktüren zu heften. Den neuen Wohnort fanden alle schön.
Wenn Tiha und die anderen Schulkinder morgens den Raum verlassen hatten, wurden hinter den Schränken und Tüchern nacheinander die Fernseher eingeschaltet, sodass entweder eine einzige Sendung die Wohneinheiten miteinander verband oder eine irritierende Mehrstimmigkeit herrschte, die wie ein anhaltender Wolkenbruch unter der gemeinsamen Decke hing. Um die ausgewählte Sendung verfolgen zu können, musste jeder das eigene Gerät etwas lauter drehen als der Nachbar, der seinerseits das Gleiche dachte. Und so steigerte sich das Stimmengewirr zu einem Geschrei, das bald niemand mehr ertrug, das vielmehr

dazu führte, dass alle den Raum verließen und sich in der Küche trafen. Die Fernseher liefen weiter, aber wenn man die Tür zur Küche schloss, waren sie kaum noch zu hören. Genau dort an einem der Herde, zwei Eier in die Pfanne schlagend, hatte Aleksandar Adnan wieder getroffen. Er bewohnte zusammen mit Nada in der ersten Etage ein Zimmer. Adnan hatte Aleksandar gut gelaunt umarmt und gerufen: »Das Paradies, oder? Sag doch, das Paradies!« Dabei hatte er die Hand auf sein graues Haar gelegt und die Kopfhaut einmal vor und zurück bewegt, was ausgesehen hatte, als sitze ein Toupet auf seinem Kopf. Biljana und Aleksandar hatten gelacht, aber Nada war an den Herd getreten, hatte nach der Pfanne gegriffen und die Eier auf den Teller gleiten lassen.

»Ich dreh noch eine Runde«, sagte Aleksandar, stand auf, schlüpfte in die Winterjacke, zog das Tuch beiseite, während Tiha auf die Fernbedienung drückte und die Stimmenkulissen verschob. Im Flur klapperte ein Fenster. Von der Decke fiel grelles, schirmloses Licht aus den Leuchtstoffröhren, platzte an den Wänden und schlierte zu Boden.

Aleksandar schlenderte zum Aufenthaltsraum. Würde er es hier in Luxemburg schaffen wie sein Bruder Živko? Wollte er überhaupt hier bleiben, Fuß fassen, die Berge in Montenegro vergessen? Sollte Trpezi in Zukunft nur noch ein Ausflugsziel sein? Solange Biljana und Tiha noch dort gewesen waren, hatte er sich wenig Gedanken gemacht, ja, er war sich sicher gewesen, irgendwann zurückzugehen, aber jetzt schien ihm die eigene Heimat zu entgleiten. Bei Živko herumzusitzen war ihm ein halbes Jahr lang völlig normal vorgekommen, so als sei dies sein alltägliches Leben, als habe er nie etwas anderes getan. Aber nun, seit er vor einem Monat um Asyl gebeten hatte, war das Sitzen zum Warten geworden, und Fragen bedrängten ihn. Ob Adnan auch über diese Dinge nachdachte?

Aleksandar öffnete die Tür zum Aufenthaltsraum. Der Geruch von kaltem Rauch zog ihm entgegen. Volle Aschenbecher standen auf den Holztischen; an einer Tafel hingen kleine, gerahmte Bilder. Die hintere Wand bestand aus einem Glasmosaik, das

farbige Splitter neben die dort aufgereihten Sofas warf. Zwei Jugendliche spielten Tischfußball. Aleksandar stellte sich zu ihnen, verfolgte die kleine Kugel, wie sie sich drehte, gegen die Figuren knallte, von der Seitenwand abprallte. Die beiden Jungs waren konzentriert bei der Sache. Ihre Körper hingen gebeugt über den Stangen. Die Muskeln in den Unterarmen spannten sich. Einer der beiden hatte Schweiß auf der Stirn, obwohl es nicht warm hier drinnen war. Seine Haut glänzte wie das Lametta und die Kugeln am Weihnachtsbaum in der Ecke.
Aleksandar war sich noch immer nicht sicher, ob er gleich mitgehen sollte. Ihm war nicht ganz wohl dabei. Was konnte schon herauskommen bei so einem Treffen?
Der Ball flog übers Tor, rollte unter einen Sessel, aber die Jungs holten ihn nicht wieder. Sie warfen einen neuen Ball durch das Loch aufs Spielfeld und ließen die Stangen rotieren. Dann stand Adnan plötzlich hinter Aleksandar und flüsterte: »Mr. Carter ist da, es kann losgehen.«
Aleksandar wollte antworten, aber Adnan hatte bereits den Weg zur Tür eingeschlagen, als habe er es eilig. Zusammen verließen sie das Gebäude. Aleksandar zog eine Zipfelmütze aus der Jacke und schob sie sich tief in die Stirn. Draußen stürmte es. Der Wind ließ die Bäume knacken. Die dünneren Stämme bogen sich bis fast auf die Erde. Auf der Straße war niemand zu sehen, selbst Autos fuhren nur wenige.
»So also feiert man hier den zweiten Weihnachtsabend«, sagte Adnan, »da bin ich ja froh, dass ich Moslem bin.«
In den Häusern brannten überall Lichterketten, Rehe aus Glühbirnen sprangen vor den Eingangstüren. Die beiden Männer stemmten sich gegen die Windböen. Aleksandar hielt seine Mütze fest, während Adnan mit den Armen ruderte, als übe er das Schwimmen auf dem Trockenen. Hinter ihnen war ein Geheul zu hören, ein Pfeifen, als mache sich jemand lustig über sie.
»Weißt du, wie die Gegend hier heißt?«, fragte Adnan laut.
»Luxemburg«, sagte Aleksandar.
Adnan lachte, rieb seine Nase, bevor er, jede Silbe betonend, »Limpertsberg«, antwortete. »Klingt wie Kindertheater, oder? Limp-perts-berg.«

Zwei Rollläden schlugen gegen die Hausfassade. Aus einer Seitenstraße näherten sich Scheinwerfer. Trotzdem gingen die beiden Männer bei Rot über den Fußgängerstreifen.

»Ich habe mir schon alles angeschaut, zusammen mit Dragana«, sagte Adnan, »man will ja wissen, wo man lebt. Das ist eine scheiß reiche Gegend hier, dieser Limpiberg. Nur Einfamilienhäuser.«

»Hast du doch auch in Berane und ich in Trpezi«, erwiderte Aleksandar.

»Was?«, fragte Adnan.

Aleksandar wusste nicht, ob er ihn wegen des Donners nicht gehört oder ihn nicht verstanden hatte. Also sagte er: »Ein Haus. Du hast eins, ich hab eins.«

»Ja, ja«, antwortete Adnan, und Aleksandar wartete auf sein »aber« und den Rest des Satzes. Aber es kam nichts mehr. Nur ein Blitz riss durch die Dunkelheit. An einem geöffneten Fenster in der zweiten Etage war kurz ein Mann zu sehen, der rauchte.

»Du musst dir mal die Straßennamen anschauen. Da lernst du, wen und was die hier so mögen. Die einen sind nach Schriftstellern benannt, die anderen nach Rosenzüchtern. Kannst du mir erklären, wie dieses Land es so weit bringen konnte? Schriftsteller und Rosenzüchter.« Adnan kniff die Augen zusammen. Das schnelle Gehen brachte ihn leicht außer Atem, hinderte ihn aber nicht daran weiterzureden: »Eine Straße ist auch nach einem Radfahrer benannt. Wusstest du, dass ein Luxemburger mal die Tour de France gewonnen hat?«

»Ich steh mehr auf Fußball«, antwortete Aleksandar.

»Ich auch«, sagte Adnan, »aber ist doch interessant.«

Aleksandar hätte es interessanter gefunden, endlich anzukommen. Bei gutem Wetter war der Weg zum großen Platz angenehm, aber bei diesem Wind zog sich die Strecke ganz schön hin. Er schaute in eine Seitenstraße, erkannte das Haus wieder und rief: »Hier wohnt die Nachrichtensprecherin.«

»Was für eine Nachrichtensprecherin?«, fragte Adnan. Sein graues Haar, das normalerweise wie zwei feste Einheiten den Seitenscheitel begrenzte, zappelte wirr und unkontrolliert um seinen Kopf.

»Die luxemburgische«, sagte Aleksandar.

»Du kennst die luxemburgische Nachrichtensprecherin und weißt, wo sie wohnt?«, fragte Adnan ungläubig.
»Na ja«, setzte Aleksandar an, kam aber nicht weiter, weil Adnan ihn am Arm packte und zwang, stehen zu bleiben. Der Wind schien in diesem Moment die Richtung zu wechseln, schlug ihnen gegen die Hinterköpfe.
»Gib ihr Artikel von mir. Ich besorge sie dir. Moment. Die kann höchstwahrscheinlich kein Serbokroatisch.« Er überlegte kurz: »Dragana kann sie übersetzen. Das macht die. Und ich kann über uns berichten. Das interessiert die Luxemburger. So viele leben ja nicht hier im Land. Da machen einige tausend Asylbewerber schon was aus. Die sucht Leute wie mich. Ganz bestimmt sucht die Leute wie mich. Wir haben noch etwas Zeit. Kannst du mich nicht schnell mal vorstellen?«
»Ich kenne sie doch gar nicht«, wehrte Aleksandar ab.
»Du hast doch gerade gesagt, du weißt, wo sie wohnt«, erwiderte Adnan.
»Ich habe sie mal in das Haus gehen sehen«, verteidigte sich Aleksandar, »jetzt lass uns weitergehen.«
Adnan ließ seinen Arm los, machte einen Schritt nach vorn. Und als hätte der Wind nur darauf gewartet, griff er den beiden Männern hart von vorne ins Gesicht.
»Ich habe sie im Fernsehen gesehen und dann später, als ich spazieren ging, stand sie vor dem Haus«, erklärte Aleksandar.
»Man muss jede Gelegenheit ausnutzen«, sagte Adnan.
Das Licht der Straßenlampen schien hin und her zu wehen, zitterte neben den Sockeln, franste abwechselnd in alle Richtungen aus.
»Sie versteht kein Serbokroatisch, hast du doch selbst gesagt«, schrie Aleksandar gegen das Grollen am Himmel an, »wie hätte ich sie denn ansprechen sollen? Und was glaubst du, was sie gedacht hätte? Ein fremder Mann, der ihr vor der Tür auflauert.«
»Du hast auf sie gewartet?«, fragte Adnan zurück.
»Spinnst du?«, rief Aleksandar, »wie soll ich denn warten, wenn ich nicht mal weiß, wo sie wohnt?«
»Aber du weißt doch, wo sie wohnt«, brüllte Adnan.
»Ja, jetzt«, antwortete Aleksandar, »vielleicht hat sie aber auch

nur jemanden da besucht. Was weiß denn ich? Es ist doch auch scheißegal.«
»Man muss jede Gelegenheit ausnutzen«, wiederholte Adnan. Sein Gesicht hatte etwas Verbissenes. Aleksandar sah, wie er seine Lippen nach außen stülpte und die Stirn in Falten legte, als sei er entschlossen, jeden aus dem Weg zu räumen, der sich ihm entgegenstellte. Auf der anderen Straßenseite flatterten Plastikplanen über einigen Gemüsebeeten, wurden vom Wind gedroschen. Aleksandar glaubte, einige Scheiben des Gewächshauses dahinter klirren zu hören. »Wir sollten umdrehen«, sagte er.
Adnan reagierte nicht, stemmte sich schräg gegen den Sturm und ruderte weiter.
Das ist ein schlechtes Vorzeichen, dieses Wetter, dachte Aleksandar.

Auf dem Bürgersteig lagen zwei umgekippte Mülltonnen, schepperten gegen das kleine Mäuerchen. Linker Hand tauchte ein Kino auf. Dann lag vor ihnen der große Platz, vollgeparkt mit Wagen, auf der einen Seite von hohen Glasfassaden und Betonbauten umzäunt, auf der anderen von Einfamilienhäusern. Auch eine kleine Kirche gab es. Die Bäume schwenkten ihre kahlen Kronen, als rührten sie den Sturm an. Adnan bog nach rechts ab und blieb vor einer Tafel stehen, auf der ein Baumstamm zu sehen war. Daneben stand ein Satz geschrieben, den Aleksandar nicht verstand. Nur die Zahl 1799 ließ ihn das Ganze für ein Denkmal halten. Dahinter erstreckte sich ein Friedhof.
»Der Glacis«, sagte Adnan und streckte seinen rechten Arm aus.
Aleksandar wandte sich um, konnte aber nichts Besonderes erkennen und fragte: »Wo?«
»Der Platz«, rief Adnan, »den Platz nennen sie Glacis.«
»Warum?«, fragte Aleksandar zurück.
»Was weiß ich?«, schrie Adnan, »das ist halt der Name, nehme ich an. Wir warten hier.« Er nahm sein Handy aus der Tasche und schaute auf die Uhrzeit.
»Was kostet das, wenn du von hier aus nach Hause anrufst?«, rief Aleksandar.
»Keine Ahnung«, antwortete Adnan, »habe es noch nicht be-

nutzt, erst gestern eine Karte von hier reingetan. Die alte habe ich in Berane gelassen, falls wir zurückgehen.«
In diesem Moment spritzten Regentropfen in ihre Gesichter. Aleksandar drehte sich um und schaute sich die Schrift auf der Denkmalplatte an. Warum war ein Baum drauf? Hatten sie hier im Jahre 1799 die erste Fichte gepflanzt? Er zog seine Mütze bis in den Nacken und sagte: »Bist du sicher, dass der kommt? Ich traue dem nicht.«
Adnan zuckte mit den Schultern, wischte sich den Regen aus dem Gesicht, bevor er antwortete: »Der wird schon kommen.«
Kaum hatte er den Satz beendet, als Danilo Žunić hinter der Platte mit dem Baum hervortrat und rief: »Der ist schon da, du Teppichklopfer!«
Aleksandar erschrak, ging ungewollt einen Schritt rückwärts. Danilos gelbe Haare waren hochgegelt, sahen steif, dabei klatschnass aus. Er machte einen Sprung auf Adnan zu, klopfte ihm auf die Schulter. Sein Blick wirkte gehetzt. »Gefällt dir mein Auftritt?«, fragte er, ohne Aleksandar zu beachten.
Auf dem Glacis sprang der Regen vom Asphalt hoch, ein synchroner Tanz unzähliger Tropfen. Adnan versuchte ein Lächeln. Zwei Katzen miauten, liefen hintereinander durch die Gittertür auf den Friedhof.
»Dahin«, befahl Danilo, zog Adnan über die Straße, lief eng an den Glasbauten vorbei. Aleksandar folgte ihnen in einem Abstand von einigen Metern. Der Regen wurde immer stärker. Die Blitze waren so hell, dass Aleksandar die Augen kurz schloss.
Sie überquerten eine weitere Straße, rannten hinter einem vorbeifahrenden Wagen auf den Bürgersteig zu einem Bistrot.

Drinnen schüttelte Danilo die Nässe aus seinem Haar, als sei er ein Hund. Kleine Tropfen flogen auf einen Tisch an der Tür. Die Gäste drehten sich um, beschwerten sich aber nicht.
Danilo zog seine Jacke aus, sagte: »Setz dich« und ließ sich selbst auf die Sitzbank fallen.
Keine billige Regenjacke, dachte Aleksandar, die hat er nicht aus dem Kleiderfundus; zu Hause war er als Kind immer in Lumpen herumgelaufen. Dann hörte er Danilo fragen, was Adnan trinken

möchte. Ihn fragte er nicht. Die Kellnerin sprach französisch, verstand aber das Wort »pivo«, das Danilo ihr entgegenschleuderte. Trotzdem schaute sie irritiert in die Runde, weil die neuen Gäste zu dritt gekommen waren, Danilo aber bei seiner Bestellung nur Zeige- und Mittelfinger streckte.

»Cola«, sagte Aleksandar etwas zu leise, räusperte sich, wiederholte seine Bestellung, während er nach seiner Zipfelmütze griff.

»Und du wohnst jetzt in diesem Drecksloch«, sagte Danilo, als die Bedienung sich entfernt hatte.

»Es ist nur vorübergehend«, antwortete Adnan.

Danilo lachte. Sein Mund verzog sich dabei in die Breite, aber oberhalb der Wangenknochen stellte sich in seinem Gesicht keine Veränderung ein, als seien die Nerven um die wässrigblauen Augen gelähmt. Er starrte auf sein Gegenüber, dann ins Bistrot hinein.

»So schlecht ist es nicht«, fuhr Adnan fort, »sie haben uns hier gut aufgenommen.«

Danilo lachte noch immer, schlug sich einmal schnell mit der Handfläche gegen die rechte Schläfe, antwortete aber nicht.

An der Theke saßen vereinzelt Männer, schauten in das Flaschenmeer, das sich in der Verspiegelung dahinter ins Uferlose dehnte, und ertranken.

Der hat was genommen, der weiß nicht mal, dass er hier mit uns sitzt, dachte Aleksandar. Vor sich sah er die Holzhütte von Danilos Vater im Waldstück oberhalb von Petnjica, ein Zimmer, in dem der alte Žunić mit seinem Sohn gelebt hatte. Wie gut, dass er Danilo hier nicht sehen konnte.

Auch Adnan schwieg jetzt.

Unter der Decke sammelte sich Rauch, spannte Fäden zwischen die Lampen, riss auf, wellte sich in die Vorhänge.

An Danilos Hals zappelte die Halsschlagader. Er warf den Kopf zur Seite, schaute der Kellnerin in den Ausschnitt, während sie die Gläser auf den Tisch stellte. Dann fragte er: »Wie viele Franken bekommst du noch mal im Monat?« Er fragte es, als erwarte er keine Antwort, griff fahrig nach seinem Bier, trank einen winzigen Schluck, verzog den Mund, als schmecke sein Getränk nach Zitronensaft. Schließlich stellte er das Glas neben die nasse, runde Stelle auf den Tisch zurück und sagte: »Ich will es gar nicht wissen. Bei Allah. Wie kannst du dich so behandeln lassen?«

Adnan antwortete nicht.

Ich hätte nicht mitkommen sollen, dachte Aleksandar, rieb mit Zeige- und Mittelfinger die Innenfläche seiner linken Hand. Hinter der Theke legte die Kellnerin eine CD ein.

»Wir kommen klar«, sagte Adnan schließlich. Er würde sich nicht so von diesem Jungen behandeln lassen. Er war 41 und hatte über vieles geschrieben. Der da hatte noch gar nichts geleistet. Nur weil er dem Vater versprochen hatte, auf dessen Sohn aufzupassen, hieß das noch lange nicht, dass er sich so anraunzen lassen musste.

»Warum bist du dann hier?«, fragte Danilo. »Weil es dir so gut geht? Weil du genug Geld hast?«

»Ich habe deinem Vater ...«

»Mein Vater ist da, wo ich nicht mehr hingehen werde«, unterbrach ihn Danilo laut.

Die Gäste am Nebentisch schauten zu ihnen herüber, sahen aber sofort weg, als Danilo ihren Blick erwiderte.

»Ich habe in dem Monat, in dem ich hier bin, bereits mehr Geld verdient, als mein Vater in den letzten zehn Jahren«, fuhr der junge Žunić mit gedämpfter Stimme fort. Er zog ein Bündel Tausender aus der Tasche, wedelte damit vor Adnans Nase und steckte sie wieder ein.

Aleksandar sah, wie Danilo die Zähne nach jedem Satz aufeinanderbiss, als müsse er etwas Hartes knacken. Gegen die Fensterscheibe in seinem Rücken prasselte es wild.

»Lassen wir den Scheiß«, sagte Danilo, »wir suchen Leute, auf die man sich verlassen kann.«

»Wir?«, fragte Adnan, setzte das Bier an seine Lippen und leerte es in einem Zug.

Das imponiert dem nicht, dachte Aleksandar, lass uns gehen.

»Du musst einfach nur hin- und herfahren«, sagte Danilo, »nach Amsterdam und zurück. Einmal im Monat. Vielleicht zweimal.«

»Und was habe ich geladen?«, fragte Adnan.

Danilo nippte erneut vorsichtig an seinem Bier, als handele es sich um eine kochend heiße Flüssigkeit, stellte es anschließend neben die beiden nassen Sockelabdrücke, nahm einen Pappdeckel aus einem Plastikhalter, legte ihn auf Adnans leeres Glas und durchbohrte ihn mit einem kräftigen Stoß seines Zeigefingers. »Kommt drauf an«, sagte er, »mal dies, mal das, mal alles zusammen.«

»Sehr vage«, antwortete Adnan.

»Du bist neugierig«, erwiderte Danilo.

»Mir geht es ganz gut, glaube ich«, sagte Adnan.

»Und nicht flexibel genug«, fuhr Danilo fort, fasste sich unkontrolliert ins gelbe Haar, als müsse er sich vergewissern, dass es noch da sei, »in unserer Branche ist Flexibilität überlebensnotwendig.«

»Wo wohnst du eigentlich?«, fragte Adnan.

Erneut lachte Danilos Mund. »Mal hier, mal dort«, sagte er.

»Und gemeldet bist du nirgends, richtig?«, sagte Adnan.

»Du bist genauso ein Greis wie mein Vater«, antwortete Danilo voller Verachtung. »Rosa Papier und Negativbescheid sind die ersten Worte, die eure Kinder in der Sprache hier lernen. Soll das dein Leben sein? Dann stirb doch gleich.«

»Ich habe keine Kinder«, sagte Adnan gereizt.

»Du bist ein Arsch«, antwortete Danilo. Sein Oberkörper zitterte. Adnan wollte aufspringen, entschied sich anders und grinste.

»Zwei Fahrten, und du hast die zehntausend DM, die du den Schleppern gezahlt hast, wieder in der Tasche. Schneller kannst du kaum reich werden«, sagte Danilo, schaute zur Theke, dann hektisch zur Tür und wieder zur Theke.

»Du solltest dich anmelden. Wenn sie dich als Illegalen erwischen, wirst du sofort abgeschoben. Du bist zu jung, um dir das ganze Leben zu versauen«, antwortete Adnan.

Danilo tunkte noch einmal seine Oberlippe in den Schaumrest, stellte das noch fast volle Glas mit der Aufschrift »Diekirch« auf den Tisch, ehe er die Kellnerin heranwinkte und die zwei Bier bezahlte. Dann sprang er von der Bank auf, fuhr in seine Jacke und sagte: »Ich habe noch was anderes zu tun, als das Altenheim zu pflegen. Du weißt, wie du mich erreichst.« Er ging um den Tisch herum, bückte sich zu Aleksandar und flüsterte ihm ins

Ohr: »Und du pass besser auf, was du sagst!« Dann war er aus der Tür.
Aleksandar hatte das Gefühl, Danilos Stimme halle hinter seiner Stirn wider. Er blickte zu Adnan, der auf seine Handflächen schaute, als könne er die Zukunft darin lesen. Draußen stürmte es noch immer. Durch die Glasscheibe war einen Moment lang eine Frau zu sehen, die ihren Regenschirm schloss, weil sie gegen den Wind nicht ankam. Ihre nassen Haare schnitten wie breite Striemen durch das Gesicht. Sie senkte den Kopf, während die Wolken über ihr sich so schnell verschoben, als rühre jemand hastig in der dunklen Brühe.

Der Regen färbte Bettys Mantel an den Schultern dunkler. Ihre Wangen fühlten sich kalt an. Glotz nicht so blöd, dachte sie, schaute vom Bistrotfenster auf die rechteckigen Lichtparzellen, die vor ihr den Bürgersteig erhellten, wischte sich die Tropfen aus den Augen. Den zugeklappten Regenschirm hielt sie wie einen Knüppel in der Hand. An der nächsten Ecke bog sie ab, lief einige Häuser weiter, bevor sie stehen blieb und klingelte. Im Hausflur strich sie sich die Haare hinters Ohr, atmete laut aus. Stimmen polterten die Treppe herab. Sie öffnete ihren Regenmantel, schaute sich das Geschenk an. Das Papier war nicht nass geworden, die Schrift auf der Glückwunschkarte nicht verlaufen. Oben in der Wohnung drängten sich die Gäste in der Küche und im Flur eng aneinander, obwohl im Wohnzimmer viel Platz war. Betty überreichte René die Bücher, gratulierte und sah, dass überall rote Rosen standen.
Auf dem Herd blubberte Chili con Carne in zwei Töpfen.
»Wo hast du geparkt?«, lachte René, »oder bist du zu Fuß aus Esch gekommen?«
»Das ist eine Sintflut«, antwortete Betty, »nur vom Glacis bis hierher und ich bin durch und durch nass.«
René nahm ihr den Regenschirm ab und stellte ihn in die Dusche, während er rief: »Iss was, das wärmt.«
Betty zog ihren Mantel aus, hörte jemanden hinter sich sagen: »Alles in Irland. Der Südwesten ist eine wunderbare Gegend.«

»Darf ich mal«, unterbrach sie den Mann, hängte den Mantel an die Garderobe.
»Bin mir noch nicht ganz sicher, wohin es führen wird, also inhaltlich; nur Irland, das steht fest«, sagte der Mann. Seine Haare waren so kurz geschoren, dass Betty nicht erkennen konnte, ob sie braun oder schwarz waren. Aber dass er aus dem Norden kam, aus dem Ösling, hörte sie sofort.
»Und wie dick soll ... ich meine, wie viele Seiten soll der Roman haben?«, fragte eine Frau in einem geblümten, sommerlichen Kleid.
»Das entscheidet der Roman selbst«, sagte der Mann. Das Blumenkleid schaute beeindruckt.
Betty ging in die Küche, zwängte sich zwischen den Gästen hindurch, begrüßte einige und füllte sich eine Schale mit Chili. Lange würde sie nicht bleiben. Vielleicht konnte sie später zu Hause noch einmal einen Blick in die Busfahrerakte werfen. Die Verhandlungen mit den Unternehmern am Montag würden entscheidend sein.
Der Mann mit den kurzen Haaren trat neben sie, fragte: »Darf ich?«, und griff nach einer Weinflasche.
Betty hatte das Gefühl, der Mann rieche nach Zimt. Sie nahm einen Löffel, sah auf die Uhr, bevor sie ins Wohnzimmer schlenderte. Dort stand die Frau im Blumenkleid vor dem Regal und schaute sich die Bücher an. Betty setzte sich aufs Sofa, schob sich etwas Chili in den Mund, wühlte die heiße Kost mit der Zunge um, bis sie sie schlucken konnte. Neben der Tür hingen Postkarten, die Freunde René geschickt hatten. Von Betty und Jean war auch eine dabei. Aus Holland. Vom letzten Jahr. Zum Glück sah man den Postkarten nie an, wie der Urlaub verlaufen war. Zu dritt hatte es begonnen, aber schon nach zwei Tagen war Jean ihr aus dem Weg gegangen, und auch sie hatte es vermieden, ihn zu treffen, wenn es nicht sein musste. Die Ferienwohnung war groß genug gewesen. Zuerst hatte sie sich um Charlotte kümmern wollen, aber ihre Tochter war mit anderen Luxemburgern, die sie kennengelernt hatte, am Strand unterwegs gewesen, hatte sich Sandwiches gemacht, sich selbst versorgt. Also war Betty zu Wanderungen aufgebrochen, hatte ihre Gedanken dem Wind

ausgesetzt, was zu neuen Konflikten mit ihrem Mann geführt hatte. Wenigstens im Urlaub könne sie sich mal um Charlotte kümmern, hatte er gesagt. Der Gedanke an Scheidung hatte sich ihr aufgedrängt, und sie war sich sicher, dass es Jean nicht anders ging.

Das Chili schmeckte hervorragend. Betty sog kühlende Luft ein, während sie kaute. Einen Weihnachtsbaum gab es in Renés Wohnzimmer nicht.

Die Türklingel war zu hören, ein lauter Gong. Die Frau im Blumenkleid verließ das Zimmer.

Betty legte ihre nassen Haare hinters linke Ohr. Sie spürte ein leichtes Brennen in den Augen, als seien die Kontaktlinsen zu trocken.

An den Fenstern tobte der Wind.

Im Flur sagte der Mann aus dem Ösling laut: »Sehr gut. Wirklich. Von wem kommt das?«

Betty sah auf den Drachenbaum, der in der Ecke neben der Bücherwand stand, dachte, der bekommt mehr Wasser als meiner. Das Chili lag warm in ihrem Magen.

»Hier«, antwortete René und zeigte auf Betty. Er schaukelte im Türrahmen und blickte zurück in den Flur. »Von ihr. Genau.«

Der Mann aus dem Ösling trat neben René. Er hielt die beiden Bücher, die Betty verschenkt hatte, in der Hand, einen Rotwein in der anderen, zögerte einen Moment. Betty konnte ihm ansehen, dass ihr Anblick ihn verunsicherte. Seine Augen flatterten.

»Darf ich vorstellen«, sagte René, machte einen Schritt aufs Sofa zu, »Betty Hoschert, die versammelte Gewerkschaft in einer Person, Arno Bausch, Autor und Geldtransportfahrer.«

Der Mann aus dem Ösling nickte, kam auf sie zu, klemmte die Bücher unter seinen Arm und reichte ihr, sich nach vorne beugend, die Hand. Betty antwortete nichts, nahm den Löffel in die Linke und reichte ihm ihre Rechte. Dann aß sie weiter. René und Arno setzten sich in die beiden Sessel, dem Sofa gegenüber. Obwohl Betty den Kopf etwas gesenkt hielt, konnte sie erkennen, dass Arno ein Lächeln über den Teppich streute, während er nachzudenken schien, was er sagen sollte.

Heraus kam: »Wirklich gut, ich finde man sollte mehr Bücher

von Luxemburger Autoren verschenken. Einheimische Literatur. Das tut man in Deutschland doch auch oder in Frankreich, nur bei uns überbringt man lieber einen Grass oder einen Modiano. Hauptsache aus dem Ausland.« Er gab René die Bücher zurück, stellte sein Rotweinglas auf den kleinen Tisch.

Ein Mondgesicht, dachte Betty, und etwas wenig Haare, aber immer noch mehr als meiner zu Hause.

»*Über Wasser. Über Land*«, lachte René, »haben die zwei sich abgesprochen?« Er hielt kurz beide Bücher hoch, blätterte dann in einem.

Betty fragte sich, wieso Menschen, denen man Bücher schenkt, immer darin herumblätterten. Da gab es außer Schrift doch nichts zu sehen, und Schrift musste man lesen, das einfache Blättern war völlig unsinnig.

»Glauben Sie, dass die Luxemburger, bedingt durch ihr kleines Land, an einem Minderwertigkeitskomplex leiden?«, fragte Arno.

»Wir machen jetzt also Konversation«, antwortete Betty, zog ihre Lippen nach innen, um sie abzulecken.

Arno wirkte einen Moment lang irritiert, erwiderte nichts. Um seine hellbraunen Augen lagen fast durchsichtige Schatten.

Draußen krachte es, als habe der Wind einige Dachziegel über die Rinne hinaus verschoben.

»Ich bin aus der Schule raus, damals, und kannte nicht einen Autor aus Luxemburg«, nahm Arno seinen Faden wieder auf. »Ich mein, wenn wir Abi machen, kennen wir die deutsche Literaturgeschichte, die französische, die anglo-amerikanische, aber Autoren aus unserem Land, Fehlanzeige. Da ist doch was faul im Staate Luxemburg.« Er steckte sich den kleinen Finger ins Ohr und ließ ihn vibrieren.

Betty musste lächeln. Machte sie auch solch unsinnige Gesten? Der ganze Raum schien sich mit Zimtgeruch zu füllen. Sie legte den Löffel in die Chilischale, stellte sie auf den Tisch, bevor sie fragte: »Sie fahren Geldtransporte? Schlechte Sicherheit, schlechter Verdienst. Sind Sie gewerkschaftlich organisiert?«

»Womit wir beim Thema wären«, lachte René.

»Ich schreibe eigentlich«, sagte Arno zurückhaltend, »das mit den Geldtransporten ist nur ein Job.«

»Dass es nur ein Job ist, macht die Sache nicht sicherer. Was zahlt man ihnen?«, fragte Betty.
Arno wurde rot. Sein schwarzes Hemd straffte sich an den Schultern, während er seine Sitzposition änderte. Betty war versucht, ihm beruhigend die Hand aufs Knie zu legen. Zum Glück stand der kleine Tisch zwischen ihnen. Sie atmete einmal tief ein, ehe sie fortfuhr: »Wir setzen uns für Sie ein. Ihr Job«, dabei zog sie das O weich in die Länge, »ist einer der wenigen in diesem Land, der dem Mindestlohn nicht angepasst ist.«
Die Farbe in Arnos Gesicht verdunkelte sich noch einmal, ehe er antwortete: »Ich weiß, aber Geld ist nicht alles.«
»Ah, ja«, erwiderte Betty, schaute Arno einen Moment zu lange an, bevor sie zu René sagte: »'ne Menge Rosen hast du bekommen. Ist das so, wenn man 45 wird?«
Kam dieser Arno vom Mond? Sein Gesicht ließe die Vermutung zu, dachte Betty. Normalerweise brachten Floskeln wie »Geld ist nicht alles« sie zur Weißglut. Auch jetzt hätte sie ihrem Gegenüber gerne den Vogel gezeigt, aber irgendetwas machte ihr den Mann sympathisch. Das Zimmerlicht flirrte über seine Haarstoppel, verlieh ihm etwas geradezu Lustiges, trotz des konsternierten Gesichtsausdruckes. Aber er schien sich schnell zu fangen, setzte eine freundliche Miene auf und sagte, obwohl er nicht angesprochen worden war: »Die Blume ist ein Sinnbild.«
»Für was?«, fragte Betty sofort. Ihr Blick traf scharf auf Arnos Gesicht, drückte den Mann regelrecht in den Sessel. Noch so ein Spruch und du bist fällig, dachte sie, fühlte gleichzeitig, dass sie übers Ziel hinausschoss. Der Mann hatte ihr nichts getan, im Gegenteil, er wirkte nett, entgegenkommend. Seine Hände lagen auf den Sessellehnen, die Adern gut sichtbar, als fließe zu viel Blut durch die schmalen Kanäle.
»Ich weiß auch nicht«, erwiderte René, »vielleicht fällt den Leuten nichts mehr ein, Bücher, Videos, Rosen. Ich bekomme gerne Geschenke, also frage ich nicht, warum.«
»Finden Sie es nicht merkwürdig, dass Sie ausgerechnet auf Geld und Sicherheit zu sprechen kommen, wenn wir uns über Kunst unterhalten?«, fragte Arno leise. In seinen Augen sah Betty eine moralische Gewissheit glänzen, die den Mann für

einen Moment begehrenswert erscheinen ließ. Sie schaute auf seine Brust, während der Regen laut und dicht gegen die Fenster schlug, begleitet von kurzen Aufhellungen. Die beiden oberen Hemdknöpfe standen offen. Aber sie konnte und wollte nicht auf so eine platte Bemerkung eingehen. Also lächelte sie Arno an, ehe sie sagte: »Ich habe den Verdacht, Schriftstellerei hin oder her, Sie sind nicht satisfaktionsfähig.«

Diesmal wurde ihr Gegenüber nicht rot. Der Mann lachte zurück, winzige Fältchen rahmten dabei seine Augen.

Gute Replik und ganz ohne Worte, dachte Betty, vielleicht kommen wir doch noch ins Gespräch. Sie rutschte auf dem Sofa nach vorn, roch erneut den Zimtgeruch.

Im Türrahmen erschien jemand mit gebräunter Haut, fragte: »Hast du auch Bier?«

René schaute hinter sich, während der Mann zu Arno sagte: »Du bleibst noch eine Weile, oder?«

»Ich sag dir Bescheid, Rui«, antwortete Arno, drehte sein Gesicht erneut Betty zu: »Auch ein Geldtransportfahrer.«

»Okay, und das Bier?«, erwiderte Rui, ließ Zeigefinger und Daumen zu beiden Seiten seines Mittelscheitels nach hinten gleiten.

»Im Kühlschrank. Im Bad«, antwortete René, zeichnete Kreise mit seiner Hand in die Luft.

»Du hast einen Kühlschrank im Bad?«, fragte Rui zurück, erwartete aber keine Antwort, sondern verschwand aus dem Türrahmen. Arnos Blick lag noch immer auf Betty.

Erst als René sagte: »Ich komme wenig zum Lesen«, zog er ihn zurück, als sei ihm plötzlich bewusst geworden, dass er Betty anstarrte.

»Und wenn«, fuhr René fort, »dann neue Gesetze, neue Vorschriften, die die ›Sans papiers‹ betreffen.«

»Ich würde auch nicht gerne ohne Papiere irgendwo warten«, erwiderte Arno, »und so zu leben ... Das Don Bosco ist nicht menschenwürdig, und daneben die alte Universität. Dieses schöne Gebäude.«

Betty hatte sofort das Gefühl, dass Arno absichtlich dick auftrug, einen Ton anschlug, der auf sie gemünzt war, um sie zu reizen. In ihrem Magen grummelte das Chili.

»Stellen Sie ihnen doch die eigene Wohnung zur Verfügung«, sagte sie.
Arno lächelte erneut. Für Betty sah es aus, als feiere er einen Sieg.
»Ja, was denn?«, fragte sie.
Arno nahm sein Weinglas vom Tisch, leerte es langsam und erwiderte: »Ich denke, wir könnten uns duzen.« Dann stand er auf, schaute auf sie herab, eine Mischung aus Stolz und flatternden Augen.
Woher sie es wusste, konnte Betty später nicht sagen, aber in diesem Moment war ihr klar, dass Arno sie küssen wollte. Er hätte es versucht, wenn René nicht zugegen gewesen wäre. Er hätte in diesem Augenblick den Mut dazu gehabt. Da war sie sich sicher.
Schneller, als sie nachdenken konnte, sagte sie barsch: »Tu es doch einfach.«
Arno hob sein leeres Glas, erwiderte: »Ich hole Nachschub«, dann verließ er das Wohnzimmer.
Ich bin verrückt, dachte Betty, was bilde ich mir ein. Wütend schlug sie sich auf den Oberschenkel.
Das Geräusch des Türgongs oszillierte durch den Flur, rollte herüber.
»Mach mal einer auf«, rief René, bevor er sich Betty zuwandte.
»Was ist los?«, fragte er.
»Weiß nicht«, antwortete Betty.
»Ich habe ihn nicht eingeladen, ich habe Rui eingeladen. Den kenne ich seit Langem. Seine Eltern haben in Esch dieses Restaurant, Don Filipe, da haben wir mal gegessen. Rui hat Arno mitgebracht, er fährt mit ihm von Zeit zu Zeit einen der Geldtransporter«, sagte René.
»Du musst dich nicht für deine Freunde rechtfertigen«, entgegnete Betty.
»Boah«, rief René. Dann lachten beide laut. Betty streckte ihre Beine unter dem kleinen Tisch.
Aus dem Flur wirbelten Stimmen, entknoteten sich, hingen einen Moment lang nebeneinander, bevor sie von einem neuen Sprachknäuel verdrängt wurden. Arnos Stimme war nicht dabei.
»Ich werde unsozial«, sagte Betty nach einer Weile, »keine Lust mehr, mit anderen Menschen zu reden. Vor allem nicht auf Par-

tys. All das Gerede, um nichts zu sagen. Zeit totschlagen, wo ich eh schon keine habe. Ich treffe dich gerne, aber Feste sind nichts mehr für mich.«

René hob die Schultern, behielt sie einen Moment oben, was aussah, als fehle ihm der Hals, bevor er sie wieder fallen ließ.

»Ich meine, ich reiße mir den Arsch auf, damit die Busfahrer mehr Geld bekommen, damit sie nicht zwölf Stunden arbeiten müssen und nur acht bezahlt bekommen, aber wenn du einen fragst, ob er mit auf die Demo kommt, sitzt ihm mit Sicherheit ein Furz quer. Wenn ich das schon höre: Eigentlich schreibe ich ja, das andere ist nur ein Job.«

»Er fährt Geld durch die Gegend. Arno ist kein Busfahrer«, erwiderte René.

»Das habe ich begriffen. Die Geldtransporte gehören auch zu meiner Baustelle, und deren Fahrer ziehen genauso wenig am gleichen Strang«, antwortete Betty. »Lies die beiden Bücher, dann unterhalten wir uns nächstes Mal darüber.«

»Arno ist laut Rui ganz in Ordnung«, sagte René, »er redet wohl etwas mehr vom Schreiben, als er tatsächlich schreibt, aber wer weiß, vielleicht bastelt er gerade am nächsten Renert.«

»Wir brauchen kein neues Nationalepos«, antwortete Betty, »die Leute hier lesen doch nicht mal das alte.«

»Heute ist aber ganz schwarz«, sagte René, schüttelte die Hand, als habe er sich verbrannt.

»Nee, bin nur etwas müde«, lachte Betty, »aber ein Bier würde ich jetzt nehmen.«

»Ich hol dir eins«, antwortete René und stand auf.

An den Scheiben floss das Wasser hinab, als säße über dem Fensterholz eine Quelle. In der Küche hatte jemand den CD-Player eingeschaltet, und mehrere Gäste sangen zusammen mit der Sängerin: »Maria, you've gotta see her.«

Betty fühlte sich wohl, allein im Wohnzimmer zu sitzen. Trotzdem schaute sie alle zehn Sekunden zur Tür. Ihre Kontaktlinsen brannten noch immer. Sie schloss die Augen, rieb über die Lider. Als sie sie wieder öffnete, hielt René ihr eine Bofferding-Flasche vors Gesicht. »Zur Erhaltung der nationalen Identität«, sagte er, »und für den inneren Reifeprozess.«

Betty nahm das Bier, prostete René zu und trank, bevor sie fragte: »Weihnachten hast du nicht gefeiert, oder?«
René schüttelte den Kopf: »Und was für Geschenke gab es bei dir? Bücher von Luxemburger Autoren?«
»Ich und Jean, wir schenken uns seit zehn Jahren zu Weihnachten gegenseitig eine Zahnbürste«, antwortete Betty, »haben wir so abgemacht. Damit ist sichergestellt, dass wir auch wirklich jedes Jahr eine neue haben, und ich muss mir nur den Kopf darüber zerbrechen, was Charlotte bekommt. Meistens sagt die aber, was sie will. Ist fast so schön, wie nicht feiern.«
Durch die Tür schrammelte Musik, die Betty nicht kannte. Einen Augenblick später schwebte die Frau im Blumenkleid tanzend hinterher. Ihre Beine bewegten sich zum schnellen Rocksong so langsam, dass für einen Außenstehenden ein Zusammenhang zwischen Rhythmus und Tanzschritt schwer herzustellen war. René und Betty schauten ihr zu. Sie hatte die Augen geschlossen, verschränkte in Zeitlupentempo ihre Arme vor der Brust, um sie anschließend noch langsamer wieder nach unten gleiten zu lassen. Von draußen schlug der Donner von Zeit zu Zeit den Takt. Betty trank einen Schluck. Die Frau machte sie wütend. So eine aufgesetzte Scheiße, schoss es ihr durch den Kopf. Dann war der Türgong erneut zu hören.
Als das Lied endete, setzte Betty die Bierflasche auf den Tisch und fragte die Frau: »Wissen Sie, dass uns am 21. Januar eine Mondfinsternis bevorsteht? Ich meine, wenn wir den Jahreswechsel überleben.«
Die Frau strich mit den Fingern über ihre Schläfen, antwortete im Gehen: »Ich bin nicht abergläubisch.« Dann verschwand sie im Flur, während ein neues Lied begann.
»Aber ich«, rief Betty ihr hinterher.
Einen Moment später flackerte das Licht zweimal, bevor es ausging. Aus der Küche war ein lautes »Ah« zu hören, während René sich aus dem Sessel hievte, gegen den kleinen Tisch stieß.
»Arno, lass die Finger von mir«, schrie jemand. Gelächter.
Schließlich schwiegen alle einen Moment lang. Nur der Regen war noch zu hören.
So, dachte Betty, ist die Welt am besten: still, schwarz und nass.

Am Moselufer in Remich hielten sich mehr Menschen auf, als Josette je zusammen gesehen hatte. Einige waren Händler, die lauthals Brot, Kleider und schlecht geschnitzte Löffel anboten, andere Schaulustige, die dabei sein wollten, wenn das Schiff den Anker lichten und langsam flussabwärts gleiten würde. Am Rande standen Karren mit Fässern, nass geschwitzte Pferde und Schifferleute, die gelangweilt den Abschiedsszenen beiwohnten. Obwohl bereits zehn Uhr war, wirkte das Licht über dem Wasser wie am frühen Morgen. Diesig und grau war es, nur manchmal drang ein Sonnenstrahl durch die Wolkendecke, ließ das Namensschild am Bug des Schiffes aufblitzen. Josette hätte gerne gewusst, wie es hieß, traute sich aber nicht, einen der Umstehenden zu fragen.
Leo Meier und seine Familie waren bereits am Vorabend in Remich angekommen, hatten auf der anderen Flussseite im Roten Haus, in dem die Schiffer sich normalerweise ausruhten, für eine Nacht Quartier bezogen, zusammen mit anderen Familien in einem Raum versucht, Schlaf zu finden. Aber jedem war die Aufregung vor der Abreise in den Mund gestiegen, und so hatten vor allem die Männer das Wort geführt. An Schlaf war nicht zu denken gewesen. Niemand wusste, wie viele an Bord gehen würden. Niederländer waren angekommen, Rheinpreußen und Bauern aus Lothringen, die sich alle auf den Weg nach Brasilien machen wollten.
»Das Schiff ist groß, 2000 Zentner soll es laden können«, hatte Leo zu Josette gesagt, »lass die drängeln, wir bekommen unseren Platz.«
Marc hatte sofort den Kopf geschüttelt und erwidert: »Aber was für einen. Das Gepäck kann man stapeln, uns nicht.«
Nun warteten sie als eine der letzten Familien in der Schlange darauf, dass die Gendarmen ihre Papiere kontrollierten und sie auf die Boote ließen. Das Segelschiff lag ruhig in der Flussmitte,

sein Mast bohrte sich wie ein Zeigefinger in Richtung Himmel. Liliane schaute auf die Wolken, die sackartig alles bedeckten, griff nach ihrem Donnerstein, den sie zusammen mit einem Kreuz um den Hals hängen hatte, und rieb ihn. Es war gut, dass Gott diese Werkzeuge auf die Erde warf, damit die Menschen sich gegen Blitze und Unwetter schützen konnten. Wie eine Kralle hatte der Stein vor ihrer Haustür gelegen, genau an dem Tag, an dem sie dem Mann das Geld gegeben und sich für die Überfahrt von Bremen nach Brasilien eingeschrieben hatten. Die drei Monate auf dem Meer würde sie den Donnerstein brauchen können, sie würde abwechselnd beten und an ihm reiben.
»Branntwein! Hier Branntwein!«
Hinter ihr begann jemand Geige zu spielen, eine Frau mit verschmutztem Gesicht sang dazu das Auswandererlied, das einige bereits gestern im Roten Haus angestimmt hatten.

Einstmal sah ich in den Himmel,
Eine Stimme ruft mir zu:
Kinder segelt jetzt nach hinnen,
Nach dem Land Brasilien zu.

Wo ihr einen Ort bereitet,
Wo nicht herrschten Zank und Streit,
Alles muss verein'gt stehn,
Wenn wir in das Land eingehn.

Die Frau hatte eine helle, zerbrechliche Stimme und hielt eine Holzschale vor ihrer Brust. Die Leute hörten ihr zu, schrien dazwischen, machten spöttische Bemerkungen, aber niemand legte etwas hinein.
»So ein Blödsinn«, rief ein Mann vor ihnen, zeigte den Gendarmen seine Papiere. Die Frau an seiner Seite hielt ein Kind im Arm und weinte. Der Mann griff sich zornig zwei Leinensäcke und ließ sie ins Boot hinab, während er »Komm jetzt« sagte. Aber die Frau blieb stehen, begann zu schluchzen. Der Mann sprang auf sie zu, entriss ihr das Kind und gab es dem Bootsmann. Die Frau schrie heulend auf, bewegte sich aber nicht.

»Dann bleib da!«, rief der Mann und stieg ins Boot.
»Der Nächste«, sagte der Gendarm, prüfte Leos Papiere, schließlich die von Marc, Liliane und Josette. Sie stiegen zu dem Mann mit dem Kind ins Boot. Am Ufer sang die Frau mit der hellen Stimme:

Keine Unruh kann mich stören,
Kein Verleumder kann es wehren,
Wenn wir hier – im armen Stand,
Ziehen nach Brasilienland.

Ihre Majestät der Kaiser,
Was wir hier geloben dir, –
Sei und bleib du allzeit weise,
Lass uns nicht verderben hier.

Wir versprechen in die Hand,
Dass wir wollen in das Land,
Wir säen unseren Samen aus
Gott gibt seinen Segen drauf.

Das Kind weinte. Der Mann versuchte es zu beruhigen, schüttelte es. Unter ihnen trieben kleine Wellen gegen den Rumpf. Es ist so weit, dachte Josette. Sie spürte eine seltsame Freude in ihrem Kopf, so als kitzele jemand sie unter der Schädeldecke. Ihr Bruder schaute grimmig, aber sie hatte das Gefühl, auch er freue sich, nun, da es kein Zurück mehr gab. Vom Ufer wehten das Schluchzen der Frau und die helle Stimme der Sängerin herüber, begleitet von einer kratzigen, ungeübten Geige.

Bald geht's Schiff hinaus ins Meer,
Bald ist es in seinem Lauf,
Tut euch alle Gott befehlen,
Gebet euch zu ihm hinauf.

Wenn die Wellen uns bedecken,
Kann mich doch kein Satan schrecken,

Ich befürchte nicht den Tod,
Ich verlasse mich auf Gott.

Wenn das Schiff geht in den Hafen,
Wenn wir treten an das Land,
Wird Brasiliens Kaiser sagen,
»Kommt und reichet mir die Hand.«

Weil uns Gott hat auserkoren,
Wir dem Kaiser Treu geschworen,
Dass wir treu und untertan,
Kommen in Brasilien an!

Die letzten Verse waren kaum noch zu verstehen. Der Wind trieb sie die Mosel hinab, während Josette mit ihrer Familie an Bord ging und die Boote zurück an Land gerudert wurden. Leo schaute sofort nach den Truhen, die sie gestern aufgegeben hatten, konnte sie aber bei dem ganzen Gepäck, das am Heck stand und mit Tauen zusammengebunden war, nicht finden. Vielleicht lagen sie ganz unten. Das Schiff sah nicht gerade neu aus, fand Leo, die Planken waren von Flecken übersät, in der Bordwand prangten Kerben, an vielen Stellen fehlte die Farbe, und das Holz zeigte eine aufgeraute Maserung. Über hundert Menschen waren an Deck, das so groß war, dass alle Platz hatten, nicht genug um sich hinzulegen, sich in vollem Umfang auszustrecken, aber setzen konnte sich jeder auf die Planken. Trotzdem standen die meisten, redeten zu laut, winkten den Freunden, den Verwandten am Ufer zu. Josette sah die Gendarmen, die Frau, die nicht mitwollte und noch immer dort stand, wo ihr Mann sie verlassen hatte. Kinder liefen am Ufer entlang, neue Pferdekarren kamen an. Der Geiger musizierte weiter, bewegte den Bogen hin und her. Zu hören war an Bord nichts von seinem Spiel.
Josette war so aufgeregt, dass sie ihre Finger zu Fäusten ballte und vor der Brust zusammenpresste, als müsse sie einen Gegendruck erzeugen, der die Spannung im Körper zurückhielt. Sie würde Wahl nie wiedersehen, die Nachbarn, das Haus, die

Felder, den Kirchturm. Auch von Remich würde dies das letzte Bild sein, das sich ihrem Gedächtnis anvertraute – dieses unübersichtliche Treiben, als verschiebe Gott Figuren auf seinem Spielfeld. Grob geschnitzte Gesichter, raue Hände, turmhohe Männer, schnelle Läufer, Gäule und Bäuerinnen. Und plötzlich glaubte Josette, Aloyse Marner auf einem der Wagen zu erkennen, ihn lachen zu sehen. Er sprang zwischen die Leute, dann war er verschwunden. Im gleichen Augenblick begann sie nach Pol Ausschau zu halten. Aloyse würde nicht alleine hier auftauchen. Sie suchte in der Menge, ihr Blick lief von einem Gesicht zum nächsten, übersprang die Hauben, erkannte niemanden. Warum sollte Pol bis nach Remich kommen? Sie musste sich geirrt haben. Trotzdem spürte sie ihre Herzschläge im Hals. Nach Remich kam man nicht einfach so. Oder wollte er etwas verkaufen? Aber was? Die hatten doch nichts. Pol nicht und der blasse Aloyse sowieso nicht.

Die Boote glitten erneut vollbeladen auf das Schiff zu. Wollte Pol sich verabschieden? Er hatte ihr die Wörter gesagt. Sie hätte ihn nie geheiratet, aber dass er ihr das gesagt hatte, freute sie. Vereinzelt flogen Vögel nicht zu durchschauende Muster zwischen Ufer und Schiff. Der Geruch von Tabak drang in Josettes Nase. Neben ihr spuckte ein Mann durch seine Zahnlücke ins Wasser, murmelte: »Wiesenfresser. Alles Wiesenfresser.« Josette sah, dass Spuckefäden in seinem zotteligen Bart hängen geblieben waren. Werde ich einen Brasilianer heiraten? Einen Fremden?, dachte sie.

Sie blinzelte noch einmal zu der Stelle hin, wo sie Aloyse gesehen zu haben glaubte, schaute dann die Bordkante entlang, erblickte ihren Vater im Gespräch mit Arnold Pallen, einem alten Notarschreiber aus Esch an der Alzette, der im Roten Haus mit seinem Enkel neben ihnen übernachtet hatte. Pallen rauchte Pfeife, klappte den Deckel kurz auf, schloss ihn wieder, bevor er über die Häuser von Remich zeigte und etwas sagte. Auch Josettes Mutter schaute in die angezeigte Richtung, aber ihr Blick schien weiter zu reichen, so als tue sich ihr Dorf vor ihr auf, Wahl und das Haus mit dem Stall, als sei der Hafen hier nur eine durchsichtige Kulisse vor einer gekappten Vergangenheit.

»Das war's«, schrie von unten ein Bootsmann, stieß sich vom Rumpf des Segelschiffes ab und ruderte zurück an Land. An Deck wimmelte es. Niemand schien seine Beine und Arme unter Kontrolle zu haben. Strohhüte schwankten, Filzhüte schipperten zwischen Hauben und Zipfelmützen. Josette stellte sich neben ihre Mutter, versuchte einen braunen Fleck von ihrem Vortuch zu kratzen. Wo hatte sie sich so dreckig gemacht? In ihrem Rücken hockte Marc mit Nicolas, Pallens Enkel, zusammen. Sie waren in diesem Augenblick fast die Einzigen an Bord, die noch saßen, hielten die Köpfe eng aneinander, als hätten sie Geheimnisse, als würden sie sich seit Jahren kennen. Auf Nicolas' Beinen lag eine Zeitung voller Eselsohren, vier Seiten dick und so groß wie die beiden Schuhe des Vaters, wenn man sie nebeneinander stellte. Nicolas hob den Kopf, nickte Josette zu und lächelte, ehe er sich wieder Marc zuwandte und zu flüstern begann.

Der alte Pallen hingegen schwieg, was selten vorkam. Letzte Nacht hatte er ihnen so viel über Esch an der Alzette erzählt, dass Josette nun mehr über diese Stadt wusste als über ihr eigenes Dorf – dass es in Esch Vorschrift war, einen Deckel auf der Pfeife zu haben, damit die Strohdächer nicht durch einen Funken in Flammen aufgehen konnten, dass das Wegwerfen eines Kohlestückes, mit dem man den Tabak entzündet hatte, unter Strafe stand, dass man dort seit Jahren eine Ziegelei hatte und die Strohdächer folglich bald der Vergangenheit angehörten und dass das alles sehr, sehr fortschrittlich war. Fast tausend Leute wohnten dort, und nur diejenigen, die neidisch auf Esch an der Alzette waren, sprachen noch von einem Dorf. Pallen sagte immer nur »meine Stadt« – »In meiner Stadt haben wir vor zwei Jahren Ecke Großgasse und Luxemburger den letzten Festungsturm abgetragen, um mit den Steinen eine Schule zu bauen. Ja. In meiner Stadt bekommen die Leute reihenweise Eichenstämme aus dem Clair-Chêne, umsonst, so groß ist der Wald, so mitfühlend die Obrigkeit. Denn ohne Stämme kein Dachstuhl, kein Ziegeldach, kein Fortschritt. Ja. In meiner Stadt haben die Männer gegen die Franzosen gekämpft, bis alles in Asche lag.«

Sein Enkel Nicolas hatte sich daraufhin auf den Rücken gelegt, die Arme hinter dem Kopf verschränkt und leise geantwortet:

»In meiner Stadt wachsen Schilf und Binsen, wo ein Marktplatz sein sollte, ein Sumpf bildet den Mittelpunkt, und aus den alten Festungsgräben stinkt es, dass man denken könnte, das ganze Dorf kommt dahin zum Scheißen. In meiner Stadt müssen die Bauern zur Bannmühle, wenn sie ihr Korn mahlen wollen und verhungern darüber. In meiner Stadt ist das Pflücken von Haselnüssen Waldfrevel. Meine Stadt nennt man Esch, la mauvaise.«
Einen Moment lang hatte Arnold Pallen seinen Enkel angeblickt, dann hatte er gelacht und gerufen: »So sind die Jungen. Die dritte Generation verschwendet und zerstört, was die beiden ersten aufgebaut und erarbeitet haben. Woher Esch diesen Beinamen hat, weiß ich nicht, aber schlecht ist an ihr gar nichts.«
»Wieso gehen Sie weg?«, hatte Leo daraufhin gefragt, und der alte Pallen hatte gezögert, dann die Hand gehoben und auf seinen Enkel gezeigt. »Brasilien ist zu weit für einen alten Mann wie mich. Von denen, die mit mir geboren wurden, lebt niemand mehr. Und ich werde Brasilien auch nicht sehen. Hier in unsere Nachbarländer wäre ich gerne einmal gereist und weiter. Ich habe von einem Landstrich gelesen, da gibt es schwarze Berge. Im Südosten liegt das. Wahrscheinlich sind die Türken dort. Das Holz aber steht dicht an dicht, und die Menschen sind gebildet. Wenn man von oben in die Täler schaut, glitzert das Harz an den Stämmen wie kleine Spiegel. Das Land hätte ich gerne einmal gesehen. Brasilien ist zu weit. Brasilien hat keine schwarzen Berge. Aber mein Enkel möchte dorthin. Nicht um zu arbeiten, um etwas zu erleben, sagt er.« Der alte Pallen hatte erneut aufgelacht, dann hatte er in die Runde gefragt: »Habe ich schon erzählt, dass die Leprosorien in meiner Stadt mit zu den besten im ganzen Land gehören? Ja. Die Aussätzigen haben viel Platz dort und werden gepflegt, dass man sich selbst ab und zu ein wenig Krankheit an den Hals wünscht. Und weit weg vom Mittelpunkt der Stadt liegen sie auch nicht.«

Ein Grollen ging übers Schiffsdeck, ließ die Stimmen einen Moment lang leiser werden. Die Ankerketten rasselten hoch, und das Schiff setzte sich langsam in Bewegung, gefolgt von

einem fünfundzwanzig Meter langen Bohrnachen, der das Gepäck kurzfristig aufnehmen würde, falls eine Untiefe den Segler auf Grund fahren lassen sollte. Am Steg winkten die Menschen, sprangen hoch. Die Kinder warfen mit kleinen Steinen. Josettes Blick irrte erneut über die Köpfe am Ufer hinweg, sprang zwischen den Gesichtern hin und her, bis ihr klar wurde, dass sie nach Pol suchte. Sie schüttelte den Kopf. Die Frau, die geweint hatte, war nicht mehr zu sehen.
Am Heck des Schiffes neben dem Gepäck schrie jemand: »Adieu Niederlande, adieu Luxemburg, es lebe Dom Pedro, es lebe der Kaiser von Brasilien!« Sein Nachbar schleuderte einen Strohhut in die Luft, hielt die Hände nach oben, um ihn wieder aufzufangen, aber der Wind griff ihn sich, trug ihn einige Meter über die Mosel und ließ ihn ins Wasser fallen. Schaukelnd lag er auf den Wellen, die das flussabwärts treibende Schiff erzeugte. Leo schlug zweimal mit seinem Reisestock auf die kastanienbraunen Planken, als gäbe er nachträglich das Zeichen zur Abfahrt. Ein kleines Segel wurde gesetzt, flatterte laut seine Beschwerden in den Wind, ehe es sich straffte. Der alte Pallen kniff die Augen zusammen, was seinem zerknitterten Gesicht zusätzliche Falten bescherte, klopfte dann die Asche aus seiner Pfeife. »Hier ist ja genug Wasser, um zu löschen«, lachte er.
Die Häuser glitten vorbei, entfernten sich nach und nach. Bäume liefen neben den Wegen ins Land. Ab und an standen Menschen am Ufer, die Hände in die Hüften gestützt, als wollten sie sagen: »Ihr Faulenzer, hol euch der Teufel!«

Auf der gegenüberliegenden Seite zogen vier Treidler ein Schiff die Strömung hoch. Die Männer hatten dicke Hanfseile, die am Mast befestigt waren, über die Schultern gelegt, spuckten lauthals Flüche aus, gingen mit regelmäßigem Schritt den Treidelpfad entlang, während der Kapitän auf dem Schiff gegensteuerte, damit der Bug sich nicht zu sehr dem Ufer nähern konnte.
»Harte Arbeit«, sagte der alte Pallen, »sogar ihre Kinder müssen mitziehen.«
»Viele nehmen Pferde«, antwortete Leo.

»Ja«, erwiderte Pallen, »aber die muss man erst mal haben, und ein Mann ist trotzdem immer dabei, um die Seile zu kappen, falls das Schiff die Tiere ins Wasser ziehen will.«
»Kommt selten vor«, sagte Leo.
»Ist trotzdem ein harter Beruf«, antwortete Pallen, »aber bald werden wir auch hier auf der Mosel Dampfschiffe haben, dann hat es sich ausgetreidelt.«
Leo hob beide Augenbrauen. Er wusste nicht, was er von Pallens Gerede halten sollte. Dampfschiffe, was sollte das denn sein? Pallen war in gewisser Hinsicht genau wie Derding. Beide konnten lesen, wussten viel und redeten noch mehr. Man musste aufpassen, was man ihnen glaubte und was nicht.
»Ein aussterbender Beruf«, bekräftigte Pallen, »ja, die einen sterben, die anderen entstehen. Vor fünfzig Jahren hat in meiner Stadt noch keiner an Ziegelbäcker gedacht, und heute schenkt das Brennen einigen Männern ihr täglich Brot. Ja. Aber es gibt eben auch immer mehr Berufe, die aussterben.«
Leo überlegte, was für Berufe das sein konnten. Mit dem Bauernstand sah es schlecht aus, viele wollten nicht mehr, viele wanderten aus, aber ob die Bauern deshalb aussterben würden?
Als hätte Pallen Leos Gedanken gelesen, sagte er: »Der Henker, zum Beispiel.«
»Der Henker?«, fragte Leo, steckte einen Finger lockernd zwischen Hals und Kragen. Vor einem Jahr hatte es den Henker jedenfalls noch gegeben. Leo hatte die beiden Knechte Nic und Louis auf dem Marktplatz in Luxemburg-Stadt erstanden, war mit ihnen in ein Gasthaus eingekehrt, um zum Zeichen des Vertragsabschlusses mit den beiden ein Glas Branntwein zu trinken. Auf dem Rückweg hatten sie ihn dann gesehen, den Henker, wie er einen Mann mit dem Eisen gebrandmarkt hatte.
»In meiner Stadt«, fuhr Pallen fort, »war die letzte Hinrichtung 1770, also vor achtundfünfzig Jahren, seitdem nichts mehr. Mal davon abgesehen, dass das Gesindel machen kann, was es will, so eine Hinrichtung hat doch auch was Festliches. Ja. Da kommen alle zusammen.«
Sein Gesicht schien sich etwas zu glätten, die Furchen auf der Stirn weniger tief zu sein. »Als sie damals den Kraus aufs Rad

geflochten haben, weil er einen Schifflinger erschlagen hatte, da war die ganze Gegend auf den Beinen, Männer, Frauen, Kinder. Mein erster Sohn war nicht einmal vier, und ich hatte ihn auf den Schultern, während der Henker mit dem Walkhammer dem Kraus das rechte Knie zertrümmerte. Ja. So ein Hammer hat sein Gewicht. Dann ist der Henker ums Rad gegangen, hat sich Zeit gelassen, war ja keine Eile, hat ausgeholt und Kraus das andere Bein gebrochen. Und der hat geschrien, obwohl er es nicht wollte. Das konntest du sehen. Da war was los.«

Am Ufer bedeckten weiße Laken eine Wiese. Die Bäuerin streute Asche darauf, bevor sie sie mit kochendem Wasser übergoss.

»Der alte Charles ging durch die Menge und verkaufte becherweise Schnaps. Hat ein gutes Geschäft gemacht an dem Tag«, sagte Pallen, machte eine kurze Pause, in der er sich die Lippen trocken rieb. »Ja. Dann zerschmetterte der Hammer den rechten Arm. Mein Sohn hat mir mit der flachen Hand einen Klaps auf den Kopf gegeben und das Geräusch, das er gerade gehört hatte, nachgeahmt. War auch später noch ein lustiger Kerl, bevor er im Krieg fiel, mein Erstgeborener. Gibt mir einfach einen Klaps auf den Schädel. Das weiß ich noch, als sei es gestern passiert.« Pallen schüttelte den Kopf, als verstehe er die Welt nicht mehr, dann streckte er seinen Rücken und sagte: »Am Schluss ein letzter Schlag mit einer Wucht auf die Brust, da walte Gott. Das war ein Henker, hatte Oberarme wie Baumstämme. Der Kraus weniger. Die Rippen und Knochen haben geknackt wie Äste, und Kraus war nicht mehr. Ja. Die Verwandten schnitten nachts die Leiche vom Galgen und begruben ihn. Die Escher Vögel bekamen wenig ab. Aber da haben immer alle die Augen zugedrückt. Sind ja keine Unmenschen. Seitdem keine einzige Hinrichtung mehr. Zollbeamter war der, der Kraus. Ja.«

In diesem Moment drehte Liliane sich um, bekreuzigte sich und ging einige Schritte die Bordkante entlang. Ein kalter Wind strich ihr um den Hals. Das Schiff schaukelte überhaupt nicht, sogar ein Pferdekarren war ungemütlicher zum Reisen. Im Gesicht spürte sie den ersten Regentropfen.

Abends, als es zu dunkel wurde, um weiterzusegeln, ankerten sie. In Wasserbillig hatten sie vor Stunden kurz gehalten, und der Kapitän war um die Schiffssteuer ärmer geworden. Auch Trier lag bereits hinter ihnen. Josette hatte sich im Vorbeigleiten das Stadtbild versucht einzuprägen. Aber die vielen Eindrücke der Fahrt, die Häuser der Dörfer und Städte, vermengt mit der Aufregung, bildeten einen hellen Gedächtnisteppich aus kleinen, unruhigen Schnipseln, die alles andere als deutlich in ihrem Kopf zurückblieben. Überall glimmte es, als bestünde die Erinnerung aus so vielen Funken, wie sie entstehen, wenn man im Feuer stocherte.
Auf dem Schiff sah man nun so gut wie nichts mehr. Nur am Bug warf die Öllampe des Kapitäns einen schwachen Schein über die Planken und das Wasser. Liliane schnitt dünne Scheiben vom Schinken ab, reichte sie ihrem Mann und den Kindern, dann, nach einem Moment des Zögerns, auch dem alten Pallen und seinem Enkel. Es hatte aufgehört zu regnen, aber alle waren durchnässt, saßen in Decken gehüllt und kauten. Vorne unter dem zeltartigen Überdach war nur Platz für den Kapitän und seine Schiffsknechte gewesen. Die Auswanderer hatten sich mit Sacktuch und Leinen so gut wie möglich zu schützen versucht, aber es hatte gegossen, als wolle Gott sie vor der Überfahrt reinwaschen. Ein Geruch von Armut war in Josettes Nase gedrungen, feucht, kalt und säuerlich, wie es in manchen Behausungen im Dorf roch. Nun aber wirkte der Himmel weit und ungeheuer groß. Sterne waren nicht zu sehen.
»Geht doch nichts über richtiges Weißbrot«, sagte Leo, »nicht dieses Roggenzeug.«
Marc und Nicolas standen gleichzeitig auf, gingen kauend einige Schritte, stiegen über Mitreisende.
»Wohin?«, rief Leo.
Keiner der beiden antwortete.
»Na, weglaufen können sie ja nicht«, sagte Pallen und schnitt sich selbst noch eine Scheibe vom Schinken ab.
Der Fluss machte gurgelnde Geräusche, als versuche er das Schiff zu schlucken.
»Kennst du Robert?«, fragte Marc, als sie im Schein der Öllampe standen.

»Welchen Robert?«, erwiderte Nicolas.
»Er ist der Kopf unserer Bruderschaft, von der ich dir erzählt habe«, sagte Marc.
»Kenne keinen Robert«, antwortete Nicolas.
»Er konnte auch lesen. Er hat uns vorgelesen, was im *Journal der Stadt und des Großherzogtums Luxemburg* stand«, sagte Marc. Sein Kittel klebte ihm feucht an den Schultern.
»Die lese ich auch. Gibt ja auch nichts anderes im Moment. Das *Luxemburger Wochenblatt* erscheint schon zwei Jahre nicht mehr«, erwiderte Nicolas, »aber ich lese sie mehr wegen der Nachrichten aus dem Ausland. Ich mach mir nichts aus Revolution.«
»Ist doch ein schönes Wort«, flüsterte Marc. »Ich will nicht weg, ich überlege noch, ob ich in Bremen heimlich vor der Abfahrt vom Schiff gehe. Brasilien kann mir gestohlen bleiben.«
Nicolas steckte Zeigefinger und Daumen in die Tasche seiner Weste, als suche er etwas darin. Schließlich sagte er: »Muss jeder machen, wie er denkt. Ich würde zum Beispiel gerne zum Vesuv, der ist letzten Monat ausgebrochen, aber Brasilien ist schon in Ordnung.«
Marc sah ihn erstaunt an. Den Namen »Vesuv« hatte Robert nie erwähnt. Und dieser Vesuv war ausgebrochen?
»Ja, der Vesuv«, sagte er.
»Oder«, fuhr Nicolas fort, »weißt du, was sie in der letzten Nummer schreiben? Deutsche Astronomen haben vorausgesagt, dass in vier Jahren ein Komet die Erde trifft. Ist das nicht unglaublich?«
»Was?«, fragte Marc.
»Dass die das auf vier Jahre voraussagen können«, antwortete Nicolas.
»Na, mal sehen«, erwiderte Marc. Er verstand nicht, wie man lesen und sich nicht für Veränderungen interessieren konnte. Schließlich fragte er doch: »Was hat der Vesuv denn getan?«
»Na, ganze Städte ausgelöscht«, sagte Nicolas. Was war das für eine Frage?
Ein Mörder oder ein Revolutionär?, dachte Marc, wechselte aber vorsichtshalber das Thema. Nicolas war ihm sympathisch, viel-

leicht brachte er ihm auf der Überfahrt die anderen Buchstaben bei. Er sah zwar etwas zu reich aus mit seiner Weste, seinem Rock und dem schmalzigen Haar, aber niemand konnte etwas für den Haushalt seiner Geburt. »Wieso reist dein Vater nicht mit?«, fragte er.

»Im Krieg gefallen«, antwortete Nicolas, »er hat für Napoleon gekämpft.«

»Und deine Mutter?«, hakte Marc nach. Robert hatte der Bruderschaft beigebracht, dass sie auch nach den Frauen fragen sollten, die Geschichte werde genauso vom Weibsvolk geschrieben, nicht nur von den Männern. Nicht an den Schreibtischen und nicht an der Front, aber eben anderswo.

»Auch verstorben«, sagte Nicolas, »Arnold hat mich großgezogen.« Dabei wies er mit dem Daumen über seine Schulter: »Er möchte eigentlich in Esch bleiben, würde am liebsten dreihundert werden, nur um zu sehen, wie seine Stadt im nächsten Jahrtausend aussehen wird. Aber außer mir hat er niemanden mehr. Er hat Angst, sie begraben ihn nicht ordentlich.« Nicolas verzog seinen Mund zu einem Grinsen, machte eine Pause, ehe er hinzufügte: »Du hast eine hübsche Schwester.«

»So«, antwortete Marc, »habe ich noch nicht darüber nachgedacht.«

»Das solltest du aber«, lachte Nicolas.

In der Nacht wurden alle durch das Geschrei einer Frau geweckt. Sie stand am Bug, schrie und schrie, verstummte dann, zeigte ins Wasser und atmete heftig. Ihr Gesicht war entstellt. Die Haare hingen ihr in den Mund. Diejenigen, die am Rumpf des Schiffes hinabschauten, bemerkten eine seltsame Bewegung im Wasser. Wirklich sehen konnte man nichts, aber die Oberfläche schien von Hunderten Karpfenschwänzen geschlagen zu werden, schäumte eine Zeit lang, dann war alles friedlich und still. Auch die Frau beruhigte sich wieder, erzählte erst stotternd, dann immer lebhafter von einer Erscheinung, die weiß und groß aus den Wellen gestiegen war und nach ihr gegriffen hatte. Als sie zurückgewichen war und zu schreien angefangen hatte, war der Wassergeist in sich zusammengefallen und hatte gekrampft.

Liliane hielt ihren Donnerstein umklammert, während die Frau berichtete. Andere bekreuzigten sich. Ein Mann schimpfte, rief: »Wiesenfresser. Alles Wiesenfresser.« Aber in der Dunkelheit war schwer auszumachen, wer es war. Dann zogen sich die Männer und Frauen nach und nach an ihre Plätze zurück. Richtig schlafen aber konnten die wenigsten. Sie hörten das Wasser gurgeln. Wer konnte schon wissen, was dort unter der Oberfläche lebte? Gott allein kannte den gesamten Plan.

Mit dem ersten Tageslicht öffneten sie vorsichtig, aber bereits hellwach die Augen, blickten sich gegenseitig an, wie man eine Fracht begutachtet, hörten das Geräusch der Ankerketten und waren froh wegzukommen von diesem Ort, weiter Richtung Koblenz zu segeln.

»Ich bekomme dieses Lied nicht mehr aus dem Kopf«, brummte Leo, fasste sich an den Brustbeutel, in dem er die Papiere, das Geld für die Überfahrt und einiges mehr aufbewahrte. Jedes Mal, wenn er den Beutel spürte, sah er sein Gesicht im Spiegel, der im Wohnzimmer zwischen den beiden Fenstern gehangen hatte und hinter dem er alles Wichtige zu verstecken pflegte. »Und die Geige dazu. Ich wache auf, die Melodie ist da. Vielleicht war sie die ganze Nacht in meinem Kopf.«

Liliane antwortete nicht, kontrollierte ihr Röcke, ihr Halstuch, die Haube. Alles war sauber.

»Und meine Schulter tut auch weh«, sagte Leo, hob sie an, legte den Kopf schräg, bis das Ohrläppchen sie berührte.

»Du siehst aus wie ein geschlagener Hund. Was sollen die Leute denken«, erwiderte Liliane.

Leo nuschelte etwas Unverständliches, erhob sich, ging hinter das Gepäck, schützte sich mit der Decke gegen Blicke und pinkelte hinab ins Wasser. Damit der Geist gelbe Haare bekommt, dachte er, und so viele Borsten auf den Zähnen wie meine Frau.

Schon wenig später verloren sie an Fahrt, das kleine Segel hing schlaff am Mast und wurde eingeholt. Das Schiff schien auf der Stelle zu stehen, jemand hielt es fest, krallte seine Nägel in den Rumpf. Geräusche, als schrammten die Planken über den

Moselgrund, drangen durch den Holzboden. An Deck entstand Unruhe.
»Hier hat man gar keinen Platz«, rief jemand, »wir sind schließlich kein Vieh!«
Andere beschwerten sich beim Kapitän über das langsame Vorwärtskommen, kehrten zurück, erklärten, dass alles seine Richtigkeit habe. Hinter der nächsten Biegung wartete bereits Hilfe. Sie würden getreidelt werden. Die Strömung war an dieser Stelle immer schwach.
»Wer sagt denn, dass wir überhaupt noch fahren?«, fragte der Mann, der zu wenig Platz hatte.
»Wir fahren«, beruhigte ihn jemand, der seine Schnallenschuhe gerade anzog, »ich habe auf die Birke dort geachtet, sie war vor mir, jetzt ist sie bereits da hinten.« Sofort suchten sich einige Augenpaare Punkte aus, auf die sie sich konzentrierten. Sie fuhren tatsächlich noch, folgten endlos langsam der Flussbiegung. Einige fühlten, dass Gott die Zeit angehalten hatte und nur hier auf diesen Hölzern noch Bewegung war, noch Leben stattfand voll Erwartung, Fügung und Zorn. Dann aber standen am Ufer sechs Pferde und ein Halfe, dessen Gesicht unter einem breitkrempigen, schwarzen Hut aus haarigem Filz kaum zu sehen war. Er wartete neben seinen Gäulen, als schliefe er. Seine Schuhe schienen im Leinpfad fest verankert zu sein. Die Doppelreihe Knöpfe bildete weiße Ufer auf der Unterjacke aus blauem Tuch. Zwei Bootsknechte ruderten ihm entgegen, brachten ihm die Taue, die sie an den Mast geknotet hatten. Als sie zurück an Bord waren, das Seil zum Bohrnachen kontrolliert hatten, stieg der Halfe auf das vorderste Pferd, hockte sich seitlich hin, mit dem Rücken zum Fluss, und schlug mit der Peitsche auf das Tier ein. Die Seile spannten sich, ein Knarzen war zu hören, und die Schiffe setzten sich spürbar in Bewegung. An Deck verstummten die Gespräche und Bemerkungen. Alle sahen zum Ufer. Sechs Pferde konnten tatsächlich zwei Schiffe ziehen. Das Sonnenlicht lief in langen Schlieren über die Rücken der Gäule. Auf den feuchten Planken rannten Jungs hin und her, versuchten über den Rumpf zu sehen, wurden hochgehoben, abgesetzt, weinten. Pallen holte sich vorne von der Kapitänslampe Feuer, steckte sich eine Pfeife

an. Am Himmel zeichneten die Wolken verschwindende Umrisse. Leo goss sich einen Schnaps ein, bot Pallen Becher und Flasche an, nachdem er getrunken hatte. Aber Pallen lehnte ab, hob nur kurz die Pfeife und sah rauchend hinüber zum Ufer. Weinberge erhoben sich dort, einer neben dem anderen.

»Was man bekommt ohne Mühe, sind Läuse und Flöhe«, sagte er. »Ja. Escher Redensart.«

»Das sagen wir auch«, antwortete Leo.

Dann schwiegen sie, hörten den Halfen schimpfen. Josette sah, wie die Pferde ausrutschten, sich fingen, weiterzogen. Der Treidelpfad war an manchen Stellen vom Regen aufgeweicht, fast nicht passierbar, etwas weiter wirkte er hart und löcherig, dass man Angst haben musste, die Tiere könnten sich die Beine brechen. Brasilien war noch weit, Bremen war noch weit. Sie waren noch nicht einmal auf dem Rhein.

Von irgendwoher kamen Kinder ans Ufer gelaufen, stellten sich in gehörigem Abstand vor die Pferde, gingen ihnen rückwärts voraus.

Ein zaghafter Wind bauschte Josettes Rock, kühlte das Gesicht unter der Haube.

Dann glitt die Welt der Auswanderer eine Weile still dahin, löste sich aus der Gegenwart, drang in eine Zukunft voller Farben und Früchte, bis die Stimme des Halfen sie laut und kehlig an die Mosel zurückholte. Er schrie lustlos, als habe er bereits zu viel in seinem Leben geschrien, als sei es bald genug, immer wieder von vorne anzufangen. Im Hieb seiner Peitsche lag gedankenlose Langeweile, die Gleichgültigkeit, die seinem Leben täglich im Ziehen eines Schiffes den Sinn erfand.

Josette schaute sich nach ihrem Bruder um. Sie wollte lieber mit ihm und Pallens Enkel irgendwo sitzen, als hier bei Vater und Mutter und dem Alten. Es war sowieso merkwürdig, einfach nur herumzusitzen, nichts zu tun, keine Hacke, keinen Eimer in der Hand zu haben, nichts zu schleppen, nicht einmal zu weben. Fort konnte man auch nicht. Wenn es nicht so schön wäre auszuwandern, könnte man denken, man säße im Gefängnis. Aber Leute wie die Pallens kennenzulernen, war mindestens so aufregend, wie an Brasilien zu denken. In Wahl lebten nur Bauern.

Keiner ihrer Söhne hatte eine Weste getragen. Nicht einmal der junge Derding. Und auch dessen Hände waren voller Schwielen. Nicolas' Finger hingegen sahen aus, als hätte er noch nie ein Holzscheit heben müssen. Trotzdem grüßte er freundlich und behandelte Marc wie seinesgleichen. Und drüben im neuen Land würden sie Nachbarn sein, der gleichen Arbeit nachgehen. Josette riss sich ein Stück vom Brot ab, hielt es in der Hand, ohne zu essen.

»Ja, ja«, murmelte Pallen, paffte mehrmals an der Pfeife. Aus seinem Mund kam so viel Rauch, als liege im Inneren eine Feuerstelle. Dann schwieg er kurz, bevor er hinzufügte: »Der Letztverstorbene muss den Kirchhof hüten, bis der nächste kommt.«

Weder Josette noch ihre Mutter verstanden, was er meinte. Nicht einmal Leo wusste, was der Friedhof mit diesem Augenblick hier und jetzt zu tun hatte.

Muss er immer vom Tod reden, dachte Liliane, wer so laut ruft, darf sich nicht wundern.

Vom Pfad sprang ein klägliches Gewieher in den Fluss, das Pferd schaute den eigenen Lauten hinterher, warf sich zusammen mit den anderen Artgenossen ins Zeug, schleppte sich weiter. Das Schiff schepperte leicht über den Grund. Köpfe wurden gereckt. Hinten bei den Truhen erkannte Josette ihren Bruder. Sie stand auf, stieg über die Mitreisenden, die nicht einmal ihre Füße zur Seite nahmen, stieß etwas weiter gegen eine Bäuerin, die sich den Nachttopf unter die Röcke geschoben hatte.

»Pass doch auf«, knurrte die Frau, zog die Schüssel unter sich hervor, achtete auf den Wind und goss den Urin über Bord. Josette sah auf die Wellen, schaute zu ihrem Bruder, bewegte sich vorwärts, bemerkte, dass einige der Gesichter hart und versteinert aussahen, so als freuten sie sich nicht über ihre Abreise. Eine Gruppe erschöpfter Menschen saß dort. Erst auf den zweiten Blick sah Josette die Löcher in den Röcken der Frauen, die Risse in den Kitteln der Männer, den Schmutz. Da war auch der feuchte, säuerliche Geruch wieder. Ein Mädchen kauerte neben ihrer dösenden Mutter und starrte vor sich hin. Josette gab ihr das Brotstück, das sie in der Hand hielt. Das Mädchen stopfte sich das Stück blitzschnell in den Mund, kaute zweimal

und sah zu ihrer Mutter hoch, die die Augen geschlossen hatte. Dann schaute sie zurück auf Josette und lächelte, bevor sie langsam weiterkaute. Im gleichen Augenblick begann das Schiff zu ruckeln. Der Bug näherte sich bedrohlich dem Ufer, schien mit der einen Seite durch Sand zu pflügen. Der Kapitän schrie. Josette sah auf den Halfen, der auf dem Pferd hockte, als habe er nichts mitbekommen. Der Kapitän schrie erneut, während der Halfe abwehrend den Arm hob und wieder fallen ließ. Einige Männer sprangen auf, starrten ins Wasser neben der Bordwand, als könnten ihre Blicke den Rumpf vom Ufer fernhalten. Und tatsächlich glitt das Schiff nach und nach zurück zur Flussmitte hin. Das kleine Mädchen kaute noch immer, schob den Brotbrei in ihrem Mund hin und her. Josette hatte das Gefühl, dass sie das Schlucken hinauszögerte. Sie nickte der Kleinen zu, machte einen Schritt in Marcs Richtung.
Die Gegend hier war schön, die Erde brachte gewiss mehr Ertrag als bei ihnen. Aber Vater hatte gesagt, dass die Winzer noch ärmer dran seien als sie selbst, weil sie vorab auf den Verkauf ihrer Ernte Steuern zu zahlen hätten, egal, ob sie diese wirklich verkauften oder darauf sitzenblieben. Deshalb ließen einige die Trauben verrotten, ernteten nicht, um zu überleben. Jetzt sahen die Hänge zwar kahl, aber trotzdem feucht und saftig aus.
Als Josette ihren Bruder und Nicolas erreichte, wurde ihr klar, dass sie nicht wusste, worüber sie mit ihnen reden sollte. Sie konnte sich nicht einfach dazusetzen. Deshalb verlangsamte sie den Schritt, drehte ihnen den Rücken zu, schaute über die Mosel. Aber sie sah kein Ufer, sie sah ihren Bruder im Gespräch mit Pallens Enkel, fühlte, wie das Blut ihr den Hals massierte, und schloss die Augen, während sie Nicolas sagen hörte: »Das Fräulein darf sich ruhig dazusetzen.«
Träumte sie, spielte der Weibskopf ihr einen Streich? Sie öffnete die Augen, sah Bäume gekrümmt stehen, Hänge voller Holz vorbeigleiten. Weiter oben an Deck stritten sich zwei Bauern.
Der Halfe rief: »Ahhrrgg. Ahhrrgg.«
Das Holz unter Josettes Füßen knarrte, als versuche jemand die Planken zu brechen.
»Das Fräulein will uns nicht hören«, sagte Nicolas.

Josette spürte, wie ihr das Blut in den Kopf schoss.
»Josette«, befahl ihr Bruder, »setz dich.«
Sie nickte, hob ihre Röcke etwas an und ließ sich neben Marc auf die Bretter nieder. Nicolas hockte auf der anderen Seite ihres Bruders, lehnte sich gegen das Gepäck und lächelte. »Sie macht sich so rar«, sagte er nach einer Weile.
»Du kannst sie duzen«, erwiderte Marc, überlegte im gleichen Moment, ob das nun Bevormundung war oder eine Hilfe für Josette.
»Sehr gut«, antwortete Nicolas über Marc hinweg. »Um einen Spruch des Bruders abzuwandeln, ›du‹ ist ein schönes Wort.«
Josette spürte noch mehr Blut in ihre Wangen laufen. Was war bloß los mit ihr. Sie benahm sich wie ein Kind.
»Wir reden gerade über Politik«, sagte Marc, zog seine Lippen in die Breite, was ihn selbstsicher aussehen ließ.
»Der Bruder redet davon«, lachte Nicolas, »er redet von überhaupt nichts anderem. Allein wegen seiner Reden könnte man ihn jahrelang einsperren lassen.«
»Und wovon wollen Sie reden?«, fragte Josette, merkte aber schon, während sie die Frage stellte, dass sie das nicht hätte sagen sollen. Das konnte falsch verstanden werden. Sie war nicht so eine. Nicolas strahlte übers ganze Gesicht, als habe er ihre Gedanken gelesen. Dann wurde er ernst und erwiderte: »Davon, was den Menschen innen zusammenhält, ihn antreibt bei den Dingen, die er tut.«
»Alles ist politisch«, erwiderte Marc.
Nicolas hob den Zeigefinger. Er hatte noch nicht zu Ende gesprochen. Josette würde staunen, was er alles wusste.
»Psychologie«, sagte er, »man nennt das Psychologie. Ein gewisser Herbart hat darüber geschrieben, und ich bin sicher, daraus wird noch eine Wissenschaft, die nicht zu unterschätzen sein wird.«
Marc sah auf seine Schuhe, er hätte das Wort gerne wiederholt, »Pichogoli«, es schnell vor sich hingesagt, so als wisse er Bescheid, aber die Gefahr, sich dabei zu verhaspeln war zu groß. Also sagte er: »Herbert«, mehr sagte er nicht.
Nicolas schaute Josette gedankenverloren an, ehe er fortfuhr:

»Warum, zum Beispiel, steht ein rechtschaffener Mann eines Morgens auf und tötet seinen Hund, den er abgöttisch liebt, geht anschließend in den Stall, um das Gleiche an seiner einzigen Kuh zu vollziehen, überlegt es sich aber dann doch und ersticht stattdessen seine zehnjährige Tochter? Vor Gericht sagt er, dass er nicht weiß, warum er es tat?«
»Wenn es ein Bauer war«, erwiderte Marc, »kann ich dir sagen, warum er es getan hat.«
»Nein«, unterbrach ihn Nicolas, »es ging ihm gut, er hatte Land, er hatte…«
»Eine einzige Kuh«, warf Marc dazwischen.
»Na, meinetwegen hatte er fünfzig Stück Vieh«, wehrte Nicolas ab.
»Ja, was nun?«, fragte Marc zurück. Was erzählte der? Eine Kuh oder fünfzig Kühe, das macht doch wohl einen Unterschied, das machte einen erheblichen Unterschied.
»Es geht dabei nicht um Geld«, erklärte Nicolas, »es geht um die Seele, als Objekt des inneren Sinnes im Gegensatz zum Körper als Objekt des äußeren Sinnes.« Er richtete sich auf. Sein Kopf zitterte leicht.
Marc schwieg, sah auf dieses runde Gesicht, das nicht mit dem Hals verbunden zu sein schien und in der Luft hing. In seinem Kopf wechselten sich zwei Gedanken ab. Der erste sagte: Ich weiß nichts; der zweite: Mein Gegenüber erzählt Unsinn. Immer wieder drängte einer der beiden sich in den Vordergrund, bis Marc den Mund öffnete und sie geräuschvoll ausatmete.
»Es gibt Dinge in uns, die der andere nicht sieht«, fuhr Nicolas fort, »und gerade die bestimmen oft unser Tun.« Er war froh, wieder den Weg vom Angelesenen zu verständlichen Begriffen gefunden zu haben.
Josette schaute auf sein glänzendes Haar, fragte sich, was er daraufschmierte und wie es wohl ohne diese Pomade aussehen würde. Von unten schien jemand gegen den Schiffsrumpf zu klopfen, erst dumpf und vereinzelt, dann polternd. Schließlich verschwand das Geräusch.
»Stell dir doch mal vor, ich schlüge dich jetzt einfach«, sagte Nicolas, tippte Marc an die Brust.

»Dann lägest du eine Sekunde später in diesem Fluss«, sagte Marc todernst.
Nicolas hob beide Hände, öffnete die Lippen, erwiderte aber nichts.
»Schau dir lieber mal die Gegend an, Bruder«, sagte Josette, »die siehst du nie wieder.« Sie hatte das Gefühl, zwischen den beiden schlichten zu müssen. Junge Männer waren jähzornig. Das ging ganz schnell, und etwas konnte geschehen, was nicht mehr rückgängig zu machen war. Aber Nicolas klopfte Marc auf die Schulter, lachte. Josette merkte, wie ihr Bruder sich entspannte. Anschließend blickten sie gemeinsam auf die Hänge, die sich am Ufer buckelten, voller Stöcke, als steckten Nadeln im Rücken riesiger Tiere. Die Pferde des Halfen liefen nun schneller, so als habe das Schiff an Gewicht verloren oder als ginge es deutlich bergab.
»Eine schöne Haube ist das, die du da trägst«, sagte Nicolas nach einer Weile.
Josette drehte erschrocken ihren Kopf in seine Richtung, sah ihn lächeln. Marc lehnte sich etwas zurück, als mache er den Weg für die beiden frei. So etwas sprach doch niemand in aller Öffentlichkeit aus, dachte Josette. Ihr fehlten die Worte. Weder konnte sie Nicolas zurechtweisen, noch sich bedanken, was wohl falsch gewesen wäre, auch wenn ihr das Gesagte gefallen hatte. Warum brachte er sie in solch eine Lage. Sehr helle war das nicht.
»Das Weiß der Kopfbedeckung bringt diese schwarzen Augen umso wunderbarer zum Vorschein«, sagte Nicolas ernst, als redete er über ein Gemälde, fügte dann das Wort »raffiniert« hinzu. Oh, Gott, dachte Josette, wie dreist. Es war sowieso schon heiß unter all den Röcken, aber nun bildeten sich Schweißperlen auf ihrem Rücken. Marc blickte in den Himmel, als ginge ihn das alles nichts an. Er war doch ihr Bruder. Warum sagte er nichts? Sie sah ihn die Stirnhaut auf und ab bewegen, als juckten ihn die Sonnenstrahlen, aber sonst nichts.
»Du hast wirklich bezaubernd schwarze Augen«, bekräftigte Nicolas.
Josette merkte, wie sein Blick in der Mitte des Satzes hinab über ihr Halstuch rutschte und ein Wort später wieder in ihre Augen

sprang. Das war ja schlimmer, als wenn er ihr vor allen Leuten die Wörter sagen würde. Ihr Gesicht musste mittlerweile die Farbe eines Nachtschattengewächses haben.
»Weiter«, schrie der Halfe.
An der Bordkante stand plötzlich das kleine Mädchen, dem Josette die Brotkrume gegeben hatte und starrte auf sie. Josette hob die Schultern, zeigte ihre leeren Hände, aber das Mädchen blieb stehen, suchte in Josettes Zügen nach einer Regung, von der sie seit vorhin wusste, dass sie in diesem Gesicht steckte, irgendwo drinnen, hinter der Haut. Sie wollte sie nicht verpassen, wenn sie erneut zu Tage treten würde.
»Da hat sich aber einer in dich vernarrt«, sagte Marc, richtete sich auf, schaute zum Ufer.
In Josettes Kopf stieg mit diesen Worten so viel Blut, dass ihr schwindelte.
»Ich hol dir was«, sagte sie zu der Kleinen, stand auf und entfernte sich.
Marc und Nicolas sahen ihr hinterher.
Ich hab's doch schon, dachte das Mädchen.

»Mein Vater hatte fünf Ziegen, als er so alt war wie ich«, sagte Tiha.
»Meiner auch«, antworteten Milka und Eldina im Chor. Dann lachten alle drei.
Vor ihnen erstreckte sich das Tal von Trpezi. Die Berge dahinter wirkten schwarz. Selbst der Schnee auf den obersten Kuppen hatte etwas Dämmerndes, als zöge sich die Nacht dorthin zurück, wartete ihre Zeit ab. Dafür lagen die Häuser weiß glänzend wie Zuckerbrocken über die grünen Wiesen verstreut. Das Sonnenlicht rutschte die Hänge hinab, verfing sich in den Sträuchern, strich über die Wege und brach an den Fensterscheiben. Die drei Mädchen mussten ihre Köpfe nur einige Zentimeter hin und her bewegen, und schon glitzerte es an allen Ecken und Enden. In den warmen Monaten, wenn die Schule zu Ende war, trafen sie sich täglich hier oben, setzten sich auf die Bank, die nur aus zwei Metallverankerungen und einem Brett bestand, unterhielten sich und schauten hinunter ins Dorf.
»Mein Vater konnte früher einen Kieselstein bis auf die andere Seite des Tales werfen«, sagte Tiha, »da drüben. Er hat mir die Stelle gezeigt.«
»Glaube ich nicht«, erwiderte Milka.
»Meiner erzählt das auch«, warf Eldina ein.
»Was erzählt er«, fragte Tiha, »dass mein Vater das konnte?«
»Nein«, lachte Eldina, »dass er selbst das konnte.«
»Vielleicht haben sie abwechselnd geworfen«, sagte Tiha.
»Glaube ich nicht«, beharrte Milka.
Dann schwiegen sie eine Weile. Hinter ihnen fuhr ein Wagen die Straße hinab, hupte. Die Mädchen winkten.
»Das mit dem Lkw-Reifen würde ich gerne einmal versuchen«, sagte Milka, während das Motorengeräusch sich in der Ferne auflöste.
»Was für ein Lkw-Reifen?«, fragte Eldina.

Tiha streckte ihren Rücken, ehe sie antwortete: »Das hat mein Onkel mit meinem Vater zusammen gemacht. Da waren sie zwölf oder so. Da vorne haben sie einen Lkw-Reifen gefunden, mit Benzin übergossen und verbrannt.«
»Ja und?«, fragte Eldina.
»Wenn du so einen Lkw-Reifen verbrennst, bleibt eine riesige Rolle Draht über«, sagte Milka.
»Draht?«, Eldinas Brauen rutschten auf die winzige Hautfalte zu, die sich über der Nasenwurzel bildete.
»Genau«, bestätigte Tiha, »sie haben den Draht abkühlen lassen und ihn dann losgewickelt. Der war kilometerlang. Das eine Ende haben sie drüben an einem Baum befestigt und sind mit dem zweiten Ende auf die andere Talseite gelaufen. Nachts hat Onkel Živko eine brennende Öllampe an den Draht gehängt, und die ist in die Mitte gerutscht. Jeder dachte, es ist ein Geist, der dort schwebt, weil den Draht konnte ja keiner sehen.«
»Wow«, sagte Eldina, »aber wo bekommen wir einen Lkw-Reifen her?«
Die drei überlegten, schauten auf den Bach, der wie eine Scherbenspur unten lag, ließen den Blick hoch schweifen zur kleinen Moschee, gingen die Höfe durch, aber Lkw-Reifen waren keine zu sehen.

»Tiha!«
An der Tafel standen Sätze in deutscher Sprache.
»Tiha!«, rief die Lehrerin erneut, »hör auf zu träumen.«
Tiha spürte die Holzbank unter ihren Händen. Das Tal war verschwunden. Die weißen Häuser hatten einigen unbeschriebenen Blättern vor ihr Platz gemacht. Sie wusste nicht, was die Lehrerin gefragt hatte. In der Klasse war es still. Schräg vor ihr drehte Cecile Pfaff sich um, zwirbelte an ihren roten Zöpfen herum.
»Ich ...«, begann Tiha.
In diesem Moment schellte es, und die Lehrerin sagte: »Na, gut«, woraufhin alle aufsprangen, ihre Ranzen packten und aus dem Klassenzimmer rannten.
Tiha ließ sich Zeit.

In der Schule in Luxemburg-Stadt waren viele Kinder aus Montenegro und Bosnien gewesen, dort hatte sie Anschluss gefunden. Aber nach drei Monaten waren sie erneut umgezogen, hatten zusammen mit Mr. Carter und Nada das Don Bosco verlassen, und seit Anfang März wohnten sie wieder in Esch.
Im neuen Heim roch es besser, und sie bewohnten ein Zimmer für sich allein, lebten wieder nahe bei Onkel Živko. Aber in der Schule waren die meisten Kinder Luxemburger, Franzosen oder Portugiesen. Zwei Jungen stammten aus Kroatien, nur die redeten nicht mit ihr. Tiha kam in Deutsch und Französisch gut mit, weil sie Vokabeln büffelte, nachholte, was die anderen ihr voraus hatten. Auch Luxemburgisch lernte sie schnell, aber wenn die anderen absichtlich nuschelten, wurde es schwierig.
Sie schulterte ihren Ranzen, schlenderte über den Flur, zog die schwere Tür auf, sprang die zwei Stufen hinab und verließ den Schulhof, auf dem die Spielgeräte verlassen im Mittagslicht glänzten. Von den anderen Schülern keine Spur mehr. Warm war es. Die Maisonne schaukelte in der Rinne ihrer Haare, deren Enden sie sich vom Friseur nach außen drehen ließ. Auf der anderen Straßenseite hingen französische Wörter an der Fassade des Bürogebäudes. Eins davon bedeutete »Kasse«.
Hinter Tiha lief die Großstraße bergab, machte eine Rechtskurve, führte zum Marktplatz, wo das Rathaus stand und die Fußgängerzone begann, die Alzettestraße, in der die Lampen angedeutete Flügel aus Stoff und Metall trugen, so als säumten Eisenkraniche das Ufer des überdeckten Flusses.
Tiha ging in die andere Richtung, am Mäuerchen, an den hellgrauen Gitterstäben, die den Schulhof umzäunten, vorbei. Die Schule selbst war in einer Farbe gestrichen, als habe jemand verdünnte Orangeade darübergegossen. In den Rundbögen einiger Fenster klebten Blumen und Marienkäfer. Tiha schaute auf den Bürgersteig, setzte ihre Zehenspitzen auf eine Gehwegplatte, übersprang die nächste, achtete darauf, auch die Kanten jeder zweiten Platte nicht zu berühren, und war nach wenigen Schritten so vertieft in ihr Spiel, dass sie erschrak, als am Ende des Schulhofes, wo eine kleine Straße hinunter in die Altstadt führte, Cecile Pfaff und Charlotte Hoschert standen.

»Du kannst ja springen«, sagte Cecile. Ihre Worte legten sich matt ins Sonnenlicht, kleine, beige Flächen wie festgetretene Kaugummis.
Tiha blieb stehen, schwieg, schaute in diese zu hellen Augen, in denen ein kaum blau zu nennender Kreis das Weiße unterbrach. Kann die mich überhaupt sehen?, dachte sie.
Cecile war zehn Zentimeter größer als Tiha, und ihre roten Haare, immer zu zwei dicken Zöpfen geflochten, gaben ihrem Gesicht eine Breite, die nicht zum dünnen Körper passte.
»Hast es ja nicht weit bis zum Nonnenhäuschen«, sagte Cecile gelangweilt, »da kann man auch bis nach Hause springen.«
Tiha blickte die kleine Straße hinab auf die Häuser, die neu und teuer aussahen, die Altstadt von Esch, obwohl nichts da alt aussah.
»Lass sie«, antwortete Charlotte mit gleichgültiger Stimme. An ihren Füßen trug sie klobige Schnürstiefel.
Sollte sie die beiden stehen lassen, einfach weitergehen? Tiha mochte Cecile nicht, vor allem ihr Blick hatte etwas Totes. Und ihr dünner Körper ließ Tiha an den eigenen denken. Sie selbst war nicht dick, aber neben Cecile fühlte sie sich wie eine Matrone. Natürlich wusste sie, dass das Unsinn war, aber etwas zu wissen half wenig, wenn man das Gegenteil fühlte. Charlotte hingegen war anders, sprach anders, übersetzte für sie vom Luxemburgischen ins Deutsche, wenn es nötig war. Sie sah gut aus, nicht dürr, sondern einfach gut, unheimlich und anziehend. Rechts auf ihrem Kopf hockte eine schwarze Plastikspinne, die das Haar zurückhielt, während ihre linke Gesichtshälfte hinter langen braunen Strähnen verschwand.
»Nimmst du mich mal mit ins Nonnenhäuschen?«, fragte Cecile.
»Cecile!«, sagte Charlotte. Die Spinne auf ihrem Kopf vibrierte.
»Was denn? Interessiert mich halt«, erwiderte Cecile, bewegte die Zöpfe, als wollte sie ihre Haare aus der Stirn schütteln, obwohl da keine Haare waren.
»Kann ich machen«, antwortete Tiha, biss sich auf die Unterlippe.
Ein älterer Mann ging vorbei. Tiha roch, dass sein Anzug lange im Schrank gehangen hatte.

»Nächstes Thema«, bestimmte Cecile. »Was hörst du für Musik?«
Tiha wollte antworten, dass sie vieles gut finde, aber an der Art, wie ihre Mitschülerin sie ansah, war abzulesen, dass einiges von der Antwort auf diese Frage abhing. Deshalb schwieg Tiha, zuckte mit den Achseln, als sei die Frage ohne Bedeutung für sie.
»Habt ihr überhaupt einen CD-Spieler im Heim?«, fragte Cecile.
»Jetzt mach mal 'nen Punkt!« Unter Charlottes sichtbarem rechten Auge verlief eine schwarze Linie, ein etwas zu breiter Kajalstrich.
»Was ist denn jetzt wieder?«, rief Cecile, »Kann man doch mal fragen, oder warst du schon mal da drin?« Ihr Arm zeigte die Straße entlang. Zu ihren Füßen streckte sich ein schmaler Schatten in den Bordstein.
Tiha zog mit beiden Daumen an den Riemen ihres Ranzens, antwortete: »Wir haben ... Wir haben CD-Spieler.«
»Da siehst du es!«, sagte Cecile, und Tiha fragte sich, was es da zu sehen gab.
Von unten aus der Altstadt schob eine Frau ihren Kinderwagen hoch. Das Baby darin rasselte mit einem faustgroßen Ring.
»Okay«, hauchte Cecile, senkte ihr Kinn dabei, sodass sie leicht nach oben schauen musste: »Wirst deinen Weg schon finden«, und dann sagte sie: »There's no earthly way of knowing which direction we are going«. Da ihre Englischkenntnisse ausschließlich vom CD-Hören stammten, klang das bei ihr wie »Därsno öfli wä of noi itsch deiräktschen fiar goi«. Aber Tiha war beeindruckt. Ihre Mitschülerin stellte ein Bein auf das Schulmäuerchen, verschränkte die Arme vor der Brust. Weiter geschah nichts. Sie standen zu dritt auf der Großstraße, ließen Wagen an sich vorbeiziehen, atmeten die ölige Luft eines Busses ein, und Tiha wurde es heiß unter ihrer Jacke.
»Geh nach Hause, Tiha«, flüsterte Charlotte schließlich, lächelte, und Tiha lächelte zurück. Sie schlenderte um beide herum, überquerte die kleine Straße, vorbei an den drei Türen der Nachbarhäuser, stand nach wenigen Metern vorm Heimeingang. Während sie die Stufen nahm, schaute sie noch einmal zurück

auf Charlotte und Cecile. Ihre Mitschülerinnen hatten sich nicht von der Stelle bewegt, sprachen miteinander, als hätten sie sie bereits vergessen.

»Hier sind wir«, rief Biljana, als Tiha durch den Flur auf die Treppe zu eilte. Sie saß mit Nada im Essraum hinter der Eingangstür und schüttete Wasser in drei Gläser. Von den anderen Tischen stachen die Beine der umgedrehten Stühle Löcher in die Luft. Die Rollläden waren nur bis zur Hälfte hochgezogen, und der schwarz-graue Linoleumboden schluckte, was ihn an Tageslicht erreichte. Zwischen die Fenster hatte jemand eine farblose Weltkarte gehängt.
»Es gibt gleich Mittag«, sagte Biljana. Obwohl blondiert, glänzten ihre Haare bräunlich. Sie sah fremd aus in diesem kahlen Raum, wie jemand, der sich nur kurz ausruhen wollte und dann weitergehen würde, an einen Ort, wo er hingehörte.
Auch Nada wirkte mit ihren hochgebundenen Haaren wie eine Besucherin, ihre Bluse, ihr Schal, beide etwas zu schick, als bekleide sie ein offizielles Amt, als lehne sie sich vornehm aus der bescheidenen Zeit. Sie trank einen Schluck, nickte Tiha freundlich zu, bevor sie in einem der Bücher, die vor ihr lagen, zu blättern begann. Zusammen mit Biljana besuchte sie einen Französischkurs, während die Männer sich für Deutsch gemeldet hatten. Mit beiden Sprachen würden sie in Luxemburg alles meistern, auch wenn sie die Landessprache nicht beherrschten.
»Was gibt es denn?«, fragte Tiha.
»Tütensuppe. Geflügel mit Kartoffeln und zum Nachtisch einen Apfel«, sagte Biljana.
»Ich mag keine Suppe«, erwiderte Tiha, »das Essen riecht immer komisch.«
»Jetzt geh, bring deinen Ranzen hoch, und dann kommst du«, antwortete Biljana. Ihr schmeckten die gelieferten Mahlzeiten auch nicht, sie hätte gerne selber gekocht, aber das war nicht erlaubt, obwohl sich nebenan eine große Küche befand.
»Wo ist Papa?«, fragte Tiha.
Nada lachte, ohne von ihrem Buch aufzuschauen.

»Mit Adnan spazieren«, sagte Biljana, »die kennen den Galgenberg und seine Geister bald auswendig, können jedem Halm und jedem Reh dort hallo sagen.«
Tiha verließ den Essraum, grüßte den Sicherheitsbeamten, der in einem kleinen Zimmer gegenüber saß, lief am Aufenthaltsraum vorbei die Treppe hoch. Die Stufen waren mit rotem PVC voller weißer Stellen, die abgekratzt aussahen, belegt. In die Wand eingelassen, hielt eine Mutter mit langem Kleid ihren Sohn in die Höhe. Weiter oben siebte das Licht sich durch vier Fenster, ließ den Feuerlöscher daneben unberührt.
Tiha rannte auf die zweite Etage. Der Ranzen hoppelte auf ihrem Rücken und machte klopfende Geräusche. Oben im Zimmer war die Luft stickig. An der hinteren Wand standen alle sechs Schranktüren offen und zeigten leere Regale. Tiha warf den Schulranzen gegen die Blechkommode, die zwischen dem Etagenbett und dem Doppelbett stand, sprang wieder hinaus. Ihr Haus in Trpezi war viel schöner, ihr eigenes Zimmer sowieso. Hier war alles kalt und ungemütlich, auch wenn es nur vorübergehend war, wie ihr Vater sagte. Das Vorübergehende dauerte jetzt schon Monate.
Nachdem sie die ersten Stufen hinabgelaufen war, blickte sie auf der Zwischenetage aus dem Fenster. Links auf der Bahnhofsstraße warb ein Friseurladen mit ausgeblichenen Plakaten um Kunden, er nannte sich »Salon«, genau wie das Haarschneidegeschäft in Berane, wo die Zeitschriften mit den Popstars auf dem kleinen Tisch lagen. Biljana hatte sich immer festgequatscht, wenn sie dorthin gegangen waren, und manchmal hatte Tiha eine der Zeitschriften mitnehmen können. Die meisten Häuser in Berane zeigten einfache, schmucklose Fassaden, aber die neben dem Salon de Coiffure dort unten waren voller Verzierungen, Stuck sagte Aleksandar, und die Häuser seien mindestens hundert Jahre alt. Vor der Kneipe, die an das Heim grenzte, lag aufgeschüttet eine kleine dreieckige Verkehrsinsel, eine Litfaßsäule wie ein funktionsloser Leuchtturm zwischen den rechtwinklig angeordneten Bänken. Adnan und ihr Vater saßen hier manchmal im Schutz der Hecken, die die Insel auf zwei Seiten begrenzten. Gegenüber bog sich ein Haus in die

Kurve, abgerundet und langgezogen wie der Verlauf der Großstraße in Richtung Breitenweg.
Tiha wollte weiterlaufen, als sie Charlotte draußen auf dem Bürgersteig sah. Die Schnürstiefel hingen schwer an ihren Füßen. Sie schlurfte. Auf dem Rücken ihrer Jacke breitete ein Mann seine Flügel aus. Tiha blickte ihrer Mitschülerin auf den Hinterkopf. Die Spinne klebte im braunen Haar wie ein angekokeltes Stückchen Papier.
»Hallo«, sagte Tiha leise gegen die geschlossene Fensterscheibe. Und als hätte Charlotte sie gehört oder ihren Blick gespürt, drehte sie sich einen Augenblick später um, schaute hoch.
Tiha errötete.
Charlotte machte noch einen Schritt, blieb stehen.
In Tihas Körper knisterte es, als sie die Hand hob. Dann winkte Charlotte, sie solle runterkommen. Tiha merkte, wie ihr Mund sich öffnete und sie »ja« sagte. Sie drehte sich um, ging langsam die Treppe hinab. In ihrer Brust schlug es laut und hohl, während sie sich am Geländer festhielt. Der Feuerlöscher zitterte. Das Relief an der Wand schwankte. Die Stufen federten gegen die Schuhe. Unten im Flur wischte Agibou die ockerfarbenen Fliesen. Er putzte und wischte immer, auch wenn er gar nicht an der Reihe war.
»Dann weiß ich, dass es sauber ist, und ich bin beschäftigt«, sagte er, wenn man ihn fragte, warum er schon wieder den Lappen in der Hand habe. Er stammte aus Mali, einem Land in Afrika.
Tiha ging um den Eimer herum, sah auf die Eingangstür, die sich nach und nach öffnete. Der Geruch von Essen hing in der Luft. Im Rahmen tauchte Charlottes Kopf auf, dann eine Schulter. Zwischen den weißen Wänden war es kühler als draußen. Charlotte betrat den Gang. Hinter ihr schloss sich langsam die Tür.
»Was ist?«, fragte Tiha.
»Macht nicht alles wieder dreckig«, grummelte Agibou auf Französisch, tunkte den Wischmopp in den Eimer, begann den hinteren Teil des Flures zu putzen.
Charlotte blickte in den Essraum, dann wieder zu Tiha, ehe sie

auf Luxemburgisch sagte: »Du kannst bei uns essen, wenn du willst. Mein Vater macht Nudeln.«
Tiha war sich nicht sicher, ob sie richtig verstanden hatte. Sie rieb ihre Handflächen gegeneinander, machte einen letzten Schritt auf ihre Mitschülerin zu.
»Wird alles kalt«, hörte sie ihre Mutter rufen. Auf dem Tisch standen drei Teller mit Suppe. Nada hatte den Löffel vorm Mund und pustete.
»Du kannst bei uns essen«, wiederholte Charlotte ihr Angebot auf Deutsch.
Tiha hatte also richtig verstanden.
»Nun komm schon«, sagte Biljana, »deine Freundin mit dem halben Gesicht kann später wiederkommen.«
»Sie hat kein halbes Gesicht«, erwiderte Tiha, »sie hat eine coole Frisur.«
»Ist das deine Mutter?«, fragte Charlotte auf Luxemburgisch.
Tiha nickte.
»Was hat sie gesagt? Darfst du?«
»Darf ich zu Charlotte essen gehen?«, fragte Tiha.
»Was?«, erwiderte Biljana, obwohl sie verstanden hatte. Nach zwei Monaten in Esch kannte sie außer den Beamten, die monatlich das rosa Papier verlängerten, niemanden in dieser Stadt. Und nun wollte ihre Tochter irgendwo bei fremden Leuten essen. Wer wusste, was das für Menschen waren?
»Ja, du darfst«, antwortete Nada plötzlich, schob sich den Löffel voll Suppe zwischen die Lippen, zog dabei die Wangenmuskeln hoch und schluckte.
Biljana sah sie fassungslos an.
In diesem Moment trat der Sicherheitsbeamte aus seinem Zimmer und sagte auf Französisch zu Charlotte: »Unbefugten ist der Zutritt hier leider nicht erlaubt. Ich muss dich bitten, draußen zu warten.«
»Wir sind schon weg« antwortete Charlotte, griff nach Tihas Hand und zog sie vor die Tür.
»Jetzt macht doch nicht alles wieder dreckig«, nuschelte Agibou.
Tiha hörte noch, wie ihre Mutter ihr nachrief: »Wo wohnt die denn? Kennst du die auch? Die sieht doch merkwürdig aus.«

Aber da waren sie schon vor der Kneipe, sprangen über die einspurige Fahrbahn auf das fußbreite Trottoir, das die Verkehrsinsel umgab, liefen über die Bahnhofsstraße zum Friseurladen und schlenderten nebeneinander her. Zuerst lachten sie, als sei ihnen etwas gelungen, das sie selbst nicht einschätzen konnten, dann verstummten sie, suchten nach einem Anfang, nach einem Satz, der das Zusammensein in Gang bringen konnte. Charlotte beobachtete Tiha aus dem Augenwinkel. Dieses Mädchen gehörte zu denen, für die ihre Mutter sie von Zeit zu Zeit alleine ließ, obwohl sie wegen ihrer Arbeit sowieso nie daheim war. Ihr Vater sagte, sie hätten gar keine Familie mehr, Betty sei mit der Gewerkschaft verheiratet. Aber für diese Menschen, die von irgendwoher nach Luxemburg flüchteten, fand sie Zeit. Schlimm war es eigentlich nicht, dass ihre Mutter nie da war, jedenfalls nicht direkt. Aber manchmal eben doch. Charlotte war neugierig auf Tiha, sie durfte nur nicht mit der Tür ins Haus fallen, sonst würde die sich ausgequetscht fühlen.
Nach einer Weile fragte sie auf Luxemburgisch: »Gefällt dir Esch?«
»Es hat viele Schilder«, antwortete Tiha. In ihrer schwarzen Haarrinne lief das Sonnenlicht hin und her.
»Viele Schilder?«, erwiderte Charlotte.
Tiha nickte, zeigte auf die dreieckige Verkehrsinsel hinter sich, auf der mehrere Hinweisschilder standen, eins für Radfahrer, zwei mit den Namen der Straßen, ein Baustellenschild mit Warnleuchte, obwohl weder die Fahrbahn aufgerissen wurde noch sonst eine Behinderung zu sehen war, Wegweiser ins alte Esch, Wegweiser zum Rathaus, ein Hinweisschild zu einem Hotel, ein Umleitungsschild und noch einige mehr.
»Ist mir bislang nicht aufgefallen«, sagte Charlotte.
»Ich habe noch nie eine Stadt gesehen, in der es so viele Schilder gibt«, bekräftigte Tiha.
»Hast du schon viele Städte gesehen?«, fragte Charlotte.
Tiha schüttelte den Kopf. Natürlich war sie oft in Berane gewesen, und nicht nur zum Haareschneiden. Aber da fuhr ihr Vater auch nur zwanzig Minuten mit dem Auto hin. Sie kauften dort ein, gingen auf den Markt, und die Männer trafen sich von Zeit

zu Zeit in der Imbissbude, tranken Schnaps. Nach Podgorica hatte ihr Vater sie auch einmal mitgenommen, das war allerdings schon so lange her, dass sie sich kaum daran erinnern konnte. Nur das Morača-Kloster, das sie unterwegs besucht hatten, war ihr noch im Gedächtnis geblieben, die Wandmalereien drinnen, unendlich viele, kleine Bilder, die farbenfroh Geschichten erzählten, und draußen die Gärten mit den Bienenstöcken, die Glocken, die über einer Bank hingen, als bewachten sie die Handvoll Gräber daneben. Und rundum hockten die Berge wie weißbemützte Riesen. Riesen, die sie begleiteten, mitfuhren bis fast in die Hauptstadt. Dort waren die Straßen dann unglaublich breit, viel breiter als hier in Esch.

Sie trotteten an einem Restaurant vorbei, »Don Filipe« stand über der Tür und davor ein Mann, dessen Haut gebräunt war, als habe er die letzten Wochen am Strand verbracht. Von drinnen rief jemand: »Rui, komm doch mal!«

Der Mann fuhr sich mit Daumen und Zeigefinger durch die Haare, dann betrat er das Restaurant, während die beiden Mädchen den kleinen Platz überquerten und an der roten Ampel warteten. Tiha hoffte, dass Charlotte ihr weitere Fragen stellen würde, aber ihre Mitschülerin schwieg. Weshalb hat sie mich eingeladen, dachte Tiha? Würde sie später mit Cecile zusammen über sie lachen?

Sie überquerten den Zebrastreifen, gingen am Buchladen vorbei, schlenderten den Breitenweg hoch.

»Was ist denn eure Musik?«, fragte Tiha schließlich. Sie sprach nun Deutsch, weil die Sätze ihr etwas leichter fielen als im Luxemburgischen, das ihr Laute abverlangte, an denen ihre Zunge immer wieder scheiterte.

»Du meinst, was Cecile und ich hören?«, erwiderte Charlotte, krümmte die Finger beider Hände um ihre Ohren, was wie Kopfhörer aussah. »Darf ich dir nicht sagen.«

»Warum?«, Tiha hatte damit gerechnet, die Namen der Bands nicht zu kennen, aber dass Charlotte sie ihr nicht einmal sagen wollte, kränkte sie.

»Cecile meint, wer zu uns gehört, kommt von selbst drauf. Wir erkennen unsereins, deshalb will sie keinem sagen, was sie hört«, erwiderte Charlotte. »Ich finde das eigentlich ... Ich habe es ihr versprochen.«

»Okay«, sagte Tiha.

Im Laval Park sahen sie Rentner auf den Bänken um den Springbrunnen sitzen. Aus dem großen, mit Efeu umrankten Haus, das mit seinem Turm wie ein Märchenschloss wirkte, kam eine Gruppe Vorschulkinder in Zweierreihen.

»Cecile meint es nicht so«, sagte Charlotte, sah zu Boden.

Tiha hätte gerne gewusst, was sie nicht so meint, aber sie nickte. Zwischen den Parksträuchern saßen zwei Katzen, beobachteten die Mädchen. Die Vorschulkinder stiegen in einen Bus. Einige Schritte weiter drehte Charlotte Tiha erneut ihr dunkles Kajalauge zu, fragte: »Warum seid ihr nach Luxemburg gekommen?«

Es war keine freundliche Frage, dafür war sie ihrer Mitschülerin zu hastig über die Lippen gerutscht, so als sei sie seit Minuten im Kopf umhergelaufen und habe nun endlich den Ausgang gefunden. Trotzdem hörte sie sich anders an, als wenn Cecile sie gestellt hätte.

»Mein Onkel wohnt hier«, antwortete Tiha.

»Ihr habt Familie hier?«, fragte Charlotte, hatte das Gefühl wie ein Bulldozer vorzupreschen. Aber sie konnte sich nicht zurückhalten.

»Ja«, sagte Tiha.

Was war besonders daran, in Esch Familie zu haben?

Wenn die Familie hier hat, wieso wohnt die dann nicht da?, dachte Charlotte, fragte: »Aber ihr seid nicht nur zu Besuch, oder?«

»Nein«, antwortete Tiha, »meine Eltern möchten bleiben«.

»Aber du nicht«, hakte Charlotte nach.

Tiha antwortete nicht.

Charlotte wartete einen Moment, dann fragte sie: »Habt ihr bei euch in Jugoslawien nichts zu essen?«

Tiha lachte. »Natürlich haben wir zu essen. Was denkst du denn.«

Die Antwort nicht bis zum Ende abwartend, so als stehe auch die neue Frage schon lange bereit, fügte Charlotte sofort hinzu: »Habt ihr keine Wohnung?«

Sie bogen am Schwimmbad um die Ecke, machten einem Hund Platz, der auf sie zu hetzte. Tiha bewegte kaum merklich ihren Kopf, ließ die Haarspitzen zittern.
»Wir haben ein Haus mit Garten und Hühnern. Viel Holz liegt vor der Tür«, sagte sie, sah sofort, dass Charlotte ihr nicht glaubte. Das Gesicht ihrer Mitschülerin blieb reglos.
»Wir sind hierhergekommen, weil mein Vater bereits hierhergekommen war, und der ist nach Esch gekommen, weil Onkel Živko hier wohnt«, erklärte Tiha. Was war daran nicht zu verstehen?
»Du bist nicht mit deinem Vater gekommen?«, erwiderte Charlotte.
»Nein«, sagte Tiha, »der war ja schon da«.
Charlotte begann zu ahnen, was ihre Mutter an diesen Leuten faszinierte. Ihr Leben klang abenteuerlich, klang nach einem Rätsel, nach etwas, dem man nur nach und nach auf die Spur kam. Dagegen war Ceciles Geheimnistuerei um die Musikband Kinderkram. Charlotte wollte es für diesmal genug sein lassen. Sie würde später darauf zurückkommen. Trotzdem drängte etwas in ihr, Tiha zu provozieren.

In der Clair-Chêne-Straße fegte eine Frau den Bürgersteig, sah kurz auf, als die Mädchen vorbeizogen, fegte weiter, während ihr Mann in grauer Strickjacke sich auf das Fensterbrett im ersten Stock stützte und sein Gesicht in die Sonne hielt. Am Himmel trieben durchsichtige Wolken wie abgerissene Fetzen Pauspapier.
»Cecile meint, bei der Schießerei am Wochenende seien Jugoslawen beteiligt gewesen«, nahm Charlotte das Gespräch nach einer Weile wieder auf, drückte ihre Zunge zu fest gegen die obere Zahnreihe.
»Was für eine Schießerei?«, erwiderte Tiha.
»An der Grenze in einer Kneipe. Stand heute Morgen in der Zeitung«, sagte Charlotte.
»Jugoslawien gibt es nicht mehr«, antwortete Tiha, den Tonfall von Mr. Carter imitierend. Dabei schaute sie stur geradeaus, das Kinn von der Gewissheit, etwas sehr Intelligentes gesagt zu haben, weit nach vorn gestreckt.

Jedes Mal, wenn einer auf der Flucht Jugoslawien erwähnt hatte, war Adnans Antwort die gleiche gewesen. Er hatte dabei weder bedrückt ausgesehen, noch war seine Stimme lauter geworden. Eher sachlich, wenn auch keinen Widerspruch duldend, hatte er eingeworfen, dass es Jugoslawien nicht mehr gab.
»Kommst du nicht aus Jugoslawien?«, fragte Charlotte.
»Montenegro«, antwortete Tiha.
»Jedenfalls haben welche an der Grenze geschossen«, sagte Charlotte. Cecile hatte offensichtlich keinen Durchblick. Jugoslawien. Tiha stieß eine Blechdose mit dem Fuß gegen den Bordstein. Warum erzählte Charlotte ihr das? Sie wusste, dass »an der Grenze« ein Stadtteil von Esch war. Dahinter lag zwar tatsächlich die Grenze zu Frankreich, aber wenn die Schießerei in einer Kneipe stattgefunden hatte, musste der Stadtteil gemeint sein.
»Mein Vater war am Wochenende zu Hause«, sagte sie, obwohl das nicht stimmte. Aleksandar war jeden Tag mit Adnan unterwegs. »Arbeit suchen«, sagten sie. Aber sie flanierten nur durch die Fußgängerzone, trafen Männer aus der Heimat oder spazierten zum Galgenberg, schauten sich das Rotwild, die Vögel und Ziegen an, die dort in Gehegen neben dem Campingplatz herumliefen.
»Cecile redet viel«, erwiderte Charlotte, schaute die Seitenstraße hinab auf die Franziskanerkirche.
Tiha nickte, dachte, Cecile ist eine Kuh. Laut sagte sie: »Die Häuser auf dieser Seite sehen alle gleich aus. Auf der anderen Seite nicht. Das finde ich komisch.«
Charlottes Blick glitt über die geweißten Fassaden. Sie würde ihre Mutter nach Montenegro fragen. »Das sind Arbeiterwohnungen«, antwortete sie, »haben wir früher auch drin gewohnt, da vorn. Kann mich aber nicht mehr erinnern, war zu klein. Mein Vater hat am Hochofen gearbeitet, bevor er Künstler wurde. Da musste er glühende Stangen mit einer Zange auffangen oder so. Heute macht er Skulpturen aus Stein und Eisen. Manchmal nimmt er irgendwelche rostigen Teile, schweißt sie zusammen. Einige sind voll abgedreht, aber die meisten irgendetwas, eben einfach zusammengeschweißtes Eisen. Da erkennt man nichts.«
Charlotte fuchtelte mit den Händen in der Luft, als mache sie ih-

ren Vater bei der Arbeit nach. »Die Luxemburger kaufen das. Einige monstergroße stehen auf öffentlichen Plätzen. Was macht denn dein Vater?«
Ein Windstoß rauschte durch die Kronen der Bäume, die die Straße säumten. Tiha hörte ihn erst weit weg, dann gab es eine kurze Stille, gefolgt von einem lauteren Rauschen, wieder Stille, schließlich raschelten die Blätter über ihr.
»Nichts«, sagte sie.
»Wie, nichts?«, fragte Charlotte.
»Er geht spazieren«, erwiderte Tiha.
Entweder sie will es nicht sagen, oder die sind reich, dachte Charlotte, ärgerte sich, dass sie schon wieder versuchte, das Rätsel zu lösen.
»Magst du überhaupt Nudeln?«, fragte sie.

Vor ihnen tauchte eine hohe, breite Mauer auf, daneben hielt sich ein winziges Stück Eichenwald. Erst als sie vorangingen, sah Tiha, dass die Mauer von Rundbögen durchbrochen war. Bis hierhin war sie noch nie gekommen, meist spazierte sie mit Biljana und Nada durch die Fußgängerzone, schaute sich die Kleider in den Schaufenstern an. Die Wohnviertel rundum zu besuchen, hatte es bislang keinen Grund gegeben.
Sie folgten der leichten Steigung, bogen um die Ecke. Rechter Hand rostete eine Pforte, die zu einem weitläufigen Gelände führte. Auf der anderen Seite sahen die Häuser wie Villen aus.
Tiha zeigte auf eine, fragte: »Auch Arbeiterwohnungen?«
Charlotte lachte.
Sie sieht so schön aus, wenn sie lacht, dachte Tiha.
»Nee«, antwortete Charlotte, »da wohnen die früheren Chefs meines Vaters, wenn sie noch nicht weggezogen sind«.
»Wegen deines Vaters?«, fragte Tiha.
Charlotte musste erneut lachen: »Die Werke hier haben geschlossen«, sie zeigte auf die Pforte gegenüber.
Ein leises Brummen wehte über die Geländemauer. Dahinter in weiter Ferne schienen noch immer Wagen zu fahren.
Die beiden Mädchen folgten der Straße bis zu ihrem Ende, wo hüfthohe Poller die Durchfahrt versperrten. Charlotte drückte

ein Gittertor auf, und sie betraten einen verwilderten Vorgarten, in dem überall Eisen herumlag, lange Stangen, rostige Platten, sogar faustdicke Schrauben häuften sich um einen Baum. Charlotte schloss die Haustür auf, schmiss ihre Tasche zu den Schuhen, die im Flur standen, und ging geradeaus in die Küche.
Dort stand ihr Vater in blauer Latzhose am Herd. Aus den aufgekrempelten Ärmeln seines karierten Hemdes ragten stämmige, rußige Unterarme, die in Hände mündeten, die so weiß waren, als hätte er sie in Mehl getunkt. Auf seiner Glatze thronte eine Schutzbrille. Er schüttete Makkaroni in einen Topf, sagte, ohne den Kopf zu wenden, mit rauer Stimme: »Das Wasser kocht schon.«
Tiha blieb im Flur stehen, schaute links ins Zimmer, sah eine Ledercouch voller Zeitungen, daneben einen welken Drachenbaum.
»Tag, Papa«, antwortete Charlotte, ging zum Waschbecken, nahm ein Glas, füllte es mit Apfelsaft und trank, bevor sie fragte: »Willst du auch?«
»Ach, da ist noch jemand«, sagte Jean, griff zur Nudelpackung und schüttete eine weitere Portion Makkaroni ins Wasser.
»Hallo«, sagte Tiha.
»Willst du?«, fragte Charlotte erneut, hob das leere Glas hoch.
Tiha nickte.
Charlotte goss ihr Saft ein.
Es ist das gleiche Glas, aus dem sie getrunken hat, dachte Tiha und freute sich.
»Acht Minuten, Kinder«, sagte Jean, »ihr könnt schon mal den Tisch decken.«
»Dürfen wir in die Werkstatt?«, fragte Charlotte, »Tiha möchte sehen, was du machst«.
»Die Ausrede kenne ich bereits«, sagte Jean, bückte sich zu seiner Tochter, sodass ihre Nasen fast gegeneinander stießen, und beendete seinen Satz mit verstellter Stimme, »aber da sie so schmeichelhaft für mich ist, werde ich den Tisch decken.«
»Danke, Papa«, rief Charlotte, lief aus der Küche, öffnete die Nebentür und rannte die Treppe hinab. Tiha setzte ihr Glas ab, folgte Charlotte in den Keller. Durch die kleinen Fenster in der

Tür zum Garten rammte die Sonne ihr Licht in vier Blöcken in den Raum.
»Wo bist du?«, rief Tiha.
»Hier«, kam es von rechts.
Tiha ging an zwei Abstellkammern vorbei, in denen sich alles übereinandertürmte, vom Bügelbrett bis zum Schaukelpferdchen. In einem weiteren Raum mit Außentor parkte ein Motorrad. Sonst war nichts darin zu sehen. Am Ende führte eine Tür in eine riesige Garage. Von der Decke strahlten Scheinwerfer in alle Ecken und Winkel, verbreiteten eine Helligkeit, dass man kurz die Augen schließen musste. Merkwürdige Figuren aus Stein und Eisen, die meisten verrostet, bevölkerten den Boden, ließen einen schmalen Pfad frei, der zu einer leicht erhöhten Plattform führte. Darauf standen ein Stuhl und ein Amboss. Verschiedene Hämmer, Meißel und ein Schweißgerät lagen verstreut daneben. Die wirren Metallteile zu beiden Seiten wirkten wie eine Szene aus einem Kriegsfilm. Alles schien zerstört, verbogen, aufgebrochen. Tiha erkannte Menschenkörper in einigen Stangen, verzerrte Leiber, Löcher sahen aus wie schreiende Münder.
»Willkommen in der Hölle«, sagte Charlotte und grinste.
Jede dieser Skulpturen warf schwache Schatten in mehrere Richtungen, verlängerte die eigenen Konturen. Charlotte bestieg die Plattform, nahm einen Hammer und schlug auf die Metallteile ein, dic auf dem Amboss lagen. Sie hämmerte so lange, bis das eine Ende völlig verbogen war. Dann schaute sie sich an, was sie vollbracht hatte und legte das Eisen wieder hin.
»Das gibt Ärger«, sagte Tiha, zeigte gegen die Decke, wo sie die Küche vermutete.
»Wieso?«, Charlotte hob den Kopf. Das Haar rutschte von der linken Gesichtsseite, zeigte einen Moment lang ein zweites Kajalgeschminktes Auge. »Mein Vater hat nichts dagegen, wenn ich ihm helfe. Ich kann dir einige Skulpturen zeigen, an denen ich gearbeitet habe. Weiß doch keiner. Willst du auch mal?«
Tiha schüttelte den Kopf.
»Essen kommen«, rief Jean von oben. Seine Stimme krachte die Treppe herab, als versuche jemand, das Motorrad im Raum nebenan zu starten.

»Na, komm«, sagte Charlotte, drehte am Lichtschalter, und die Hölle versank in Finsternis. Sie gingen auf die vier Lichtbalken neben der Treppe zu, stiegen hoch.

In der Küche war der Tisch gedeckt. Jean tauchte Löffel und Gabel in den Topf, warf Nudeln auf die drei Teller. Anschließend schmierte er Pesto auf sein Essen, vermischte beides, ehe er eine ganze Tüte geriebenen Käse darüber streute, »Guten Appetit« sagte und sofort zeigte, was er damit meinte. Seine Armbewegung war wie ein verlangsamtes Schaufelrad. Die Gabel fuhr in die Nudeln, hob sich zum Mund, lieferte die Nahrung ab und senkte sich sofort wieder zum Teller. So schnell kann niemand kauen, dachte Tiha, er schluckt die Nudeln ganz. Charlotte reichte ihr das Pesto. Tiha hatte keine Ahnung, was in dem kleinen Glas war, nahm einen halben Löffel voll und verteilte ihn über die Nudeln. Dann probierte sie zögernd. Es schmeckte. Sie freute sich plötzlich so sehr, dass sie fragte: »Isst deine Mutter nicht mit?«

Jean hielt einen Moment in seiner Schaufelbewegung inne, richtete seine grünen Augen auf Tiha, Augen, um die sich viele Fältchen rankten, als seien sie ein Abbild der Skulpturenwüste im Keller. Er schluckte einige Nudeln hinunter, und Tiha war sich sicher, etwas Falsches gefragt zu haben. Dann antwortete er: »Die arbeitet. Vielleicht schaut sie auch gerade beim Training von Jeunesse Esch zu oder demonstriert.« Er sprach das Wort »Arbeit« so dunkel und langgezogen aus, dass Tiha das Gefühl hatte, Arbeit, zumindest die von Charlottes Mutter, müsse etwas Schreckliches sein.

Von draußen war das Tschilpen einiger Vögel zu hören. Jean stand auf, stieß das aufgeklappte Fenster zu, ließ sich zurück auf den Stuhl fallen und begann erneut mit dem Schaufeln.

Wo Betty wirklich war, wusste er nicht. Selbst wenn sie arbeitete, fuhr sie in der Gegend herum, traf Leute, dachte bereits an den nächsten Termin. Sie war das genaue Gegenteil von ihm. Wenn er an einer Skulptur werkelte, war er nur bei dieser Metallarbeit; der Stein, den er meißelte, füllte seinen Kopf, da war für nichts anderes mehr Platz. Nach solch intensiven Tagen hätte er abends gerne mit seiner Frau irgendwo gesessen und etwas getrunken,

egal ob im eigenen Wohnzimmer oder in einer Kneipe, aber Betty hatte nie Zeit. Einmal hatte sie sich eine Stunde genommen, war abends mit ihm ausgegangen. Aber nachdem sie in den ersten zwanzig Minuten so oft auf die Uhr gesehen hatte, dass Jean nicht einen Satz ohne diese Geste hatte aussprechen können, war er aufgestanden, hatte ihr und sein Bier hintereinander geleert, und sie waren auf dem Motorrad wieder nach Hause gefahren. Betty hatte sich entschuldigt, war aber sofort in ihrem Arbeitszimmer verschwunden, wo noch eine Akte auf sie wartete. Selbst als er anschließend eine Tasse gegen ihre Tür geschleudert hatte, war sie nicht mehr herausgekommen. Jean hatte am anderen Morgen die Scherben zusammengekehrt und entsorgt. Seitdem redeten sie wenig miteinander. Vielleicht war der Zeitdruck auch nur ein Vorwand, vielleicht hatte seine Frau jemand anderen. Der Gedanke gefiel Jean zwar nicht, hatte aber trotzdem nicht die Schärfe, die er sich gewünscht hätte. Auch der Typ, der seit letztem Weihnachten öfter mal anrief und aus dem Ösling stammen musste, so wie er die Vokale bog, regte ihn nicht wirklich auf. Lästig war nur, dass er ihn immer bei der Arbeit unterbrach. Er hätte dem Typen Bettys Handynummer geben können, aber das wollte er dann doch nicht tun. Vielleicht rief der Mann ja wirklich wegen der Gewerkschaft an, wie er sagte, vielleicht war es ein Informant aus einem der Busunternehmen. Oder ein Freund von René, wie Betty erklärt hatte. »Eine Dumpfbacke«, hatte sie gesagt, dann einen Moment lang überlegt, den Kopf in den Nacken gelegt und hinzugefügt: »Ich bin ungerecht. Er ist ganz nett.«
»Ganz nett?«, hatte Jean gefragt, und dabei gedacht, so redet meine Frau nicht von jemandem, über den sie noch nie nachgedacht hat.
Und Betty hatte geantwortet: »Ja«, einfach nur »ja«.
Jean war daraufhin in den Keller gepoltert und hatte so lange auf einem Metallteil herumgehämmert, bis es so dünn wie Blech geworden war.
Er nahm den Deckel vom Nudeltopf, füllte seinen Teller zum zweiten Mal. »Schmeckt's?«, fragte er.
Die Mädchen nickten.

»Tiha kommt aus Montenegro«, sagte Charlotte mit vollem Mund.
»Den ganzen Weg, nur um bei uns Nudeln zu essen?«, erwiderte ihr Vater ernst. »Wann ist sie losgegangen?«
Seine Tochter lachte.
»Ich bin aber auch ein verdammt guter Nudelmacher. Aber dass das sich schon bis zum Balkan herumgesprochen hat, hätte ich nicht gedacht«, fuhr Jean fort. Er war froh, dass Charlotte seinen Gedanken unbewusst einen Riegel vorschob.
Tiha wusste im ersten Moment nicht, ob er einen Witz machte, so angestrengt, wie er schaute. Aber dann hob er die linke Augenbraue, was sein Gesicht in eine Schräglage brachte, die so komisch aussah, dass auch sie lachen musste.
»Mein Opa kann das auch«, sagte sie.
»Was?«, erwiderte Jean, »so gute Nudeln machen wie ich? Den will ich kennenlernen«.
»Nein«, lachte Tiha, »die Augenbraue so heben, dass er wie ein Verrückter aussieht«.
»Ich sehe wie ein Verrückter aus?«, fragte Jean, zog dabei nicht nur die Augenbraue, sondern auch noch die Oberlippe hoch, fuchtelte mit seiner Gabel in der Luft herum, bis eine Makkaroni seitlich gegen die Kaffeemaschine flog.
Tiha und Charlotte lachten sich schlapp.
Dann setzte er seine Schutzbrille auf und aß weiter, tat, als würde er den Teller nicht mehr finden, tastete nach dem Pestoglas.
Das war eines der lustigsten Essen, die ich je hatte, würde Tiha später denken.

Als sie die letzte Nudel verspeist hatten, bugsierte jeder seinen Teller auf die Ablage neben der Spüle, die bereits mit gebrauchtem Besteck, verschmutzen Gläsern und Schüsseln so voll stand, dass es schwer war, noch einen Platz zu finden. Auch auf den Seitenablagen unter den Hängeschränken quetschten sich Verpackungen zwischen Elektrogeräte, halbleere Joghurtbecher dünsteten vor sich hin, während ein Paar Schutzhandschuhe sich um braunes Obst krümmte, als wollten die leeren Finger Äpfel und Bananen abräumen. Jean fühlte ein Kribbeln in seinem Arm. Eine Bewegung, und alles wäre leergefegt. Aber leider würde er selbst anschließend alles vom Boden aufheben müssen. Das lohnte sich nicht. Nur ein dummer Esel geht zweimal aufs Eis. Und er hatte es schon zu oft betreten. Er schob seinen Teller gegen eine alte Kaffeepackung, griff nach dem Schwamm, während Tiha Charlotte durch die Tür folgte.

Das Wohnzimmer war größer, als Tiha vorher gedacht hatte, denn neben dem Drachenbaum, dessen Blätter an Herbstlaub erinnerten, war nur ein kleiner Wandvorsprung, keine wirkliche Mauer. Angrenzend erstreckte sich ein Raum, in dem neben einem langen Esstisch auch ein Klavier stand. An den Wänden hingen abstrakte Bilder, und auf dem Fensterbrett streckten Pflanzen ihre Wurzeln in gerissene Erde, ließen ihre Blätter hängen, als habe jemand aus Jux Stroh in die Töpfe gesteckt.
»Wer spielt denn Musik bei euch?«, fragte Tiha.
»Du meinst Klavier«, erwiderte Charlotte. »Niemand.«
Wieso hat man ein Klavier und spielt es nicht, dachte Tiha?
Charlotte sah sie einen Moment lang prüfend an, dann sagte sie: »Ich spiele dir etwas anderes vor. Aber du schaust nicht auf die CD, in Ordnung? Am besten, du setzt dich aufs Sofa.«
Tiha schob Zeitungen zur Seite, setzte sich zwischen zwei Stapel, während Charlotte die CD-Hülle mit ihrem Oberkörper verbarg und den Startknopf drückte.
»Bereit?«
Tiha nickte. Ihre nach außen gedrehten Haare wellten dabei wie eine weiche Metallfeder. Das erste, was ihr aus den Lautsprechern entgegenkam, waren merkwürdige, leise Geräusche, als fielen Tropfen in eine Grotte. Einen Augenblick später flüsterte jemand Worte, die sich anhörten, wie der englische Satz, den Cecile ihr vor der Schule hingeworfen hatte. Der Sänger schien nicht wirklich zu singen, er summte die Buchstaben. Seine Stimme klang trotzdem bedrohlich. Im Hintergrund gurgelte und tropfte es weiter. Sonst waren keine Instrumente zu hören. Dann näherte sich der Gesang, als klettere der Frontmann aus den Boxen. Die Musik wurde lauter, aggressiver. Jemand wimmerte. Der Sänger betonte ein Wort, das wie »Hölle« klang. Tiha

begann sich unwohl zu fühlen. Vor ihr tat sich sekundenschnell ein Abgrund auf und schloss sich wieder unter dem abgenutzten Teppich, der die Holzdielen bedeckte.
Was war los mit Charlotte und Cecile, dass sie so etwas hörten? Jemand schrie, eine Geräuschkulisse, die nicht von Instrumenten stammte, sondern von Menschen, die ums Überleben kämpften. Alles verschwand in einem Sog, als falle die Szenerie in einen Trichter, aus dem nichts mehr herauskam. Stille. Tiha bemerkte den Staub auf den Zeitungen neben sich. In der Küche hustete Charlottes Vater.
Der zweite Song begann mit einem Schlagzeug, einige Gitarrenlaute waren zu hören, aber wieder klang alles verzerrt und bedrohlich. Nichts zum Entspannen, nichts zum Tanzen. Geflüster. Düstere Ecken. Als auch das Lied zu Ende war, stellte Charlotte das Gerät aus, drehte sich um und fragte: »Geil, oder?«
Tiha wusste nicht, was sie antworten sollte. Sie fand die Musik gruselig, sie machte ihr Angst, aber sie wollte Charlotte nicht vor den Kopf stoßen. Also sagte sie: »Cool.«
Im selben Moment streckte Jean den Kopf ins Wohnzimmer. An seinen Händen trug er Sicherheitshandschuhe. »Ist Zeit für die Schule«, sagte er, »schon halb zwei.«
»Und ich muss noch meinen Ranzen holen«, antwortete Tiha, sprang vom Sofa.
»Liegt doch auf dem Weg«, sagte Charlotte. Dann verließen sie das Haus.
Draußen spannten sich die Sonnenstrahlen dünn und rund von den Baumkronen zu den Eisenteilen im Garten, als schieße das Licht durch unsichtbare Makkaroni.
»Danke«, sagte Tiha.
Charlotte versteckte ihr Gesicht hinter den braunen Haaren, öffnete das Gartentor, antwortete: »Wofür?«
Aber Tiha wusste, dass Charlotte wusste, wofür.

6. Hunde

Als sie in Wesel von Bord gingen, wieder festen Boden unter den Füßen hatten, roch Josette das Meer. Sie wusste, dass das nicht sein konnte, dass sie noch fast zwei Wochen zu Fuß unterwegs sein würden, ehe sie Bremen erreicht hätten, aber was ihre Nase aufnahm, war eine Mischung aus Salz, Fisch und Gräsern nach einem Regenschauer. So musste das Meer riechen. Sie sah die Schiffe vertäut am Ufer liegen, Menschen liefen in alle Richtungen davon, als wollten sie von diesem Ort fliehen, aber es wurden nicht weniger. Vielmehr war kaum ein Platz zwischen all den geschäftigen Beinen und Armen zu finden. Josette wurde hin und her geschubst, drehte sich mehrmals im Kreis, blickte in gefurchte Gesichter, roch Branntweinatem und Tabak, verschwitzte Kleider, Tierfelle und wünschte sich das erste Mal, seit sie unterwegs waren, zurück nach Wahl in ihr Dorf.

»Träum nicht«, sagte jemand leise. Josette wusste nicht, woher die Stimme kam. Zu viele andere lagen laut und eindringlich über dieser vertrauten Zeile. Sie schaute zwischen den Köpfen hindurch, dorthin, wo sie ihre Mutter vermutete, aber sie konnte sie nicht finden. Weiße Vögel kreisten über den Menschen, stürzten sich einige Meter nach unten, bremsten ihren Flug, stiegen wieder aufwärts. Träger brachten das Gepäck an Land, drückten die Reisenden vom Ufer weg, reihten die Taschen und Truhen nebeneinander auf, während das Nachmittagslicht die Konturen dieser hüfthohen Wand der Habseligkeiten abtastete und ihren Schatten dunkel auf die Erde zeichnete. Josette kontrollierte die Haubenbänder unter ihrem Kinn, ihr Atem ging etwas zu schnell. Wo waren die Ihren?

»Träum nicht«, sagte ihre Mutter erneut. Aber so sehr Josette sich auch umsah, sie sah Liliane nicht. Neben ihr stand eine alte Frau ohne Zähne, deren Schultertuch eher einer Decke glich, so wie sie sich darin eingewickelt hatte. Auf der anderen Seite redeten zwei Männer in einer Sprache, die sie nicht verstand.

Josette wurde es heiß. Immer schneller bewegte sie den Kopf von rechts nach links und zurück, schnappte hier ein Bild auf, dort einen Satz, spürte, wie etwas ihr Herz umklammerte, ihre Lungen festhielt. Hatten die Ihren sie vergessen? Ihr Mund öffnete sich, während hinten an einer Hauswand jemand auf ein Fass kletterte und zu winken begann. Sein Haar glänzte in der Sonne, seine Weste schimmerte matt.
»Nicolas!«, rief Josette, errötete einen Moment später.
Die alte Frau neben ihr wandte den Kopf, lachte. Josette schob sich an ihr vorbei, zwängte sich zwischen die Röcke und Hosen der Umstehenden, glitt mit einer Gruppe mehrere Meter vorwärts, kam zum Stehen, bahnte sich erneut einen Weg in Nicolas' Richtung. Als sie ankam, stieg Pallens Enkel vom Fass. Ihre Mutter saß daneben auf einer Ansammlung von Tauen und blickte sie an. Wie hatte sie Lilianes Stimme bis hinten zum Ufer hören können?
»Bleib mal näher bei uns«, sagte Marc, hielt mit einem Finger ein Nasenloch zu, bückte sich etwas und schnäuzte auf die Erde. »Nicht dass die schwarzen Augen uns verloren gehen«, lächelte Nicolas und verbeugte sich leicht. Josette schaute schnell in eine andere Richtung, ließ ihren Blick einen Mast hochrutschen, oben mit der Fahne flattern, bemerkte trotzdem, wie ihre Mutter sie von unten ansah, als könne sie etwas in ihrem Gesicht lesen, das Josette nicht preisgeben wollte. Sie schwitzte. Seit sie das Schiff genommen hatten, war ihr ständig zu heiß, sogar nachts, wenn die anderen sich in Decken hüllten. Auch sie zog ein grobes Tuch über sich, aber darunter schienen Feuer zu lodern.
»Wo ist Vater?«, fragte sie.
»Die beiden Herren besorgen einen Karren und einen Gaul, damit wir unser Gepäck nicht bis nach Bremen tragen müssen«, antwortete Nicolas.
Josette hielt ihren Blick stur auf die Fahne gerichtet.
Wenig später lenkten preußische Soldaten ihre Pferde durch die Menschenmasse, die sich hastig teilte und eine Schneise bildete. Einige Reisende lehnten sich so weit zurück, dass sie zu Fall gekommen wären, hätten nicht andere Leute hinter ihnen gestanden und sie abgestützt. Die Soldaten beachteten die Menge

nicht. Ihre Augen stierten geradeaus, und nach dem letzten Pferdeschweif schloss sich das Gewühl wieder, Arme und Körper schienen sich ineinander zu verzahnen, bis alles aussah, als ob nie jemand durch diese Ansammlung hindurchgeritten sei. Bald tauchten die ersten Karren auf, wurden von den Besitzern bis zum Gepäck vorgeschoben und beladen. Kaum einer hatte ein Pferd vorgespannt. Josette beobachtete die Männer und Frauen, wie sie die Truhen hochhievten, mit Seilen am Karren befestigten. Einige hatten ihren ganzen Hausrat mitgenommen, andere trugen nur eine Tasche auf dem Rücken mit einem Paar Schuhe drin und einem Rock zum Wechseln. Nach und nach setzten sich die Reisenden in Bewegung, ein Tross aus Wanderern und Holzkarren ergoss sich wie ein zusätzlicher Flussarm in die Garnisonsstadt hinein. Schließlich tauchten auch Leo und Arnold mit einem Karren auf, einem sichtbar vielbenutzten Gefährt, das völlig verdreckt aussah und von einem Esel gezogen wurde. Leo hielt das Tier am Zaum, gab die Marschrichtung vor, während der alte Pallen hinter dem leeren Karren hertrottete, als müsse er aufpassen, dass nichts herunterfalle.
»Was ist denn das?«, fragte Marc.
Sein Vater antwortete nicht. Dafür erklärte Arnold, dass kein Pferd zu finden gewesen war. Sie hätten alle Häuser in der Straße abgeklappert und nur diesem Bauern hätten sie für eine Unsumme seinen Mistkarren abschwatzen können. »Ja«, rief er, als sollte es die ganze Stadt hören, »so viel zum gastlichen Wesel!«
»Aber der Esel schafft das doch gar nicht«, warf Marc ein.
»Da unterschätz die Esel mal nicht«, erwiderte der alte Pallen, lüftete seinen Hut, hielt ihn kurz über dem Kopf, ehe er ihn wieder aufsetzte. Josette hatte das Gefühl, mit dieser Bewegung glättete sich Pallens Gesicht für einen Moment, ehe es wieder in die alte Zerknitterung zurückfiel, so als sei seine Haut mit Fäden am Hutrand befestigt. Der Esel hingegen erweckte den Eindruck, als weine er. Seine Augen tränten, er sah nicht gesund aus.
»Ein Esel«, wiederholte Marc.
»Früher haben wir alles mit Eseln gemacht«, sagte Leo gereizt, »niemand hatte ein Pferd.« Seine Stimme klang vertrocknet, fast

heiser. Am Himmel über der Fahne verbündeten sich zwei kleine Wolken, bildeten die Form eines Schiffsrumpfes nach.
»Es gibt noch nicht lange Pferde«, sagte Liliane leise, schaute auf ihre Hände. »Sie stammen vom Esel ab. Jesus wäre damals niemals auf einem Esel in die Stadt geritten, wenn es bereits Pferde gegeben hätte.«
»Jedenfalls gibt es in dieser Stadt kein Pferd mehr zu kaufen«, grummelte Leo.

Eine Nacht lang ruhten sie sich aus, lagen mit vielen in einem Anbau im Stroh, weil der Gasthof überfüllt war. Aber das war immer noch besser, als draußen zwischen den Hunden und Wieseln zu nächtigen, was andere aus Geiz oder Mittellosigkeit tatsächlich taten. Sie schliefen tief und fest. Diese erste Nacht an Land hatte für alle etwas Erlösendes. Die Hälfte des Weges war geschafft, zumindest, wenn man Bremen als Ziel ansah.

Am nächsten Morgen ging die Reise weiter. Zu der Hundertschaft, die an Bord gewesen war, hatten sich mehr als doppelt so viele hinzugesellt. Langsam setzte sich die Kolonne in Bewegung, riss aber schon nach wenigen Kilometern auseinander. Einige marschierten etwas zu forsch drauflos, andere hatten zu viel zu schleppen, um mit ihnen Schritt halten zu können. Trotzdem wurde der Abstand nie so groß, dass sie sich aus den Augen verloren. Ein unsichtbares Band schien alle miteinander zu verbinden. Die meisten gingen zu Fuß, einige Ältere saßen auf Wagen, wenige Karren wurden von Pferden gezogen – und nur sie hatten einen Esel, wie Marc säuerlich bemerkte. Einen Esel, der es nicht schaffen würde, und dann müsste er ziehen, einen Karren nach Bremen ziehen, in eine Stadt, in die er nicht wollte.
Nicolas hatte ihm auf dem Schiff alle Buchstaben und viele französische Wörter beigebracht. Marc versuchte nun täglich, den einen oder anderen Satz in der Zeitung zu entziffern. Dafür versteckte er sich am Abend, denn Leo sollte ihn nicht dabei erwischen. Zwar war sich Marc nicht sicher, wie sein Vater reagieren würde, denn dieser hatte sich in den letzten zwei Wochen verändert, war ruhiger geworden, brauste nicht mehr auf, sprach

wenig und wirkte geistesabwesend. Aber er würde seinen Sohn in Brasilien zum Aufbau des Hofes brauchen, und da konnte jemand, der lesen wollte, nur schädlich sein.
Vor ihnen trug ein Mann zwei Leinensäcke über der rechten Schulter und ein Kind über der linken. Wie die meisten schritt er voll Zuversicht voran. Sah man vom Schmutz ab, der die Kleidung zuweilen grauer erscheinen ließ, als sie war, zeichnete sich der gesamte Tross durch eine matte Farbenfröhlichkeit aus, die nicht nur dem Optimismus der Auswanderer entsprach, sondern vom Geschmack der Menschen zeugte, die fast allesamt vom Land kamen, wie der alte Pallen bemerkte.
»In meiner Stadt«, schloss er seine Überlegungen ab, »sagen wir: An roten Farben und an blauen erkennst du den Bauern, ja.«
Leo sah an sich hinunter, auf seinen blauen Kittel und fragte sich, was an Pallens farblosem Rock besser sein sollte als an seinem? Nur Menschen, die nichts zu tun hatten, interessierten sich für die Farben ihrer Kleidung. Alle anderen schauten auf den Preis. Was Leo viel mehr Sorgen als sein Aussehen bereitete, war das Ächzen des linken Wagenrades, auf dem das Gepäck von Pallen und seiner Familie lag. Auch die Achse schien bereits leicht verbogen zu sein. Dabei war der erste Tag noch nicht einmal zu Ende. Der Esel trottete tapfer vorwärts. Fliegen setzten sich auf seine feuchten Augen. Von vorne trug der Wind Leo das Einwandererlied zu, das er sowieso schon seit Reisebeginn im Kopf hatte. Noch nie zuvor war irgendeine Melodie derart aufsässig gewesen. Er wachte morgens mit dem Lied auf, hörte es vollkommen deutlich, sah sich um, aber niemand in seiner Nähe sang. Selbst seine absichtlich lauten Kaugeräusche konnten es nicht vertreiben. Wenn er sprach, begleitete ihn manchmal ein ganzer Chor, schmetternd und aufdringlich. Er musste sich so sehr auf das konzentrieren, was er sagte, dass er abends vor Erschöpfung zitterte. Auf dem Schiff hatte er einmal mitten im Gespräch einen der Liedverse eingeflochten, ohne es zu wollen. Der Chor in seinem Kopf war plötzlich so ohrenbetäubend gewesen, dass er sein eigenes Wort nicht mehr hatte verstehen können, und so hatte er einfach mitgesungen. Pallen war nicht groß darauf eingegangen, hatte nur »Wie bitte?« gesagt und war

dann auf Esch zu sprechen gekommen. Aber Leo hatte die Augen geschlossen, dem Lied zugehört und sich gefragt, ob sein Gehirn schrumpfe, er also bald sterben und Brasilien gar nicht sehen würde. Seitdem war der Chor in Einzelstimmen zerfallen, brauste nur noch selten auf, verhielt sich wie ein Summen hinter der ersten Geige. Die Einzelstimme aber wechselte immerzu das Geschlecht. Es gab Tage, da sangen nur Frauen, junge und alte, dann übernahm stundenweise ein Mann den Part, um schließlich wieder an eine weibliche Stimme abzugeben. Leo wusste nicht, weshalb dieses Konzert in seinem Kopf stattfand. Er redete auch nicht mehr mit Liliane darüber, versuchte vielmehr, sich an die Unaufhörlichkeit der Melodie zu gewöhnen, und litt.

Gegen Abend schwebten Regenwolken über den Himmel, erst kleine Flecken, die vereinzelt Erdparzellen abdunkelten, dann große, die sich ineinander verhakten und die Nacht hinter sich herzogen. Liliane rieb an ihrem Donnerstein und bat stumm die Jungfrau Maria um Beistand. Sie betete so lange, bis alle eingedöst waren und die Karren wie fremde, unförmige Wesen im Dunkel lungerten. Sogar der Esel schien zu schlafen, stand bewegungslos vor einem massiven Steinbrocken, an den er gebunden worden war, und wirkte wie ein Schattenriss. Es war still im Lager. Liliane bewegte liegend ihre Füße hin und her. Zwar war das Gehen nicht anstrengender als die Arbeit auf dem Feld, bei der man sich auch noch bücken musste, aber die Gelenke taten ihr trotzdem weh. Weiter weg brannte ein Feuer. Funken wirbelten nach oben, als trügen sie verirrte Teile von Lilianes Gebet ihrem Ziel entgegen. Sie schaute hoch zu der Stelle, an der die kleinen Lichter erloschen, versuchte etwas zu finden, von dem sie nicht wusste, wie es aussah: ein Vers, etwas Beseeltes, ein kleiner Raum auf dem Weg zum Ewigen Licht, ein Zimmer, in dem sich die Gebete sammelten, kurz verharrten, bevor Gott sie einatmete. Doch dort, wo sie hinsah, blieb alles dunkel.
Dafür waren die Regenwolken am anderen Morgen verschwunden. Die anderen saßen bereits beim Frühstück, als Liliane aufwachte. Erschrocken fuhr sie hoch. Noch nie waren die Kinder

vor ihr auf gewesen. Aber Marc und Josette tunkten bereits Brotstücke in einen Milchtopf und aßen, während Nicolas neben seinem Großvater saß und etwas in ein kleines Büchlein schrieb. Leo wickelte derweil seine handgroße Goldwaage in einen Lappen und verstaute sie in einem Sack auf dem Karren.

»Sollen ja leicht zu finden sein, die Goldklumpen in Brasilien«, sagte der alte Pallen, strich sein weißes Haar glatt, »da ist eine Waage von Vorteil.«

»Hat mir auch hier schon gute Dienste erwiesen«, antwortete Leo, »wie oft hat das Gewicht eines Gulden nicht gestimmt. Auf den ersten Blick siehst du nichts. Die feilen so geschickt rundherum den Goldrand ab, dass du denkst, alles ist in Ordnung. Nichts fällt dir auf, aber wenn du die Münze dann wiegst, weißt du, wem der Teufel den Becher füllt. Und wenn sie das mit hundert Gulden getan haben, sind sie um einige Kartoffelfurchen reicher.«

»Habe ich schon immer gesagt«, erwiderte der alte Pallen, »in meiner Stadt …«

»… tun sie das auch«, ergänzte Nicolas, während er weiterschrieb.

»Ja«, rief Arnold, »aber ich habe schon immer gesagt, dass die Ränder der Goldmünzen auch eine Prägung brauchen, meinetwegen nur kleine Kerben, eine Riffelung, damit das aufhört mit dem Feilen. Aber auf mich hört man ja nicht.«

Liliane zog an ihren Röcken, bis sie richtig saßen, entdeckte einen winzigen Flecken am Saum, befeuchtete ihre Finger mit Spucke und rieb den Schmutz ab. Dann drängte sie einige Haarsträhnen unter die Haube zurück, riss sich ebenfalls Brot vom Laib und tunkte es in den Milchtopf. Im Lager herrschte bereits reges Treiben. Schlafdecken wurden zusammengerollt, Flaschen verstaut, das Gepäck kontrolliert. Einige schienen aufbruchfertig, saßen inmitten ihrer Säcke, ließen den Blick wandern, als warteten sie auf Antwort, wann es denn nun weitergehe. Leo öffnete seinen Brustbeutel, überschlug, wie viel Geld er noch dabeihatte, betastete kurz den Brief, der klein gefaltet darin steckte, spürte einen Augenblick eine wilde Aufregung in seinen Fingerkuppen und verschloss den Beutel wieder.

»Es heißt«, sagte Liliane, »einige hätten beim Pflügen Diamanten im Acker gefunden. Und eine Frucht gibt es dort, die, wenn du sie aufschneidest, dir das Bildnis unseres Herrn am Kreuze zeigt.«

»Wenn nur die Hälfte stimmt ...«, erwiderte der alte Pallen und brach seinen Satz ab.

Josette merkte, wie ihr Milch auf das Vortuch tropfte, hielt ihre Hand unters Kinn und leckte sie anschließend ab.

»Kein Wunder, dass unsere Regierung uns warnt und nicht weglassen will. Denen laufen wir als Steuerzahler davon«, lachte Leo. Seine Schulter schmerzte, aber er wollte nicht schon am Morgen mit dem Selbstgebrannten anfangen, weil das das Gehen erschwerte.

»Merkwürdig ist es, dass uns kein Geistlicher begleitet«, sagte Liliane mit weicher Stimme. Josette glaubte, leise die Milch in ihrem Hals gurgeln zu hören.

In den Dörfern, die die Auswanderer passierten, stellten sich die Bewohner demonstrativ neben ihre Wäsche oder Kühe. Sie trauten diesen Leuten nicht, die alle paar Monate zu Hunderten vorbeizogen und von denen einige aussahen, als würden sie bereits an ihren Schuhsohlen kauen, um zu überleben. Aber auch die Wohlgenährten behielten sie im Auge. Das waren oft die Schlimmsten. Wer wusste schon, was sie ausgefressen hatten. So einfach verließ doch niemand sein Land, wenn er nicht musste. Milch konnten sie haben, auch Brot oder eine Schale Sauerkraut, für einen ordentlichen Preis, versteht sich. Aber nicht jeder wollte mit diesen Auswanderern Geschäfte machen. Zu oft hatten die Kühe in Krämpfen gelegen, kurz nachdem eine solche Menschenschlange vorbeigekrochen war, als ob sie Gift in ihren Zähnen führte. Und andere merkwürdige Dinge hatten sich zugetragen. Einige wussten von im Stall verstecktem Geld zu erzählen, Geld, das plötzlich geschmolzen war. Eine solche Hitze konnte nur der Teufel verströmen. In einem Dorf, so hieß es, habe ein Knecht die Pferde mit den Zügeln neben dem Kirchhof zusammengebunden, damit sie nicht wegliefen, als die Menschenschlange hochgeschlängelt kam. Dann hatte plötzlich ein Schlag ihn getroffen. Als er wieder aufgewacht war, hatte es bereits zu dämmern begonnen. Von den Auswanderern war nichts mehr zu sehen gewesen, aber die Pferde hatten aufgeregt gewiehert und waren wild herumgelaufen. Ein Blitz hatte die Augen des Knechts auf den Kirchhof gelenkt. Dort waren alle Grabsteine mit den Zügeln der Tiere verbunden gewesen. Ein grausiger Anblick. Der Knecht hat sich davon nie wieder erholt.

»Ich weiß nun, wie lang dein Haar ist«, sagte Nicolas leise, schaute dabei geradeaus, als rede er über die Wälder, die vorne zu beiden Seiten des Weges auftauchten. Sofort war die Hitze wieder da. Josette legte eine Hand auf die Seitenkante des Karren, als helfe sie ihn vorwärts schieben, atmete mit offenem Mund aus. Ihre Eltern gingen auf der anderen Seite des Wagens, waren durch das Gepäck verdeckt. Marc führte den Esel, und der alte Pallen trottete Pfeife rauchend als Nachhut hinterher.

»Ich habe nicht absichtlich hingeschaut, aber gestern Abend fiel es auf deine Schultern wie ein Teil der Nacht, nur heller und braun, glänzend.« Nicolas lächelte. Vor Josettes Augen begannen die Baumkronen zu verschwimmen, verliefen ineinander, als mische jemand die einzelnen Töpfe einer grünen Farbpalette. Das Rad neben ihr ächzte. Weiter hinten schrie ein kleines Kind.

»Ohne Haube siehst du noch schöner aus«, fuhr Nicolas fort, wartete einen Moment lang, ob Josette etwas erwidern würde, aber sie schwieg, wedelte mit der Hand über ihr Vortuch, das viele dunkle Flecken aufwies. Sollte sie Nicolas ermahnen, er solle warten, bis sie in Brasilien seien und ihr nicht nachstellen? Ja, das sollte sie wohl. Aber sie sagte kein Wort zu ihm, hob nur kurz ihre dunklen Augen und lächelte ihn an. Nicolas wurde daraufhin sehr gesprächig, flüsterte, ihr Blick sei wie Musik; er löse ein Rauschen in seinen Ohren aus, das so schön sei wie ein Oratorium von Händel. Josette wusste weder, was ein Oratorium noch wer Händel war, aber sie ahnte, dass der Vergleich ihr zur Ehre gereichte. Und so wich sie nicht zurück, als Nicolas näher an sie herantrat, eng an ihrer Seite voranschritt. Ihre Arme schlenkerten aneinander vorbei, die Finger berührten sich von Zeit zu Zeit wie zufällig, und Josette hatte das Gefühl, dass der Meergeruch in ihrer Nase von ihm stammte, von Nicolas, von

seinem Haar, das jeden Morgen glänzte wie Seewasser, auf das die Sonne fiel. Sie merkte nicht mehr, dass sie ging. Eine Kraft ließ sie vorwärts eilen, ohne dass sie sich anstrengen musste. Nicolas aber redete weiter, fast so viel wie sein Großvater, der aus Mangel an Zuhörern Selbstgespräche hinterm Karren führte. Vieles von dem, was Nicolas ihr erzählte, verstand Josette nur halb. Seine Sätze führten Namen und Ausdrücke mit sich, die niemand in Wahl je benutzt hatte, jeder einzelne öffnete eine Weite, als schaue sie bereits über die Ebenen Brasiliens. Dachte sie an ihr Dorf zurück, tauchten nur noch die Dinge auf, die sie sich zuletzt eingeprägt hatte, wie das kantige Steingesicht über Derdings Tür oder ihr eigenes, das ihr am Tag der Abreise aus dem Spiegel entgegengesehen hatte. Ansonsten schien ihr Gedächtnis sich langsam zu leeren, sich frei zu machen für die Zukunft, für jene Bilder, die sie erst sehen würde, morgen oder in einigen Jahren. Das Vergessen war eine Sense, und was gekappt aufs Feld fiel, wurde im gleichen Augenblick von unsichtbarer Hand aufgelesen und verschwand. Nur manchmal am Abend, bevor sie einschlief, hörte sie ihren Großvater sagen: »Aber vergiss mir den Kirchturm nicht.« Dann blickte sie hoch, sah die Silhouette undeutlich in der Ferne, hielt sich daran fest. Stieg ihr Blick nach einiger Zeit wieder die Mauer hinab, stand unten der Großvater als kleiner Junge, winkte ihr zu. Sie nickte. Hinter dem Jungen aber lag unbekanntes Land, fruchtbare Äcker, so weit das Auge reichte.
»Heeeee!«, schrie jemand. Als sie sich umdrehte, sah Josette den alten Pallen auf der Erde liegen. Der aufgeklappte Pfeifenkopf rauchte am Straßenrand. Die Karren stoppten. Nicolas lief zu seinem Großvater, kniete sich neben ihn.
»Was ist los?«
»Bin nur hingefallen«, sagte der alte Pallen, »hilf mir hoch.«
Leo kam auf sie zu, fragte ebenfalls, was los sei?
»Nichts!«, rief Arnold. An seinen Schuhen klebten Erdbrocken. Nicolas und Leo griffen ihm unter die Arme, hievten ihn hoch, hielten ihn einen Augenblick fest, ehe sie langsam losließen. Der alte Pallen stand, wirkte wie ein jahrhundertealter Stamm, verwittert und zerfurcht, jedem Wetter trotzend. Aber als er ei-

nen Schritt nach vorne machte, verengten sich seine Augen. Der Knöchel schmerzte.

»Ist zumindest nichts gebrochen«, sagte Leo, schaute zu seiner Frau.

Weiter vorne hatte die Schlange gemerkt, dass ihr Hinterteil zurückblieb, und hielt ebenfalls an.

Ein Mann mit Vollbart stand plötzlich neben ihnen, fragte: »Was ist denn los? Können wir nicht mal weiter? So wird das ja nie was.« Sein Mund schnellte bei jedem Satz schräg nach oben in die rechte Gesichtshälfte und offenbarte eine enorme Zahnlücke.

»Er ist gefallen«, erwiderte Nicolas schneidend.

»Aber jetzt steht er wieder«, antwortete der Mann.

»Der Knöchel ist verstaucht«, sagte Nicolas, hob die Pfeife auf, klopfte sie aus.

Der Mann drehte sich um und verschwand nach hinten.

»Was machen wir?«, fragte Leo.

»Ich weiß nicht«, sagte Nicolas.

»Das geht schon«, murmelte Arnold, versuchte erneut einen Schritt. »Es wird gehen«, fügte er hinzu.

»Ich könnte eine Truhe tragen, und du setzt dich auf den Wagen«, schlug Nicolas vor, »wenigstens eine Zeit lang.«

Die Familie hinter ihnen setzte sich langsam wieder in Bewegung, zog ihren Karren an ihnen vorbei, beschrieb einen Bogen, füllte die Lücke vor ihnen und schritt weiter, bis sie den vorderen Teil der Schlange erreicht hatte. Die Nachfolgenden taten es ihr gleich.

»Wir müssen uns entscheiden«, drängte Leo, »sonst sind wir bald alleine unterwegs.«

Der Mann mit dem Vollbart tauchte wieder auf, sagte: »Hier«, hob ihnen einen langen Ast mit einer Gabelung am Ende entgegen. »Wenn er zu lang ist, ich habe eine Säge«, fuhr er fort und spritzte seinen Speichel durch die Zahnlücke auf den Boden. Die Schlange zog langsam an ihnen vorbei.

»Die Säge werden wir nicht brauchen«, erwiderte Liliane hastig. Sie stand noch immer mit Marc beim Karren und begann in einer Tasche zu wühlen, während sie hinzufügte: »Die Säge ist kein gutes Werkzeug. Es heißt, ein gesägtes Holz kannst du nicht mehr zu Holzkohle verbrennen.« Dann zog sie Leos Reisestock hervor und brachte ihn Arnold. Der Vollbart legte sich den Ast auf die Schulter, ging zu einem Karren etwas weiter vorn. Nur Marc hörte, wie er »Wiesenfresser« grummelte, ehe er den gegabelten Stock auf einen Wagen zwischen Gepäcktaschen warf. Arnold fädelte seine Hand durch die Lasche, stützte sich auf den Lederknauf und machte einige Schritte vorwärts. Leo, Nicolas und die anderen schauten ihm dabei zu, bis er sich umdrehte und fragte: »Was ist? Gehen wir?«, Marc griff nach den Zügeln, der Esel warf den Kopf einmal nach oben, wobei er die Augen zu verdrehen schien. Dann reihten sie sich wieder ein und zogen vorwärts. Nicolas steckte die Pfeife in seine Westentasche, blieb neben seinem Großvater, schaute auf den verstauchten Knöchel, versuchte von Zeit zu Zeit in Arnolds Gesicht zu lesen. Aber sein Großvater sagte kein Wort. Trotzdem hatte Nicolas das Gefühl, er habe starke Schmerzen. Zwar zeigte er keine große Regung, aber manchmal verengten sich die Augen, und Nicolas wusste, dass die folgenden Tage nicht einfach werden würden.

Abends gesellte sich ein Mann zu ihnen ans Feuer, ein Sachse, wie er Nicolas erklärte. Leo ließ den Quarlie kreisen, und alle tranken. Auch der alte Pallen nahm einen kräftigen Schluck, erzählte in für ihn außerordentlich geraffter Form, dass er aus Esch an der Alzette stamme und eigentlich in das Land mit den schwarzen Bergen und nicht nach Brasilien wolle, aber seinem Enkel den Gefallen halt täte. Ob der Sachse dieses schwarzbergige Land im Südosten kenne? Leider wusste dieser nichts von einem solchen Land. Arnold zog sich daraufhin früh zurück, suchte sich eine ruhige Stelle abseits vom Karren und schlief bald ein. Da nur noch acht Flaschen Selbstgebrannter im Gepäck waren, denn mehr als ein Dutzend hatte Leo nicht mitnehmen können, blieb es an diesem Abend bei einem Viertelliter, worüber Liliane froh war. Sie setzte sich etwas abseits zu ihrer Tochter, schaute hinüber zu den Männern, die über Politik diskutierten, sah dann Josette ins Gesicht, folgte ihrem Blick zu den drei Sternlichtern, die hoch über der Ebene standen, ehe sie freundlich sagte: »Du bist alt genug, aber nimm dich vor denje-

nigen in Acht, die überall dort anzutreffen sind, wo eine Schürze zum Trocknen über der Hecke liegt.«
»Mama!«, antwortete Josette ungehalten und erschrak über ihre Reaktion. Liliane schaute ihr in die Augen, wandte dann den Kopf. Josette wollte noch hinzufügen, dass Nicolas nicht so einer sei, aber sie sagte nichts mehr. Zum einen, weil sie merkte, dass ihre Mutter nicht auf ein Gespräch aus war, sondern nur ihre Bedenken hatte in Worte fassen wollen, zum anderen, weil ihr bewusst wurde, wie sehr sie an Nicolas hing, dass eine leise formulierte Kritik an ihm sie bereits so verärgern konnte.
Liliane legte die Hände auf ihr Vortuch, besah die kleinen Risse in den Flächen. Sie fühlte sich müde. Als sie so alt wie Josette gewesen war, hatte sie geheiratet. Es war ein schöner Tag gewesen. Wie würde dieser Tag für ihre Tochter aussehen im fremden Land? Liliane schob ihre Finger ineinander, spürte den Wind frisch um ihre Schultern wehen. Jetzt war sie vierundvierzig, ihre Haare hatten viel von ihrer Farbe verloren, waren voller grauer Strähnen, und ihr Rücken fühlte sich steif an, wenn sie zu lange saß. Auch drüben würde sie arbeiten müssen, aber sie würde sich keine Sorgen mehr machen, ob ihre Kinder eine Zukunft hätten. Warum nicht dieser Nicolas, wenn Josette das wollte? Und dass sie es wollte, war schwer zu übersehen. Er war keine schlechte Partie. Liliane blickte erneut zur Männerrunde hinüber, sah Nicolas in sein kleines Büchlein schreiben und fühlte Josettes Kopf, wie er sich auf ihre Schulter senkte. Sie nahm ihre Tochter in den Arm und spürte, wie sich ihr Körper zu erholen schien. Vor ihnen lief ein Hund vorbei, schnüffelte an den Steinen, trottete zum Feuer. Marc verscheuchte ihn. Der Hund machte einen Satz, schnupperte dann am Karren, hob ein Bein, lief weiter, hielt kurz neben der Decke, unter der der alte Pallen schlief, schaute auf ihn hinab und setzte seinen Weg nach kurzer Zeit fort.

»Ja, jetzt«, sagte Leo und öffnete beide Hände vor der Brust, als sei seine Antwort ein schweres, rundes Gewicht, das es zu seinem Gesprächspartner hinüberzuhieven gelte. »Aber das ist gerade einmal dreizehn Jahre her. Davor waren das alles Luxemburger.

Niemand wäre auf die Idee gekommen, Bitburg den Preußen zuzurechnen.«

Der Sachse kraulte seinen Ziegenbart, hörte Nicolas zu, der das Luxemburgische übersetzte, legte den Kopf etwas schräg, ehe er antwortete: »Ich habe die Politik nicht gemacht. Aber erstaunlich ist doch, wie schnell diese Luxemburger Preußen wurden. Da gab es keinen Aufstand, da gab es kein Meckern, nichts.«

»Die Wirtschaft funktioniert besser bei den Preußen. Die haben nicht diese hohen Steuern«, erwiderte Leo, »und wo das Geld strömt, vergessen die Leute, was für Blut in ihnen fließt.« Der Schnaps hatte nicht nur seinen Körper gewärmt. Auch das Lied in seinem Kopf schien besänftigt, war nur in weiter Ferne zu hören.

»Wenn wir nicht ständig von anderen regiert würden, ginge es uns auch besser«, murmelte Marc.

Sein Vater wollte ihm sofort das Wort verbieten, ihn einen Revolutionär nennen, der keine Achtung vor nichts hatte, aber irgendetwas sagte ihm, dass sein Junge vielleicht recht haben könnte.

»Na, das kann uns ja jetzt egal sein«, antwortete er stattdessen.

»Eure komische Sprache haben die neuen Preußen jedenfalls noch nicht abgeschafft«, sagte der Sachse. »Ist nicht Niederländisch, ist nicht Deutsch, obwohl es fast so klingt. Und die Wörter verbindet ihr miteinander, als wäret ihr Franzosen. Da weiß man nie, hat er jetzt ein Wort oder gleich vier ausgesprochen.«

»Eine eigene Sprache ist halt eine eigene Sprache«, erwiderte Marc ernst. Nicolas steckte sein Büchlein in seine Westentasche, machte aber keine Anstalten, Marcs Satz zu übersetzen. Aber der Sachse schien auch so verstanden zu haben, nickte und erzählte, er habe gehört, der brasilianische Kaiser zahle allen das Geld für die Überfahrt zurück, wenn sie dort ankämen. Diese Nachricht freute Leo derart, dass er darüber nachdachte, doch noch einen der Viertelliter zu opfern. Aber der Sachse verabschiedete sich bald, und so gingen auch Leo und die anderen zu Bett.

Am nächsten Morgen war der alte Pallen tot.

Alle saßen bereits beim Frühstück, und Liliane flüsterte ihrem Mann zu: »Du kaust jeden Tag lauter. Wirst du taub?« Und da Leo das Lied in seinem Kopf, das gerade hell und klar endete, um gleich wieder von Neuem zu beginnen, nicht mehr erwähnen wollte, sagte er zu Nicolas: »Dein Großvater hat aber einen Schlaf heute. Du solltest ihn wecken, sonst verpasst er noch den Anschluss.«

Daraufhin erhob sich Nicolas, schlenderte zu Arnold und fand ihn leblos unter der Decke. Die Augen seines Großvaters waren geschlossen, seine Haut seltsam geglättet und nach hinten gezogen, sein Mund geöffnet, als setze er zum Schnarchen an. Nicolas kniete sich neben ihn, versuchte seinen Oberkörper hochzuheben, aber die Hals- und Nackenmuskulatur war bereits starr, was dem alten Pallen etwas Unnatürliches verlieh, und so ließ er den Körper wieder niedersinken. Liliane hatte ihm zugeschaut und wusste sofort, was geschehen war. Sie ging zum Toten, legte ihm die Hände übereinander und sprach ein Gebet. Dann hob sie die Decke über sein Gesicht. Dieser Moment löste in Nicolas einen heftigen Schluckreflex aus, weil der reglose Stoff über den Atemwegen seines Großvaters lag. Er griff nach der Decke, entfernte sie wieder von Arnolds Gesicht, blieb dort knien, bis Leo ihm die Hand auf die Schulter legte und fragte: »Was willst du machen?«

Erst jetzt sah Nicolas, dass die ersten Wagen aufbrachen, weiterzogen in Richtung Bremen. In seinem Körper schrie etwas, lautlos, aber immer wieder. Er versuchte sich auf Leos Frage zu konzentrieren, was ihm einige Sekunden später gelang, und antwortete: »Ich werde ihn im nächsten Dorf begraben.«

Also wickelten sie Arnold in zwei Decken, verschnürten diese und legten ihn auf den Karren an die Stelle der Truhe, die sein Enkel nun auf dem Rücken trug. Niemand von ihnen sprach. Josette ging neben Nicolas her und wusste nicht, was sie hätte sagen sollen, um ihn zu trösten. Dafür kannten sie sich doch noch zu wenig. Der Gedanke, der Tod sei etwas Intimeres als ihre Liebe zu Nicolas, setzte sich in ihrem Kopf fest. Sie sah den Kirchturm ihres Großvaters und fragte sich, ob auch Arnold seinem Enkel ein solches Bild hinterlassen hatte?

Von Zeit zu Zeit übernahm Marc die Truhe, während Leo den Esel führte. Vögel zogen mit ihnen, als erwarteten sie, gefüttert zu werden. Es war ein stiller Morgen. Der ganze Tross schien dem alten Pallen zu gedenken. Nur die Tritte der Wanderer waren zu hören und die Räder der Karren.

Im ersten Dorf lud Nicolas seinen Großvater auf die Schulter und machte sich auf den Weg zur Kirche, wo er Arnold ablegte und nach dem Pfarrer fragte. Währenddessen zogen die anderen weiter. Nicolas würde nach der Beerdigung sofort aufbrechen und ihnen folgen. Jung wie er war, hätte er sie bis zum Abend oder spätestens am anderen Tag wieder eingeholt. Leo nickte. Er fühlte sich mit einem Mal verantwortlich für den jungen Mann. Jetzt hatte er zwei dieser Söhne, die lieber faulenzten als arbeiteten.

Es war gut möglich, dass noch einige starben, bevor sie Brasilien erreicht hätten. Der Tod ging immer mit, wie Liliane mit weicher Stimme sagte, aber die Abwesenheit der beiden Pallens machte sich doch bemerkbar, und das nicht nur bei Josette, die an Nicolas dachte und ein schlechtes Gewissen hatte, dass das Ende seines Großvaters sie so kalt ließ. Auch Marc dachte an seinen neuen Freund und hoffte, ihn so schnell wie möglich wiederzusehen. Er wollte noch viele französische Wörter lernen, und die Abende waren einfach erträglicher mit jemandem, der ihn verstand. Leo hingegen fragte sich, wie weit er selbst es schaffen würde? Gut, der alte Pallen war mehr als dreißig Jahre älter als er gewesen, aber was hieß das schon, zumal so ein Notarschreiber sich sein Leben lang schonen konnte, während er sich auf dem Feld abgerackert hatte, bis die Finger bluteten.

Liliane kraulte den Hals des Esels, und dieser folgte ihr, ohne dass sie die Zügel halten musste. Seine Augen sahen noch wässriger aus als am Anfang. Liliane versuchte die Fliegen zu verscheuchen, die über seine Lider herfielen, gab es aber bald schon auf, weil der Schwarm nicht zu vertreiben war. Pallen hat zu viel vom Tod gesprochen, ging es ihr immer wieder durch den Kopf, das hat die Jungfrau gehört.

Eine Handvoll abgerissener Gestalten kam ihnen entgegen, vermied es, ihnen in die Gesichter zu sehen, ging in die Richtung, aus der die Menschenschlange aufgebrochen war. Kurz darauf machte ein Gerücht die Runde. Von Karren zu Karren sprang es, legte sich in die Münder, verzweigte sich: Die Armen seien aus Bremen gekommen, weil es dort kein Schiff für sie gegeben hatte. Dieses Gerücht blieb nur kurz bei den Auswanderern, dann verschwand es so schnell, wie es aufgetaucht war.

Der Nachmittag wurde sehr heiß. Die Frühlingssonne brannte auf die Köpfe, als entfache ein Schmied die rechte Glut zum Eisenerweichen. Der Schweiß lief den Männern über den Nacken bis hin zu den Waden. Beim Weibsvolk staute sich ein Teil unter der Haube, der andere Teil tränkte die Röcke und Oberkleider. Sie legten mehrmals eine Rast ein, hofften auf Wolken, aber der Himmel blieb blau, und die Strahlen fielen unnachgiebig Schlag auf Schlag auf den Amboss ihrer Rücken. Sie beendeten diese Tageswanderung früher als die bisherigen. Liliane spazierte, nachdem sie Schinken abgeschnitten, mit Brot gegessen und sich etwas ausgeruht hatte, zwischen den anderen Auswanderern herum und sah, dass nicht nur ihr die Füße wehtaten. Viele lehnten erschöpft, einige sogar apathisch, an den Karren, unter deren hinteren Enden Truhen geschoben worden waren, damit die Wagen nicht kippten. Die Gespräche an den Feuerstellen waren bei Weitem nicht mehr so lebhaft wie an den ersten Tagen. Die Menschen saßen zwar beisammen, schwiegen aber meist. Ganz hinten hatten sich diejenigen niedergelassen, die weder Karren noch Gepäck besaßen. Kinder lagen zwischen den Eltern und schienen zu schlafen. Liliane fragte sich, wovon sie lebten? Stahlen sie das Essen?
Als sie zurück zu Leo kam, sagte sie: »Es werden immer mehr Hunde.«
»Was?«, fragte Leo, drehte ihr sein Ohr zu, als sei er tatsächlich schwerhörig geworden.
»Die Hunde«, antwortete Liliane sehr laut, »es werden immer mehr. Ich frage mich, woher sie kommen? Es füttert sie doch niemand. Wir sind doch selbst froh, über die Runden zu kommen.«
Leo zuckte mit den Achseln, steckte sich beide Zeigefinger in die Ohren, schien zu lauschen, ehe er die Hände wieder sinken ließ und seine Frau anblickte, als habe er Schmerzen.

»Alles in Ordnung?«, fragte Liliane.
Leo drehte sich um, ging zum Wagen, holte den Quarlie hervor, trank einen Schluck und verstaute die Flasche wieder.
Anschließend warteten sie. Keiner sprach es aus, aber alle dachten an Nicolas und an die Strecke, die er wohl noch zurückzulegen hatte. Marc nahm die Zeitung, die zwischen Gepäck und Holzkarren eingezwängt war, und versuchte eine Zeile zu entziffern, ohne sich vor Leo zu verstecken. Tatsächlich sah sein Vater nur kurz auf und senkte wieder den Kopf. Etwas abseits wusch seine Tochter ihr Vortuch mit Wasser ab. Ausdauernd rieb sie über die Flecken, während ihr Blick zur Straße hin huschte, kurz verharrte, ehe er sich wieder dem feuchten Stoff zuwendete.
Als die Glut oben am Himmel langsam erlosch, die Nacht aufstieg, war Nicolas noch immer nicht eingetroffen. Genauso wenig wie am anderen Morgen, als die Räder wieder zu rollen begannen und die Karren schrill ächzten wie überfahrene Katzen.
Sie wanderten durch eine karge Gegend, die den Frühling noch nicht spürte. Nichts schien auf dem Weg der Blüte, aber schon nach einigen hundert Metern veränderte sich die Landschaft, und Farben leuchteten kurz in den Wiesen auf, schaukelnd und matt wie die Stoffe, die die Auswanderer auf dem Leib trugen.
Liliane trat neben ihre Tochter, ging einige Schritte mit ihr, hob dann den Kopf leicht und sagte: »Er kommt wieder.«
Erstaunt erwiderte Josette ihren Blick. Sie hatte nie daran gezweifelt, dass Nicolas wiederkommen würde, im Gegenteil, ihre Gedanken schossen zuweilen so weit voraus, dass sie sich mit ihm im eigenen Haus am Abendbrottisch sitzen sah. Der Satz ihrer Mutter beunruhigte sie, pflanzte einen winzigen Zweifel in ihre Gewissheit.
Leo hingegen versuchte sich vorzustellen, wie viel Geld der alte Pallen gehabt haben konnte, Geld, das nun in Nicolas' Besitz übergegangen war. Würde der Junge bei Leos Familie bleiben, und daran zweifelte Leo nicht, denn auch er hatte seine Tochter und Pallens Enkel beobachtet, dann hatten sie womöglich noch zusätzliche Reserven, falls sie in Bremen länger würden warten müssen als geplant. Er ließ sich zwei Schritte zurückfallen, schaute, ob seine Frau noch bei Josette sei, ging wieder

neben das ihn verdeckende Gepäck und öffnete seinen Brustbeutel. Wie viel Geld er hatte, wusste er, aber noch immer nicht, was in dem Brief stand, den Derdings Frau ihm hatte bringen lassen. Sie hatte gewartet, bis er allein auf dem Feld anzutreffen gewesen war, dann erst hatte sie den Knecht losgeschickt, ihm das Schreiben zu überbringen. Er zog das Papier heraus, es war nur ein Blatt mit ihrer Handschrift, aber es brannte an den Fingerkuppen. Dabei hatte die Nacht damals schon Monate zurückgelegen. Er war betrunken gewesen, hatte sich mit seinem Sohn gestritten und war durchs Dorf gewankt, um sich zu beruhigen. Da hatte plötzlich Josephine Derding vor ihm gestanden und ihn angesehen, auf eine Art angestarrt, dass er sich vergessen, sie gegriffen und in das Katzenhaus gezogen hatte. Es hatte gestunken, obwohl kein Tier darin zu sehen gewesen war. Josephine hatte nichts gesagt und alles mit sich machen lassen, willenlos, aber auch ohne Lust. Später hatte Leo einmal gedacht, dass sie ihren Mann hatte bestrafen wollen für etwas, von dem Leo nichts wusste. Sie war ihm fortan begegnet wie immer, als sei nichts zwischen ihnen geschehen. Nur Leo hatte immer den Blick gesenkt und versucht, sein schlechtes Gewissen zu vergessen. Dann war eine Woche, bevor sie loszogen, der Brief gekommen, und Leo hatte plötzlich alles mit anderen Augen gesehen. Josephine hatte ihn immer gemocht, sie konnte es nur im Dorf nicht zeigen, und er, anstatt ihr entgegenzukommen, hatte auf den Boden geschaut. Vielleicht war es das Beste so gewesen, denn er hätte Liliane nicht gerne fortwährend betrogen. Aber die Tatsache, dass Josephine ihm geschrieben hatte, gefiel ihm, und er spürte sein Herz so deutlich unterm Kittel, dass er das Gefühl hatte, es schlage den Takt für das Auswandererlied in seinem Kopf. Er faltete den Brief zusammen, verstaute ihn in seinem Brustbeutel, merkte, wie Marc am Halfter zerrte und der Esel störrisch den Kopf senkte, sich loszureißen suchte. Der Weg unter seinen Schuhen wurde matschig, so als habe Wasser sich in den Rillen gestaut. Er sah, wie die Leute vor ihm die Füße höher hoben, den aufgeweichten Stellen auszuweichen hofften. Bewegten sie sich auf einen Sumpf zu? Plötzlich schrie jemand weiter vorn. Die Schlange kam nach und nach zum Stehen. Nur

die Vögel über ihnen flogen weiter, machten aber bald kehrt und kreisten über dem Treck. Marc übergab Liliane die Zügel, ging mit seinem Vater nach vorn und fand einen der Karren festgefahren in der matschigen Erde. Eine Frau stand daneben und weinte, während der Mann versuchte, das Fuhrwerk herauszuziehen. Aber der Wagen bewegte sich nicht. Leo und Marc zogen ihre Schuhe und Strümpfe aus, stellten sie in einiger Entfernung vom Fuhrwerk ab und begannen zu schieben. Schlamm zwängte sich zwischen ihre Zehen. Die Fersen rutschten rückwärts. Nach einer Weile gesellten sich weitere Helfer zu ihnen, aber nichts geschah, bis jemand mit einem Holzbrett ankam, es unters Rad legte und rief: »So wird es gehen.«
Marc erkannte die Stimme sofort, schaute hinter dem Karren hervor und sah Nicolas dort stehen, während die anderen ihr Gewicht nach vorn warfen und das Rad aus dem Schlamm befreiten.
Leo und Marc nahmen ihre Schuhe und Strümpfe in die Hand, versuchten die Füße in der angrenzenden Wiese abzuwischen. Dann schlenderten sie zurück zu Josette und Liliane. Niemand machte viele Worte, aber allen war die Erleichterung über Nicolas' Rückkehr anzusehen.
Liliane hatte recht gehabt, dachte Leo, es werden immer mehr Hunde, die uns begleiten.

7. Rasen

»Ich bin schwanger«, sagte Biljana, legte die Tüten mit den Kleidern aufs Bett, hängte ihren Mantel auf und ging zum Fenster. Zwei Tauben hockten auf dem Stromkabel, das sich über den Hinterhof zum gegenüberliegenden Haus spannte. Unten kehrte Agibou die Steinfliesen, setzte den Besen nahe der Grasnarbe an und ließ die Borsten mehrmals über das gleiche Wegstück kratzen, ehe er zufrieden war.

»Bist du sicher?«, fragte Aleksandar, wusste aber schon bevor Biljana sich umdrehte und ihn mit hochgeschobener Lippe ansah, dass das nicht die richtige Frage gewesen war. Am besten hätte er gar keine Frage stellen, sondern einfach nur »großartig« sagen sollen, aber er war sich nicht sicher, ob ein weiteres Kind so großartig war. Wer wusste schon, ob sie hierbleiben oder abgeschoben werden würden? Und in Trpezi hatten die Dinge sich sicher nicht zum Vorteil entwickelt. Aber würde es hier im fremden Land besser sein?

»Ist das alles, was du zu sagen hast?«, fragte Biljana, wandte ihm erneut den Rücken zu.

An den Mauern, die den Hinterhof einschlossen, verzweigten sich dünne, blattlose Äste wie Adern, die das Gestein durchbluteten.

Aleksandar stellte sich hinter seine Frau, umarmte sie. Stumm beobachteten sie Agibou, der das Herbstlaub in eine Plastiktüte füllte, sie auf das kleine Wiesenstück stellte, ehe er den dahinterliegenden Hof durch einen Bogen betrat und das Kehren wieder aufnahm.

»Ich bin eben nicht sicher, was werden wird. Das ist alles«, sagte Aleksandar nach einer Weile.

»Ich kenne die Zukunft auch nicht«, antwortete Biljana, »aber ich bin jetzt schwanger. Jetzt.«

Aleksandar lachte, küsste sie auf den Kopf, während Biljana sich umdrehte und hinzufügte: »Ist doch so.«

Aleksandar nickte. Er wollte seiner Frau antworten, aber noch bevor er etwas sagen konnte, fuhr Biljana fort: »Ihr seid alles Schwarzseher. Früher habt ihr nie an die Zukunft gedacht.«
»Wer ist ihr?«, unterbrach Aleksandar sie erstaunt.
»Du und Adnan«, erwiderte Biljana, »ihr habt die Arbeit verloren und habt euch abgefunden. Tagsüber seid ihr spazieren gegangen, habt in den Wäldern etwas Holz gehackt und nach Hause gebracht und abends habt ihr ferngesehen oder Karten gespielt. Von Zukunft wurde nie gesprochen. Ihr wärt auch nie auf die Idee gekommen, euer Land zu verlassen, wäre der Krieg nicht gewesen. Ihr hättet einfach so weitergelebt, von Tag zu Tag, und alles in Ordnung gefunden. Aber jetzt seid ihr hier, und plötzlich redet ihr dauernd von der Zukunft, als hättet ihr erst in Luxemburg gemerkt, dass es so etwas gibt, eine Zukunft.«
»Jetzt mach aber mal halblang«, antwortete Aleksandar, rieb mit Zeige- und Mittelfinger die Innenfläche seiner linken Hand. »Die Ungewissheit macht dir doch auch zu schaffen. Das war zu Hause nicht so.«
Biljana verschränkte die Arme vor der Brust, stand zierlich wie ein Strauch im Wind da. Ihr Oberkörper war leicht zur Seite geneigt, und das schmutzige Licht, das von hinten durchs Fenster fiel, verdunkelte ihr Gesicht.
»Ich würde auch gerne hierbleiben und eine Chance bekommen«, sagte sie, »aber wenn nicht, ziehe ich meine Kinder in Trpezi groß. Jedenfalls lasse ich mir nicht das ganze Leben verderben, nur weil ein Land mich vielleicht nicht haben will. Und jetzt geh in die Kneipe einen Schnaps trinken, wie sich das für einen angehenden Vater gehört.« Mit den letzten Worten war ihr rechter Arm Richtung Tür geschnellt, und ihre Gestalt verharrte, als hätten die Herbstwinde den Weg ins Zimmer gefunden und sie einfrieren lassen.
Aleksandar stand aufgebracht vor ihr, sah auf ihren ausgestreckten Arm, wollte erwidern, woher willst du wissen, dass ich unbedingt hierbleiben will? Dann beruhigte er sich, grinste, küsste Biljana, griff im Hinausgehen nach seiner Jacke und sagte: »Denk dir schon mal einen Namen für ihn aus.«
»Es wird ein Mädchen«, sagte Biljana.

Aleksandar schloss die Tür hinter sich. Biljana ließ den Arm sinken, ging zu den Tüten mit den Winterklamotten, die sie beim Roten Kreuz abgeholt hatten, und zog einen Pullover heraus. Sie hob ihn an den Schultern hoch, stellte sich Tiha darin vor und wie sie das Gesicht verziehen würde. Seit einigen Monaten mochte sie die Farbe Rosa nicht mehr. Aber schwarze Pullover für Mädchen waren nicht vorrätig gewesen. Die Frau vom Roten Kreuz hatte extra noch einmal nachgesehen. Biljana drehte sich um, wollte den Pullover ins karge Licht halten, sah, wie die Klinke sich langsam nach unten bewegte und Aleksandar seinen Kopf hereinstreckte.

»Ich freue mich!«, flüsterte er, zog die Tür schnell wieder zu, schlenderte über den Flur und klopfte bei Adnan. Als Nada öffnete, sagte er, jedes Wort betonend: »Ich werde Vater.«

»Ich weiß«, antwortete Nada, ebenfalls jedes Wort betonend, machte dazu ein ernstes Gesicht, als seien ihr gerade zu viele Worte entwischt.

»Ich dachte schon, du kommst gar nicht mehr«, rief Adnan aus dem Zimmer, »meine Kehle ist so trocken wie unsere Strände in Budva.«

Wieso wissen alle vor mir, dass ich Vater werde?, dachte Aleksandar.

Auf der kleinen Verkehrsinsel vor der Kneipe lagen große Papierfetzen, steckten in den Hecken. Jemand hatte die Plakate von der Litfaßsäule gerissen und in der Gegend verstreut. Auch am Himmel sahen die Wolken wie verklebte Pappe aus, Ankündigungen, hinter denen das Licht sich staute.

»Nach dir«, sagte Adnan, blieb am Treppenansatz zur Kneipe stehen.

Aleksandar verneigte sich leicht. Dann schritten sie gleichzeitig die beiden Stufen hoch und betraten die Gaststätte.

Der späte, trübe Nachmittagswind hatte bereits einige Gestalten hereingeweht. Sie hockten um die Tische, rauchten, tranken Bier und schauten aus den großen Fenstern hinaus auf einen Tag, den sie hinter sich lassen wollten. Aus den Boxen drang sehr leise Musik. Aleksandar und Adnan konnten sie hören, weil niemand in der Kneipe sprach. Sie setzten sich an die Theke neben einen Mann in Latzhose und kariertem Hemd, bestellten auf Deutsch ein Gezapftes. Der Wirt grüßte nicht, hielt zwei Gläser unter den Hahn, stellte sie ihnen hin. Von den Wänden stiegen Doppelleuchten wie kleine Hirschgeweihe in den Raum, warfen gelbe Ovale gegen den hellblauen Putz. Adnan nahm sein Glas, sagte: »Gratuliere« und trank.

»Du konntest noch nie lügen«, antwortete Aleksandar und griff ebenfalls nach seinem Pils. Das luxemburgische Gebräu war herb und kräftig. Aleksandar mochte es. Er stellte sein Bier zurück auf den Deckel, auf dem das Wort »Battin« stand, zog über dem Glassockel die Kanten der eckigen Schrift nach.

»Ich habe nur an die Zukunft gedacht«, sagte Adnan, legte seine Hand auf die Hemdtasche, aus der drei Kugelschreiber hervorschauten.

So viel hast du doch gar nicht mehr zu schreiben, dachte Aleksandar, erwiderte: »Erzähl das mal Biljana, da kannst du dich auf etwas gefasst machen. Aber sie hat nicht ganz unrecht. Wir geben unsere Fingerabdrücke ab, erzählen unsere Geschichte, lassen die Aufenthaltspapiere verlängern und warten. Dabei läuft die Zeit weg, obwohl wir das Gefühl haben, sie bleibt stehen. Alles wird ziellos. Unruhig und ziellos.«

»Zeig mir einen, der sich nicht zu Tode langweilen würde in unserer Situation«, rief Adnan. »Sollte mal jemand ein Buch über unsere Zeit hier in Esch schreiben, wird das Wort ›warten‹ die Hälfte der Blätter füllen.« Er schaute kurz auf den Mann im Karohemd neben sich, senkte die Stimme, eher er hinzufügte: »Unter uns gesagt, ich habe mir schon mehr als einmal überlegt, ob ich nicht doch bei Danilos Truppe mitmachen und nach Amsterdam fahren sollte. Nicht nur wegen des Geldes, sondern um etwas zu tun. Keine Angst, ich mache es nicht. Ich will damit nur sagen, dass man etwas braucht, sonst wird man blöd.«

»Da ist eine zweite Tochter wohl nicht die schlechteste Ablenkung«, antwortete Aleksandar. Und nach einer kurzen Stille: »Ich werde mir auch irgendeine Arbeit suchen. Vielleicht lässt mich jemand seinen Garten pflegen oder so etwas.«

»Jetzt im Oktober?«, fragte Adnan.

»In einem Verein im Norden soll ein Serbe Fußball spielen«, sagte Aleksandar, »er ist genau wie wir hier, darf also gar nicht antreten so ohne Lizenz, aber er spielt einfach unter falschem Namen. Und der Verein drückt beide Augen zu, denn der Serbe spielt gut.«
»Vielleicht sollte ich unter falschem Namen Artikel für das *Tageblatt* oder das *Luxemburger Wort* schreiben«, warf Adnan ein.
»Aber du bist nicht gut«, antwortete Aleksandar.
Sie lachten, schauten auf die Zapfanlage, die ihre Körper spiegelte, sie verbog und verzerrte, und hatten im gleichen Augenblick ihre Häuser in Montenegro vor Augen, so als hätte sich etwas in ihren Spiegelbildern verabredet, sich abgesprochen, in diesem Moment der Vergangenheit zu gedenken. Adnan kaute auf seiner Unterlippe, entblößte die obere Zahnreihe, die so weiß war, dass jeder sie für eine Prothese hielt.
In der Kneipe hatte sich ein gleichmäßiger Stimmenpegel über die Tische und Gläser gelegt, vermischte sich zwischen den Stühlen mit der Musik. Hätte jemand die Akustik in Farben übersetzt, wäre dabei ein orangener Teppich mit tischgroßen, roten Kreismustern herausgekommen.
»Ich bin jetzt schon weit über ein Jahr hier«, unterbrach Aleksandar ihr Schweigen, »und weißt du, was ich am meisten vermisse?«
»Deine Hühner«, sagte Adnan, trank den Rest seines Bieres aus und bestellte zwei neue, obwohl sein Freund kaum die Hälfte von seinem getrunken hatte.
Der Wirt stellte ihnen ohne Gesichtsregung die vollen Gläser hin.
Selbst als Aleksandar sich bedankte, blieben seine Züge emotionslos. Er schrieb zwei Zahlen auf ihre Bierdeckel und lehnte sich gegen das Flaschenregal, als sei er Teil des Inventars.
»Den Ausblick«, nahm Aleksandar den Faden wieder auf, »hier ist der Horizont überall verstellt. Selbst vom Galgenberg aus siehst du nicht halb so weit wie oben von der Bank aus in Trpezi. Das hat mein Herz immer geöffnet. Wenn irgendetwas schiefgelaufen war, bin ich da hoch und habe ins Tal geblickt. Und mit dem Blick weitete sich etwas in mir, und was auch immer mich

vorher bedrängt hatte, verlor sich irgendwo auf dem Weg zu den Bergen. Ich kann Tiha und ihre Freundinnen gut verstehen, dass sie so oft da waren.«

»Was ist eigentlich, wenn deine Tochter hier geboren wird? Ist sie dann Luxemburgerin?«, fragte Adnan.

Aleksandar zuckte mit den Achseln, schob dabei die Stirnhaut nach oben, während die Mundwinkel nach unten fielen. Das hatte er sich noch nicht gefragt. Er leerte das erste Glas, wischte sich Schaum von der Lippe. Im gleichen Augenblick wurde ihm in aller Deutlichkeit bewusst, dass er Luxemburg nicht mehr verlassen wollte, nie wieder. Eine Abschiebung käme einer Katastrophe gleich. Er konnte nicht wie seine Frau sagen, dann erziehe ich meine Kinder halt in Trpezi. Er wollte sie hier in Esch erziehen.

Noch in den ersten Monaten, als er bei seinem Bruder gelebt hatte, war er sich sicher gewesen, irgendwann nach Montenegro zurückzugehen. Er hatte an seine Familie gedacht, an die Männerabende in Trpezi, die Ausflüge nach Berane, an all die kleinen Dinge, die einem belanglos vorkommen, bis man sie verloren hat. Immer wieder hatte er sich oben auf der Bank sitzend gesehen und ins Tal geblickt. Dann hatte seine Phantasie eines Tages, während er vor dem Fernseher im Wohnzimmer hockte, die Bank auf den Galgenberg verlegt, und er hatte über Esch geblickt, als versperre kein Baum die Sicht, als könne er über die neue Stadt und das neue Land schauen wie über seine Heimat. Gegrinst hatte er darüber, und den Einfall schnell vergessen, aber die Bank war in den folgenden Wochen und Monaten durch seinen Kopf gewandert, hatte sich bis heute an immer neuen Orten in Esch aufgestellt, und er hatte Mal um Mal darauf gesessen und gewartet. Manchmal stand sie noch an ihrem alten Platz, und es war schön, von dort aus hinabzublicken, aber die Verankerungen hatten sich gelöst, und so sehr er sich auch zuerst gewehrt hatte, die Weite, den Ausblick vermisste, die Bank passte auch nach Esch.

»Jetzt ist der Schnaps fällig«, rief Adnan, ließ seinen Blick von Etikett zu Etikett springen und wählte eine Flasche mit klarem Inhalt, auf der zwei Zwetschgen abgebildet waren, aus.

Der Mann in der Latzhose, der neben ihnen saß, sagte etwas auf Luxemburgisch zum Wirt und bekam ebenfalls einen hingestellt.

Adnan hob das Pinnchen, prostete erst Aleksandar, dann dem Mann zu, bevor er auf Deutsch sagte: »Er wird Vater.« Dabei legte er seinem Freund die Hand auf die Schulter.

»Tiptop«, brummte der Mann, goss den Schnaps in sich hinein. Auch er wirkte nicht freundlich, aber die Art und Weise, in der er gegrummelt hatte, schien Aleksandar ehrlich gemeint zu sein. Er blickte dem Mann auf die Glatze, auf das fleckige Hemd, hörte Adnan sagen: »Heute ist Sonntag, oder? Heißt doch was, hier im Westen. Arbeiten die Luxemburger immer?« Dabei wies er mit dem Kinn auf die verstaubte Latzhose des Mannes. Dann griffen beide nach ihrem Bier und spülten den brennenden Zwetschgengeschmack hinunter.

Der Alkohol tat gut, fand Adnan. Er lehnte sich weit über die Theke und sagte zu dem Mann auf Deutsch: »Endlich Feierabend?«

Neben seinem grauen, sorgsam gescheitelten Haar kreiste eine Fliege, schlug Haken, taumelte in den Raum hinein, als hätte sie zu viel Schnapsatem abbekommen.

Der Mann drehte ihnen langsam sein Gesicht zu: »Nee, Pause.«

»Dann geht das bis in die Nacht hinein?«, hakte Adnan nach.

Aleksandar war erstaunt darüber, wie schnell sein Freund die fremden Wörter fand und zu einem Satz zusammenbaute.

»Wenn mir danach ist«, antwortete der Mann. Über seiner Glatze schien sich der Rauch der ganzen Kneipe zu sammeln und eine Krone zu bilden. Zwei Zacken stiegen langsam hoch, verformten sich, bis sie nur noch aus länglichen Fäden bestanden. Adnan war sich nicht sicher, ihn richtig verstanden zu haben. Er suchte nach einer weiteren Frage, sah, wie der Mann von ihm weg zum Fenster schaute, zu lächeln begann und winkte. Adnan folgte seinem Blick, sah Tiha draußen stehen und zurückwinken. Wie ein Trugbild hielt sich Aleksandars Tochter vor der Glasscheibe, ein weißes Gesicht, umrahmt von der einbrechenden Dunkelheit.

»Was?«, hörte er Aleksandar neben sich sagen. Der Kopf seines Freundes zitterte, als wische er hastig über den Abdruck seiner Wahrnehmung, prüfe, was Wirklichkeit war und was Einbil-

dung. Tiha aber blieb vorm Fenster, löste sich nicht auf, schaute fröhlich zu ihnen herein. Aleksandar sprang vom Hocker, öffnete seiner Tochter die Kneipentür. Draußen hatte es zu nieseln begonnen.
»Mama geht mit Nada weg. Ich wollte nur sagen, dass ich wieder da bin«, sagte Tiha, schaute dann zum Mann am Tresen und fügte ein »Hallo« hinzu.
»Hallo Tiha«, antwortete der Mann.
»Kennt ihr euch?«, fragte Aleksandar, obwohl die Situation für sich sprach.
Tiha nickte. »Ist Charlottes Vater. Du weißt doch, meine Freundin.«
»Ach«, sagte Aleksandar, schaute auf den Mann mit der Glatze, der seine linke Augenbraue anhob.
»Ich habe meinem Vater gesagt, dass du Charlottes Vater bist«, sagte Tiha, den Anfang des Satzes auf luxemburgisch beginnend, um mit dem Verb ins Deutsche überzuwechseln und den Satz so zu beenden.
»Das ist dein Vater?«, fragte Jean zurück, und seine Stimme klang, bedingt durch die Verwunderung, einen Moment lang hell und klar.
»Ja«, antwortete Tiha.
»Könntet ihr die Tür mal schließen«, sagte der Wirt. Er lehnte noch immer am Flaschenregal, wie abgestellt.
»Ich bin weg«, sagte Tiha, ging die beiden Treppenstufen hinab, während Aleksandar die Tür zumachte. Vorm Fenster winkte das Mädchen noch einmal, dann verschwand es aus dem Bild.
Aleksandar setzte sich auf den Hocker zurück, reichte dem Mann in der Latzhose die Hand: »Aleksandar Kaljević. Das ist Adnan Dobrić.«
»Jean Hoschert«, antwortete der Mann, nahm die Hand, schüttelte anschließend die von Adnan, ehe er sagte: »Dann bekommt Tiha einen Bruder.«
»Eine Schwester«, antwortete Adnan, leerte das Bierglas, fixierte sein Gegenüber erneut und fragte: »Auf welcher Baustelle arbeitest du?«
Jean lachte, schaute auf seine Kleidung: »Ich bin Bildhauer.«

Adnan verstand das Wort nicht, blickte zu Aleksandar, aber der schien ganz andere Fragen an den Vater von Tihas Freundin zu haben. Er öffnete den Mund. Sein Körper richtete sich auf, während die Haut unter den Augen kleine Fältchen warf.
Jean ballte seine Hände zu Fäusten, deutete mit der Rechten Hammerschläge an, während er »Skulptur« sagte.
»Frag ihn, ob Tiha und seine Tochter immer bei ihm zu Hause sind, wenn sie sich treffen?«, sagte Aleksandar.
»Frag ihn doch selbst«, antwortete Adnan.
»Dein Deutsch ist besser«, antwortete Aleksandar.
»Was machen Tiha und deine Tochter, wenn sie sich treffen?«, fragte Adnan und war nun selbst erstaunt darüber, wie schnell und glatt er diesen deutschen Satz zustande gebracht hatte.
»Musik hören«, antwortete Jean.
»Okay«, meldete sich Aleksandar, »was für Musik?« Er wollte nun doch nicht völlig unbeteiligt danebensitzen und nichts sagen. Immerhin ging es um seine Tochter.
Jean war verblüfft über diese Frage. Spielte die Art der Musik eine Rolle? Tiha hatte erwähnt, dass es in ihrem Dorf eine Moschee gab. Würde es Ärger geben? Durften muslimische Gläubige keine Musik hören? Er sah Aleksandar an, aber der wirkte freundlich mit seinen dunkelbraunen Augen und seinem etwas helleren Haar, wie er dort aufrecht auf dem Hocker saß. Also antwortete er: »Alles Mögliche. Meistens Marilyn Manson.«
Aleksandar nickte. Den Namen »Marilyn Manson« hatte er noch nie gehört, aber der Vorname deutete auf eines dieser Popsternchen hin.
»Sie haben eine sehr nette Tochter«, fügte Jean hinzu, »das kann man von anderen Freundinnen, die Charlotte anschleppt, nicht immer sagen«.
»Ja, meine kleine Ziege«, antwortete Aleksandar.
Das Fremde beginnt bereits bei den Kosenamen, dachte Jean.
Draußen wurde es zunehmend dunkler. An den Glasscheiben klebte ein Mosaik aus nadelkopfgroßen Wassertropfen. Die drei Männer tranken ihr Bier, beobachteten eine Frau mit schulterlangen Ohrringen, die an die Theke trat, sich eine Zigarette anzündete und einen Weißwein bestellte. »Elbling«, sagte sie zweimal.

»Ich bin Journalist«, nahm Adnan das Gespräch nach einer Weile wieder auf, legte die Hand auf sein graues Haar und bewegte die Kopfhaut einmal vor und zurück, »aber ich habe zu oft die Wahrheit über unsere Regierung geschrieben. Da war ich es nicht mehr. Gibt es hier Möglichkeiten als Journalist?«
»Da bin ich überfragt«, antwortete Jean. »Am besten bei den Zeitungen selbst nachhaken.«
Adnan hob kurz den Kopf. Er hätte Jean gerne darüber aufgeklärt, dass das nicht so einfach war, weil Asylsuchende nicht arbeiten und auch kein Konto hier haben durften. Und wer zahlte schon bar. Er selbst besaß noch nicht einmal einen Computer, und die Artikel handschriftlich in der Redaktion abgeben, das ging definitiv nicht. Da hätten sie ihn für völlig neben der Kappe gehalten. Aber solch lange Erklärungen waren zu kompliziert. In einem halben Jahr vielleicht, ja, in einem halben Jahr würde er sich ausdrücken können in Deutsch. Er bestellte drei Bier, hoffte, der Luxemburger würde später weitere übernehmen, denn seine eigenen Reserven waren mit diesen drei erschöpft.
»Ich weiß nicht viel über Montenegro«, sagte Jean, legte das Kinn auf sein kariertes Hemd und fuhr sich über die Glatze.
»Ich auch nicht über Luxemburg«, antwortete Adnan.
Sie lachten.
»Ihr habt gerade einen neuen Präsidenten gewählt. Milošević ist nicht mehr an der Macht«, fuhr Jean fort.
Adnan hob sofort den Zeigefinger, schüttelte ihn hin und her, bevor er antwortete: »In Belgrad haben sie gewählt, und der Neue ist auch ein Nationalist. Er lässt sich mit Sturmgewehr fotografieren. Aus Solidarität mit den serbischen Truppen im Kosovo.«
»Aber Montenegro gehört doch zu Serbien.« Jean wischte mit beiden Händen über seine verstaubte Hose.
»Noch«, sagte Adnan, zog einen der drei Kugelschreiber aus der Tasche, fuchtelte damit in der Luft herum und legte ihn auf den Tresen.
»Seit der Kriege haben wir unter ihnen gelitten«, mischte sich Aleksandar ein und bat Adnan zu übersetzen, »besonders wir, oben an der Kosovogrenze. Nicht gekümmert haben sie sich um die Gegend. Die einzige Fabrik, die es in unserem Dorf gab,

ist schon lange geschlossen. Und – wir sind keine Orthodoxen, sondern Muslime.«
»Ich bin gar nichts«, erwiderte Adnan nach dem Dolmetschen, »wann warst du denn zuletzt in einer Moschee?« Er wandte sich Jean wieder zu: »Bei uns hat die Moschee nur Freitag auf, und wenige gehen hin, wie bei den Orthodoxen in Serbien oder Katholiken in Luxemburg.«
»Hier heißt es immer, Maria sei wichtig für die Luxemburger. Die und der Großherzog«, erwiderte Jean.
»So«, antwortete Adnan. Er wollte sich nicht zu weit hinauslehnen und keine Themen ansprechen, von denen er nicht wusste, wie die Luxemburger darauf reagieren würden. Also schwieg er. Jean ahnte, warum der andere den Mund nicht mehr aufmachte. »Ist so ein Gerede«, brummte er. »Sie müssen bei mir nicht diplomatisch werden.«
»Mr. Carter«, lachte Aleksandar und nickte mehrmals: »Sein zweiter Name Mr. Carter.«
»Hat mir zu Hause nicht geholfen«, grummelte Adnan.
»Hier können Sie schreiben, was Sie wollen, Mr. Carter«, sagte Jean.
»Machst du?«, fragte Aleksandar.
»Mich fragt keiner«, antwortete Jean.
»Aber wenn?«, hakte Adnan nach.
»Sicher«, sagte Jean, »ich glaube weder an Gott noch an den Großherzog. Ich muss vor nichts weglaufen.«
Erneut trat die Frau mit den langen Ohrringen an die Theke, zündete sich eine Zigarette an und bestellte einen Elbling. Adnan hatte das Gefühl eines Déjà-vu-Erlebnisses. Er rieb mit dem Zeigefinger über den Rand seines leeren Glases und sog die Mischung aus Rauch und Parfüm ein, die zu ihm herüberschlierte. »Ich bin hierhergekommen, weil uns die serbische Armee gesucht hat«, sagte Aleksandar, machte Adnan ein Zeichen, er solle übersetzen. »Ihre Leute fuhren mit Lastern durch unsere Dörfer, drangen in die Häuser ein und nahmen jeden Mann mit, schubsten ihn auf die Ladefläche und weg. Wenig später mussten sie auf serbischer Seite im Kosovo kämpfen.«
»Ja«, antwortete Jean. »Wenn ich es mir recht überlege, muss

man auch in diesem Land aufpassen, was man tut. Besonders wenn es um Symbole geht. Sollte mal jemand den Palast besprühen oder der Goldenen Frau in Luxemburg-Stadt einen Schnurrbart ankleben, würden wohl bei einigen die Sicherungen durchbrennen.«

»Wir haben gesehen«, sagte Aleksandar, begeistert darüber, etwas Luxemburgisches zu kennen, »sie hat nichts an.«

Jean lachte, bevor er antwortete: »Nicht viel. Das war schon mal eine Diskussion wert. Eine nackte Skulptur. Auf der einen Seite regen sich die Leute auf, wenn sie in dem, was du machst, keine konkreten Formen erkennen, auf der anderen Seite sind ihnen die Formen viel zu konkret. Da ist viel Luxemburg drin.«

»Aber sie ist ein Zeichen der Freiheit«, warf Adnan ein, »ich habe gefragt.«

»Seit Neuestem, ja«, erwiderte Jean.

»Aus Gold?« Aleksandar beugte sich nach vorn, als erwarte er, in ein Geheimnis eingeweiht zu werden.

»Keine Ahnung.« Jean legte eine Hand in seinen Nacken. Seine Finger waren kalt. »Ich glaub es nicht. Die Luxemburger geben ihr Geld lieber aus, als es der Allgemeinheit zur Verfügung zu stellen.«

»Schön«, antwortete Adnan, »das ist wie bei uns, nur wir haben weniger Geld.«

Sie lachten erneut zusammen. Jean bestellte drei Bier und drei Zwetschgenschnäpse, was Adnan freute, nicht nur, weil er etwas zu trinken, sondern weil er den Luxemburger richtig eingeschätzt hatte. Draußen nieselte es noch immer. Aber dieser Abend war ein guter.

Zur gleichen Zeit flog im Viertel Grenz ein Ball aus der gegnerischen Hälfte über die Stadionmauer und traf das vor der Garage geparkte Auto eines Anwohners. Das kam nicht bei jedem Heimspiel von Jeunesse Esch vor, passierte aber hin und wieder, da die umzäunenden Betonplatten selbst auf der Tribünenseite niedriger als die Einfamilienhäuser ringsum standen. Betty steckte sich Zeigefinger und Daumen zu einem Kreis geformt in den Mund und stimmte in das Pfeifkonzert mit ein, bis ein neuer

Ball auf den Rasen geworfen wurde. Einige riefen im Chor: »So nicht! So nicht!« Die Spieler sahen blass aus im Flutlicht, der Rasen unnatürlich grün, als färbten die Leuchten jeden Halm einzeln nach. Die Zuschauer trugen dicke Mäntel, Schals, Kappen und Hüte. Sogar diejenigen, die in den oberen Fenstern der umliegenden Häuser lagen und aufs Feld herabschauten, waren in Decken eingewickelt.

»Jetzt ist das Wochenende doch noch gut geworden«, lallte der Mann neben Betty. Über dem dicken Wollpullover trug er das schwarz-weiß gestreifte Trikot der Escher. Die Gegner aus Wiltz lagen fünf zu eins hinten. Betty kniff die Augen zusammen. Ihre Kontaktlinsen brannten leicht.

»Sie berührt das vielleicht nicht so«, fuhr der Mann fort, »aber ich bin hier im Viertel groß geworden, habe im Stahlwerk gearbeitet, genau wie viele der Spieler. Da wird Fußball zu einer zweiten Haut.«

»Was ist das denn für eine Scheiße«, antwortete Betty.

Der Mann ließ seinen Blick übers Spielfeld rollen, als sei er ein verirrter Ball, konnte aber nichts finden, was so scheiße sein sollte. Die Jeunesse war in Hochform und stürmte.

»Ich meine Ihr Gefasel«, sagte Betty, ohne die gegnerische Hälfte aus den Augen zu verlieren. »Ich kenne die Geschichte der Jeunesse mindestens so gut wie Sie, auch wenn ich nicht bei der Arbed gearbeitet habe. Ich war schon als Neunjährige beim Eins zu Eins gegen Liverpool dabei. Und was ich zuallerletzt brauche, ist jemanden, der sich nicht zwischen meinen Titten und dem Ball entscheiden kann und dann aus dem Nähkästchen plaudert.«

Der Mann antwortete nichts, versteifte aber. Sein Hals wirkte, als könne er ihn nie wieder nach vorn oder hinten bewegen. Betty freute sich. Ja, es war ein gutes Wochenende. Sie schob die Armreifen unter ihrer Jacke etwas nach oben, weil die Haut juckte. Dann pfiff der Unparteiische ab, und Applaus bedeckte das Spielfeld. Die Jeunesse-Spieler winkten ihren Fans zu, verschwanden anschließend in den Kabinen, während Betty sich zum Gehen wandte. Der Mann neben ihr war verschwunden. Langsam bewegten sich die Zuschauer auf die Ausgänge hinter den beiden Toren zu. Etwa 1700 hatten das Spiel gesehen, das

Stadion war fast ausverkauft gewesen. Aber niemand sang oder schrie. Nur ein lautes Gemurmel über den Köpfen begleitete sie wie ein Schirm gegen den Nieselregen. Als Betty durch die breite Tür zwischen den Verkaufsschaltern auf die Renaudin Gasse trat, fuhr eine Frau ihren Wagen vom hauseigenen, an das Stadion angrenzenden Parkplatz, lenkte ihn zwischen die Zuschauer, strahlte ihre Rücken an und fuhr im Schritttempo eine Schneise in die Menge. Die Fußballfans wichen zur Seite, schlossen hinter dem Auto die Lücke wieder. Zu beiden Seiten raschelten Bäume. Ihre Stämme steckten im Bürgersteig, umrahmt von ziegelartigen Steinen, die in regelmäßigen Abständen ein Viereck bildeten. Dahinter Garagen und kleine Einfamilienhäuser, hinter deren Fenstern das Deckenlicht die Einrichtung preisgab. Betty griff in die Jackentasche nach ihrem Handy, erinnerte sich dann, dass sie es zu Hause gelassen hatte, um dem Spiel ungestört folgen zu können. Einfach ausmachen hätte niemals gereicht, spätestens in der Halbzeit hätte sie es eingeschaltet.

»Hallo«, sagte jemand.

Betty drehte den Kopf. Ein Mann mit blauer Wollmütze und einer schwarzen Regenjacke ging neben ihr her, reichte ihr die Hand. »Arno. Arno Bausch«, ergänzte er freundlich. Sein rundes Gesicht sah dabei aus, als habe er das Lächeln von seinem Nachbarn geborgt. Es hielt sich nur kurz auf den unrasierten Wangen, glitt dann abwärts, während der Mann hinzufügte: »Wir haben uns bei René Donkelziffer getroffen, letztes Jahr Weihnachten, als René Geburtstag feierte. Zehn Monate her. Ich habe auch mehrmals angerufen, eigentlich sogar oft, aber weder im Büro noch zu Hause ...« Er brach ab, lüftete, als wolle er sich zu erkennen geben, die Mütze und zeigte seine Igelfrisur.

Betty hatte sofort das Bild von Renés Wohnzimmer vor Augen, die Rosen, die Bücher, die Frau im Blumenkleid. Nach Zimt roch Arno diesmal nicht.

»Wie weit sind Sie denn mit dem Irland-Roman?«, fragte sie, spürte gleichzeitig, wie etwas in ihrem Kopf in Kampfstellung ging.

»Noch nicht angefangen«, antwortete Arno Bausch rasch. »Wir waren beim Du.«

Betty hob die Augenbrauen. Scheint interessant zu werden, dachte sie. Zwischen den Bäumen glühten die ballartigen Glasköpfe der Straßenleuchten, ohne wirklich Licht zu spenden.
»Wenn du dich an den Roman erinnerst«, sagte Arno Bausch, »dann weißt du sicher auch noch, dass ich einen Geldtransporter fahre.«
»Ist aber nur ein Job«, erwiderte Betty.
Arno Bausch steckte sich den Zeigefinger ins Ohr und ließ ihn kurz vibrieren, bevor er antwortete: »Ich würde es mir wünschen. Aber mir wächst langsam alles über den Kopf.«
»Jeunesse-Anhänger bist du nicht, oder?«, fragte Betty.
Arno Bausch schüttelte den Kopf: »René hat mir gesagt, dass ich dich hier treffen werde, dass du immer diesen Ausgang nimmst. Ich war nicht beim Spiel, habe draußen gewartet. Ist ja kein Riesenstadion.«
»Aber das beste im Land«, erwiderte Betty, »auch wenn das in Luxemburg-Stadt größer ist. Du solltest dir mal ein Spiel ansehen.«
Arno Bausch versuchte erneut ein Lächeln: »Ist das eine Einladung?«, fragte er.
Betty schaute ihn an, ohne zu antworten, sah, dass Arno rot wurde. Unter seinen Augen flossen Schatten ins Dunkle. Er schluckte.
»Ich möchte der Gewerkschaft beitreten«, sagte er schließlich.
»Und dafür wartest du sonntags vorm Stadion auf mich?« Betty blieb einen Augenblick stehen, zwang Arno, ebenfalls Halt zu machen. Die Zuschauer zogen an beiden Seiten vorbei, bis Betty sich wieder in Bewegung setzte. »Ich meine, ich freue mich ja, keine Frage, aber ich habe ein Büro und kein Anmeldeformular in der Tasche.« Fast war sie enttäuscht. Hatte er tatsächlich wegen der Gewerkschaft so oft angerufen und Jean genervt, den Pförtner im Büro sogar gebeten, ihr eine Nachricht zu hinterlassen? Und das nicht nur einmal. Eine Nachricht mit seinem Namen, seiner Telefonnummer und der Bitte um einen Rückruf. Wieso hatte er sich nicht an einen anderen Mitarbeiter gewendet? Denn dass sie sich nicht melden würde, dürfte ihm irgendwann klar geworden sein. Trotzdem hatte er nicht locker gelassen.

»Du bist doch nie in deinem Büro«, antwortete Arno, blickte, eine Pause machend, zu Boden, ehe er hinzufügte: »Fünf Überfälle in diesem Jahr, und die Firmen tun nichts. Unsere Chefs beantworten unsere Forderungen mit Entlassungen.«
»Ich weiß«, erwiderte Betty, dachte, jetzt spiel nicht den Ausgebeuteten.
»Mich hat es noch nicht erwischt, aber wir sind uns alle einig, dass etwas geschehen muss«, erklärte Arno. Seine Lippen sahen rissig aus. Er hob den Kopf, blies seinen Atem nach oben, ehe er fortfuhr: »Ein Freund von mir saß in dem Transporter vom siebenundzwanzigsten März oben bei Weiswampach. Die haben in die Reifen geschossen. Einer richtete eine Panzerfaust auf ihn.«
»Ich weiß«, erwiderte Betty ungeduldig. Arno machte sie nervös. Natürlich wollte sie, dass die Fahrer der Gewerkschaft beitraten, aber das musste nicht sonntags sein, nicht nach einem Jeunesse-Sieg und nicht in dieser Situation. Sollte sie sich so geirrt haben?
»Dann vor vierzehn Tagen die Sache auf dem Findel«, fuhr Arno fort. »Bauchschuss. Kannst du mir erklären, wie die einfach mit ihrem Lieferwagen in den Flughafen reinkommen und eine Maschine berauben können, die beladen wird? Vor fünf Tagen haben sie sich den Transporter vor der Bank in Hoffelt vorgenommen. Die sind militärisch organisiert. Und unsere Chefs lassen nicht einmal die Wagen panzern. Wir fahren mit Blech, stellenweise sogar durchgerostet.« Arno fuchtelte mit den Händen, als versuche er seine Angst unter Kontrolle zu bekommen. Auf seinem Gesicht bildete der Nieselregen eine Landschaft aus kleinen Erhöhungen, dazwischen lagen winzige Krater, in die hinein ein Fußballfan rief: »Was regst du dich auf. Wir haben doch gewonnen.« Seine Kumpel lachten.
»Ich weiß das alles«, sagte Betty. Arno wirkte lächerlich mit seiner Angst.

Vor ihnen am Ende der Renaudin Gasse erhob sich ein stillgelegtes Hüttenwerk. Ein altes Gasrohr, dessen Ende offen stand, hing in sechs Metern Höhe wie eine lädierte Erinnerung an bessere Zeiten, führte über die Schienen durchs Viertel bis nach Schifflingen.

»Die Fahrer tragen nicht einmal schusssichere Westen«, sagte Arno ungebremst, »und weißt du, wie oft ich alleine unterwegs bin, keinen Mann bei mir habe, weil das zu teuer wäre?«
Sie überquerten den Fußgängerstreifen, gingen an einem Spirituosenladen vorbei. Die Jeunesse-Anhänger wanderten in kleinen Grüppchen auf den Bürgersteigen, einige verschwanden in Kneipen oder in ihren Wagen. Auf der anderen Seite des Kreisverkehrs hatte ein neuer Laden aufgemacht. »Made in Brazil« stand in den Fenstern. Darüber thronten zwei blaue Windmühlen.
»Ihr müsst das schnell hinkriegen«, fügte Arno Bausch hinzu.
Betty lachte laut auf. »Jetzt geht alles nicht rasch genug. Wärst du und deinesgleichen früher gekommen, wären wir heute weiter.«
»Für jemanden, der Mitglieder rekrutieren soll, leistest du dir ziemlich viel«, antwortete Arno.
»Ich bin ehrlich. Meinst du, dein Chef geht plötzlich in die Knie, einfach so?« Betty schob ihr Haar hinters linke Ohr, blinzelte. Zu Hause würde sie sofort die Kontaktlinsen herausnehmen. Ihre Augen fühlten sich an, als sauge jemand daran. »Komm morgen in mein Büro – ich werde da sein – und dann erledigen wir das mit dem Beitritt. Und bring am besten gleich alle Kollegen mit.«
Arno antwortete nicht. Er hatte die Hände in den Taschen vergraben und schien nachzudenken, ehe er fragte: »Gehst du öfter hier in der Gegend aus?«
Betty zeigte auf einen Laden gegenüber, erwiderte: »Meinst du dahin?«
Arno las »Kiss« auf dem Eingangsschild, umrahmt von Lippenstiftabdrücken. Der Privatclub daneben hieß »Quai 27«.
»Oder hier?«, fragte Betty.
Sie gingen an einer flachen weiblichen Metallfigur vorbei, die breitbeinig auf einem Stuhl saß.
»Die Escher hatten bei uns im Ösling schon immer einen schlechten Ruf«, antwortete Arno.
»Aber als Gewerkschaftlerin sind sie annehmbar?«, stellte Betty trocken fest.
Arno wollte sofort erwidern, nicht nur als Gewerkschaftlerin,

überlegte es sich dann aber und fragte: »Habt ihr denn irgendeinen Plan?«
Was glaubte der eigentlich, was sie den ganzen Tag tat, Ausflüge zur Springprozession oder was? Betty rieb einmal die Zähne übereinander, ehe sie antwortete: »Wir werden die Ausfahrten sämtlicher Werttransportunternehmen blockieren. Und zwar so lange wie nötig. Einen Tag, zwei Tage, drei, vier ... Niemand wird herausfahren können. Die Supermärkte werden kein Kleingeld haben, die Banken und Geschäfte auf ihren Einnahmen sitzenbleiben.«
Sie ließen einen Sportwagen passieren, liefen über die Fahrbahn. Die Form der Straßenlampen glich langgezogenen Köpfen mit Hut, unter deren Rändern das Licht nach unten stürzte. Die Spitzen der wenigen Bäume ringsum ragten ins Dunkel hinein. Nur der untere Teil ihrer Kronen war spärlich ausgeleuchtet.
Betty hörte, wie Arno seine Zunge vom Gaumen löste. Es schnalzte leise. Sein Mund klang trocken, als er fragte: »Wo gehst du denn hin, wenn du ausgehst?«
Sie schritten auf die Eisenbahnbrücke zu. Der Nieselregen hatte einen Flaum auf ihrer Kleidung wachsen lassen. Links auf dem Parkplatz standen Jugendliche, rauchten.
»Ich habe keine Zeit, um auszugehen«, antwortete Betty, »oder sagen wir, meine Prioritäten sind andere. Das Ausgehen erledigt mein Mann für mich.«
Arno schob seine Mütze etwas nach hinten. »Ich brauche auf jeden Fall noch ein Bier, ehe ich nach Hause fahre«, sagte er. Und nach einer Weile, während der sie stumm nebeneinander in die Brillstraße eingebogen waren, fügte er hinzu: »Es war nicht leicht für mich, diesen Schritt zu tun.«
Was war nicht leicht, dachte Betty? Sie spürte, wie ihr Herz etwas zu schnell schlug.
Aber da sagte Arno bereits: »Ich habe so lange alles auf die leichte Schulter genommen, aber etwas hat in mir rumort. Als es losging mit den Überfällen, habe ich noch gedacht, das ist halt das Risiko des Jobs. Niemand von uns wollte Angst zeigen. Man fährt keine Geldtransporte, wenn man die Hosen voll hat. Aber nach und nach war das Thema unter uns nicht mehr wegzubekom-

men, wir redeten über sonst nichts mehr. Und plötzlich witterte ich in jedem Pkw vor mir einen Kriminellen.«
Das Pflaster unter ihren Schuhen war feucht und rutschig. Die Restaurants auf beiden Seiten waren noch leer. Die Kellner schoben Teller zurecht oder standen in den Eingängen.
Arno schaute zu Boden, hob dann ruckartig den Kopf: »Gestern hatte ich fast einen Unfall. Mitten in der Stadt drehte sich im Wagen vor mir plötzlich ein Kind um und zielte mit einer Plastikwaffe auf mich. Ich habe den Wagen herumgerissen, bin auf die andere Fahrbahn gekommen, bevor mir klar wurde, dass der Junge spielte. Ich lenkte den Wagen zurück in die Spur. Der Junge beschoss mich weiter. Ich habe am ganzen Körper gezittert.« Arno lachte kurz. »Deshalb war es plötzlich dringend.«
»Ich hatte dem Jungen den Auftrag erteilt«, antwortete Betty ernst.
Arno lächelte. Sie blieben vor dem Theater stehen. Durch die Alzettestraße wanderten einige Pärchen, hielten vor den Schaufenstern, setzten den Spaziergang fort.
»Ich kann dich nach Hause fahren«, sagte Arno, streifte Bettys Hand.
»Wenn du mir versprichst, dass ich nicht in deinem Irland-Roman vorkommen werde«, antwortete sie.
Sie gingen auf den Parkplatz zu seinem Wagen. Das Museum am Ende des Platzes lag im Dunkeln. Ich werde die Kontaktlinsen abschaffen und mir eine Brille besorgen, dachte Betty. Sie stiegen in den Wagen, schlossen die Türen. Arno steckte den Schlüssel ins Schloss, startete den Motor.
»Das ist jetzt nicht dein Ernst«, sagte Betty, öffnete ihre Jacke.
Arno lächelte schief, schaute aus dem Seitenfenster. Von der Straße aus war sein Auto nicht zu sehen. Er schaltete den Motor wieder ab.
Als Betty ihm die Wollmütze vom Kopf zog, fühlte diese sich an wie ein feuchter Schwamm.

Neben Josette tauchte das kleine Mädchen auf und reichte ihr einen Apfel.

»Woher hast du den?«, fragte Josette, ging dabei in die Knie. Das Mädchen strahlte übers ganze Gesicht, antwortete aber nicht. Sie waren an der Grenze zum Königreich Hannover angekommen und warteten. Die Soldaten ließen sich Zeit, kontrollierten die Papiere, begutachteten Männer, Frauen und Kinder von Kopf bis Fuß, ob darunter nicht ein Kranker oder Mittelloser sei, der den anliegenden Bewohnern zur Last fallen könnte. Mit dem Verkauf des häuslichen Besitzes hatten die Auswanderer alle Gemeinderechte und ihre Staatsangehörigkeit verloren, und das Königreich Hannover war keineswegs gewillt, nun für diese Rechtlosen aufzukommen.

Auf den Wangen des Mädchens hatte der Regen den Schmutz aufgeweicht. Die Haut sah aus, als sei sie von kleinen Löchern übersät. Ihr Kleid starrte vor Dreck. Josette nahm den Apfel, fuhr dem Mädchen über die struppigen Haare. Sie ahnte, dass dies die letzte Begegnung mit der Kleinen sein würde. Ihre Auswanderung endete hier. Einige verarmte Familien standen bereits fassungslos abseits der Warteschlange. Die Männer rangen mit ihrer Wut, die Frauen saßen ausdruckslos auf dem Boden, schauten den Kindern beim Spielen zu.

»Danke«, sagte Josette. Das Mädchen gluckste, lief dann weg.

»Lass dein Geld stecken. Ich zeige nur meines«, flüsterte Leo Nicolas zu, »das reicht, du gehörst zu uns. Man muss denen ja nicht alles auf die Nase binden.«

Neben ihnen hob der Esel mehrmals hintereinander seinen Kopf. Zwar sahen seine Augen noch immer wässrig aus, aber er schien trotz des tagelangen Karrenziehens kräftiger geworden zu sein. Der Bauer, in dessen Besitz er gewesen war, hatte ihn wohl nicht allzu oft mit Futter versorgt.

Leo behielt den Brustbeutel in der Hand, drückte Daumen und

Zeigefinger im Takt des Auswandererliedes zusammen. Dass er Nicolas bat, sein Geld bei sich zu behalten, hatte einen triftigen Grund. Er wollte eine Verbindung zwischen sich und dem Jungen schaffen. Seine eigene Barschaft reichte noch für die Überfahrt, gesetzt sie mussten in Bremen nicht ein halbes Jahr lang auf ein Schiff warten. Wie viel davon in Brasilien übrig sein würde, das war nicht vorauszusehen. Aber zusammen mit den Gulden vom alten Pallen, der immerhin Notarschreiber gewesen war, hätten sie die besten Voraussetzungen. Josette war noch nicht mit Nicolas verehelicht, das nicht, aber Leo sah dem Getändel seit einigen Tagen mit Verständnis zu, hielt die Zügel, wie er fand, fest in der Hand, war aufgeräumter Schwiegervater, so weit machbar, und achtete auf Sitte und Anstand. Er suchte das Gespräch mit seinem zukünftigen Schwiegersohn, erörterte Themen, die dem Jungen sein Wohlwollen, ihm selbst aber Nicolas' Charakter zeigen sollten. Außerdem hätte er zu gerne gewusst, wie viel Barschaft der Junge hatte? Sparsam war er, griff immer bei ihrem Schinken zu und gab selten etwas aus. Wenn Leo es sich recht überlegte, hatte Nicolas bislang nie ein Geldstück hergezeigt.

Zwei Familien warteten noch vor ihnen. Es würde noch ein Weilchen dauern, bis sie dran waren. Die Soldaten schauten auf die Reisenden, als verachteten sie jeden Einzelnen von ihnen. Ein leichter Wind ging. Leo spürte ihn an den Ohren, als er den jungen Pallen fragte: »Kann Marc schon lesen?« Sein linker Mundwinkel zuckte dabei kurz und unkontrolliert nach oben.

Nicolas sah am Gepäck vorbei zu Marc, der seitlich hinter dem Karren stand, die Hand aufs Holz gestützt, und fühlte, wie etwas ihm die Kehle verstopfte.

»Du hältst das doch für wichtig«, fügte Leo hinzu, versuchte freundlich zu klingen.

Nicolas sah die Falten im Gesicht von Leo, Schluchten, in denen der Grimm in kleinen Fässern lagerte. Er öffnete den Mund, wollte zu einer Erklärung ansetzen, aber alles, was er herausbrachte, war ein kurzes, hingeworfenes »Ja«.

Das imponierte Leo. Ein junger Mann mit Schneid, dachte er,

macht keine langen Sätze, weiß, was er denkt und steht dafür gerade. »Und kann er?«, wiederholte Leo seine Frage.
»Ja«, antwortete Nicolas erneut. Dann verstummten sie eine Weile, bis Nicolas hinzufügte: »Er muss noch lernen. Vor allem Französisch.«
Leo schnäuzte sich. Dann war das Gespräch beendet. Nicht zuletzt, weil Nicolas, seit Leo ihn auf sein Geld angesprochen hatte, mit einem ganz anderen Problem beschäftigt war, ein Problem, das ihm wirklich Kopfzerbrechen bereitete.

Josette schaute derweil noch immer dem kleinen Mädchen hinterher, biss in den Apfel. Er schmeckte unreif und bitter. Sie drehte sich um, spuckte das Apfelstück in ihre Hand. Ihre Mutter schüttelte den Kopf.
»Bitte«, rief die Frau vor ihnen.
»Machen Sie Platz«, sagte der Soldat.
Unschlüssig blieb die Frau mit ihren Kindern stehen. Sie trug nicht einmal eine Haube.
»Jetzt machen Sie schon«, wiederholte der Soldat.
»Komm, Mama«, sagte der kleine Junge, nahm die Frau an die Hand.
Schließlich war Familie Meier an der Reihe, und Leo breitete die eingesammelten Papiere vor den Soldaten aus, zeigte selbstsicher sein Geld her. Sogar die Sonne schien von diesem Auftreten beeindruckt zu sein, schaute zwischen zwei Wolken auf den Mann herab, dem niemand seinen Glauben nehmen konnte.

Abends lagerten die Familien, die es ins Königreich Hannover geschafft hatten, auf einer abgegrasten Wiese unweit der Stadt Osnabrück. Josette hatte sich im Laufe des Tages immer wieder Nicolas genähert, war aber nicht weit vorgedrungen. Sie hatte mehrmals versucht, mit ihm zu reden, aber dieser war fahrig gewesen, hatte nicht zugehört und ihr Fragen gestellt, auf die sie schon geantwortet hatte. Sie fühlte sich abgewiesen.
Nicolas, Marc und sein Vater hievten die Truhen vom Karren. Leo schnaufte, sagte mehrmals zu seinem Sohn: »Jetzt kannst du mal zeigen, dass du ein Brot wert bist.« Zu Nicolas sagte er

nichts. Marc band anschließend den Esel an das Holzrad, gab ihm Heu zu fressen. Dann setzte er sich mit der Zeitung auf die andere Seite des Karrens, winkte seinen Freund zu sich. Leo hätte gerne gefragt, was die beiden denn in Brasilien mit Französisch anfangen wollten? Jedenfalls konnte man das Geplapper nicht vor den Pflug spannen, aber er hielt sich zurück, schluckte die Sätze, die in seinen Mund sprangen, hinunter, ließ sich auf die Grasstoppeln fallen und trank einen Schnaps. Das Leben meinte es trotz allem gut mit ihm, fand er. Er legte seine Mütze neben sich, fuhr mit dem Finger seinen angegrauten Haarkranz von einer Schläfe zur anderen nach und hörte der Gegend beim Singen zu.

»Männer sind so«, sagte Liliane zu ihrer Tochter, »versuch nicht, sie zu verstehen. Ist Zeitverschwendung.«

Josette sog die Luft durch die Nase ein. In ihrer Brust saßen Gewichte auf den Lungen.

»Sie schwanken«, fuhr Liliane fort. »Wichtig ist nur, ob sie das Herz am rechten Fleck haben.«

»Ja, Mutter«, antwortete Josette. Sie fragte gar nicht erst, wie Liliane ihren Kummer bemerkt hatte, wusste, dass ihre Mutter in sie hineinsehen konnte, als sei sie aus Glas.

»Aber du musst essen«, fuhr Liliane fort, »dünne Frauen mögen die Männer nicht. Dünne können nicht zupacken.«

Von der Seite näherte sich ihnen ein Hund, senkte vorsichtig den Kopf, schnüffelte. So, wie er sich benahm, war er oft verprügelt worden. Ein Zucken durchfuhr alle paar Sekunden seinen Leib, und er schreckte zurück, spitzte die Ohren, tastete sich wieder voran. Seit sie die Grenze passiert hatten, begleiteten viel weniger dieser Tiere den Tross. Offensichtlich hatten die Soldaten sie verjagt. Und das war Liliane ganz recht. Dieser Hund aber blieb in einiger Entfernung stehen, legte den Kopf schräg. Stellenweise hatte er sein Fell verloren, am Hals klebten Kletten. Er starrte auf den Schinken, den Liliane auf die andere Seite, zwischen sich und Josette legte. Im Licht des Feuers glänzten seine Augen wie geschliffene Steine. Er kam ein winziges Stück näher. Seine Nüstern weiteten sich, die Zunge rutschte aus dem Mund. Da erhob sich Nicolas hinter dem Karren, und der Hund

machte einen Satz, wirbelte blitzschnell um die eigene Achse und rannte davon.
Jetzt wird er mir sagen, was los war, dachte Josette, drückte ihren Rücken durch. Aber Nicolas ging zu Leo, stand einen Moment lang unschlüssig neben ihm, setzte sich auf die Stoppeln, achtete darauf, einen Abstand von einer Armlänge einzuhalten. Er schluckte die Spucke, die in seinen Mund schoss, hinunter und sagte: »Ich habe kein Geld mehr.«
Leo, der versucht hatte zu lächeln, rutschte die Gesichtshaut nach unten. Der Schnaps lag warm in seinem Magen, der Schmerz in der Schulter schwieg.
»Was soll das heißen?«, fragte er.
Hinter dem Karren hörten sie Marc ein französisches Wort wiederholen. Nicolas atmete in kurzen Stößen ein: »Ich hatte vergessen, dass mein Großvater es am Leib trug. Ich habe es mit ihm beerdigt.«
In Leos Kopf sang gerade eine Frau so laut, dass er sich nicht sicher war, ob Nicolas geredet hatte oder er eine weitere Stimme hörte. Er blickte auf Nicolas' Mund, wartete. Ringsum stiegen Rauchsäulen zum Himmel hinauf.
»Ich habe einfach nicht mehr daran gedacht«, fuhr Nicolas fort, darauf gefasst, jeden Moment einen Zornesausbruch abwehren zu müssen. »Ich war traurig, machte mir Vorwürfe, weil ich nicht mit ihm ins Land der schwarzen Berge hatte gehen wollen. Er hat immer prophezeit, dass er es nicht bis nach Brasilien schaffen würde, aber ich hielt das für Geschwätz. Dann sprach der Pfarrer das Gebet. Ich legte ihm seine Pfeife auf die Brust, und wir schaufelten das Grab zu. Erst als ich wieder auf dem Weg zu euch war, durchfuhr es mich plötzlich, aber da war es zu spät.«
Nicolas sah, wie Josette sich nach ihm umblickte. Was würde sie von ihm denken? Er fühlte sich leer und elend wie noch nie in seinem Leben. Der Esel vor ihnen hob den Schwanz und entleerte sich. Leo machte keine Anstalten aufzuspringen, gar zu schreien. Er schaute vor sich auf den Boden und sagte leise: »Du bist ein Idiot.«
Nicolas wartete noch einen Moment, ob noch weitere Beschimpfungen über ihn hereinbrächen, aber aus Leos Mund kam nur

noch leises Atmen. Schließlich stand Nicolas auf, entfernte sich vom Feuer, ging um das Lager herum. Josette sah ihm hinterher, spürte Wut in sich. Morgen bräuchte er gar nicht erst ankommen. Sie würde ihm die kalte Schulter zeigen.
Von Weitem hörte sie das Jaulen eines Hundes.

Je näher sie Bremen kamen, desto mehr Menschen begegneten ihnen, die wieder auf dem Rückweg in ihre Dörfer waren, mittellose, abgekämpfte Gestalten. Leo verstand nicht, wie sie die Grenze hatten passieren können. Trotzdem machten sie ihm Angst. Abends, wenn die anderen schliefen, zählte er die Gulden, versuchte auszurechnen, wie lange sie damit überleben konnten, wenn sie sparten. Er war noch immer fassungslos über Nicolas' Blödheit. Der Junge konnte lesen und schreiben, und was machte er mit seinen Fähigkeiten? Er begrub Geld. Statt eines klugen Schwiegersohns hatte er nun ein zusätzliches Maul zu stopfen. Leo versuchte sich vorzustellen, wie viel von seiner Zukunft nun mit dem alten Pallen unter der Erde lag. Arnold hatte nie dick ausgesehen, aber wenn man das Geld unter den Kleidern gut verteilte, konnte man einen ganzen Batzen mit sich herumtragen. In einer dieser Nächte malte Leo sich sogar aus, wie er umdrehte, zum Grab ging und die Erde aushob, aber das war nur so ein Gedanke gewesen. Einen Toten zu stören, war unmöglich. Da musste man schon mit dem Teufel im Bunde sein. Erst wenn die Stelle für eine neue Bestattung gebraucht werden würde, fände jemand das Geld. Dass Leo das nicht sein würde, schmerzte ihn sehr.
Tagsüber wurde kaum noch geredet. Sie wollten endlich Bremen erreichen. Lilianes Füße waren geschwollen, an ihrer rechten Wade trat eine Ader deutlich hervor, saß gekrümmt unter der Haut, als habe sich ein bläulicher Wurm dort hineingefressen. Nur der Esel schien immer kräftiger zu werden, wandte erstaunt den Kopf, wenn seine Begleiter eine Pause machten, und setzte sich widerstandslos in Bewegung, sobald sie aufbrachen. Auch Nicolas war still geworden, hatte zwei Tage mit niemandem geredet, war vielmehr allen aus dem Weg gegangen. Und jeder außer Leo hatte sich gefragt, warum? Josette war über sein Ver-

halten so wütend geworden, hatte sich hineingesteigert, dass sie ihm am dritten Tag nicht einmal antwortete, als er sie schließlich wieder ansprach. Aber als hätte sich in seinem Kopf in diesen stummen Tagen etwas verändert, als habe er mit einem Gedanken abgeschlossen, etwas für immer hingenommen, begann er nun aufs Neue, Josette Komplimente zu machen. Und sie, die sich eben noch geschworen hatte, ihn nie wieder anzusehen, war schon nach einem halben Nachmittag wieder bereit gewesen, ihn zu heiraten, so sehr lockerten seine Worte ihr Innerstes, wo es sprühte und funkte, als organisiere der Adel ein Feuerwerk. Trotzdem konnte man nicht sagen, dass er wieder der alte Nicolas war. Er schien ernster geworden zu sein, seine Sätze klangen bescheidener, überlegter, vor allem, wenn es um die Zukunft ging. Selbst Leo, der Nicolas' Gesellschaft mied, wo er konnte, bemerkte, dass der Junge nachgedacht hatte und in bestimmter Hinsicht das leider guldenlose Erbe seines Großvaters antrat. Nicolas sagte zwar nicht »in meiner Stadt«, aber er erzählte mit einem Mal von Esch, von den Fässern mit den Fröschen vor den Haustüren, erwähnte das laute Gequake, das über dem Ort lag, beschrieb die Bewohner, wie sie die kleinen Tiere aus dem Sumpf fischten und sie verkauften.
»Froschschenkel schmecken ganz gut«, sagte er, obwohl Josette das Gesicht verzog und behauptete, ihr würde gleich schlecht werden. Sogar Leo fühlte sich zuweilen von seinen Geschichten unterhalten, und so kamen sie schließlich schneller in Bremen an, als sie gedacht hatten.

»Es ist ein Dampfschiff«, sagte Nicolas.
»Woher willst du das wissen?«, erwiderte Leo, obwohl ihm sofort klar war, dass der Junge recht hatte.
Sie standen in Bremen zwischen Hunderten von Menschen, die scheinbar seit Wochen, wenn nicht Monaten, den Hafen bevölkerten, und sahen zu, wie »Die Weser« laut und stinkend ablegte.
»Wir hätten bereits auf dem Rhein Dampfschiffen begegnen können. Die gibt es da seit Jahren«, fügte Nicolas hinzu.
Einige Passagiere winkten. Josette erwiderte den Gruß.
»Wo fahren sie hin?«, fragte Marc.

Ein Mann, der zu ihren Füßen hockte, antwortete: »Nach Brake, Schiffe ansehen. Die Überseeschiffe kommen nicht mehr bis hier in den Hafen, weil der Fluss versandet ist. Sie halten unten in Brake. Oder draußen, wo sie den neuen Bremer Hafen bauen.«

Josette spürte eine unsinnige Freude in sich aufkommen, ein Kribbeln schoss ihr durch den Körper. Wie viele würden ihr zuwinken, wenn es losginge?

»Na dann«, erwiderte Marc, schlenderte mit Nicolas zu Liliane, die am Karren gewartet hatte. Josette folgte ihnen. Ein heller Lichtpunkt schaukelte langsam in ihren schwarzen Augen.

Leo sog die warme, feuchte Luft ein, schaute auf die unförmige Mütze des Mannes. Dessen untere Gesichtshälfte war fast vollständig von Pusteln bedeckt.

»Dann müssen wir auch dorthin. Wir fahren nach Brasilien«, sagte Leo nach einer Weile.

Der Mann lachte höhnisch, ehe er erwiderte: »Niemand fährt mehr nach Brasilien. Die meisten Leute auf dem Dampfschiff sind Anwohner oder Unverbesserliche, die den Tatsachen nicht ins Auge sehen wollen.«

Zwei Möwen begleiteten das Dampfschiff, segelten neben der Rauchfahne, drehten ab.

»Was sollen denn die Tatsachen sein?«, fragte Leo unwirsch, spürte, wie sein Herzschlag schneller wurde.

»Die haben genug drüben in Brasilien. Die wollen keinen mehr von uns«, antwortete der Mann. Er wirkte betrunken. Unablässig fuhr seine Zunge über die Haare des Lippenbartes. Neben ihm schaute eine Frau zu Leo hoch. Ihre Augen waren fast geschlossen, wirkten geschwollen, als habe sie tagelang geweint.

»Unsinn«, erwiderte Leo, »die Brasilianer werben offiziell um Arbeitskräfte.«

»Das war mal«, beharrte der Mann, »mittlerweile nicht mehr. Konsul Kalkmann hat ein Schreiben veröffentlicht. Die haben genug.«

Leo ärgerte sich über das Geschwätz des Mannes. Es machte ihm Angst. Er sah zurück zu Liliane und den anderen, grummelte: »Wieso sitzen dann hier so viele?«

Die Frau mit den geschwollenen Augen senkte das Kinn auf ihre Brust, während der Mann sagte: »Wenn du mir erklärst, wo ich hin soll, gehe ich hier weg. Den anderen geht es genauso. Wir sind vor zwei Monaten angekommen. Da haben wir noch drüben Unterschlupf gefunden. Die Bremer sind ja nicht blöd. Seit den Auswanderungen sprießen die Läden, in denen man essen kann, und die Bettenhäuser wie Pilze aus der Erde. Aber wenn das Geld ausgegeben ist, nutzt das niemandem mehr. Habt ihr was zu essen?«
Leo überhörte die Frage, drehte sich um und ging zurück zum Karren. Der Mann lachte ihm hinterher.
»Wir beziehen in einem der Gasthäuser Quartier«, entschied Leo, »da vorne am Ufer sitzt nur Gesindel. Morgen fahre ich mit Marc nach Brake, und wir informieren uns, wann das nächste Schiff geht. Dort wird auch das Anmeldebüro sein. Und dann müssen wir warten.«
Liliane sah ihrem Mann ins Gesicht, das er ihr beim Sprechen nicht zuwandte. Er wirkte reizbar.
»Was hat der Mensch zu dir gesagt?«, fragte sie.
»Wer?«, brummte Leo, griff das linke Eselsohr und zog das Tier vorwärts.
»Der, mit dem du geredet hast«, sagte Liliane.
Leo antwortete nicht.

Anderntags spazierte Liliane mit ihrer Tochter und Nicolas über den Bremer Marktplatz und konnte sich an den Fassaden der mehrstöckigen Häuser nicht sattsehen. Wer so viel Geld hatte, die Wände nach außen hin zu schmücken, wie mochte es bei dem in der Stube aussehen? Das Licht setzte Sterne in die Fenster. Es war warm, nur im Schatten des Säulenganges herrschte Kühle. Vor der Rolandsfigur überlegten sie, wie hoch sie sein mochte, und Nicolas erzählte von Napoleon, der die Statue mit nach Paris in den Louvre, den Königspalast, nehmen wollte, was die Bremer ihm mit dem Argument, sie sei gar kein Kunstwerk, ausgeredet hatten. Zumindest war ihm das gestern von der Wirtin berichtet worden. An den Ständen ringsum wurden Kartoffeln angeboten, Schmuck, Stoffballen, Bibeln. Liliane hätte sich gerne eine gekauft, obwohl sie nicht lesen konnte, aber Leo hatte das Geld und würde einem solchen Kauf niemals zustimmen. Trotzdem nahm sie eines dieser gebundenen Bücher in die Hand, blätterte darin herum und fühlte eine eigenartige Leichtigkeit in ihren Gliedern, bis Nicolas ihr eröffnete, in Bremen wimmele es von Luther-Anhängern. Da legte sie die Bibel zurück. Sie wusste nicht viel, aber wer Luther war, das hatte ihr schon ihre Mutter erklärt. Und auch die Niederländer waren Lutheraner.

Möwen segelten über die Stadt, drehten eine Runde, kehrten zum Wasser zurück. Die Wolken am Himmel sahen aus wie eine verstreute Schafherde. Unten wimmelten die Menschen durch die Straßen, über die Plätze.

Zu dritt standen Mutter, Tochter und Nicolas vorm Dom, bewunderten das Fenster, das wie ein Rad in der Mitte zwischen den Türmen saß, und Josette dachte, was wäre vom Bau der Dorfkirche in Großvaters Gedächtnis geblieben, wenn er den Bremer Dom gesehen hätte? Wie klein wurde Wahl mit einem Mal, wenn es Städte wie diese gab. Alles schien offen zu sein, groß und unversperrt. Hatte Josette sich auf dem Schiff von Remich nach Wesel zeitweilig wie in einem Gefängnis gefühlt, so war hier nur Freiheit. Sie hätte Nicolas am liebsten umarmt. Sein Meergeruch begleitete sie wie ein Versprechen, dass es bald losgehen würde. Und Geld war in Bremen, fast wie in Brasilien. Frauen trugen Hauben voller Spitzen und Röcke mit Zierrat, dass man nicht mehr wusste, wohin den Blick wenden. Vielleicht war Bremen schon Brasilien, vielleicht musste man nicht Monate auf See sein, um ein neues Leben, ein besseres Leben, zu beginnen.

Später roch es in den engen Gassen nach Gebratenem, aber sie würden auf Leo und Marc warten, versorgten sich zwischendurch mit Brot und tranken Wasser. Den Hafen mieden sie, ohne es zu beabsichtigen.

Als Leo am Abend aus Brake zurückkam, war er ein anderer. Er wirkte kleiner, so als ziehe er den Kopf ein. Sogar seine Stimme klang weicher, wenn auch im Hals eine leichte Heiserkeit zu-

rückblieb und seinen Sätzen etwas seltsam Unentschiedenes gab. Marc hingegen benahm sich auffällig laut, gar provozierend. Liliane traute sich erst nicht zu fragen, was passiert war. Sie saßen auf den Betten, warteten. Von draußen drangen Stimmen zu ihnen herein, flatterten wie vorzeitig geweckte Fledermäuse durch das halbdunkle Zimmer. Es roch feucht.
»Jetzt sag«, flüsterte Liliane schließlich, schob eine Handfläche unter einen Handrücken. Ihre Finger waren klamm. Zum Glück hatten die beiden anderen Familien, mit denen sie das Zimmer teilten, sich auf den Weg in die Stadt gemacht. Ihre Anwesenheit hätte alles nur verschlimmert.
Nicolas stand vom Bett auf, ging zur Tür, kontrollierte, ob sie geschlossen sei. Er selbst empfand sein Tun als unsinnig, aber es beruhigte ihn. Aus der Ecke kam eine Maus, lief an der Wand entlang, verschwand.
»Es gibt kein Schiff mehr nach Brasilien«, sagte Marc, »jetzt erzähl es ihnen endlich. Wir sind betrogen worden.«
Niemand sprach. Liliane hielt die Augen auf ihren Mann gerichtet, bis dieser sie anschaute und sagte: »Es stimmt.«
»Aber was heißt das?«, fragte Nicolas, indem er sich auf die Strohmatratze setzte. »Es liegen doch Schiffe da draußen. Und es wird auch welche geben, die nach Brasilien fahren. Niemand stellt eine Route von heute auf morgen ein.«
»Die Brasilianer haben bereits zu viele Einwanderer. Natürlich fahren noch Schiffe rüber, aber sie nehmen keinen von uns mehr mit«, erwiderte Marc. »Es sei denn, du trittst der Fremdenlegion bei. Soldaten brauchen alle.«
»Mein Gott«, entfuhr es Liliane. Ihre Füße schmerzten noch immer. Sie sah den Mann in Wahl, den sie für die Anmeldung bezahlt hatte, sah, wie sie und ihre Familie sich in Remich einschifften, der alte Pallen rauchte, die Landschaft zog an ihr vorbei, die Wege, der Staub, der Regen, und nun war alles umsonst gewesen?
»Was ist, wenn wir warten?« Nicolas ließ nicht locker: »Sie haben Einwanderer gebraucht, jetzt brauchen sie keine mehr, sagen sie. Vielleicht ändert sich das genauso schnell wieder.«
Josette nickte. Es war gut, dass Nicolas nicht aufgab. Leo hin-

gegen hockte auf einem Stuhl, die Ellenbogen auf den Oberschenkeln abgestützt und starrte vor sich hin.
»Und wenn es Jahre dauert? Wovon willst du leben?«, fragte Marc.
Nicolas errötete.
»Wir hätten in unserem Land bleiben sollen«, fuhr Marc fort, schaute auf seinen Vater. »Und mir hast du immer vorgeworfen, ich sei ein Träumer.«
»Es ist alles meine Schuld«, sagte Liliane.
Leo schwieg.

In den folgenden Tagen änderte sich nichts. Sie bezahlten täglich für das Zimmer, aßen, blieben an Ort und Stelle, warteten, obwohl niemand wusste, worauf. Doch noch waren sie nicht bereit, alle Zelte abzubrechen und zurückzukehren. Marc schimpfte auf den Mann, der seiner Mutter den Floh mit Brasilien ins Ohr gesetzt und dafür eine Provision kassiert hatte. Er würde ihm eines Tages die Mistgabel in den Rücken rammen. Liliane bekreuzigte sich, wenn ihr Sohn lospolterte und nicht mehr wie früher vom Vater zurechtgestutzt wurde. »Maria wird uns helfen«, sagte sie. Marc lachte darüber nicht, aber Liliane konnte seinem Gesicht ansehen, was er von ihrem Glauben hielt. Immer öfter verschwand er für Stunden allein in der Stadt, trieb sich herum, kam zuweilen erst nachts zurück. Er aß bald nicht mehr mit seiner Familie, suchte auch Nicolas' Gesellschaft nicht, gab das Lernen auf, verrohte geradezu. Aber weder Liliane noch sein Vater wagten ihn zurechtzuweisen. Nicht einmal, als Leo eine Pistole unter dem Kittel seines Sohnes wahrnahm, stellte er ihn zur Rede.
Josette hielt sich in all den Wochen an Nicolas' Seite, roch das Meer in seinem Haar. Beiden schien die Situation nur halb so viel zu schaffen zu machen wie den anderen. Sie gingen ohne Aufsicht durch die Stadt spazieren, was früher niemals möglich gewesen wäre, und die Schwärze in Josettes Augen war von einem trotzigen Glanz überzogen. In all ihrem Elend spürten sie eine Art Glück, das nur manchmal getrübt wurde, wenn Nicolas an seinen Großvater dachte, der in ein anderes Land gewollt hatte und nur ihm zuliebe auf dem Weg nach Bremen sterben musste.

Es regnete selten in dieser Zeit. Bremen lag im Licht, erwartete wöchentlich neue Auswanderer, die nicht mehr wegkamen, blühte und nahm ihre Ersparnisse in sich auf. Das Dampfschiff stieß Rauch über das Hafenbecken. Mancher hungerte, und Leo begann zu trinken. Er hatte schon immer einen Hang zum Schnaps gehabt, aber nun kippte er täglich mehr in sich hinein, als ihm guttat. Vor allem, seit er sich mit jenem Winzer verbrüdert hatte, der dem alten Pallen damals zu Hilfe gekommen war und ihm einen Stock als Krücke angeboten hatte. Der Vollbart des Winzers sah mittlerweile verknotet wie das Halsfell des Hundes aus, der mit ihnen Bremen erreicht hatte. Liliane mochte den Winzer nicht, weil er bei jeder Gelegenheit seinen Speichel durch die Zahnlücke auf die Erde spritzte. An den Hund hatte sie sich gewöhnt. Leo hingegen fand im Winzer einen Leidensgenossen, mit dem er seinen Kummer im Alkohol ersaufen konnte. Betrunken war das Leben eine einfache Furche, in die man säen konnte, was man wollte. Alles wuchs. Das Warten wurde erträglich, der eigene Sohn auch. Sie hatten eines Tages Leos Quarlie-Reserven geleert, dann waren sie in ein Gasthaus gegangen und hatten dort weiter getrunken. Es war billiger gewesen, als Leo befürchtet hatte, und so kehrten sie am anderen Tag wieder ein und am Tag darauf erneut. Leo zählte sein Geld nicht mehr, kaufte ab und an Knochen, mit denen er den Hund fütterte, wollte nicht an den Tag denken, an dem er nichts mehr haben würde. Er goss den Schnaps in seine Kehle, und der Winzer tat es ihm gleich, während er auf die Wiesenfresser da draußen schimpfte.
Morgens, wenn Leo aufwachte, sein Kopf fast zersprang, wollte er nichts hören. Lilianes Sorgen schon gar nicht. Er hatte sein Leben lang hart gearbeitet, nun wollte er seine Ruhe haben. Dass auch seine Frau ihr Leben lang hart gearbeitet hatte, fiel ihm nicht ein, und Liliane erinnerte ihn auch nicht daran, besuchte vielmehr täglich den Dom und sprach mit Gott. Das schien ihr sinnvoller, als das Wort an ihren Mann zu richten. So lebten sie dahin, bis der Sommer zu Ende ging und die Winde kälter durch die Stadt zogen. Die Tage wurden kürzer, und eines Abends sagte Liliane zu Leo: »Wir sollten zurück.«

Leo wischte ihre Worte mit einer Geste durch die Tür, die er öffnete, um hinauszugehen.
»Der Herbst«, sagte Liliane.
Aber da war Leo schon auf der Straße, wo der Winzer wartete.
Stunden später in einer schummerigen Kaschemme stützten beide die Köpfe, die schwer auf ihren Hälsen lasteten, suchten nach Worten für die Leere, die sie in sich fühlten, sahen sich an und schwiegen. Der Winzer hielt sein Gegenüber für einen leeren Kartoffelsack, und Leo dachte Ähnliches vom Vollbart. Er hatte genug und seine Frau leider recht. Sie waren gescheitert. Sie mussten zurück. Er hatte genug vom Schnaps, er hatte genug von diesem Leben in Bremen, den Kneipen, genug vom Winzer und seinem Gejammer über schlechte Traubenernten, wollte nichts von Steuern hören, und es interessierte ihn auch nicht, dass die Preise für den Moselwein rapide in den Keller gingen. Die Öllampen stanken, man sah die Hand vor Augen nicht, so klein loderten die Flämmchen, und er, Leo, musste jetzt an die frische Luft. Er sprang auf, hielt sich einen Moment lang am Tisch fest, während der Stuhl zurückfiel. Dann warf er dem Winzer seinen Brustbeutel zu und stampfte los.
»Was?«, rief der Vollbart. Seine Lider zitterten über den Augäpfeln. Leo riss die Tür auf und war weg.
»Was?«, wiederholte der Winzer noch einmal, erhob sich, griff nach dem Beutel, fiel mehr, als dass er ging, dem Ausschank zu, bezahlte die Zeche von Leos Geld, ehe er seinem Saufkumpanen nach draußen folgte.

Die Nacht war kühl und grau. Aus einigen Fenstern fiel ein matter Schein. Der Mond sah aus wie ein Stück Kuhfell, das leuchtete.
Leo fühlte seine Beine kaum. Sie waren leicht; er schwebte, drehte den Kopf einmal, während er vorwärts glitt und dem Hund den Nacken streichelte.
Ein Mann mit Zylinder und elegantem Gehstock schritt ihnen entgegen, zog die Mundwinkel nach unten, während er vorbeieilte. Leo zuckte mit den Achseln.
Einige Hauseingänge weiter meinte er ein Huhn auf dem Buckel

einer Katze zu sehen. Der Schnaps schien sein Gehirn aufzuweichen. Er torkelte, fluchte, blieb stehen, drehte sich um.
Weit hinter ihm pinkelte der Winzer gegen eine Fassade. Leo sah, wie er sein Gesicht dem Abendhimmel zuwandte, in den Knien wippte. Ein großer Schatten rutschte über die Häuser auf ihn zu. Einen Augenblick später drehte der Winzer sich um, schlug dem Mann mit dem Zylinder den hellgrauen Filz vom Kopf. Dann trat er mit dem rechten Fuß wuchtig auf den Hut, schrie aus vollem Hals: »Wiesenfresser!«
Kaum war das Wort verklungen, traf ihn der Gehstock des Mannes am Hals. Leo sah den Winzer einknicken. Erneut wischte der Stock durch die Luft, und der Vollbart fiel vorn über aufs Gesicht, streckte die Glieder über die Gasse.
»Der ist hin«, murmelte Leo. Er fühlte nichts in sich, kein Bedauern, kein Mitleid, streichelte dem Hund über den Kopf.
Unten bückte sich der Mann nach seinem misshandelten Hut, schaute dabei zu Leo, ehe er an eine Tür klopfte.
Der Winzer lag noch immer bewegungslos auf dem Pflaster.
»Wir gehen zurück«, sagte Leo, drehte sich um, setzte seinen Weg fort, erst langsam, fast zögernd, als überlege er, ob dem Winzer nicht doch noch zu helfen sei, dann entschiedener, rascher, als sei ein Kapitel in seinem Leben abgeschlossen.
Er roch seinen Hof, den Mist auf der Heugabel, stapfte durch Wahl, glitt durch Bremen, merkte, dass er auf dem Weg zum Hafen war.
»Was mache ich hier?«, fragte er.
Der Hund hob kurz den Kopf, blickte ihn an. In einige Fenster hängten sich Gesichter. Leo wurde immer schneller, lief fast, seine Beine arbeiteten mit einer Kraft, die er nicht mehr kontrollierte. Er rannte an den Weserkähnen vorbei, beachtete die schlafenden Auswanderer nicht, hielt kurz am Ufer, schaute hinab ins Wasser.
Als er sprang, war dies kein Sprung im eigentlichen Sinne, vielmehr ein Schritt zu viel in die falsche Richtung. Er merkte, dass er fiel, führte dieses eigenartige Gefühl erst auf den Schnaps zurück, begriff dann, dass er sich dem Wasser näherte und dachte daran, dass in seinem Brustbeutel, den er dem Winzer gegeben

hatte, noch der Liebesbrief von Josephine Derding steckte. Das Auswandererlied in seinem Kopf war verstummt. Niemand sang mehr. Dann tauchte er unter.
Oben hörte eine Frau mit geschwollen Augen einen Hund winseln. Sie horchte, setzte sich auf, blickte auf ihren schlafenden Mann. Die Erde unter ihrem Gesäß war kalt, die Nacht ruhig. Sie warf einen Stein nach dem Hund, zog ihr Tuch fester um den Körper und legte sich wieder hin.

Als zwei Tage lang weder Leo noch der Winzer auftauchten, forderte die Wirtin die ausstehende Bezahlung für die Betten. Liliane hatte nichts. Da griff Marc in seine Tasche und legte Münzen für mindestens eine ganze Woche in die Hand der Wirtin.
»Wir nehmen alle Betten«, sagte er. »Die anderen Familien sind doch weg. Wir wollen das Zimmer für uns allein. Das wird reichen.«
Die Wirtin lächelte und zog sich zurück.
Niemand wagte zu fragen, woher Marc das Geld hatte. Sie saßen auf den Betten, warteten, redeten wenig. Draußen hörte man das Leben weitergehen. Das Sonnenlicht zeichnete grobe Klötze auf den Fußboden, löste sich allmählich in eine zurückhaltende Helligkeit auf. Die Zeit stand im Zimmer, unbeweglich und zu groß. In Lilianes Gelenken lagerte eine Trauer, die bei jeder Bewegung schmerzte. Also blieb Leos Frau auf der Bettkante hocken wie eine Statue, bis es am späten Nachmittag plötzlich klopfte, und der Winzer vor der Tür stand, abgerissen, mit einem blauen Auge und Striemen am Hals. Er hielt sich schräg, sprach, als schmerze seine Zunge.
»Leo hat mir das hier gegeben«, sagte er, während er unsicher den Brustbeutel überreichte.
Liliane stockte das Herz. Josette trat hinter ihre Mutter, fragte: »Wo ist mein Vater?«
Der Winzer blickte zu Boden, als suche er eine Stelle, um auszuspucken. Dann antwortete er: »Im Leichenschauhaus.«
Er drehte sich um und lief unbeholfen die Treppe hinab.

Am nächsten Morgen sah Liliane im Beutel nach, wie viel Geld sie noch besäßen. Es war so gut wie nichts mehr. Sie kramte die Papiere hervor, fand zwischen den Dokumenten einen Brief, den sie auseinanderfaltete. Ihre kleine Gestalt bückte sich leicht über das Schreiben, in dem nicht allzu viel stehen konnte. Die Zeilen waren kurz, und es waren nur wenige. Sie reichte Nicolas den Brief, bat ihn, ihr vorzulesen.
Nicolas hielt ihn ins Licht und sagte: »Er ist von einer Frau namens Josephine Derding.«
Liliane nickte.
»Bauer Meier«, begann Nicolas vorzulesen, »ich bitte ihn darum, vor Abfahrt in das Land Brasilien das Sauerkrautfass aus unserem neuerkauften Haus zu entfernen, da weder mein Mann noch ich den Geruch schätzen. Mit Abschiedsgruß, die Josephine Derding.«
Nicolas schaute von den Zeilen auf.
»Das ist alles?«, fragte Liliane müde.
»Das ist alles«, erwiderte Nicolas, wendete dabei das Papier, ob nicht auf der Rückseite noch etwas zu lesen stünde.
»Sie war immer hochnäsig«, sagte Liliane, »und so stolz darauf, lesen und schreiben zu können, was wir anderen nicht konnten. Kaum gegrüßt hat sie und nun unseren Hof.« Was Liliane nicht laut formulierte, war die Frage, warum ihr Mann diesen dummen Brief aufgehoben hatte. Sie nahm Nicolas das Schreiben aus den Händen, zerriss es und ließ die Schnipsel zu Boden fallen.

Sie beerdigten Leo, saßen noch bis zum Ende der Woche im Zimmer, schauten sich nichts mehr an, verkauften den Esel, der sich erholt hatte und nun schnell einen Abnehmer fand, veräußerten auch den Karren, die Truhen, die Goldwaage und alles, was sie nicht wieder mit zurücknehmen wollten. So hatten sie etwas Geld. In der Heimat würde man weitersehen. Als sie aufbrachen, ging ein Hund an ihrer Seite, und Liliane fühlte, dass auch in dieser Stunde Gott sie nicht alleine ließ.

»Ich habe auch den Pflanzen Wasser gegeben«, sagte Nada auf Französisch. Betty überhörte ihren Einwurf, sah sich in der Küche um, dann im Wohnzimmer, sogar im Flur glänzten die Kacheln. War das ihr Zuhause?
»Das ist wunderbar«, sagte sie, als sie erneut vor Nada stand, »so habe ich das Haus zuletzt gesehen, als wir hier einzogen.«
Nada lachte nicht. Sie hatte morgens um acht mit Putzen angefangen und nun war es Abend. Sie war müde, aber froh, etwas getan zu haben, wofür sie Geld bekommen würde.
»Das sind …«, sagte Betty – »oh je, zwölf Stunden. Erzählen Sie das bloß niemandem. Ich arbeite für die Gewerkschaft«.
Jetzt musste Nada doch lächeln. Betty gefiel ihr. Sie wirkte durchsetzungsfähig, nicht auf den Mund gefallen, und ihre Tochter tat Tiha gut. Etwas gelassener könnte sie sein, dachte Nada. Wer alles so schnell vorantrieb, würde im Alter nicht viele Erinnerungen haben.
»Das nächste Mal bleibe ich kürzer«, antwortete Nada, »ich habe vorgearbeitet«.
Der Drachenbaum in der Ecke hielt riesige, vertrocknete Büschel in den Raum. Nada hatte ihn auf diese Seite des Wandvorsprungs gezogen. Betty zupfte an einem der ledernen Blätter, ließ die Äste wippen. Auf dem Sofa im angrenzenden, abgedunkelten Zimmer lungerten Charlotte und Tiha wie Wesen aus Stoff, starrten auf den Fernseher. Nicht einmal ihre Augenlider schienen sich zu bewegen. Die Lichter der Mattscheibe flimmerten über ihre Körper. Betty und Nada hörten einen dumpfen Sprechgesang.
»Wollen Sie vielleicht einen Kaffee?«, fragte Betty. »Oder sonst etwas?« Sie stand noch immer in ihrer nassen Jacke da.
»Mein Geld will ich«, antwortete Nada, merkte sofort, dass sie den Ton in der fremden Sprache nicht getroffen hatte, denn Betty begann schallend zu lachen, suchte nach einer passenden Antwort, fand aber keine.

»Und ein Bier nehme ich, wenn Sie eins haben«, fügte Nada hinzu.
Nebenan, auf dem Bildschirm, warf der Sänger mit Geld um sich und ließ Frauen tanzen.
»Voll der Asi, eh«, zischte Charlotte. Außer den Lippen bewegte sich nichts an ihr.
»Ja«, stimmte Tiha ihr zu. Sie trug einen schwarzen Pulli ihrer Freundin. Der Sänger grabschte noch mehr Geld aus seinen Taschen. Schattenhaft fielen die weggeworfenen Scheine über die Gesichter der Mädchen, während Betty ihre Jacke auszog, sie in den Flur hängte. Einige Tropfen hinterließen dunkle Stellen auf dem Teppich. Sie bezahlte Nada, bat sie in die Küche, stellte zwei Flaschen Mousel auf den Tisch, suchte nach dem Öffner.
»Der ist in der Schublade beim Besteck«, sagte Nada.
»Darf ich Sie anrufen, wenn ich etwas nicht finde?«, erwiderte Betty, löste die Kronkorken mit raschen Handbewegungen von den Flaschenhälsen, prostete Nada zu und trank. Wirklich alles war aufgeräumt, die Ablage, die Schränke, die Zeitungen, unfassbar. Sie freute sich. Schon vor Jahren hätte sie eine Putzhilfe einstellen sollen. Warum hatte sie so lange gewartet? Hinter ihr peitschte der Wind den Regen gegen das Fenster.
»Ende April haben wir hier immer so ein Wetter«, sagte Betty, »das gehört zur Luxemburger Ordnung«.
Nada antwortete nicht, hielt den Schluck Bier einen Moment lang im Mund, spürte, wie die Flüssigkeit ihren Geschmack verbreitete und schluckte.
Der weiße Plastikschirm der Küchenlampe wirkte wie neu. Betty hätte ihn gerne kurz angefasst. Nachher, wenn Nada und Tiha gegangen sein würden, würde sie es tun. Stattdessen sagte sie: »Ich kann Sie nach Hause fahren. Bei dem Regen werden Sie völlig nass.«
»Ich habe schon Schlimmeres erlebt«, antwortete Nada.
»Was denn?«, fragte Betty. Die Frage kam schnell und unbedacht, aber Nada antwortete gefasst: »Kochkäse, eine eurer Spezialitäten.«
Aus dem Fernsehzimmer war Charlottes Stimme zu hören. »Voll

der Klopper«, rief sie. Dann schrie Tiha: »Yeah, yeah, yeah«, und beide geierten los.
»Tiha trägt sehr schöne Ohrringe«, sagte Betty nach einer Weile.
Nada nickte. In den Scheiben des Holzschrankes spiegelte sich ein Teil ihres Kopfes.
Ihre Kleider wirken altmodisch, dachte Betty, aber das verleiht ihr einen besonderen Reiz, so als sei sie einem Film aus den Fünfzigern entstiegen.
»Die Ohrringe haben eine Geschichte«, antwortete Nada, »vielleicht strahlen sie deshalb so.«
Betty drehte den Kronkorken zwischen ihren Fingern. Sie hatte das Gefühl, ruhiger zu werden. Nichts musste mehr gemacht werden. Alles schien erledigt. Es war das erste Mal seit Monaten, dass abends tatsächlich der Feierabend begann.
»Als wir in Kroatien unterwegs waren und auf den Fluchtwagen warteten, hatte Tiha Geburtstag, aber wir kein Geschenk«, fuhr Nada fort. »Tiha wusste das, aber sie war trotzdem enttäuscht. Ist gut, hat sie gesagt. Wie eine Erwachsene. Ist gut. Dann stand ein Mann aus Berane auf, den wir gar nicht kannten, kam auf Tiha zu und schenkte ihr die Ohrringe. Tiha hat geheult. Später haben wir erfahren, dass der Mann ein Jahr zuvor seine Tochter verloren hatte. Die Ohrringe waren ein Andenken, aber etwas in seinem Kopf hatte ihm plötzlich zugeflüstert, dass Tiha sie tragen sollte.«
»Das ist schön«, antwortete Betty.
»Sie kann jetzt an ihnen reiben, wenn sie Glück braucht«, nickte Nada. Sie zog ihre Lippen nach innen, schien sie zu befeuchten, ehe sie das Thema wechselte und hinzufügte: »Ich habe versucht, Charlottes Zimmer aufzuräumen. Unter ihrer Aufsicht, was nicht einfach war.«
»Kann ich mir vorstellen«, lachte Betty, »ich darf da gar nichts machen.« Und nach einer Pause ergänzte sie: »Was mir ganz recht ist.«
»Zu Hause bin ich auch nachlässig«, sagte Nada, »also, in Montenegro. Hier haben wir so wenig Platz, dass es ohne Ordnung nicht geht. Obwohl die Ordnung dort eigentlich nur Kälte ver-

breitet. Vielleicht weil nichts Persönliches darin ist. Ich weiß nicht. Hier bei Ihnen ist es eigentlich egal, ob es ordentlich oder chaotisch aussieht. Das interessiert höchstens die Nachbarn. Ein Zuhause bleibt es. Das ist jetzt aber kein Argument dafür, mich gleich wieder zu entlassen.«

Betty lachte. Sie fühlte sich wohl mit Nada.

»Noch ein Bier?«, fragte sie.

Nada bejahte.

Vor dem Küchenfenster schien jemand den Garten zu fotografieren. Das Blitzlicht rutschte hell über die nassen Zweige, sprang über die Grashalme und erlosch. In Bettys Kopf tauchten Bilder von der ersten Begegnung mit Nada auf. Sie hatte Tiha nach Hause gefahren, war ausgestiegen, und von der kleinen Insel vor der Kneipe hatte eine Frau gerufen: »Hier, wir sind hier!« Tiha war über die Straße gelaufen, hatte Betty ein Zeichen gemacht, ihr zu folgen.

Händeschütteln. *Sie sind also ... Ja, schön Sie kennenzulernen ... Biljana, Nada, Aleksandar und das da ist ... Ach ja, ihr habt euch ja schon einmal gesehen ...*

Und Betty hatte gedacht, wie kann man auf einer Verkehrsinsel den ersten Frühlingsabend verbringen? Aber im gleichen Augenblick hatte sie sich gefragt, warum eigentlich nicht? Außerdem, was mochten die beiden Männer sich gedacht haben, als sie ihr zum ersten Mal begegnet waren?

»Glauben Sie an das, was Sie täglich machen?«, unterbrach Nada die Stille, während ihre Hand über den feuchten Flaschenleib strich.

»Die Gewerkschaft?«, fragte Betty geistesabwesend zurück. »Ja, ich meine, ich muss so viele Kompromisse eingehen, dass mir oft der Kragen platzt, aber ja, ich glaube daran. Der Streik letztes Jahr zum Beispiel, der hat einiges gebracht. Wir haben einen Streik organisiert, wissen Sie, es ging um die Sicherheit der Geldtransportfahrer. Da haben wir fast alles durchgesetzt, was durchzusetzen war. Ja, ich glaube an meine Arbeit.«

Nada antwortete nicht.

Warum fragt sie mich das?, dachte Betty, hatte sofort Arnos rundes Gesicht vor Augen, fühlte seine feuchte Mütze in ihrer Hand. Seit das passiert war auf dem Platz vorm Theater, konnte sie das Wort »Geldtransporter« nicht einmal denken, ohne dass ihr unwohl wurde in ihrer Haut. Ständig verfolgten sie Szenen, die ihren emotionalen Haushalt durcheinanderbrachten. Meistens waren es Patzer in Verhandlungsgesprächen oder Jean, der ausrastete, und nun dieser lange Kerl mit seinem Mondgesicht, und sie schläft mit ihm in aller Öffentlichkeit. In diesem engen Wagen, wo sie sich bei jeder Bewegung gestoßen hatte. Was war bloß in sie gefahren? Wenn jemand sie gesehen hätte. Die Frau Gewerkschaftlerin hat besondere Methoden, Kunden zu überzeugen. Mit Jean lief es nicht besonders, aber deshalb ließ man sich doch nicht auf jemanden ein, der einem noch nicht einmal gefiel. Es war ein Rückfall in die Pubertät gewesen, ein Blackout der besonderen Art. Und natürlich hatte Arno sie angerufen, auf ihrem Handy angerufen, immer wieder, bis sie ihm deutlich gesagt hatte, dass sie das nicht wollte, dass sie alles nicht gewollt hatte, was ihr wieder leid tat, denn er konnte nichts für ihre Ablehnung. Wie sollte er das auch verstehen? Immerhin hatte sie ihn dazu gebracht. Sie war es gewesen, die den ersten Schritt gemacht hatte, und dann am nächsten Tag, als er ins Büro gekommen war, um die Beitrittserklärung zu unterschreiben, hatte sie ihm die kalte Schulter gezeigt. Er musste sie für eine Kuh halten. Aber er hatte weiter angerufen, nicht aufgeben wollen. Vielleicht sollte sie das Ganze einfach Nada erzählen. Diese Frau wirkte, als könne sie vieles verstehen, auch Dinge, die man gar nicht verstehen konnte. Im Auto mit einem ängstlichen Mondgesicht. Kalt war es auch noch gewesen.

Im Türrahmen tauchten Charlotte und Tiha auf. Das sichtbare Auge von Bettys Tochter war zusammengekniffen. Darüber zitterte eine kleine Plastikratte, die das Haar zurückhielt. Sie wies mit dem Daumen auf Nada, sagte auf Luxemburgisch zu ihrer Mutter: »Sie ist Ärztin.«

»Ich weiß«, antwortete Betty.

»Warum lässt du sie dann unseren Dreck hier wegmachen?« Charlottes Stimme hatte einen schrillen Unterton.

»Ich verstehe nichts«, warf Nada auf Französisch dazwischen.

»Weil DU es nicht machst, oder? Und ich habe keine Zeit«, antwortete Betty ihrer Tochter.
»Aber sie ist Ärztin, verstehst du«, beharrte Charlotte.
»Und sie hat hier super aufgeräumt«, erwiderte Betty.
»Tiha, übersetz mir«, sagte Nada auf Serbokroatisch.
»Sie sagt, du bist eine Ärztin«, antwortete Tiha.
»Ist das schlimm?«, fragte Nada, die Charlottes Zorn auf der rechten Gesichtshälfte ablesen konnte.
»Wie kannst du nur!«, rief Charlotte.
»Sie hat es mir doch angeboten«, erwiderte Betty, »fändest du es besser, sie bekommt kein Geld? Als Ärztin darf sie hier nicht arbeiten.«
»Was ist schlimm daran, Ärztin zu sein?«, fragte Nada.
»Weil du putzt«, antwortete Tiha.
»Trotzdem!«, schrie Charlotte.
Nada begann laut zu lachen: »Wie rührend!« Die grauen Strähnen in ihrem hochgebundenen Haar schienen dabei leicht zu schwanken.
Charlotte starrte sie an, dann ihre Mutter und erneut Nada. Schließlich schien sie ein winziges Stück zu wachsen und zischte: »Ich hoffe, ich werde nie so wie ihr!« Sie drehte sich um, schritt die Treppe hoch in ihr Zimmer. Tiha folgte ihr.
»Wir gehen gleich«, rief Nada ihr hinterher.
Oben war das Zuschlagen der Tür deutlich zu hören. Betty schwieg, schaute auf ihre leere Flasche, stand auf, holte zwei neue aus dem Kühlschrank.
So hatte ihr Mann in der Nacht da gestanden, im Licht der offenen Kühlschranktür, Bier in der Hand, mehrere leere Flaschen auf dem Tisch. Drei Uhr nachts war es gewesen und Betty vom Lärm wach geworden. Zwei fremde Männer hatten am Tisch gesessen. Jean hatte auf einen von ihnen gezeigt, gesagt: »Er wird Vater. Und er ist Tihas Vater!«, und sich hingesetzt, während die Männer aufgestanden waren und ihr die Hand gegeben hatten. Erst als Betty wieder zu Bett gegangen war, die Schlafzimmertür hinter sich geschlossen hatte, war ihr der Gedanke gekommen, dass sie in einem alten, verwaschenen Pyjama vor diesen betrunkenen Männern gestanden hatte.

»Vielleicht putze ich ja nicht lange«, sagte Nada in die Stille hinein. Wir haben letzte Woche unser erstes ›Negativ‹ bekommen. Tihas Eltern auch.«
»Ach«, erwiderte Betty. Die betrunkenen Männer lösten sich auf. Zurück blieb der Schattenkreis der Lampe auf dem Küchentisch.
»Der Anwalt sagt, dass wir in Berufung gehen«, ergänzte Nada.
»Ich weiß von einem Freund«, antwortete Betty, »dass sich das alles hinziehen wird.«
»Auch Ausländer?«, fragte Nada.
»Nein. Er arbeitet für den Verein zur Unterstützung eingewanderter Arbeitnehmer«, erklärte Betty, »er ist Luxemburger.«
Nada nickte: »Die helfen uns auch. René ...«
»Genau, René«, sagte Betty.
»Er ist sehr nett«, antwortete Nada.
»Dann wissen Sie, dass noch zwei Hoffnungen bleiben«, erwiderte Betty. »Sie können jetzt Berufung beim Verwaltungsgericht einlegen und, wenn es beim ›Negativ‹ bleibt, noch einmal beim Obersten Verwaltungsgericht. Erst nach dieser dritten Ablehnung kommt das ›Annulé‹.«
Nada blickte zur Seite, als kontrolliere sie, ob auch alles sauber sei, ehe sie sagte: »Die Vorstufen sind auch nicht lustig. Aleksandar hätte am liebsten das ganze Zimmer auseinandergenommen, als der Brief ankam. Biljana musste übersetzen, weil er kein Französisch versteht. Und diese Bürokratenformulierungen ... Ich habe ihn selten so hilflos und gleichzeitig voller Kraft gesehen. Und die Kleine hat währenddessen nur geschrien. Vor einem Monat hat Tiha ein Schwesterchen bekommen.« Nada verstummte. Sie wunderte sich, dass sie Betty so viel erzählte. Das entsprach nicht ihrer Art, aber die Sätze waren in ihrem Mund, als habe sie sie bereits oft formuliert, ohne sie auszusprechen.
Vorm Fenster versanken die Bäume in Dunkelheit. Das Blitzlichtgewitter hatte aufgehört.
»Ich weiß«, erwiderte Betty.
»Es ist nicht so, dass ich mich beschwere«, fuhr Nada fort, »kein Land kann unbegrenzt Flüchtlinge aufnehmen, das ist klar, aber

wenn es einen selber trifft und man weiß, was es bedeutet zurückzugehen, dann schwindet das Verständnis.«
»Was bedeutet es?«, fragte Betty.
Nada richtete ihren Blick auf sie, blinzelte nicht, schien in sie hineinsehen zu wollen, antwortete schließlich: »Vieles. Es bedeutet, gescheitert zu sein. Es bedeutet, dass das eigene Schicksal für andere nicht problematisch genug ist. Jahre verloren. Umsonst herumgesessen. Nicht gearbeitet. Es bedeutet, dass man wieder alles aufgibt, Freundschaften, Gewohnheiten, Sprachen. Die Ungewissheit hört einfach nicht auf. Auch wenn man ein Stück Heimat wiedergewinnt, aber eben ein Stück, in dem man nur geduldet ist, ein Stück, das man nicht unbedingt sofort in die Arme schließt.«
»Das verstehe ich. Es wird finanzielle Unterstützung geben«, antwortete Betty. »Luxemburg wird Gelder für den Neubeginn zur Verfügung stellen. Das ist meistens so, wenn Menschen abgeschoben werden. Nur weiß ich nicht, ob Sie oder Aleksandar etwas davon haben werden.«
»Es ist nicht das Geld«, erwiderte Nada, »wir waren ja keine Wirtschaftsflüchtlinge. Luxemburg hat uns dazu gemacht. Wir sind vor den Serben weggelaufen. Wir wussten nicht, was uns hier erwartet, aber wenn du dann hier durch die Alzettestraße spazierst und die Geschäfte siehst und die Menschen, die darin einkaufen, dann willst du das auch. Du willst dazugehören. Warum auch ausgerechnet du nicht? Berane, Trpezi, Petnjica – das alles wird für uns nie wieder sein, was es mal war.«
Betty hörte ihr zu, erwiderte nichts.
»Man nimmt ein Leben nicht einfach an der Stelle wieder auf, an der es unterbrochen wurde, so wie man zwei Metallrohre wieder zusammenschweißt.« Nada machte eine Pause, lächelte, sagte dann: »Ich habe die Skulpturen im Keller gesehen.«
Betty nickte, schob ihre Haare hinters linke Ohr. Die Armreifen machten dabei klackernde Geräusche.
»Dazwischen, zwischen den Rohren, wird für uns immer dieses Stück Luxemburg bleiben, wie ein glänzendes, schönes und unnützes Teil«, fuhr Nada fort. Sie hob die Flasche an ihre Lippen, trank. »Zu Hause habe ich nie Bier getrunken«, sagte sie, »mir

war Wein immer lieber. Auch das hat sich hier geändert.« Sie stellte die Flasche auf den Tisch, stand auf, bedankte sich, holte ihren Mantel. Betty schlug ihr noch einmal vor, sie nach Hause zu fahren, aber Nada lehnte ab. Von draußen war kein Regen mehr zu hören.

Betty ging in den Flur zur Treppe in den ersten Stock, schaute nach oben und rief: »Tiha!« Dann wandte sie sich Nada zu und fragte: »Wie heißt das Schwesterchen eigentlich?«

»Dušica«, antwortete Nada, »kleine Seele.«

Sie warteten. Von oben war nichts zu hören. Betty fiel auf, dass die Strukturen im Treppenstein deutlich zu sehen waren, so als sei jede Stufe mehrmals gebrochen und gesplittert. Es sah gut aus. Sie rief noch einmal Tihas Namen, ehe sie sagte: »Ich bin wirklich froh, dass sie mir hier unter die Arme greifen, auch wenn das meine Tochter belastet.«

Nada lächelte. »Ich komme dann nächsten Freitag wieder«, sagte sie, »die beiden da oben sind schon für morgen wieder verabredet.«

»Ist das so«, erwiderte Betty. »Ich muss auf jeden Fall am Sonntag zum Fußball nach Wiltz. Das ist meine Ablenkung. Ich weiß nicht, ob Sie sich für Sport interessieren, aber dass die Jeunesse diese Saison in einer der Abstiegsgruppen spielt, das macht die Wochenenden fast so nervenaufreibend wie die Wochentage. Nur anders.«

Nada hob beide Hände, um anzudeuten, dass sie keine Ahnung von Fußball habe. Auf der ersten Etage öffnete sich eine Tür. Tiha schlurfte die Treppe herab, trug noch immer Charlottes schwarzen Pulli. Betty begleitete beide bis zur Tür, schaute ihnen hinterher, wie sie durch den Vorgarten gingen, am Mäuerchen vorbei um die Ecke bogen.

Ein Geruch von nassem Frühling hing um die Metallstangen, die früher mit Wäscheleinen verbunden gewesen waren. Einige Wagen schoben ihre Scheinwerfer durch die Nacht, flüchtige Lichter, die einen Sperling aufschreckten, die Gegend abtasteten, schnell und uninteressiert. Ein bröckelnder Mond klebte über dem Arbed-Gelände gegenüber. Betty schlenderte in die Küche zurück, schaute sich noch einmal um, räumte die Flaschen weg, berührte anschließend den Lampenschirm, dessen Plastikoberfläche so glatt war, dass nicht einmal eine Fliege darauf Halt fände.

Am folgenden Samstag, dem 28. April 2001, waren in der Escher Fußgängerzone viele Menschen unterwegs, wobei von »unterwegs« eigentlich nicht die Rede sein konnte, da sie zu beiden Seiten der Alzettestraße standen, sich nicht von der Stelle bewegten, höchstens mal von einem Bein auf das andere traten, die Hälse reckten und so viel wie möglich vom Spektakel mitbekommen wollten: dem Einzug des großherzoglichen Paares. Zwischen den Fassaden der Geschäfte staute sich eine fahle Lichtbrühe, aus der seit Stunden Regen nieselte und sich taugleich über die aufgespannten Schirme legte. Adnan hatte den Kragen seines beigen Trenchcoats hoch- und den Gurt um seinen Bauch festgezogen, wippte vor der Eingangsstufe eines Uhrmacherladens auf den Zehenspitzen auf und ab, während Aleksandar neben ihm in der aufgeblähten Jacke wirkte, als führe er nichts Gutes im Schilde. Um seine Augen lagen dunkle Ringe, und ihm war kalt.

»Jetzt kommt's«, schrie Charlotte, nickte Tiha zu.

»Nee«, schrie Tiha zurück, »Moment noch ... jetzt!«

»Du hast zu spät gedrückt«, schrie Charlotte zurück.

Beide trugen Kopfhörer. In ihren tragbaren Geräten lief die gleiche CD, die sie versucht hatten, simultan zu starten. Die Schaulustigen um sie herum sahen die beiden Mädchen irritiert an. Eine ältere Dame im blauen Anorak und einer Brille, die fast ihr ganzes Gesicht bedeckte, fragte: »Was hört ihr denn?«

Die beiden antworteten nicht, weil sie die Dame nicht hörten und Marilyn Manson gerade Gott befragte, ob er von seinem Baum steigen könne.

König in der schwarzen Limousine, sang er.

Die Köpfe von Tiha und Charlotte hoben und senkten sich im dunklen Takt der Stimme. Es war abgedreht, vor sich einige Männer in fröhlich roten Uniformen Trompete, Saxophon, Klarinette spielen zu sehen, aber in den Ohren dieses kratzige Organ und düstere Gitarrenklänge zu haben. Fast wie ein Video.

Gott, du weißt, wenn es dich gäbe, würden wir dich töten, krächzte der Sänger, während erwachsene Männer auf Stelzen herumliefen, ihre geschminkten Gesichter dem Himmel zudrehten, dabei weiße Handschuhe und lange Röcke trugen. Das Publikum applaudierte.
Auch Adnan klatschte in die Hände.
»Die Kleine macht mich fertig«, sagte Aleksandar, »nachts das Geschrei, und dann soll ich wieder einschlafen.« Er rieb sich über die Oberarme, versuchte, die Kälte aus seinem Körper zu vertreiben.
»Sie hat wunderschöne, tiefschwarze Augen«, antwortete Adnan.
»Biljana wird immer gereizter«, erwiderte Aleksandar. »Ich darf nicht einmal stöhnen, wenn Dušica mich weckt. Dann heißt es sofort, ich hätte kein Herz.«
»Du hast auch keins«, sagte Adnan, unterbrach sein Klatschen.
Aleksandar lächelte matt, hatte das Gefühl, das Leben um ihn herum spiele sich etwas zu langsam ab, nicht gerade in Zeitlupe, aber doch mit einem Anflug von Trance.
Neben Tiha rief ein Mann auf Luxemburgisch: »Es lebe der Großherzog!« Seine beiden Hände saßen tief in den Manteltaschen, auf seinem Kopf schimmerte die breite Seitenscheitelnaht wie der Anfang einer Glatze. Einige Zuschauer schwenkten kleine, rot-weiß-blaue Fähnchen, andere hatten lakengroße Fahnen vom Balkon herabhängen.
»Das geht schneller vorbei, als dir lieb ist«, fügte Adnan hinzu, griff sich an den Krawattenknoten, der zwischen den Kragenenden blau aufblühte, und lockerte ihn.
»Ich weiß«, sagte Aleksandar.
»Und du hast sowieso nichts zu tun, kannst also müde sein, wie du willst«, fuhr Adnan fort.
»Ich will aber nicht müde sein«, nuschelte Aleksandar. In seinem Kopf hatte jemand das Gehirn in Watte verpackt, als wolle er es verschicken. Die Gesichter der Jubelmenge verliefen ineinander. Die Frackträger, die vorbeizogen, sahen aus, als seien sie einem Begräbnis entflohen.
»Das ist die Kugel, die das sagt«, schrie Charlotte. Sie hatte sich

jeden Liedtext von ihrem Vater übersetzen lassen, die Verse aufgeschrieben und die Blätter für ihre Freundin kopiert.
»Was?«, schrie Tiha zurück.
»Die Kugel!«
»Ja, klar!«
»Aber was hört ihr denn da bloß?«, wandte sich die Dame mit der überdimensionierten Brille erneut an die beiden und bekam keine Antwort.
Ich bin verknallt in eine hübsche Waffe, sagte die Kugel.
Auf der Alzettestraße zeigte eine Gruppe portugiesische Volkstänze. Die Frauen trugen Kopftücher und schwarze Westen, die Männer sprangen im weißen Hemd, drehten sich im Kreis, hoben die Arme. Neben Aleksandar stellte sich ein Mann mit gebräunter Haut, lächelte zufrieden. Als Adnan ihm sein Gesicht zuwandte, sagte der Mann: »Meine Landsleute«, zeigte auf die portugiesische Folkloregruppe.
»Was?«, fragte Adnan auf Deutsch zurück.
»Es sind Portugiesen. Wie ich«, antwortete der Mann, schob seine Haare einen Moment lang nach hinten, indem er mit Daumen und Zeigefinger den Mittelscheitel entlang fuhr.
»Ah ja«, sagte Adnan, blickte auf die tanzende Gruppe, aber der Mann ergänzte: »Wir sind viele hier.« Er nickte, grinste. Schließlich winkte er einer Tänzerin zu, wackelte mit dem Kopf, während er die Brauen hochzog. Die Frau runzelte die Stirn, was ihren Partner herüberschauen und rufen ließ: »Rui, komm, tanz mit!«
Die anderen Mitglieder der Truppe lachten.
»Ich habe mir den Fuß verstaucht«, scherzte Rui.
»Sie sprechen Portugiesisch«, erklärte Adnan seinem Freund.
»Was du nicht sagst«, erwiderte Aleksandar, dachte, zu Hause in Montenegro würde ich nachts im Nebenzimmer schlafen, aber hier gibt es vor dem Weinen der Kleinen kein Entkommen. Vielleicht sollte ich wieder zu Živko ziehen, nur ein paar Wochen, aber dann würde Biljana völlig ausklinken.
Neben ihm klatschte Rui in die Hände.
Ich habe Liebeslieder in meinem Kopf, die uns wegblasen werden.
»Voll geil«, schrie Charlotte.

Die Tänzer und Tänzerinnen der Folkloregruppe lächelten, tanzten sich in aller Langsamkeit vorwärts.
Wenn wir sowieso zurückmüssen, dachte Aleksandar, dann besser so schnell wie möglich. In Trpezi kann ich mich wenigstens erholen. In seinem Körper verteilte sich eine vage Trauer, ließ ihn sich schwer fühlen, ungeschützt den Dingen gegenüber, wackelig auf den Beinen. Fast wäre er umgekippt, als Adnan ihn mit dem Ellenbogen anstieß und sagte: »Sie kommen.«

Aber es kam niemand, denn die Vorwärtsbewegung des großherzoglichen Paares war nicht einmal ein Schlendern, eher ein Trippeln mit langgedehnten Pausen. Umringt von Männern und Frauen, die Adnan in Sicherheitsbeamte und Politiker unterteilte, abhängig davon, ob sie lachten oder die Lippen verspannt im Gesicht trugen, näherte sich das Herrscherpaar Zentimeter um Zentimeter, verharrte, grüßte, bewegte sich unmerklich weiter. Einer der Leibwächter drehte hektisch den Kopf hin und her, als wolle er einen der Zuschauer bei etwas erwischen. Seine Haare säumten kurz und abgenagt die Stirn, fanden auf der Oberlippe ein Pendant. Über dem blauen Hemd hing eine gelbe Krawatte mit undefinierbaren Mustern, während sein Blick unablässig die Zuschauer abgraste, als würden in den Gesichtern Hochverratshalme sprießen.
»Hat er aus dem Kleiderfundus«, sagte Aleksandar, der Adnans Blick gefolgt war.
»Der trägt meinen Trenchcoat«, bestätigte Adnan.
Liebt ihr eure Waffen? Gott? Eure Regierung?
»Yeah!«, rief Charlotte. Tiha setzte den Schrei mit leichter Verzögerung fort, während der Mann mit dem breiten Seitenscheitel auf die Plastikschlange in Charlottes Haar blickte.
Der Großherzog freute sich, strahlte übers ganze Gesicht. Sein Volk war guter Dinge. Über dem Ladeneingang, vor dem Aleksandar, Adnan und Rui standen, blieben unbemerkt die Uhrzeiger stehen. Der Besitzer schaukelte hinter der Glastür im Warmen und wartete. Ob auf Kunden oder den Großherzog, war schwer zu beantworten.
»Wir sind die Jüngsten der Älteren«, sagte Aleksandar, »viele

Kinder, viele Alten, unsere Generation hatte heute was anderes vor.«
»Die Monarchie ist nicht mehr populär«, antwortete Adnan. »Ich habe übrigens Danilo angerufen.«
»Das ist nicht wahr«, erwiderte Aleksandar.
»Nur so«, verteidigte sich Adnan, »ich wollte wissen, wie es ihm geht?«
»Und, wie geht es ihm?«
»Ich glaube, er ist verrückt«, antwortete Adnan. »Er hat von Waffen erzählt und gedroht, mich zu erschießen.«
»Warum rufst du ihn auch an«, Aleksandar rieb sich mit dem Daumen über sein rechtes Auge.
»Hoch!«
Vereinzelt stiegen Rufe aus dem fröhlichen Stimmengewirr empor, lösten sich auf. Eine Ansammlung von Händen wuchs von der Menge zu ihrem Herrscher. Absperrungen gab es nicht.
»Die Luxemburger stehen sehr wohl auf ihren Großherzog«, nahm Aleksandar das Gespräch wieder auf. »Jean sagt, keine Partei würde es jemals wagen, für die Abschaffung der Monarchie einzutreten. Das wäre politischer Selbstmord.« Warum rief Adnan diesen Irren an? War er vielleicht schon mal für ihn gefahren? Nein, das konnte nicht sein. Dafür war er zu schlau, aber wenn doch ...
Adnan ließ seine Lippen geräuschvoll flattern, wischte sich Tröpfchen aus den Brauen. Auf seinem grauen Haar glänzte der Sprühregen wie ein Netz aus nassen Spinnfäden. »Wenn dir vor zwei Jahren jemand erzählt hätte, dass sie Milošević verhaften, hättest du das geglaubt? Und nun sitzt er seit einem Monat im Gefängnis.«
»Das ist was völlig anderes«, entgegnete Aleksandar, »bei uns ist ganz Europa beteiligt, hier bestimmen nur die Luxemburger. Bist du schon für Danilo gefahren?«
Adnan verdrehte die Augen. Über den Regenschirmen dünstete mit einem Mal der Geruch von frischen Waffeln. Rauch war nicht zu sehen. Von den angedeuteten Flügeln aus Stoff und Metall, die an den Lampenpfeilern hingen, lief das Wasser wie zu dünner Teig in die Zuschauermenge. Rui nickte Adnan und

Aleksandar zu, ging in die Richtung, aus der das großherzogliche Paar sich langsam näherte.

»Erinnerst du dich, dass Jean mal von der ›Goldenen Frau‹ sprach, von Symbolen, die man nicht antasten darf?«, fragte Adnan.

Aleksandar bejahte. Marilyn Manson rief: *Ich bin nicht der Sklave eines Gottes, der nicht existiert.* Tiha drückte mit beiden Händen die Kopfhörer gegen die Ohren, während die Menge ringsum lauter wurde.

»Sanja Iveković hat für eine Ausstellung eine Kopie der Goldenen Frau angefertigt, mit dem Unterschied, dass ihre Skulptur schwanger ist. Sie wollte auf die Rolle der Frau in der Gesellschaft aufmerksam machen«, fuhr Adnan fort.

»Wer ist Sanja Iveković?«, fragte Aleksandar.

»Eine kroatische Künstlerin«, erwiderte Adnan. »Es gibt Proteste gegen die Figur. Die Skulptur sei eine Schande. Sogar ein Komitee gegen das Kunstwerk wurde gegründet, und der Kulturministerin legt man nahe zurückzutreten.«

»Die haben Probleme«, sagte Aleksandar gähnend.

»Wir könnten uns die Schwangere in Luxemburg-Stadt ansehen. Sie steht da noch«, fügte Adnan hinzu.

»Ich habe genug von schwangeren Frauen,« erwiderte Aleksandar.

»Ich würde sie gerne mal sehen«, sagte Adnan. »Obwohl es mich schockiert, dass Menschen so einen Terz wegen eines Symbols machen. Wenn es ums Nationale geht, ticken die hier auch nicht anders als bei uns.«

»Mich hat der Ablehnungsbrief erschüttert«, antwortete Aleksandar. »Hast du dir überlegt, was du machen wirst, wenn du wieder in Berane sitzt?«

Adnan antwortete nicht, schien in Gedanken zu versinken, neigte dabei den Kopf seiner linken Schulter zu.

»Ich bin es, der müde ist«, sagte Aleksandar nach einer Weile.

Adnan streckte ruckartig den Hals, schien aus der Vergangenheit zurückzukehren, aus einem Gedächtnis, das nicht viel Zukunft übrig ließ.

»Und du fragst mich, warum ich Danilo anrufe«, sagte er.

Die Regenschirme auf der anderen Straßenseite schwammen

wellenartig die Hausfassaden entlang. Die rufenden Münder darunter sahen aus, als gehörten sie Ertrinkenden. Adnan nieste, blickte am Großherzog vorbei, hielt nach dem Waffelstand Ausschau, sah ihn aber nicht.

»Die Zeile find ich am besten«, schrie Charlotte.

Tiha zog den Kopfhörer von einem Ohr.

»Die Zeile ist geil«, sagte Charlotte, »sogar mein Vater findet, dass das stimmt.«

»Hör mal, Tiha«, setzte Aleksandar an, aber seine Tochter hatte den Kopfhörer bereits wieder über beide Ohren geschoben. Marilyn Mansons Stimme überschlug sich, während er brüllte: *Der Tod eines Einzelnen ist eine Tragödie, der Tod von Millionen bloß Statistik.*

Die Großherzogin schaute hoch zu einem Balkon und winkte. Der Ärmel ihres dezent orangenen Zweiteilers rutschte bis zum Ellenbogen. Am Revers trug sie genau wie ihr Mann ein Puzzleteil, von dem weder Adnan noch Aleksandar begriffen, was es sollte. Einen Moment lang hörte es auf zu regnen, als sei das Wetter nur ein Scherz und jemand fülle die Sprühflasche wieder auf. Dann fielen erneut Tröpfchen auf die Kulissen.

Was mache ich hier eigentlich, dachte Aleksandar? Ich bin müde, mir ist kalt. Ich gehöre ins Bett. Laut fragte er: »Wer ist denn das da?« und zeigte auf eine Frau mit hochtoupierten Haaren, die über ihrem knallorangenen Kleid eine rot-weiß-blaue Schärpe trug und gerne zu lachen schien.

»Die Bürgermeisterin von Esch«, antwortete Adnan.

»Sie sieht Nada ähnlich«, sagte Aleksandar.

Adnan starrte ihn verständnislos an.

»Na ja, nicht im Gesicht, die Körperhaltung ist anders, das Lachen auch ...«, versuchte Aleksandar eine Erklärung.

Tut es mir leid zu leben mit meinem Gesicht in einem Bienenkorb?

»Was denn dann?«

»Ich weiß auch nicht«, antwortete Aleksandar, »irgendetwas an ihr erinnert mich an Nada«.

Es tut mir leid, dass du das Handgepäck in meinem Kopf nie nach Sprengstoff durchsuchst.

»Du spinnst«, erwiderte Adnan.

Weiter vorn spielte die Blaskapelle der Bergarbeiter in schwarzen Helmen und blauen Regenjacken auf. Tiha sah, wie die Backen der Trompeter sich vorm Mundstück blähten. Der Großherzog schüttelte Hände, Hände, Arme, Hände. Das Schlagzeug klang hart und unnachgiebig, die Gitarren wie Kreissägen.
Aus lauter Langeweile schaue ich einem Großherzog und seiner Frau zu, wie sie durch die Fußgängerzone schlendern, dachte Aleksandar. Zu Hause hätte ich mich nie auf so eine Idee eingelassen. »Er ist jung, oder?«, fragte er.
»Ich kann dir jeden Klatsch erzählen, den du wissen willst«, antwortete Adnan.
»Ich meine, für einen Großherzog«, sagte Aleksandar.
»Ist er letztes Jahr geworden«, erwiderte Adnan, »sein Vater, Jean ...«
»Jean?«, scherzte Aleksandar etwas zu laut.
Die Dame mit der Brille drehte sich zu ihnen um, hob ihren Regenschirm höher, ehe sie freundlich darauf hinwies, dass der hier Henri heiße, Jean sei der Vater gewesen.
Adnan lächelte, begriff, was sie meinte, ohne die luxemburgischen Wörter zu verstehen.
»Der Name ist häufig hier«, sagte er zu Alexander.
»Mit was du alles deinen Schädel füllst«, antwortete Aleksandar. *Wir haben keine Zukunft.*
»Die neue Großherzogin stammt aus Havanna«, sagte Adnan, »Maria Teresa. Bankierstochter, bürgerlich.«
»Willst du einen Artikel für Serbien darüber schreiben?«, fragte Aleksandar.
»Mach du nur Witze, aber ist es nicht merkwürdig, dass so wenig darüber nach außen dringt?«, fragte Adnan. »Über die Queen und ihre Familie sind die Klatschspalten voll, über die Niederländer, die Norweger – aber Luxemburg? Dabei gibt es ...«
»Seit wann interessierst du dich für die Klatschpresse?«, unterbrach ihn Aleksandar.
»Tu ich gar nicht«, verteidigte sich Adnan, »aber wenn eine angehende Großherzogin plötzlich ohne Wissen ihres Mannes am Flughafen auftaucht und nach New York will, dann steckt da doch mehr dahinter. Die wollte fliehen, sagen die Luxemburger.«

Der Tod ist ein Polizist ...
»Vor was?«, fragte Aleksandar, »gab es im Palast keine Zigarren mehr?«
Der Tod ist ein Priester ...
»Genau das müsste man herausbekommen, aber das liegt schon sieben Jahre zurück.«
... eine Stereoanlage, ein Fernsehgerät ...
»Die beiden werden halt auch mal streiten. Sind ja Menschen«, sagte Aleksandar.
Der Tod ist das Tarot ...
»Sie sagt, sie habe ihre Schwester in den Staaten besuchen wollen.«
... ein Engel ...
»Kann ja sein. Ich tue auch Dinge, die ich Biljana nicht auf die Nase binde.«
Der Tod ist unser Gott.
»Aber du bist kein Großherzog.«
»Nee«, antwortete Aleksandar entschieden, »das möchte ich auch nicht sein. Der hat es auch nicht leicht.«
»Hoch!«, rief der Mann vor ihnen.
Henri, der zu einer Frau mit gepunktetem Halstuch und einem zerknautschten Hut sprach, schaute zu ihnen herüber, nickte.
»Wieso soll der es nicht leicht haben?«, fragte Adnan.
»Keine Ahnung, einfach so«, antwortete Aleksandar.
Ein Fotograf legte vor ihnen die Kamera an. Adnan entblößte seine schneeweißen Zähne, während Aleksandar versuchte, die Augen offen zu halten.
Heute bin ich schmutzig ... morgen nur noch Schmutz, sang Manson.
Dem Leibwächter mit den angeknabberten Haaren gruben sich Sorgenfurchen in die Stirn.
»Es wäre zum Beispiel interessant zu wissen, warum die Luxemburger, die heute hier sind, ihn lieben«, sinnierte Adnan. »Ist das durchdacht oder irrational? Steckt dahinter ein Mythos oder Geschichte, Konservatismus, Unsicherheit, Angst vor Neuerungen oder die Gewissheit einer großartigen Zukunft?«
Aleksandar hörte die Worte seines Freundes wie ein Echo nach-

hallen. Erschöpft schloss er die Augen, sah verschreckte Gedanken durch das Labyrinth seines Gehirns laufen. Erinnerungen blähten sich in Sekundenschnelle zu grellen Bildern auf, zerplatzten. Und plötzlich tauchte die Bank aus Trpezi mitten in der Alzettestraße auf, und er, Aleksandar, saß darauf mit der Bürgermeisterin und schaute auf die Fensterscheiben der Geschäfte. Die Fußgängerzone war ein langer, breiter, endloser Flur, und die Reflexe auf den Scheiben sprangen glitzernd durch die Luft, hinterließen merkwürdige Klänge, unverständlichen Sprachfetzen ähnlich. Dahinter wuchs der Galgenberg fast so dunkel wie die Hänge in Montenegro. Eine Gänsehaut im Rücken ließ Aleksandar die Lider wieder öffnen.

Vor den beiden Mädchen stand der Großherzog, schaute über ihre Köpfe hinweg auf Aleksandar und seinen Freund, grüßte. Aus dem Augenwinkel erkannte Aleksandar, dass Adnan erneut seine weiße Zahnreihe entblößte, hörte, wie er auf Deutsch »Ich wünsche einen guten Tag«, sagte.

Kinder, lasst uns den Todessong anstimmen.

Der Großherzog nickte, schaute auf die Mädchen, fragte: »Was hört ihr denn da?«

Charlotte erwiderte den Blick, sah, wie sich die Lippen des Großherzogs öffneten und schlossen. Ihre Plastikschlange bewegte sich kitzelnd durchs Haar. Von links drängte sich eine Hand vor. Auf der anderen Seite trat die Dame mit der Brille einen Schritt nach vorn.

Kinder, lasst uns den Todessong anstimmen.

Tiha wippte ihren Kopf auffällig vor und zurück, was gestört wirkte. Der Großherzog sprach unbeeindruckt weiter, während der Mann mit dem breiten Seitenscheitel plötzlich seine Hand ergriff. Die Dame lachte.

Wir singen den Todessong, Kinder.

Die Bürgermeisterin lachte auch. Dazu spielte ein kleiner Junge auf einer Trommel. Farbige Schals. Regenschleier.

So speichelt der Himmel, wenn er stirbt, dachte Aleksandar. Was würde er in Trpezi machen, wenn er erst einmal ausgeschlafen sein würde? Karten spielen? Holz sammeln? Bis da mal wieder eine Fabrik aufmachte, das konnte dauern. Aber noch war er hier.

Der Anwalt kenne sich aus, hatte René ihnen am Telefon versichert. Sie mussten abwarten. Wieder warten. Schlafen. Warten.
»Das ist ein Kommunist«, sagte Adnan hinter vorgehaltener Hand.
»Wer? Der Großherzog?«, fragte Aleksandar reflexartig.
Henri und seine Gattin glitten ein Stück weiter. Adnan zeigte unauffällig auf einen kleinen Mann mit grauem Bart.
»Es menschelt«, schrie Charlotte Tiha zu, aber keiner achtete auf sie, denn hinter dem großherzoglichen Paar, den Leibwächtern und Politikern schloss sich die Menge allmählich zu einem Umzug zusammen und folgte den Herrschern in Richtung Theater. Über dem Uhrmachergeschäft vibrierten kurz die Zeiger, während der Besitzer sich hinter die Ladentheke zurückzog.
»In Esch stellten die Kommunisten eine Zeit lang den Bürgermeister«, erklärte Adnan, reihte sich vor Tiha und Charlotte in die Schlange ein, gab acht, der Dame mit Brille vor ihm nicht in die Hacken zu treten.
»Bei uns auch«, antwortete Aleksandar.
»Aber das hier ist eine Demokratie«, erwiderte Adnan.
»Ja, ja«, murmelte Aleksandar.
»Geh schlafen«, sagte Adnan, »oder schau deiner Tochter in ihre schönen, schwarzen Augen. Dann fühlst du dich besser.«
Die Dame mit Brille hob ihren Schirm, drehte sich um, fragte: »Entschuldigung, aber das wollte ich schon die ganze Zeit wissen, was für eine Sprache sprechen sie da?«
»Es ist jedenfalls kein Luxemburgisch«, lachte der breite Seitenscheitel gut gelaunt. Der Großherzog hatte ihm die Hand geschüttelt.
Über die Fußgängerzone schob sich deckelartig eine breite Wolke. Die Gesichter wurden dunkler, die Poren wirkten nun grob. Tiha schlenderte hinter ihrem Vater her, hatte sich bei Charlotte untergehakt.
»Was für eine Sprache?«, versuchte die Dame es erneut, diesmal auf Französisch.
»Könnten Sie Deutsch sprechen?«, bat Adnan, »dann …«
»Die Sprache, die Sie sprechen«, sagte die Dame auf Deutsch, »was ist das für eine?«

»Serbokroatisch«, antwortete Aleksandar.
»Montenegrinisch«, verbesserte Adnan.
»Jetzt mach nicht alles kompliziert«, sagte Aleksandar.
»Sie wissen nicht einmal, was sie sprechen«, lachte der Mann, strahlte übers ganze Gesicht wegen seines gelungenen Scherzes.
Die Großherzogin umarmte ein kleines Kind.
Die Musikkapelle spielte ein Volkslied.
Marilyn sang dazu: *Wenn du stirbst und niemand schaut zu, dann sinken deine Einschaltquoten.*
»Hoch«, rief jemand.
In diesem Moment schloss die Dame, obwohl es noch nieselte, ihren Regenschirm, hob ihn über den Kopf und ließ ihn auf den Nacken des gutgelaunten Mannes sausen. Adnan und Aleksandar wichen erschrocken zurück, stolperten über die Mädchen.
»Pass doch auf«, zischte Charlotte.
Die Dame schlug ein zweites Mal zu.
Der Sicherheitsbeamte weiter vorn drehte sich um, strich sich über die gelbe Krawatte, sprach hastig zu einem Kollegen.
»Sind Sie krank?«, rief der Mann, fasste mit einer Hand nach seinem Seitenscheitel, als könne dieser verrutschen, mit der anderen nach dem Regenschirm.
»Loslassen!«, schrie die Dame.
»Was geht hier vor?«, fragte der Sicherheitsbeamte.
»Die ist verrückt«, fluchte der Mann.
»Nicht bei der *Joyeuse entrée*. Verstanden!«, sagte der Leibwächter. »Ich sage es nur einmal.«
»Dem hat der Gärtner die Haare geschnitten«, witzelte Adnan.
»Mit dem Rasenmäher«, fügte Aleksandar hinzu. Beide lachten, hörten aber sofort wieder auf, als der Blick des Leibwächters sie traf.
»Hoch! Hoch!«
»Ich sage es nur einmal«, wiederholte der Sicherheitsbeamte, machte anschließend kehrt, ging dorthin zurück, wo der Großherzog ein Schwätzchen hielt und sich lächelnd in die Erinnerung seiner Luxemburger schrieb.
Die Dame spannte ihren Schirm auf, blickte auf ihr Opfer, das nach und nach zur Seite wich, sich entfernte.

»Meinst du, der hat uns verstanden?«, fragte Aleksandar, behielt den Regenschirm der Dame im Blick.
»Der Bulle? Montenegrinisch?«, fragte Adnan.
»Serbokroatisch«, antwortete Aleksandar.
»Pass auf, die Alte dreht sich um«, sagte Adnan.
»Sprechen Sie ruhig, wie Ihnen der Schnabel gewachsen ist«, lächelte die Dame.
Drei Tage brauchte er zum Sterben. Der Wiedergeborene könnte die Senderechte dafür kaufen, sang Manson.
Dann wurde es schlagartig heller, so als reiße jemand voller Ungeduld die Wolkenschicht auseinander, zöge sie über die Dächer hinweg. Mattes Licht quoll in alle Winkel. Auf den Mänteln trugen die Jubelnden ein leichtes Frühlingswehen. Der Nieselregen blieb. So standen sie herum.
»Was passiert denn jetzt noch?«, fragte Aleksandar. »Meine Zehen sind erfroren.«
Adnan hob die Schultern, ließ sie sacken, bevor er erwiderte: »Warst du einem Herrscher je so nahe?«
»Nee«, antwortete Aleksandar, »und ich habe es bislang nicht vermisst.«
»Mit dir ist heute gar nichts los«, entgegnete Adnan.
Aleksandar ließ seine Lider halb über die Augen rutschen. Die Häuser zitterten, puderten die Fußgängerzone mit Staub.

Vor dem Theater hatten sich Majoretten aufgestellt, weiße Hüte auf den Köpfen und Goldlametta vor der Brust. Die »Joyeuse entrée« stockte, aber alles blieb manierlich. Musik. Mädchen. Mundart.
Jemand rief: »Oh, Portugal!«
Aber weder Adnan noch Aleksandar sahen den Mann, obwohl sie die Stimme wiedererkannten. Dann quietschte eine Anlage. Die Majoretten hielten Luftballons in den Händen. Es mussten Tausende sein. Und Charlotte stellte sich vor, wie sie alle zur gleichen Zeit platzten, ein Escher Urknall.
Ein guter Gott ist schwer zu finden, sang Marilyn.
Die Majoretten ließen die Luftballons los. Köpfe knickten nach hinten, langgedehnte Vokale rutschten in die entgegengesetzte

Richtung. Die Landesfarben stiegen hoch. Die Großherzogin legte eine Hand an die Stirn, obwohl da nichts blendete, nur rote, weiße und blaue Flächen trieben unterschiedlich schnell empor, wurden zu Punkten und waren schließlich nicht mehr der Rede wert.
Ein guter Gott ist schwer zu finden.
Tiha versuchte die Worte lautlos nachzusprechen.
A good god is hard to find.
Tauben zogen wie zusätzliche Luftballons über die Schaulustigen hinweg.
»Oh, Portugal!«
Aleksandar tippte seiner Tochter auf die Schulter.
»Was ist?«, Tiha zog die Kopfhörer einen Zentimeter von den Ohren weg.
Adnan hörte es scheppern.
Wenn Gott lebte, würde er dich sowieso hassen.
»Gute CD, oder?«, fragte Aleksandar.
Charlotte ließ ihr groß aufgeklapptes und schwarz umrandetes Auge teleskopartig zwischen ihrer Freundin und dem Vater hin und her reisen.
»Klar«, sagte Tiha.
Der Großherzog hob den Arm, zeigte auf einen Punkt am Himmel.
»Was wollt ihr jetzt machen?«, fragte Aleksandar.
»Hier, Kaugummi«, brüllte Charlotte und hielt Tiha die Packung hin.

10. Wohnhäuser

Über dem Ödland lag Schnee, keine dicke Schicht, aber doch so viel, dass selbst dort, wo Trittspuren zu sehen waren, der darunterliegende Boden verborgen blieb. An dem Ort, den die Luxemburger »Kale Reis« nannten, weil dem Durchreisenden die Landschaft karg erschien angesichts der bewaldeten Täler ringsum, an diesem Ort hatten Liliane und ihre Kinder, Nicolas und einige andere, die zurückgekehrt waren, sich niedergelassen.
»Geht zurück in eure Dörfer«, hatte Pfarrer Eischen bei ihrer Rückkehr gesagt, »sprecht bei den Gemeinden vor, meldet euch, dass die Vermutung nicht Platz greift, ihr wäret Wegelagerer«.
Aber Liliane, obwohl geschwächt vom Fußmarsch, hatte geantwortet: »Wir können nicht nach Wahl zurück.«
»Du musst dein Los auf dich nehmen und Gott vertrauen«, hatte der Pfarrer erwidert.
Liliane hatte geschwiegen. Sie glaubte an den Schöpfer, sie vertraute Maria, der Mutter Gottes, aber sie vertraute den Bauern im Dorf nicht. Zu viele waren neidisch gewesen, als sie vom Aufbruch, der Chance in Brasilien, gehört hatten, ohne sie sich selbst leisten zu können. Metty Schengen würde vor ihnen ausspucken, Derdings Sohn saß in ihrem Hof, und sie selbst hatten nicht einmal das Geld, sich wieder in der Gemeinde registrieren zu lassen, geschweige denn ihr Zuhause zurückzukaufen. Sie waren staatenlos, Fremde. Die Regierung würde nichts tun, um sie wieder aufzunehmen. Hätten sie Gulden, dann wäre das alles kein Problem, sogar die Registrierungsgebühr würde man ihnen erlassen und ihnen einen Hof zum Erwerb anbieten, aber mittellos, wie sie waren, gab es kein Zurück.
Pfarrer Eischen hatte Lilianes Schweigen verstanden und sich umgeschaut, ob kein Zeuge in der Gegend sei, war in sich gegangen, hatte es dann noch einmal versucht, gesagt: »Niemand findet etwas gegen euch zu erinnern. Ihr wart anständige Leute. Und auch in eurem Dorf gibt es gute, gläubige Menschen.«

Aber Liliane wusste es besser, hatte auch hierauf nicht geantwortet, zu Boden gesehen und Marc die Hand auf den Unterarm gelegt, damit er nicht mit seinem Zorn herausplatze. Da war der Pfarrer aus Rindschleiden näher an sie herangetreten, hatte seinen fleischigen Kopf etwas vorgeschoben und geflüstert: »Kale Reis. Es gibt dort schon eine Handvoll von euch. Die Bauern sind darüber nicht erfreut. Sie fürchten sich, aber das Stück Land liegt auf der Grenze zwischen den Gemeinden Wahl, Grosbous und Heiderscheid. Niemand von den Herren, die das Sagen haben, wird euch unmittelbar vertreiben. Jeder wird hoffen, dass der andere das tut. Und ihr könnt auf bessere Zeiten warten.«

Gute drei Monate warteten sie nun, aber verbessert hatte sich nichts, im Gegenteil, das neue Jahr war gekommen und mit ihm der Schnee. Auf der Anhöhe hatten sie wie die anderen die lehmige Erde auf einigen Quadratmetern ausgehoben, hatten eine halbe Armlänge tief gegraben und sich dann aus Lohstangen, Ästen, Ginsterhecken Wände angefertigt, sie mit Lehm gefestigt. Die Dächer waren grasbedeckt, und kaum einer, der es gewohnt war, einen eigenen Kamin zu besitzen, hätte vermuten können, dass ein Mensch es hier länger als einen Tag und eine Nacht aushielte.
Tagsüber versuchten sie, etwas Essbares zu finden, aber die Wintermonate machten ihnen die Suche schwer. Beeren wuchsen nicht, auf den Feldern der Bauern konnte man keine Kartoffeln ausgraben, und selbst die Tauben schienen zu ahnen, dass man den neuen Bewohnern nicht zu nahe kommen durfte. Liliane, Josette, Marc und Nicolas hatten abgenommen, sahen dünn und ausgezehrt aus. Der Hunger hatte sie fest im Griff. Nicolas, den niemand in der Gegend kannte, bot seine Dienste einigen Bauern an, erhielt dafür einen Teller Suppe und zwei bis drei Sous, musste aber fünfzehn Stunden schuften. Seine Hände waren aufgerissen, übersät von Blasen, und für die paar Sous konnten sie sich so gut wie nichts kaufen, mussten sparen, bis mehrere Münzen beisammen waren. Ab und zu schenkte eine Bäuerin ihm Hasenbrot, alte, vertrocknete Stücke, so hart, dass

man sie lutschen musste, bevor man eine Krume davon ablösen konnte. Trotzdem steckten sie sich das schimmelige Brot gierig in den Mund. Der Speichel wurde davon säuerlich, der Magen verstummte für eine halbe Stunde.

Die Nächte aber waren am schlimmsten. Anfangs hatten sie Reisig gesammelt und den Boden mit Moos bedeckt, hatten sich darauf schlafen gelegt. Die heraufziehende Kälte ließ sie nun immer öfter wachliegen. Aneinandergekauert harrten sie aus, bis sie das Gefühl hatten, nun müsse es Morgen werden. Am Leib trugen sie jeden Fetzen Stoff, den sie besaßen. Trotzdem froren Liliane und Josette ununterbrochen, husteten.

Aufrecht stehen konnte man in den Hütten nicht. Es gab darin kein Möbelstück, nur Werkzeug, Messer, eine Axt lagen in der Ecke. Wenn Nicolas, Liliane, Josette und Marc sich hinlegten, eng aneinander drängten, war die Wohnstätte mit ihren Körpern wie mit einem Teppich belegt. Mit den Füßen drückten sie die Werkzeuge zur Seite und blickten in die Dunkelheit. Da war nichts. Nur das Geräusch des Windes, der sich spaltete, auseinanderfächerte, versuchte durch jede Ritze zu huschen. Ab und an hörten sie die Wölfe, aber nie so nahe, dass sie sich bedroht gefühlt hätten. Niemand hier machte sich Gedanken darüber, dass Nicolas neben Josette lag, unverheiratet, deren Mutter direkt auf der anderen Seite neben sich. Selbst Liliane akzeptierte, dass die Moral eine Erde benötigte, auf der sie zu wachsen vermochte, dass es diesen Nährboden hier auf der Kuppe aber nicht gab. Sie hatten anfangs daran gedacht, zwei Hütten zu bauen, aber als die erste stand, war allen klar gewesen, dass es besser wäre, sich zu viert zu wärmen, als Nicolas in ein eigenes Loch zu entlassen. Er teilte mit Josette und Liliane was er besaß, alles ehrlich verdient. Marc hingegen hatte sich mit drei anderen jungen Männern zusammengetan. Sie schlichen abends in die Dörfer, die Gesichter vermummt, klopften an die Türen, verlangten Brot, eine Schale Sauerkraut, drohten, bis sie bekamen, was sie forderten, und verschwanden wieder. Sie achteten darauf, nie zu viel zu verlangen, in der Hoffnung, die Bauern würden sie wegen ein paar Kartoffeln nicht anzeigen, und bislang war tatsächlich alles gutgegangen, niemand hatte sie erkannt, aber es gab kaum noch Türen, an die sie nicht geklopft hatten, und das bedeutete, sie würden von vorne anfangen müssen.

Noch bevor das graue Licht morgens über den Himmel glitt, waren alle wieder auf den Beinen, sammelten Holz fürs Feuer, nahmen den Schnee in den Mund, um ihren Durst zu stillen. Mittlerweile wohnten über zwanzig »Auswanderer« hier oben, und ihre Zahl wuchs von Monat zu Monat. An anderen Orten gab es ebenfalls solche Wohnstellen. Nicolas hatte von einer »Brasilianer-Siedlung« gehört, die sich in der Nähe von Remich befand. Auch dort überließ man sie sich selbst, half nicht, suchte nach Möglichkeiten, sie zu vertreiben.

»Bist du so weit?«, fragte Liliane. Josette sah nach Nicolas, der sich das Gesicht mit Schnee wusch, über die Haut rieb, bis seine Wangen glühten.

»Ich komme«, sagte er, schüttelte seine Hände, schloss sie zu Fäusten, öffnete sie wieder. Marc stand neben ihrer Hütte, gestützt auf den Reisestock seines verstorbenen Vaters, verzog kein Gesicht, als er murmelte: »Viel Erbauung beim Gebet.«

»Du könntest wenigstens einmal mitkommen«, erwiderte Liliane, »wenn du schon mal hier bist.« Sie hustete, drehte sich zur Seite.

Marcs Haare klebten plattgedrückt am Kopf. Bartstoppeln überzogen sein Gesicht. Neben seinen braunen, ausdruckslosen Augen schmückten zwei Ringe seine Ohren, runde Metallschleifen aus Nägeln. »Mir geht es gut, ich brauche kein Gebet«, antwortete er.

Liliane griff sich an die Brust, dort wo das Kreuz unsichtbar unter ihren Kleidern hing. »Red' nicht so!«, sagte sie in einem Ton, dessen Schärfe neu war. Seit sie hier hausten, hatte sie ihre Zurückhaltung aufgegeben, so als habe die Kälte der Lebensumstände nach und nach auch ihre Sprache erreicht. Sie war noch immer die Sauberste von allen, hielt ihre Kleidung in Ordnung, und niemand verstand, wie sie dies hier auf der Kuppe zuwege brachte, trotzdem hatte auch ihre Haube mittlerweile Flecken und das Brusttuch einen Riss. Sie litt unter dem, was ihr Sohn sagte, und vor allem unter seinen tagelangen Ausflügen.

Sie hatte Angst, auch ihn zu verlieren. Seine Freunde waren gewalttätig, in ihren Augen loderte bereits das Fegefeuer, aber Liliane versuchte nur halbherzig, ihren Sohn zu bekehren, denn Marc brachte oft mehr Essbares nach Hause als sie, Josette und Nicolas zusammen.

»Ein guter Sonntag«, rief Lucie Spielman schon von Weitem. Kräuter-Lucie, wie alle sie nannten, weil sie an Gräsern mitnahm, was sie fand, um daraus einen Sud zu kochen, den sie Suppe nannte, Kräuter-Lucie hatte ihre Haare mit einer groben Schnur auf dem Kopf zusammengebunden und schien gutgelaunt wie immer zu sein. Während sie auf Liliane und die anderen zustapfte, zuckte das lose Ende der Schnur um den unbedeckten Dutt, als wolle es ihn verteidigen. Lucies Hütte, die fünfzig Meter entfernt stand, war so schmal, dass nicht einmal die Hälfte von Camille Olingen hineingepasst hätte. Camille schnaufte, schob den Stofffetzen, den er wie einen Schal um seinen kahlen Schädel gebunden hatte, zweimal auf der Glatze hin und her, ehe er sagte: »Mir wäre lieber, die Kirche würde zu mir kommen. Der Weg wird immer länger.«
»Camille«, erwiderte Lucie, als sei der dickleibige Mann ein kleines Kind, »wir könnten den Weg nach Rindschleiden über zwanzigmal zurücklegen, ehe es dunkeln würde. Das ist doch keine Strecke.«
Camille schlang die Arme um seinen massigen Körper, pustete seinen Atem aus und schaute dem nebeligen Dunst zu, wie er sich auflöste. Niemand verstand, wie er so dick bleiben konnte, denn er bekam nicht mehr zu essen als alle anderen. So genau war das natürlich nicht festzustellen, denn keiner zeigte dem Nachbarn, was er ergattert hatte, wenn er nicht musste. Die Gefahr, aus Not bestohlen zu werden, war einfach zu groß. Vielleicht hatte Camille Olingen Reserven, eingebuddelte Kartoffeln, Verstecke voller Nüsse wie ein Eichhörnchen. Aber selbst Marc, der mehrere Nächte lang draußen Wache gehalten hatte, war auf nichts Merkwürdiges gestoßen. Camille nahm einfach im Gegensatz zu ihnen nicht ab, behielt seine Fülle und hatte sich eine Hütte errichtet, deren Wände von richtigen Holzpfäh-

len gehalten wurden. Er war der Erste gewesen, der sich auf dem Kale Reis angesiedelt hatte. Er und Jempy Majerus, dem die Zähne wegfaulten und dessen Mund eine merkwürdig miefende Essenz, vermischt mit dem Geruch von faulen Eiern, entströmte, wenn er ihn öffnete. Und er öffnete ihn gern. Nicht, dass er viel gesprochen hätte, aber er liebte es zu singen. Seine Stimme klang männlich fest und klar, enthielt zugleich ein Vibrato, als begleite ihn im Inneren ein Knabe. Die Gemeinschaft hier oben liebte es, ihm zuzuhören, hielt aber Abstand, wenn er loslegte. Er konnte Gassenhauer aus der Stadt, Volkslieder, unbekannte Melodien genauso wie das Ave Maria oder andere Kirchenlieder in einer Art zum Besten geben, dass die Zuhörer für die Zeit der Darbietung vergaßen, wo und wie sie lebten. Nur das Auswandererlied verweigerte er zu singen.

»Wir müssen«, sagte Liliane. Camille atmete seufzend aus.

»Auf zu Gott«, bekräftigte Kräuter-Lucie und meinte es ernst.

Mit ihnen zog noch ein weiteres Dutzend Männer und Frauen nach Rindschleiden. Die Kinder sprangen nebenher, pressten Schneebälle, bewarfen sich damit. Keine Mutter griff ein. Sie waren froh, etwas Freude in den Gesichtern ihrer Jungen und Mädchen zu sehen. Alles ringsum war weiß. Sie hingegen mussten wie dunkle Punkte in dieser gleichförmigen Landschaft wirken. Selbst die Straße war kaum zu erkennen. Josette hielt sich an Nicolas' Seite. Das Gehen wärmte etwas. Sie vermisste seine heimlichen Umarmungen. Im Herbst bei ihrer Ankunft war es noch sonnig genug gewesen, übers Land zu streifen, sich im Wald niederzulegen, aber jetzt war daran nicht mehr zu denken. Nachts drückte sie sich an ihn, aber das reichte gerade, die Kälte zu überstehen. Sie würde sich genauso an Marc drücken. Wenn sie Glück hätten, zöge bereits der Februar milder ins Land, und im März finge dann das Leben wieder an.

Sie kamen zum Grewenhof, einem ärmlichen Haus, das seit sieben Jahren isoliert hier stand. Seinen Bewohnern war drüben in Brattert der Bauernhof abgebrannt, weshalb sie versuchten, an dieser Stelle neu Fuß zu fassen. Obwohl die Leute arm waren wie die gescheiterten Auswanderer, gab es wenig Kontakt, nur Camille hatte einen guten Draht zu dem Mann.

Sie wanderten geradeaus, ließen die Abkürzung, die durch Brattert nach Rindschleiden führte, rechts liegen. Auf der anderen Seite, talabwärts, schimmerte Wahl unter der Schneedecke wie eine Ansammlung verstreuter Gegenstände.
»Wir sollten auch mal eine andere Kirche besuchen«, sagte Kräuter-Lucie.
Liliane schaute ruckartig vom Weg hoch, antwortete: »Ich gehe nicht nach Wahl. Nur zu meiner Beerdigung kriegt ihr mich dahin.«
Über ihnen tauchte ein Mäusebussard auf, schien das Grau aus dem Morgen zu ziehen, es an sein Gefieder zu binden.
»War nur so eine Idee«, beschwichtigte Lucie, »die Kirche in Rindschleiden ist schön. Ein paar Bilder an den Wänden oder der Decke würden mir gefallen.« Ihr Vortuch, an dem sie beim Sammeln die Hände abtrocknete, war von dunklen Saftflecken übersät.
»In der Escher Kirche gibt es eine Statue von Johannes dem Täufer. Aus Alabaster«, sagte Nicolas.
»Woher?«, fragte Kräuter-Lucie. Ihren Augen konnte man ansehen, wie sehr es in ihrem Kopf arbeitete.
»Es ist ein Stein«, klärte Camille sie auf, »Alabaster ist ein Stein.« Sein Atem hörte sich an, als werde Dampf durch ein zu enges Rohr gepresst.
»Ja«, fuhr Nicolas fort, »ansonsten ist die Kirche schmucklos. Arnold hat erzählt, dass die Franzosen sie niedergebrannt haben, sogar die Glocken sind damals geschmolzen, und in den Linden vorm Kirchhof wehte die Revolutionsfahne. Als ich geboren wurde, 1804 war das, da wurde sie wieder aufgebaut, genau an der gleichen Stelle, dort wo die Großstraße einen Bogen abwärts macht.«
Da es keinen seiner Zuhörer je nach Esch verschlagen hatte, stellte sich jeder eine andere gekrümmte Straße vor und wusste, wie es in Nicolas' Heimatstadt aussehen musste.
Schweigend gingen sie weiter, nur Jempy Majerus summte. An seinen Nasenlöchern hingen zwei winzige Schleimtröpfchen. Der Neuschnee klebte puderig an seinen Strümpfen.
»Wenn das hier mal überstanden ist, besuchen wir Esch oder wir

ziehen dahin«, sagte Nicolas leise zu Josette. Aber Lucie hatte es vernommen und rief: »Ach, das ist aber schön!«
Josette wuschelte Nicolas kurz durch die Haare, die nicht mehr wie früher nach Meer rochen und glänzten, sondern ungeordnet und wild in alle Richtungen standen. Was die Pomade unten gehalten hatte, schien der Schmutz nach außen zu treiben. Fast hätte man glauben können, Marc und er hätten die Frisuren getauscht.
»Benimm dich«, sagte Liliane, ohne ihre Tochter anzusehen. Josette verdrehte die Augen. Sie trabten an einigen Bäumen vorbei, deren Stämme aussahen, als trügen sie hochgezogene Schneestulpen. Frische Wolfsspuren bildeten einen Kreis darum, flohen übers offene Feld. Die letzte Treibjagd der Bauern war nicht sehr lohnend gewesen, hatte Camille berichtet. Nur zwei Wölfe waren getötet und ein dritter war verletzt worden. Aufgestöbert hatten sie den allerdings nicht, obwohl die Suche die ganze Nacht gedauert hatte. Woher Camille das wusste, verriet er ihnen nicht. Er erfuhr oft Dinge, deren Quelle niemand kannte, tat sich nicht groß damit, vielmehr ließ er dies oder jenes in seine Sätze einfließen. Es konnte vorkommen, dass er Marc etwas über die aktuelle Politik erzählte und in einem Nebensatz erwähnte, dass bei dem und dem Bauern die Kartoffeln säckeweise vor der Tür stünden, weil die Knechte krank seien und der Hausherr erst morgen dazu käme, sie hereinzunehmen, ehe er damit fortfuhr, die niederländische Regierung, die nur aus Dieben bestünde, zu beschimpfen. Man musste ihm nur aufmerksam zuhören. Er hatte die Gemeinschaft auch gewarnt, als die Gendarmen aus Grosbous angerückt waren. »Sie wollen die Brasilianer vertreiben«, hatte er gelacht, »zieht euch warm an.«
Daraufhin hatten Liliane, Josette und alle anderen Anwohner sich in den umliegenden Wäldern versteckt, waren eine halbe Stunde gelaufen und hatten den Abend abgewartet. Schließlich waren sie zurückgekehrt, hatten sich heimwärts geschlichen, immer in der Angst, entdeckt zu werden. Die Gendarmen aber waren längst verschwunden gewesen. Wo Camille Olingen den Tag verbracht hatte, darüber konnten die anderen nur Vermutungen anstellen. Vielleicht war er bei seinen zwei Ziegen geblieben. Das

Wandern oder Fliehen war nicht seine Sache. Klar war nur, dass er bei der Obrigkeit einen besonderen Schutz genoss.

Zur Rechten, am Ende des Weidegrunds, versperrten Tannen den Weitblick. Weiße Fladen bedeckten die Äste, als hätte jemand Salzplatten daraufgelegt. Unter ihren Füßen ächzte der Schnee, ein Geräusch, das Liliane an das Radstöhnen des Karrens erinnerte. Bilder von früher waren ihr geblieben, einzelne Szenen hatte sie im Kopf, anderes verschwamm, wurde gelöscht. Auch Leos Gesicht schien ihr an manchen Tagen verblasst zu sein. Sie hätte sein Grab gerne in ihrer Nähe gehabt, aber er lag in Bremen, zu weit weg für ein ernstes Gespräch. Solange der Hund noch gelebt hatte, war ihr die Erinnerung leichter gefallen, so als hätte in seinem räudigen Fell ein zusätzliches Gedächtnis gesteckt. Drei Wochen hatte er es hier oben ausgehalten, dann war er eines Morgens mit zerfetzter Kehle vor Camilles Hütte verblutet. Die Spur hatte ein paar Meter zurück geführt, hatte ausgesehen, als hätte ein Wolf den Hund getötet. Genau festzustellen war es aber nicht gewesen. Zweifel waren geblieben, ob nicht jemand vom Kale Reis ihn geschlachtet hatte, zumal der Vorschlag, das Fleisch zu kochen, schnell die Runde gemacht hatte. Liliane war von diesem Ansinnen schockiert gewesen, hatte sich abgewendet und war davongeeilt. Aber Camille hatte dem Hund fachgerecht das Fell abgezogen, ihn ausgehöhlt und am Spieß über dem Feuer gedreht. Alle außer Liliane hatten wenigstens einen kleinen Bissen probiert. Der Hunger war zu groß gewesen, um das Fleisch zu verschmähen. Ihnen hatte wider Willen der Mund gewässert. Auch Josette, aber als sie zugebissen hatte, war ihr sofort übel geworden. Der Brocken an ihrem Gaumen war ungenießbar gewesen, hatte nach nassem Fell geschmeckt, und sie hatte sich erbrochen. Alle anderen hatten ihren Bissen drinnen behalten, waren auf und ab gelaufen, nervös, mit flauem Magen. Jeder hatte das Gleiche gedacht: Wir gehen zu weit. Nur Camille war ruhig geblieben, hatte mit gutem Appetit zugelangt und sich um die Gewissensbisse seiner Mitmenschen wenig gekümmert. Vom Hund waren am Ende nur Knochen übrig geblieben. Sie hatten eine Zeit lang am Rande der Glut gelegen, bis Jempy Majerus summend aufgestanden war und sie weggetragen hatte. Josette war sich sicher gewesen, er begrabe sie, aber Jempy Majerus hatte den Schädel und einige größere Knochen an einen außer Sichtweite stehenden Baum gehängt, und die Vögel waren gekommen, hatten die Knochen gesäubert. Nach einigen Tagen war Jempy zum Hundebaum zurückgegangen, hatte die Überreste eingesammelt, den Tierkopf gespalten und die Teile in die Vorderwand seiner Hütte eingefasst. Seitdem ängstigten sich die meisten vor ihrem Sänger, aber nie fragte einer nach den Gründen für sein Tun, denn der Tümpel, der zwischen seinen Zahnstumpen moderte, roch schlimmer als der Hund damals, wenn er aus dem Regen gekommen war. Liliane jedenfalls hielt Jempy Majerus fortan für verrückt, eine arme Kreatur, deren Sinne verwirrt waren. Sie achtete darauf, seiner Hütte nie zu nahe zu kommen. Nicolas hingegen dachte, der Mann sei abergläubisch und versuche, Geister zu verscheuchen. Nur Kräuter-Lucie konnte der Dekoration etwas Schönes abgewinnen. Sie fand, die weißen Knochen schimmerten wie Edelsteine in der Lehmwand, besonders nach einem Regenschauer. Jempy selbst beteiligte sich nie an diesen Spekulationen, auch dann nicht, wenn sie absichtlich in seiner Nähe vorgetragen wurden.

Der Mäusebussard begleitete sie noch immer, zog weit oben an ihnen vorbei, wendete, flog zurück und kam von hinten erneut angesegelt. Die schwarzen Federspitzen seiner Flügel schnitten mehr und mehr blaue Sichtfenster in den Himmel, machten das übrig gebliebene Grau zu Wolkeninseln, kerbten Teile davon ab, bis der helle, blaue Farbton in alle Richtungen freigelegt war und die Sonnenstrahlen sich ungehindert und wässrig über die Schneedecke hermachen konnten.

»Wir haben es bald geschafft«, sagte Camille, dem als Einziger der Weg zu beschwerlich war.

»In Brasilien würden wir jetzt bei der Arbeit verbrennen. Das wäre auch nicht angenehm«, warf jemand von hinten ein. Andere stimmten zu.

»Und so oft wie die Ernte da ausbleibt!«

Seit sie auf dem Kale Reis lebten, hatte Brasilien sich verändert. Diamanten fand man dort nicht mehr im Acker. Wilde lebten um die Felder herum, überfielen die Einwanderer. Es gab Tiere, die hatten gekrümmte Stacheln über dem Rücken und konnten, obwohl sie nur eine Hand füllten, einen Menschen töten.
Camille hatte seinen Nachbarn erklärt, dass der mitgenommene Samen in Brasilien keine Frucht trage, weil die Bauern wie zu Hause aussäten. Sie bestellten die Äcker im März und April, ohne zu wissen, dass dann in Brasilien der Herbst begann. Die Hauptpflanzzeit sei im September, Oktober, sagte Camille, aber seine Zuhörer überzeugte das nicht. Irgendetwas stimmte nicht mit dem Land jenseits des Meeres, und vielleicht war es gut, dass sie umgekehrt waren. Der Mond dort sah keiner Sichel ähnlich, er hatte die Form eines Kahns, mit dem man über den Fluss setzt, ein Todeskahn, der schlagartig abends um sechs am Himmel aufleuchtete. Denn in Brasilien gab es keine Dämmerung, es war plötzlich einfach dunkel.
»Der ersten Generation der Tod, der zweiten die Not und erst der dritten das Brot«, hatte Camille gesagt. Und alle hatten gedacht, wie gut, dass ich lebe. Irgendein Weg würde sich finden. Es konnte nicht ewig so weitergehen.
»Habt ihr von den Iren gehört?«, fragte der Mann von hinten. »Die armen Schweine wollten in ein Land, das sich Chile nennt, auch da unten, wo Brasilien liegt. Ein Sturm hat ihr Schiff zerfetzt. Die meisten sind abgesoffen wie die Ratten. Die Überlebenden trieben an Afrikas Küste und irrten monatelang durch die Wüste.«
»Da können wir wohl glücklich sein«, höhnte Nicolas.
Camille stöhnte.
»Brasilien ist ein einziger Sumpf«, steuerte eine Frau ihr Wissen bei. »Da leben Hundertausende Neger und viertausend Fremde. Die Luft ist verpestet. Die Geier greifen sogar Schlafende an.«
»Seid doch einfach mal still«, fuhr Liliane zornig herum, ging einige Schritte rückwärts, bevor sie sich wieder umdrehte und weitermarschierte. Die anderen verstummten. Nur Jempy Majerus' leises Summen war noch zu hören. An seiner Nase hatten sich die Tröpfchen vergrößert.

Josette schüttelte den Schnee von den Schuhschnallen. Für sie war das Land des Kaisers Dom Pedro das gleiche geblieben, eine Möglichkeit unter anderen. Mit Nicolas würde es eine Zukunft geben, ob in Brasilien, hier oder in Esch. Sie hatten einen Fehler gemacht, ja, sie waren Leuten auf den Leim gegangen, die sie belogen hatten. Sie waren sich sicher gewesen, hatten alle Warnungen in den Wind geschlagen, die Heimkehrenden ignoriert, sie waren wie Blinde drauflos gezogen. Die Versuchung war zu groß gewesen. Sogar Nicolas hatte geschwiegen. Er hatte ihr eines Tages, als sie allein durch den Wald spaziert waren, sich niedergelegt hatten, gebeichtet, dass er die Plakate in Remich gesehen hatte. Er war am Tag vor ihrer Abreise daran vorbeigegangen. Die Regierung hatte sie aufhängen lassen. Und darauf hatte es schwarz auf weiß gestanden: Brasilien wollte niemanden mehr. Das Land war voll. Das *Journal der Stadt und des Großherzogtums Luxemburg* hatte die warnende Anzeige bereits vorher gedruckt, aber Nicolas war genau wie die anderen davon überzeugt gewesen, die Regierung sage die Unwahrheit. Das war Vergangenheit. Es machte keinen Sinn, sich jetzt das Gewesene zurechtzulügen, die Hoffnung Brasilien zu einem Vorhof der Hölle zu verdichten. Dafür waren weder der alte Pallen noch ihr Vater gestorben. In Bremen war sie selbst erwachsen geworden, hatte seitdem viel Zeit gehabt nachzudenken, viel mehr als jemals zuvor. Aus Mangel an Arbeit hatte das Gehirn in den letzten Monaten angefangen, einen Gedanken nach dem anderen zu produzieren, komplizierte Gedanken, verworrene Satzgefüge, bei denen Josette sich gefragt hatte, wie sie darauf kam. Gott spielte in diesen Gedanken eine Rolle. Warum ließ er Dinge zu und andere nicht? Was durften die Menschen erwarten? Warum gab es Gesetze, die sie hungern ließen und doch für gut befunden wurden? Aber dann hatte sie die richtigen Enden eines Tages gefunden, die Knoten gelöst. Sie hatte sich gefreut, war glücklich gewesen, dass sogar Nicolas sie gefragt hatte, was los sei mit ihr.
»Ich habe nachgedacht«, hatte sie gesagt.
»Und?«, hatte er zurückgefragt.
»Ich kann es«, hatte sie geantwortet und schallend gelacht.
Nicolas hatte den Kopf geschüttelt, aber Josette war nicht zu

bremsen gewesen, hatte ihn umarmt, weil sie sich nun sicher war, mehr als Wäsche waschen zu können. Ab da hatte sie mit jedem nur noch auf Augenhöhe gesprochen. Die Unterhaltungen mit Nicolas brachten neue Ideen, und nach und nach entstand eine Welt, in der Josette sich heimisch fühlte. Also dachte sie weiter, verirrte sich, fand den Weg wieder, wusste nicht, wohin er führen würde, spürte nur, dass das Weitergehen die einzige Möglichkeit war, sich zu wehren, ihr Leben zu ändern. Ihr Großvater tauchte auf, zeigte auf den Kirchturm, der wie ein Rückgrat die Himmelsrichtungen zusammenhielt. Sie stellte Nicolas Fragen über andere Regionen, über Esch, ließ ihn vom Land der schwarzen Berge erzählen, das Arnold so am Herzen gelegen hatte, von Luxemburg-Stadt, den preußischen Militärkapellen, denen er und Arnold in den Tanzschenken zugehört hatten. Im Sommer vor zwei Jahren waren sie sogar an Karten für ein Konzert mitten auf dem Glacis gekommen, ein Abend, der für die obere Schicht gedacht gewesen war. Händel hatten sie gespielt und etwas von einem Komponisten namens Beethoven, der im März desselben Jahres verschieden war und über dessen Fähigkeiten Arnolds Sitznachbar gesagt hatte: »Wenn das die Zukunft der Musik ist, dann können wir auch wieder in den Krieg ziehen. Lautes Gepolter gibt es da auch.«

Über ihnen trieb das Licht in alle Richtungen, bezog den Schnee mit Funken, als treffe eine Axt auf Metall. Trotzdem blieb es sehr kalt. Die Kleider waren nicht dick genug. Über Josettes Rücken wanderte alle zehn Meter eine Gänsehaut vom Nacken hinab bis zu den Hüften.

Am Wegrand tauchte ein altes Steinkreuz auf, an dessen Sockel Buchstaben und Zahlen zu lesen waren. Eigentlich sah es gar nicht aus wie ein Kreuz, vielmehr bestand es aus einer sich nach oben hin verjüngenden Säule, auf der ein rechteckiger Stein mit Dachwölbung saß. Letzterer glich einer Miniaturkapelle. Und darauf hing als Relief der Gekreuzigte. Liliane bog nach rechts ab. Die anderen folgten ihr. Nur Jempy Majerus schlappte geradeaus auf das Steinkreuz zu. Jemand rief: »Hier geht's runter.« Aber Jempy reagierte nicht, bewegte sich vorwärts, als sei er taub und allein auf der Welt. Er summte nicht einmal mehr. Die anderen blieben nach und nach stehen, schauten ihm hinterher. Und dann sahen auch sie das Kaninchen neben dem Steinkreuz sitzen. Es hielt den Kopf leicht gedreht, die Ohren standen steil, und seine Nase schien zu vibrieren. Das Fell wirkte dick und flauschig, ein brauner Knäuel Wärme im Schnee. Jempy setzte seine Schritte, ohne sich zu beeilen. Das Kaninchen nahm ihn wahr, floh aber merkwürdigerweise nicht. Im Gegenteil, als Jempy es erreicht hatte, stellte das Tier sich auf die Hinterläufe, als recke es seine Löffel dem Sänger vom Kale Reis entgegen. Liliane bekreuzigte sich, legte anschließend die Hand an den Brustbeutel ihres Mannes, der ihr seitlich an der Hüfte hing und in dem sie den alten Donnerstein aufbewahrte. Jempy Majerus musste mit dem Teufel im Bunde sein. Er schnappte sich das Kaninchen, packte es an den Ohren, drehte es herum, nahm die Hinterläufe, holte aus und schlug den Kopf des Tieres zweimal mit Wucht gegen das Steinkreuz. Der dumpfe Klang des Aufpralls war fürchterlich. Oben glitt der Mäusebussard vorbei, schien den Fänger und seine Beute zu beobachten, drehte ab und verschwand Richtung Heispelt. Jempy hielt das Tier hoch, kontrollierte, ob alles Leben aus ihm gewichen war, und stopfte es unter sein Hemd, schlug den Mantel darüber. Am Steinkreuz klebte Blut, auch im Schnee waren winzige dunkle Stellen zu sehen. Liliane und die anderen standen noch immer an der Weggabelung und stierten auf ihren Sänger. Kräuter-Lucie kicherte, hielt sich die Hand vors Gesicht. Von unten war die Glocke zu hören. Jempy Majerus wischte mit dem Ärmel den grünen Rotz weg, der an seiner Nase mittlerweile wie an einem Honigsieb baumelte, ging dann hinüber zu den anderen, schritt an ihnen vorbei, hinab zur Kirche.

Liliane folgte ihm, starrte auf seinen Hinterkopf und hatte noch immer das Bild vor Augen, wie das Kaninchen sich seinem Jäger entgegenreckte. Das Kreuz an ihrer Brust schien zu glühen. Niemand sprach, als Gottes Haus zwischen dem Grün der Tannen und den kahlen Birkenstämmen auftauchte, das kurze Schiff mit dem Glockenturm als Eingang davor. An der Seite hielten sich Grabsteine, wenige Gedenktafeln, denn in Rindschleiden

lebte und starb nur eine Handvoll Menschen. Die Kirche lag umrahmt von einer niedrigen Mauer, die wie ein Buchstabe geformt war. Camille hatte seinen Nachbarn erklärt, dass es sich um den Buchstaben »D« handele, damit fange das Wort *Dominus* an, was so viel wie *Herr* bedeute, unser Herr und Gott. Nicolas hielt das für Spekulation und die Mauerform für Zufall, sagte aber nichts. Abwärts krakeelten die Schneekristalle unter ihren Schuhen, als seien es winzige Glasscherben. Camille setzte vorsichtig einen Fuß vor den anderen, schnaufte dabei wie ein Ochse, den man vor den Pflug gespannt hatte. Die Kinder schlitterten an ihm vorbei, nahmen erneut Anlauf, rutschten auch an Jempy Majerus vorbei, der seine Hände auf Hüfthöhe verschränkt hielt, als sei ihm ein Bauch gewachsen, den er zu stützen hatte. Und obwohl vielen noch das Geräusch des platzenden Kaninchenschädels im Ohr lag und niemand wusste, was Gott davon hielt, ein Wegkreuz als Schlachtwerkzeug zu benutzen, überlegten Josette, Nicolas und die anderen bereits, wie sie Jempy dazu bringen konnten, ihnen einen Bissen von seinem Fang abzugeben.
»Der frisst alles allein, da hilft nicht einmal beten«, murmelte jemand, als habe er die Gedanken der anderen gelesen. Die Frau an seiner Seite nickte, erwiderte: »Was würde man nicht alles tun.«
»Küssen würde ich ihn nicht«, antwortete Kräuter-Lucie. Das Braune ihrer Augen bewegte sich dabei auf die Nasenwurzel zu, und alle außer Liliane lachten.

Vor der Kirche, dort, wo die Öffnung in der niedrigen Mauer den Gläubigen Einlass gewährte, warteten bereits vier Dutzend Menschen, Bauern und Tagelöhner, Knechte und Mägde, aber auch solche, denen man ansah, dass ihr Teller an jedem Tag gut gefüllt war und dass zudem eine Menge für Kleider und Schuhe übrig blieb. Pfarrer Eugène Eischen stand unter ihnen und gestikulierte, während sein Kopf rund und groß über den Schultern schwankte. Obwohl sie noch ein gutes Stück entfernt waren, glaubte Josette zu hören, wie eine Frau zu ihm sagte: »Da kommen die Brasilianer.«
Der Pfarrer schaute zu ihnen herüber. Die Umstehenden verstummten. Ich sollte das für die Nachwelt festhalten, dachte

Nicolas, aber seinen Notizblock hatte er lange nicht mehr aufgeschlagen. Er lag beim Werkzeug in der Hütte. Die Blätter waren feucht und wölbten sich bereits. Der Pfarrer wandte sich den Bauern zu.

Jempy Majerus blieb in zehn Metern Entfernung stehen, und Liliane stellte sich neben ihn. Die anderen folgten ihrem Beispiel, warteten stumm darauf, dass Eugène Eischen das Zeichen gab, die Kirche zu betreten. Sogar die Kinder wussten, dass sie hier ruhig zu sein hatten, drängten sich an die Eltern, lugten zwischen den Beinen hervor. Aus allen Richtungen kamen weitere Gläubige, aus Brattert, Buschrodt, Heispelt, Küborn. Die beiden letztgenannten Dörfer hatten zwar eine Kapelle im Ort, aber der Geistliche fehlte, die Messe abzuhalten. Also strömten auch sie nach Rindschleiden, eilten sonntags durch die Felder, über die Pfade, um den Segen entgegenzunehmen. Der Pfarrer empfing sie mit offenen Armen. Sie brachten ihm Eier, frisch Geschlachtetes, Flaschen voll Wein, und sie mochten die Brasilianer nicht. Folglich hütete sich Pfarrer Eischen, denen vom Kale Reis zu freundlich zu begegnen. Zumindest nicht, wenn jemand aus seiner Gemeinde zugegen war. Gott würde sicher Verständnis für ihn aufbringen. Auch der Pfarrer musste leben, sonst wäre niemand da, der das Wort des Herrn an die Schwerhörigen im Lande weitergab. Immerhin durften die Brasilianer am Gottesdienst teilnehmen, wenn auch nur stehend und nur im viereckigen Glockenturm, aber schon das war ein Zugeständnis. Hätte Eugène Eischen sie ins Kirchenschiff gelassen, es hätte einen Aufstand gegeben.

Josette hatte nach der letzten Messe draußen auf den Pfarrer gewartet, sich gegen den Willen ihrer Mutter vor der kleinen Mauer aufgehalten, bis alle Gläubigen aus der Kirche geströmt waren. Dann hatte sie sich einen Ruck gegeben, war an ihn herangetreten und hatte laut gefragt: »Sind wir keine Menschen?« Ihre Stimme war dabei schneidender und selbstsicherer aus ihrem Mund gekommen, als ihr Herzklopfen sie hatte vermuten lassen. Die Umstehenden waren entsetzt zurückgewichen, hatten den Atem angehalten. So eine dreiste Sünderin war ihnen noch nicht untergekommen. Nicolas hatte etwas weiter oben

auf Josette gewartet, die Szene beobachtet. Die Mutter und die anderen waren bereits gegangen, hatten sich auf den Heimweg gemacht. Aber Josette hatte es ungerecht gefunden, dass sie sich in der Kirche anhören mussten, wen Gott staatenlos mache, den nehme er nicht so schnell wieder auf. Und wer solche Schuld auf sich lade, verdiene zwar Mitleid, aber nicht die geklauten Kartoffeln. Sie hatte ihre Frage wiederholt. Fest und über sich hinauswachsend, hatte sie ein zweites Mal gefragt: »Sind wir keine Menschen, keine Geschöpfe Gottes?«
Pfarrer Eischen hatte ihr zornig ins Gesicht geblickt, die fleischige Stirn zerknittert und zerfurcht, sich dann aber schnell gefangen. Er hatte ein mildes Lächeln auf seine Lippen gesetzt und geantwortet: »Sie hat wirklich sehr schwarze Augen.« Und jeder der Anwesenden hatte verstanden, dass Pfarrer Eischen in die Seele dieser Gottlosen gesehen hatte, um ihr Schicksal wusste und ihr doch nicht grollte. Josette war einen Moment lang wie angewurzelt stehen geblieben, dann hatte sie sich abgewendet und war den Weg hochgeeilt. Nicolas hatte sofort die Tränen in ihren Augen wahrgenommen, gesagt hatte er nichts.

»Der Herr hat ein Erbarmen«, grummelte Camille, nahm den Stofffetzen von seiner Glatze.
Pfarrer Eischen betrat durch den Turm die Kirche, zog die Gläubigen hinter sich her, als hingen sie an einem unsichtbaren Faden. Die Brasilianer warteten, bis der letzte das Gotteshaus betreten hatte, dann setzten auch sie sich in Bewegung, schlossen hinter sich die Tür, blieben stehen, schauten auf die Bauern, die es sich in den Bänken bequem machten. Zu beiden Seiten des Chors brannten reihenweise Kerzen, verströmten eine bescheidene Helligkeit. Oberhalb des Bogens, unter dem Liliane stand, warfen Öllampen ihr Licht auf die Rücken der Gemeinde. Schatten zitterten zwischen den Sitzenden, krochen die beiden Rundsäulen empor, die das Kirchenschiff in der Mitte stützten und deren Enden wie Finger, die mit Schwimmhäuten untereinander verbunden waren, in die Decke griffen. Auch durch die Fenster drang etwas Licht, verlor sich aber schnell im Innern der Kirche, so als seien die Sonnenstrahlen hier nur geduldet wie

die Brasilianer im Glockenturm. Ein ausgiebiges Hüsteln setzte ein. Kräuter-Lucie stellte sich auf die Zehenspitzen, versuchte über Camilles Schulter hinweg einen Blick auf den Altar zu erhaschen, während Pfarrer Eischen sich an die Gemeinde wandte. Der Hustenreiz erstarb. Eischens Stimme schritt langsam die weiß getünchten Wände ab, näherte sich dem Turm, erhob sich, breitete sich aus, suchte jede Nische auf und erfüllte schließlich das ganze Haus. Nicolas dachte, bei dieser raumgreifenden Stimme bleibt für Gott wenig Platz. Aber Pfarrer Eischen wies immer wieder auf ihn hin, fand den Herrn überall, an jedem Stein, in jeder Flamme, sei sie noch so klein und unbedeutend. Der Gemeinde wurde warm ums Herz, wenigstens dort, denn in der Kirche war es kalt. Die Kinder hielten sich still neben ihren Eltern, nur ein Junge hatte auf Jempy Majerus Ärmel den Streifen Schnodder entdeckt und hätte das seinem Freund gerne mitgeteilt. Aber die Gefahr, dabei erwischt zu werden und eine Ohrfeige zu bekommen, war zu groß. Liliane hatte die Hände gefaltet und die Augen geschlossen, während Kräuter-Lucie Camille zur Seite drückte, um den gedrechselten Altar, der bis zur Decke reichte, zu sehen. Das Holz war voller Schnitzereien, mit einem Bild in der Mitte, das alle Heiligen zeigte, die man sich vorstellen konnte. Aber die waren vom Glockenturm aus schwer zu erkennen, zumal Eugène Eischen breit davor stand.
Hoffentlich ist die Predigt heute anders, dachte Josette.
Dann begann die Gemeinde zu singen, leise, zurückhaltend, als wolle man den Hausherrn nicht stören. Nur Jempy Majerus sang aus vollem Halse. Im Glockenturm roch es, als habe der Leibhaftige sich unter die Gemeinde gemischt.

11. Rückblick

»Wie oft hast du geübt?«, fragte Rui.
»Noch gar nicht«, antwortete Arno.
»Was?«, rief Rui. »Wozu hast du die Knarre denn?«
Sie rollten die Großstraße hinab, vorbei an der Schule und dem Krankenkassengebäude, folgten dem Bogen hinab zur Alzettestraße. Die nächste Anlaufstelle war die Escher Sparkasse.
»Ich habe den ersten Kurs besucht, den sie angeboten haben«, sagte Rui. »Die setzen dir Kopfhörer auf und dann geht's los. Bang! Bang!«
»Ich hatte keine Zeit.«
»Hast gedichtet, was?« Ruis fast schulterlange Haare teilten sich feucht über der Stirn, bildeten zwei kleine Bögen, die sich hinter die Ohren verlängerten. Arno lenkte den Transporter um den Marktplatz herum, schaute über die Dächer der geparkten Wagen zum Rathaus, dann zur anderen Seite auf die Terrassengäste, die auf Bambusstühlen saßen und ihr Frühstück zu sich nahmen. Das frühe Sommerlicht glänzte wie zusätzliches Besteck auf den kleinen Tischen.
»Wirst mal berühmt und vergisst mich«, sagte Rui.
»Ja«, antwortete Arno, »aber dann bist du bereits König von Portugal.«
»Nichts da«, winkte Rui ab, wischte mit dem Handrücken über die Stoppeln an seinem Kinn. »Ich klaue irgendwann unseren Wagen, wenn die Tour zu Ende geht, und dann bin ich so reich, dass sich der König bei mir Geld leiht.«
Arno drehte das Lenkrad nach rechts, fuhr aus der Fußgängerzone, an den Bäumen vorbei, deren Reihe den Marktplatz seitlich abschloss, parkte vor der Sparkasse. Zwei Kinder krabbelten im Pavillon gegenüber herum. Die Mütter standen zwischen den Bäumen und unterhielten sich. Rui tastete seine Waffe ab, die an seiner Hüfte hing, schaute Arno kurz an, dann öffnete er die Wagentür. Draußen war es heißer als im Transporter. Der Wind

ruhte warm in der Straße, streckte sich über den Platz zwischen die Autos, atmete sich die Säulen am Rathaus hoch.
Fast wie bei uns, dachte Rui. Er lebte nun dreißig Jahre in Luxemburg. Mit fünf war er aus Portugal gekommen, weil sein Vater Filipe hier Arbeit gefunden hatte. Nicht er allein. Mit ihnen waren viele portugiesische Familien hierhergezogen, hatten die Straßen asphaltiert und auch sonst alles gemacht, was man ihnen angeboten hatte. Rui war in Esch zur Schule gegangen, hatte mittlerweile die Luxemburger Staatsangehörigkeit. Seinen Geburtsort kannte er nur, weil seine Eltern seit eh und je dort ihren Urlaub verbrachten. Aber wenn Arno ihn fragte, was er denn nun sei, antwortete er: »Portugiese. Ein Portugiese mit Luxemburger Pass.«
Rui sagte oft »bei uns« und meinte das Dorf im Norden Portugals. Er verspürte Wehmut, wenn er an die geweißten Häuser im satten Grün dachte, dahinter die Berge, braun und verschwommen, als liege Nebel davor. »Bei uns« hatte mit Faulenzen zu tun, mit hübschen Frauen und Wein.
Arno verstand das nicht, er fragte ihn immer, was ihn und seine Eltern denn eigentlich noch mit der alten Heimat verbinde.
»Meine Eltern leben noch dort, in Portugal«, hatte Rui erwidert. Und Arno hatte dieses Grinsen aufgesetzt, dieses hochmütige Kräuseln der Lippen, und geantwortet: »Deine Eltern haben ein Restaurant in Esch, das ›Don Filipe‹ heißt, und ihre flambierten Garnelen sind ein Gedicht.«
Aber Rui wusste, dass sein Vater nie in diesem Land angekommen war, auch wenn er es mochte. Er begrüßte die luxemburgischen Gäste und gab dabei den portugiesischen Hausherrn. Er kochte südländisch für die Bäuche aus dem Norden. Er trug ihre teuren Mäntel und fror. Etwas in seinem Inneren war mit dem kleinen Dorf verknotet. Er selbst hätte nicht sagen können, woraus der Knoten gefertigt war, aber wenn er sich die beiden Gips-Marien auf dem Regal zwischen den Flaschen anschaute, eine bescheiden gekleidete aus Fátima mit blassem Kopftuch und eine prächtige aus Luxemburg-Stadt, gekauft auf dem Markt während der Muttergottesoktave, dann ahnte er, was ihn davon abhielt, sich mit Haut und Haaren dem Land zu verschreiben,

das ihm Brot gab. Er brachte seinem Sohn Rui bei, dass es wichtig war, gut zu essen, damit der Magen Ruhe gab, dass davon die Unruhe der Seele aber blieb. Tatsächlich war Rui von klein an ein nervöser Junge gewesen.

»Du denkst zu viel an unser Dorf«, hatte sein Vater gesagt, also war Rui durch seine Gedanken geirrt, hatte nach Spuren gesucht, nach dem Geruch der Küche, den dunklen Kleidern der Frauen. Er hatte damals nur wenige Erinnerungen gefunden, Fetzen von der letzten Reise, aber wenn sein Vater sich so sicher war, dass mehr vom Dorf in ihm schlummerte, musste wohl etwas dran sein. Rui forschte weiter, durchstreifte alle Ecken und Winkel seines Gedächtnisses, häufte im nächsten Urlaub neue Erlebnisse an und fand eines Morgens, dass sein Vater recht hatte. Er war sehr gerne in Portugal, das war viel besser, als in der Großstraße die Schulbank zu drücken. Von diesem Tag an sagte er es jedem, der es hören wollte, auch all denen, die nie danach fragten.

»Ich bin Portugiese«, sagte er, und seine Schulkameraden zuckten mit den Achseln. Was war schon besonders daran, Portugiese zu sein? Davon gab es viele in Esch. Aber er beharrte darauf, und sie ließen ihn. Nur einmal hatte er Streit bekommen, weil ein Junge ihm geantwortet hatte: »Das sieht man, dass du Portugiese bist. Brauchst es nicht immer zu betonen.« Da war Rui sauer geworden und hatte zugeschlagen, dass dem Jungen das Blut aus der Nase gelaufen und die Mutter zum Schuldirektor gerufen worden war. Später hatte Filipe ihn gefragt: »Warum hast du den Jungen verprügelt?«

»Er hat gesagt, ich sehe wie ein Portugiese aus«, hatte Rui laut und mit der Selbstsicherheit, richtig gehandelt zu haben, geantwortet.

Sein Vater hatte sich daraufhin wortlos umgedreht und die beiden Gips-Marien, die damals noch das Wohnzimmer schmückten, etwas weiter auseinandergestellt. Anschließend war er im Schlafzimmer verschwunden. Rui hatte sich den Kopf zerbrochen, warum sein Vater ihn nicht lobte und stolz auf ihn war. Er hatte sich gewehrt, er war doch Portugiese und ließ sich nichts gefallen. Der Junge aus der Schule hatte seinen Denkzettel be-

kommen und würde so schnell keine dummen Bemerkungen mehr von sich geben. Aber anstatt seinem Sohn auf die Schulter zu klopfen, hatte Filipe sich von diesem Tag an verändert, nicht viel, nicht für Fremde sichtbar, aber doch so, dass Rui nun die Unruhe in seiner Nähe verspürte, von der sein Vater immer geredet hatte. Das Wort »Heimat« kam kaum noch über Filipes Lippen und wenn, senkte er die Stimme dabei. Seine Gesichtsfarbe wurde blasser, als krieche doch noch das Gastland unter seine gebräunte Haut. Er nahm die beiden grün-roten Fähnchen mit dem gelben Kreis und dem Burgenwappen aus der Vase überm Fernseher und ließ sie in einer Schublade verschwinden. Ab und an schaute er seinen Sohn lange an, zu lange, wie Rui fand. Der Junge wusste dann nicht, wohin er seinen Blick wenden sollte, fragte sich, ob er etwas falsch gemacht hatte.
Erst Jahre später, als er bereits von der Schule abgegangen war und die Eltern das Restaurant eröffnet hatten, war Filipe auf ihn zugekommen und hatte gesagt: »Du bist doch ein Portugiese.«
»Klar«, hatte Rui geantwortet und war verwirrt gewesen. Zwischen den Stühlen hatte es nach Fisch gerochen. Sein Vater war zum Tresen gegangen, hatte ihm eines der kleinen Fähnchen gereicht, und gemeinsam hatten sie sie in eine Vase am Ende der Theke gestellt. Es waren nur kleine Fähnchen gewesen, aber Rui hatte eine Freude bei diesem Akt verspürt, als kehre der Vater nach Jahren in die Heimat zurück. Auch an den Platzregen, der zur gleichen Zeit von draußen ans Fenster geschlagen hatte, als applaudierten ihnen die Tropfen, erinnerte sich Rui.
Anderntags hatte er bei einem Freund, dessen Eltern eine riesige Bibliothek besaßen, nach dem Text der portugiesischen Nationalhymne gesucht und ihn gefunden. Er war erstaunt über die Verse gewesen. Die vielen Beiwörter, »tapfer«, »unsterblich«, »ehrwürdig«, hatten ihm Respekt eingeflößt, und der Refrain – »Zu den Waffen, zu den Waffen! Über Land und über See ...« – ließ ihn vermuten, dass die Portugiesen ein kriegerisches Volk waren. Auch er hatte sich vor Jahren verteidigt und jemandem eine blutige Nase geschlagen, aber das war ein einziges Mal passiert. Kein Grund, den Kampfesschrei in ein Lied zu betten. Rui hatte weitergeblättert und nach der luxemburgischen

Hymne gesucht. Seinem Kumpel war langweilig geworden. Nationalhymnen. Er hatte eine Scheibe von AC/DC in den CD-Spieler gelegt, laut aufgedreht, während Rui fündig geworden war. Die Luxemburger gingen den nationalen Gesang friedlicher an, huldigten der Schönheit des Landes, besangen den Wein, baten Gott darum, ihnen die fremden Herrscher vom Pelz zu halten. Das hatte Rui eingeleuchtet, und zwar so sehr, dass er anfangs gedacht hatte, jemand hätte die Hymnen vertauscht, denn wenn es um Landschaften und ihre Schönheit ging, konnte nur Portugal gemeint sein. Mit Wein kannte er sich nicht wirklich aus, aber sein Vater trank nur portugiesischen, und auch die Luxemburger kamen in sein Restaurant, um einen Madeira oder einen Vinho Verde zu probieren. Er hatte seinen Freund gefragt, ob er sich das Buch ausleihen könne, und der hatte den Kopf geschüttelt. »Meine Alten verleihen nichts«, hatte er geantwortet, war aufgesprungen und hatte zum Gitarrensolo von Angus Young die beiden Seiten aus dem Band gerissen und sie Rui gereicht. »Hier stehen so viele Bücher. Bis die ausgerechnet das hier mal wieder aufschlagen, da können Jahre vergehen«, hatte er hinzugefügt. Rui war ihm dankbar gewesen, hatte die Blätter gefaltet und in seine Tasche getan, und dann waren beide ausgerastet, hatten getanzt, waren im Zimmer herumgesprungen, bis die Nachbarn gegen die Wand geklopft hatten.

Rui schloss die Wagentür, schaute sich um, wartete, bis Arno ausgestiegen war. Passanten schlenderten vorbei. Rui versuchte in ihren Gesichtern zu lesen. Jeder von ihnen konnte etwas im Schilde führen. Es gab noch immer Überfälle, trotz Panzerung der Fahrzeuge, Bewaffnung und allem Drum und Dran. Die beiden Wachmänner sprangen hintereinander die Stufen zur Sparkasse hoch. Rui zog die erste Tür auf, während Arno sich noch einmal umdrehte und den Weg absicherte. Es war etwas zu heiß in den Uniformen, aber sie waren froh über die schusssicheren Westen. Sie warteten, bis sich die erste Tür hinter ihnen schloss und die zweite sich öffnete. In der Schleuse neben ihnen standen zwei Frauen und verstauten das abgehobene Geld in ihren Handtaschen, ehe sie nach draußen gingen. Rui betrat den

Schalterraum, begrüßte Blanche, die an der Information lehnte, mit einem Lächeln, das weit über das hinausging, was Arno je zustande bringen würde. Hatte Rui ein Verhältnis mit ihr? Er würde ihn fragen.

»Da seid ihr ja«, sagte Blanche.

Die Kunden standen rechts und links Schlange, warteten auf Stühlen längs der Wand, an der großformatige Bilder hingen.

»Geld her«, scherzte Rui, spreizte Daumen und Zeigefinger zu einer Waffe. Blanche lächelte, drehte sich um, ging voraus, Richtung Tresor. Arno schaute ihr auf den Hintern, der in einer grau gestreiften Hose steckte, blickte dann seitlich zu Rui, der den Blick ebenfalls hob, die Backen aufblies und die Luft hörbar auspustete. Im Treppenhaus roch es nach Desinfektionsmittel, fast wie in einem Krankenhaus. Die Leuchtstoffröhren pinselten ein bedrückendes Gelb an die Wände. Durch eine weitere Tür ging es ins Untergeschoss.

»Du hast eine neue Frisur«, sagte Rui. Seine Stimme hallte leicht im Flur.

»Nein«, erwiderte Blanche, »aber schön, dass sie dir gefällt.«

Die haben was miteinander, dachte Arno. Der Schweiß in seinem Nacken fühlte sich kühl an. Blanche drückte den Eingangscode, entsicherte die Tresortür. Rui und Arno gingen an ihr vorbei, betraten den Raum, griffen sich die Säcke, marschierten wieder hinaus.

»Wieso muss ich zwei tragen und du nur einen?«, fragte Rui.

»Weil du so ein bärenstärker Junge bist«, antwortete Arno.

Blanche reagierte nicht auf das Gewitzel, schloss den Tresor, zeigte den Gang entlang. Arno öffnete den Druckknopf über seiner Waffe. Dann stiegen sie wieder hoch. Von unten wirkte das Treppenhaus enger, so als seien die Wände nach innen verrutscht. Es war seltsam still. Nur ihre Tritte klatschten über die Stufen. Arno hatte das Gefühl, Blanche schaue nun ihm auf den Hintern. Ein Kribbeln zog über seine Schenkel. Er kniff die Backen zusammen. Die Leuchtstoffröhren setzten matte Reflexe in Ruis Haare, dekorierten bei jedem Schritt um, verwischten die Glanzpunkte, erfanden neue. Über das schwarze Geländerband glitt ein ausfransender Lichtstreifen nach unten.

Der Sack ist ganz schön schwer, dachte Arno.
Oben drückte Rui die Schulter gegen das Glas, stieß die Tür zum Schalterraum auf. Rauschen. Leise Gesprächsfetzen. Mit einem Kopfnicken verabschiedeten sie sich von Blanche, gingen auf den Ausgang zu. Jemand stand in der Schleuse nach draußen, ordnete sein Paletot, seine Krawatte. Rui nahm beide Säcke in eine Hand, klopfte, wies den Mann an rauszugehen. Von oben schien sich die Decke zu senken. Der Mann ignorierte Rui. Arno schaute nervös hinter sich. Die Information war nicht besetzt, Blanche bereits irgendwo anders. An den Schaltern standen Menschen und schauten in der Gegend herum.
»Gehen Sie bitte raus«, forderte Rui den Mann auf.
Arno tastete mit der freien Hand nach seiner Waffe. Das konnte eine Falle sein. Sein Herz schlug schneller. Er fühlte einen unangenehmen Druck in seinem Kopf.
»Rausgehen«, sagte Rui ungehalten.
Der Mann drehte ihm noch immer den Rücken zu, blieb demonstrativ stehen.
Und plötzlich spürte Arno, wie jemand von hinten auf ihn zulief. Die Person war im Türglas nicht zu sehen, nicht mal der Umriss, aber Arno fühlte diesen Menschen im Rücken, als presse er sich gegen ihn. Er ließ den Geldsack fallen, riss seine Waffe aus dem Halfter, während er herumwirbelte und »Stopp!«, schrie. Vor ihm erstarrte eine junge Frau, die gerade von ihrer Uhr aufsah. Sie erblickte die Pistole und stieß einen kurzen Schrei aus. In der Sparkasse erstarben die Geräusche. Arno wusste sofort, dass er sich geirrt hatte, die Nerven mit ihm durchgegangen waren. Hinter ihm rief Rui: »Was machst du?«
Arno wollte antworten, bekam aber kein Wort heraus. Die Frau zitterte. Arno steckte die Waffe wieder ins Halfter, murmelte: »Entschuldigung.«
Die Menschen an den Schaltern starrten auf ihn. Er drehte sich um. Die Tür war auf, der Mann weg.
»Komm jetzt«, sagte Rui, betrat die Schleuse.
Arno hob den Geldsack vom Boden auf, trat ebenfalls in den winzigen Zwischenraum. Dann liefen sie zum Wagen, öffneten die hinteren Türen, verstauten das Geld und bestiegen die Fahrer-

kabine. In Arnos Brust hämmerte es. Auf dem Bürgersteig ging die Frau, die er gerade mit seiner Waffe bedroht hatte. Er startete den Transporter, wendete. Seine Zunge schmeckte nach Metall. Ein kleiner Riss war in der Wange. Hatte er sich gebissen?
»Was ist los mit dir?«, fragte Rui, während sie an den Bäumen vorbeiglitten, in die Alzettestraße einbogen und das kleine Stück Fußgängerzone Richtung Norbert-Metz-Platz zurücklegten.
»Ich dachte ...«, sagte Arno, steckte sich den Finger ins Ohr und ließ ihn vibrieren.
»Alles ist gut, Mann«, erwiderte Rui.
»Scheiße«, fluchte Arno, »ich setze doch nicht mein Leben aufs Spiel für das Geld anderer Leute. Und ich verdiene nichts.«
»Hast du was Besseres in Aussicht?«, fragte Rui.
»Ja. Stewardess«, erwiderte Arno.
Rui kämmte sich mit den Fingern das gegelte Haar nach hinten. Eine Strähne fiel seitlich an seinem Auge vorbei, endete am Wangenknochen. Auf dem Bürgersteig kackte ein Hund. Arno schaute an seinem Kollegen vorbei in den Seitenspiegel, konnte aber nicht erkennen, ob die Frau die Ausscheidung ihres Tieres in eine Plastiktüte schob oder liegen ließ. Er bog nach rechts in die Luxemburger ab.
»Nächstes Jahr, wenn der Euro kommt, wird alles leichter«, sagte Rui, »auch die Säcke. Eins zu vierzig, verstehst du.«
»Was?«, fragte Arno, bremste, weil der Wagen vor ihm in eine Parklücke fuhr.
»Vierzig Franken sind ein Euro«, erklärte Rui.
»Ist doch meistens Papiergeld in den Säcken«, erwiderte Arno.
»Du redest Scheiße«, kam es vom Beifahrersitz.
Arnos Herz beruhigte sich langsam wieder. Hoffentlich erzählt Rui das nicht überall herum, dachte er, dann höre ich mir tagelang die gleichen Witze an.
»Ist halt ein Job für Männer«, fügte Rui hinzu.
Geht schon los, dachte Arno. Laut fluchte er: »Jetzt fahr doch mal in die scheiß Parklücke. Da kommt doch sogar ein Wohnwagen rein.«
»Du musst kaltes Blut in den Adern haben«, fuhr Rui fort, »wenn du nicht zum Freiwild werden willst.«

»Rui, wir drehen hier keinen John-Wayne-Film«, antwortete Arno.
»Wer weiß. Jetzt wo ein Texaner Präsident in Amerika geworden ist. Der trägt Cowboystiefel, habe ich gesehen.«
Arno drückte aufs Gaspedal. Die Straße war endlich frei.
»Manche Leute sollten keinen Führerschein machen«, nörgelte er. Seine Hände klebten am Lenkrad. Der Tag war noch nicht alt, aber Arno hätte nichts dagegen gehabt, Feierabend zu machen. Das Licht saß aufdringlich vor den Fassaden, und dort, wo Schatten auslief, wartete es bereits hinter der nächsten Ecke wie ein lautes Kind.
»Ich würde aber gerne mal hinfahren«, sagte Rui.
»Wohin?« Was hatten sie gerade geredet? Arnos Kopf war leer und schwer.
»Nach Amerika«, antwortete Rui.
»Fahren?« Arno warf ihm einen spöttischen Blick zu.
»Meinetwegen fliegen«, verbesserte Rui.
»Auf den Kontinent Amerika«, stichelte Arno.
»In den Norden. In die USA, Korinthenkacker«, sagte Rui.
Sie ließen den Berwart-Turm, das Arbed-Verwaltungsgebäude rechts liegen.
Ein weißer Lieferwagen, der halb auf dem Bürgersteig geparkt hatte, blinkte und fuhr vor ihnen auf die Fahrbahn.
»Ich denke oft darüber nach, wie unsere Vorfahren gereist sind«, sagte Rui, »weißt du, wie lange Vasco da Gama unterwegs war, um Indien zu erreichen? Fast elf Monate. Und wie lange braucht heute ein Flugzeug?«
»Keine Ahnung«, erwiderte Arno, »aber weniger«.
»Oder in die Staaten«, sagte Rui, das letzte Wort in die Länge ziehend.
»Hat dein Vasco aber nicht entdeckt«, frotzelte Arno. »Das Reisen ist angenehmer geworden, dafür sind die Wartezeiten an den Schaltern länger.«
»Du redest Scheiße«, erwiderte Rui.
Arno lachte. Der Fahrer des Lieferwagens vor ihnen schien sich die Häuser zu beiden Seiten anzusehen, so langsam, wie er vorwärts rollte.

»Das ist nicht unser Tag heute«, stellte Arno fest. »Was sucht der denn?«
»Denkt vielleicht, hier ist der Straßenstrich«, antwortete Rui.
Auf dem Bürgersteig bewegte sich eine ältere Frau mit Gehhilfe vorwärts.
Arno lachte, schüttelte den Kopf.
»Heutzutage ist alles möglich«, erklärte Rui. »In Amsterdam dürfen die Schwulen jetzt heiraten.«
»Ach, komm«, wehrte Arno ab.
»Doch. Vor dreieinhalb Monaten, am ersten April, war die erste Trauung. Ich habe das behalten, weil ich dachte, das sei ein Aprilscherz. Aber war es nicht«, bekräftigte Rui.
»Was hast du denn jetzt gegen Schwule?«, fragte Arno leicht genervt.
»Nichts habe ich gegen Schwule«, verteidigte sich Rui, »solange sie mir nicht an die Wäsche gehen«.
»Warum sollen sie ausgerechnet dir an die Wäsche gehen? Kannst du mir das erklären?«, fragte Arno. »Kommen von Amsterdam nach Esch mit Bussen und fragen nach Rui, oder wie soll ich mir das vorstellen?«
Am Kreisverkehr stoppte der weiße Lieferwagen. Arno sah zwar nicht an ihm vorbei, ob jemand vor ihm stand, aber von links kam jedenfalls keiner. Er hupte kurz. Der Lieferwagen setzte sich wieder in Bewegung, während Rui erwiderte: »Meinst du, hier gibt es keine Schwulen?«
»Weiß ich nicht«, antwortete Arno, »ich interessiere mich mehr für Irland als für das Fickverhalten meiner Nachbarn.«
»Manchmal bist du so derart kompliziert«, erwiderte Rui.
»Weil ich mich für Irland interessiere?«, fragte Arno.
Rui hob die Hand, tat, als versetze er seinem Kollegen eine Ohrfeige, bevor er feststellte: »Du bist krank.«
»Kranke schlägt man nicht«, antwortete Arno.
»Kranke bluten länger«, konterte Rui.
Dann bremste der Lieferwagen vor ihnen erneut, wurde langsam. Rechts tauchte der alte Schlachthof auf. Hinter der niedrigen Mauer erhob sich eine Pappwand, auf der »Kulturfabrik« stand.

»Wenn das so weitergeht, schaffen wir nicht mal bis Weihnachten unsere Tour«, ärgerte sich Arno.
Der Lieferwagen schaltete den rechten Blinker ein.
»Gut«, nickte Rui.
Als der Wagen auf den Hof der Kulturfabrik abbog, sahen auch Arno und er den Polizisten mitten auf der Luxemburger Straße stehen. Er winkte mit einer Kelle, zeigte an, sie sollten ebenfalls auf den Hof fahren.
»Sieht der nicht, dass das ein Geldtransporter ist?«, fragte Arno. »Sollen wir jetzt ins Röhrchen pusten, oder was?«
Auf der Gegenfahrbahn raste ein Sportwagen vorbei.
»Heutzutage ist alles möglich«, wiederholte Rui.
Der weiße Lieferwagen fuhr bis ans Ende der Künstlerateliers, die sich linker Hand erstreckten, bog um die Ecke und hielt, bevor der Hof erneut einen Bogen hin zur Straße machte. Das Restaurant auf der rechten Seite war noch geschlossen. Arno rollte dem Wagen hinterher, sah im Seitenspiegel, dass ein weiteres Auto ihm folgte. Genau hinter den Ateliers zog er den Schlüssel aus dem Schloss. Rui öffnete die Tür, sah zu Arno, sagte: »Ich klär die mal auf.« Dann stieg er aus dem Transporter.
In diesem Moment tauchte neben ihm ein Mann mit gelben Strubbelhaaren auf, ein Gewehr auf Hüfthöhe und feuerte. Die Kugeln trafen Rui ins Knie, und er fiel zu Boden. Arno schaute hilfesuchend in Richtung Luxemburger Straße, aber die Ateliers verdeckten das Geschehen. Kein Mensch würde den Überfall mitbekommen. Er zog seine Waffe, begriff im gleichen Augenblick, dass er niemals abdrücken würde, steckte in Panik die Schlüssel ins Zündschloss zurück und wollte den Motor starten. Schüsse krachten im gleichen Augenblick gegen die Frontscheibe, ließen das Sicherheitsglas im Innern in mehrere Kreise zersplittern, ohne es zu zerbrechen. Arno ließ die Waffe fallen, duckte sich panikartig unter das Armaturenbrett, sah den Mann mit den gelben Haaren, wie er seinen Kopf und das Gewehr senkte. Rui schrie. Das Sitzpolster roch nach Schweiß. Von vorne schoss niemand mehr gegen die Frontscheibe. Nur der Mann mit den gelben Haaren drückte noch einmal ab. Rui verstummte. Eine warme Brise wehte in die Fahrerkabine. Weitere

Männer tauchten auf. Einer von ihnen krümmte mehrmals den linken Zeigefinger. Unten lag Rui. Er hatte kein Gesicht mehr. Alles war voller Blut. Arno schluckte. In seinem Kopf war plötzlich die unsinnige Frage, ob Rui etwas mit Blanche gehabt hatte. Er hob den Blick. Der Mann mit den gelben Haaren trat an die Beifahrertür, drehte blitzschnell das Gewehr und schlug ihm den Kolben auf die Nase. Der Schmerz drang breit in sein Gehirn. Tränen schossen in seine Augen, verschleierten die Sicht. Dann packte eine Hand Arno an der Uniform, zerrte ihn aus der Fahrerkabine. Er versuchte irgendwo Halt zu finden, griff blind um sich. Aus seiner Nase schoss das Blut, lief ihm in den Mund. Er hustete, fiel mit dem Gesicht auf etwas Weiches. Es war Rui. Sofort riss jemand ihn hoch, warf ihn gegen den Transporter. Arno hob die Hände vors Gesicht. Ein Fuß traf ihn im Magen. Jemand sagte: »Danilo!« Dann auf Französisch: »Aufmachen!« Arno erkannte die Züge des Mannes kaum. Alles, was er sah, war zu Schlieren verschwommen. Er spürte einen Schubser, hangelte sich am Wagen entlang nach hinten, wischte die Tränen aus den Augen. Seine Nase blutete ununterbrochen, stand schräg. Er tastete ihren Rücken ab, spürte den gebrochenen Knochen, der die Haut durchbohrt hatte.
»Mach auf!«, wiederholte die Stimme ihren Befehl.
Der Mann mit den gelben Haaren drückte ihm das Gewehr an die Schläfe.
Das ist mein letzter Moment, dachte Arno und schloss die Hecktüren des Transporters auf.

Das Deckenlicht gab einen surrenden Ton von sich. Ansonsten waren nur die beiden Löffel zu hören, die den Tellerboden streiften, wenn sie in die Suppe getunkt wurden. Beim Abendessen brauchte der Vater Stille. Ohne Stille rutschte die Suppe nicht. Deshalb aß Moritz mit der Mutter immer schon, ehe der Vater vom Feld kam, und nur Arno leistete dem Papa Gesellschaft. Moritz durfte auch nicht auf dem Heuwagen mitfahren. Das war für ihn zu gefährlich.
»So ein großer Kopf«, sagte der Vater.
Moritz lachte. Seine Haare wirkten dünn, wie aufgeklebt. Die

Augen saßen schlitzartig zu beiden Seiten einer zu breiten Nase. Und auch der Mund war zu mächtig geraten. Moritz machte den Eltern viel Arbeit. Soviel verstand Arno mit seinen sechs Jahren. Dabei hatten sie Arbeit genug mit dem Acker und dem Vieh.
»Man kann ihn nicht allein lassen«, klagte die Mutter.
Der Vater schwieg. Er sprach nicht gern über Moritz. Etwas in seiner Brust verkrampfte, wenn jemand den Namen des Jungen nannte. Nicht, dass er ihn nicht geliebt hätte, im Gegenteil, war er allein mit Moritz, redete er mit ihm und zog die Holzeisenbahn vor seiner Nase hin und her. Aber sobald jemand anderes auftauchte, war dieses Gefühl in der Brust, das ihm den Atem nahm.
»Ihr Mongölchen ist aber ein süßer Kerl«, hatte die Reister eines Tages zur Mutter gesagt.
»Ja, ja«, hatte die Mutter der Nachbarin geantwortet.
Am offenen Fenster aber war der Vater gesessen und hatte geschaut.
Ab da war das nachbarliche Verhältnis etwas angespannt gewesen.

Arno schlürfte nicht beim Essen. Er öffnete den Mund so weit, bis der Löffel ganz hineinpasste, schloss ihn und zog den Löffel geräuschlos wieder heraus, während er auf die geschwollenen Hände des Vaters schaute. An manchen Fingern gab es Verdickungen, dann wieder Vertiefungen, als sei das Fleisch geplatzt. Wenn Mutter die Stube betrat, unterm Arm den mit einem Lappen umwickelten Topf, um erneut die Teller zu füllen, zitterte das Kreuz über dem Türrahmen. Arno fragte sich, ob nicht vielleicht Jesus selbst zittere, weil er im Durchzug hing, sobald sich die Tür öffnete, behielt seine Gedanken aber für sich. Wenn er lange genug schwieg, schenkte ihm sein Vater etwas. Manchmal nur ein Streicheln, ab und zu eine Süßigkeit. An diesem Abend aber griff er in seine Hosentasche, legte ein Klappmesser auf den Tisch und schob es zu Arno herüber. Das Surren der Lampe war deutlich zu hören. Arno nahm das Messer, hielt es in der Hand.
»Mach es auf«, sagte der Vater.

Arno zog mit aller Kraft an der Klinge, löste sie einen Zentimeter aus ihrem Holzbett, dann schnappte sie zurück.
»Noch mal«, sagte der Vater.
Arno gehorchte, und es gelang ihm, das Messer zu öffnen. Die Klinge war scharf und hatte an zwei Stellen Einbuchtungen, als habe jemand sie gegen einen Stein geschlagen.
»Du bist jetzt dafür verantwortlich«, erklärte der Vater, »pass drauf auf und schneid dich nicht. Ich werde es mir manchmal ausleihen, aber es gehört ab heute dir.«
Arno freute sich, steckte das Messer in seine Tasche und trug es voller Stolz. Wenn er zur Schule ging, legte er es in einen Schuhkarton unter den Schrank in seinem Zimmer. Sobald er nach Hause kam, nahm er es wieder an sich. Er wollte es seinem Vater sofort geben können, wenn dieser danach fragen würde. Aber der Vater fragte nicht. Nie hat er danach verlangt.

Auch die Mutter verlangte nicht viel. Nicht von ihm, nicht von seinem Bruder und nicht vom Leben. Sie war im Heuschober, als der Traktor rückwärts auf den Hof fuhr. Der Vater achtete darauf, den Wassertank nicht zu streifen und auf der anderen Seite am Pflug vorbeizukommen. Den hatte er vorher etwas unglücklich abgestellt. Die rostfarbenen Messer zeigten in die Luft. Der Hund riss an der Kette. Moritz hatte Regenwürmer gesammelt, die er auf dem Asphalt briet. Später sollte sich Arno fragen, wo sein Bruder an die Regenwürmer gekommen war, denn es hatte seit zwei Wochen nicht mehr geregnet. Als der Traktor die Enge zwischen Tank und Pflug passiert hatte, drehte der Vater am Lenkrad und gab Gas, ohne hinter sich zu blicken. Das machte er immer so. Das rechte Hinterrad des Traktors fuhr über Moritz' Brust. Der Vater blickte nach unten, um zu sehen, was er da erwischt hatte. Dann machte er den Motor aus, schrie: »Moritz! Moritz!«, dass die Mutter im Heuschober zusammenfuhr. Aber Moritz sagte nichts mehr. Nur die Reister flüsterte: »Das war Absicht.«
Und viele im Dorf teilten diese Meinung.

Wiesenkuppen, Tannenwälder. Noch mit vierzehn sprang Arno von hinten auf die Rücken der Kühe und ritt auf ihnen. Das machten viele Bauernjungen im Ösling. Die Alten erzählten abends von der Rundstedt-Offensive, die Jungen trafen sich an der Schulhofmauer, rauchten heimlich, langweilten sich. Es gab einfach nichts zu tun. Das durften sie aber nicht laut sagen, denn dann wurden die Eltern grimmig. Arno führte Tagebuch, schrieb alles auf, was er täglich sah, was sein Vater sagte, seine Mutter tat, beschrieb die Kühe und versuchte, sie anhand ihrer Schnauzen oder Augen zu unterscheiden. Zum Glück lag das Gymnasium im nächstgrößeren Ort. Auch das war ein Dorf, aber es war ein anderes, und die Busfahrt jeden Morgen hin und jeden Nachmittag zurück kerbte Höhepunkte in Tage, die so glatt waren wie ein Schlachtschwein, dem man die Borsten weggebrannt hatte. Auch Marga hatte glatte Haut, aber die war unerreichbar. Wenn die Kirmes ihre Buden neben den Kirchhof stellte und der Tanzboden nach Vergnügen roch, ließ auch Marga ihre Röcke fliegen. Ein Miniaturkarussell, in dessen Stoff sich die Blicke der Jungs nähten. Marga beachtete sie nicht. Sie stand auf Männer, wie sie sagte, nicht auf Bauerntölpel.

Jeder versuchte mit Margas Ablehnung so gut klarzukommen, wie es ihm möglich war. Auf die Idee, andere Mädchen anzuschauen, kam keiner. Einige Klassenkameraden warteten verzweifelt auf den Moped-Führerschein und erhofften sich motorisiert mehr Chancen, andere engagierten sich in der Friedensbewegung, die gerade in Mode kam und deren Weltliebe vergessen half, was Marga in den Herzen angerichtet hatte. Arno und sein Freund Guy fuhren mit den Rädern an die Our, im Drahtkorb vier Flaschen Bier, und angelten. Sie brauchten dazu keine Ruten. Nackt bis auf die Unterhose wateten sie durch das Flüsschen, tasteten an den Seiten im Schatten der Bäume den Uferboden unter der Wasseroberfläche ab, suchten nach Vertiefungen, kleinen Höhlen, in die ihre Arme passten, schoben die Hände langsam hinein, blind, nicht wissend, was sie erwartete. Die meisten der Löcher waren leer, aber in einigen saßen Forellen oder Barben, die selbst dann nicht flohen, wenn man sie sachte berührte. Die beiden ließen ihre Finger über die Rücken der Fische gleiten, bis sie sich sicher waren, die Kiemen entdeckt zu haben, dann packten sie zu, zogen den Fang heraus, warfen ihn auf die Wiese, hechteten hinterher. Die Aufregung war bei jedem erbeuteten Fisch so groß, dass Marga in diesen Momenten selbst im Schuppenkleid blass ausgesehen hätte. Aber ihre glänzenden Haare fanden sich immer wieder im Gedächtnis der Jungs, so als klebten sie an der Erinnerungswolle wie an einem grobgestrickten Pullover.

Auch als Arno Betty durch die Haare fuhr, fand er, dass sie glänzten. Auf den Wagenscheiben lag ein graues Bild aus Nieseltröpfchen. Er war aufgeregt wie ein Schuljunge, wusste nicht, was mit seinen Händen anfangen, und wiederholte einfach, was Betty tat. Sie zog ihm die Mütze aus, er streichelte ihr durchs Haar, sie öffnete seine Jacke, er zog ihren Reißverschluss auf. Seit der Geburtstagsfete hatte er sich das vorgestellt, nicht im Wagen, aber immer wieder vorgestellt. Er schob seinen Sitz zurück. Sie knöpfte seine Jeans auf. Er blickte kurz durch die Seitenscheibe auf das Auto, das neben seinem parkte. Das Glas beschlug von ihrem Atem. Betty war warm, bewegte sich auf ihm, als gehörten sie seit Jahren zusammen. Ihre Armreifen kratzen an seinem Nacken. Dabei schaute sie ihn unablässig an. Er schloss die Augen. Wenn er sie öffnete, war da wieder ihr Gesicht, als beobachte sie ihn. Er wollte sie beißen, sie an den Haaren ziehen, tat nichts davon. Ihr Blick hielt ihn in Schach. Kurz bevor er kam, dachte er, ab heute ändert sich alles.

»Ich danke euch«, sagte Jos Gonner, tauchte den Löffel in die Kartoffelpampe, pustete und begann schnell und unaufhaltsam die Mahlzeit, die Josephine ihm gereicht hatte, hinunterzuschlürfen. In der Küche roch es nach Fleisch, aber vom Gebratenen bekam der Gast nur den Duft.
»Nicht der Rede wert«, antwortete Derding, steckte die Münze in seine Tasche, schaute dem Mann auf sein lichtes Haar.
»Mir sitzt der Schrecken noch immer in den Gliedern«, raunte Gonner, »ich würde es nicht glauben, hätte ich es nicht mit eigenen Augen gesehen. Groß wie ein Baum war er. Sein Körper veränderte bei jedem Schritt die Form, wuchs und schrumpfte. Eigentlich kann ich gar nicht sagen, dass er ging, er schwebte über dem Boden, wurde ein Teil des Windes, unsichtbar, und leuchtete gleich darauf wieder hell und weiß. Es war, als hätten sich die Elemente vermischt. Und vor ihm liefen zwei Tiere mit Hörnern, die ihn zogen. Ich habe mich an einen Baumstamm gedrückt und gedacht, hoffentlich riecht er dich nicht. Der Teufel soll ja eine Nase haben, der jeder Geruch im Umkreis von fünf Kilometern eingeht. Als er etwas weiter weg war, bin ich gelaufen.« Gonner wischte sich mit der Hand über die Stirn. Der Schweiß war bereits getrocknet. Das Kaminfeuer fuhr in die Holzscheite, wärmte Gonners Rücken, während Josephine, die Arme verschränkt, am Fenster stand, und darauf wartete, dass der Gast fertig wurde.
»Da oben wohnen die Brasilianer«, sagte Derding, »wer weiß, was die alles mitgebracht haben.«
»Die sind nur bis zum Wasser gekommen, nicht darüber hinweg«, antwortete Josephine, um das Gespräch zu verkürzen.
»Ja«, Gonner hob den Löffel, »es gibt sie jetzt überall. Aber die Menschen werden bald ein Einsehen haben. Gott hat diese Betrogenen nicht verlassen. Die meisten von ihnen gehen zur Kirche.«

»Bei uns im Gotteshaus hat sich noch keiner gezeigt«, warf Josephine ein. Das Schmatzen des Gastes legte sich wie ein schmieriger Film über die Sandsteinfliesen. Ein junger Mann kam herein, grüßte nicht, legte Kleinholz neben den Kamin, verschwand wieder.
Gonner schaufelte noch eine Weile, legte dann den Löffel auf den Tisch, wischte mit dem Zeigefinger über den Teller, leckte den letzten Rest der Kartoffelpampe ab, bevor er furzte. Josephine verzog den Mund.
»Wieso sind Sie unterwegs?«, fragte Derding. Seine Frau atmete hörbar aus, nahm den Teller vom Tisch, hielt ihn unter die Wasserpumpe. Der Gast lehnte sich zurück, klopfte sich einmal auf den Bauch, ehe er antwortete: »Ich habe es Gott versprochen. Letztes Jahr wurde meine Jeanne schwer krank. Ich war verzweifelt und betete, bat ihn um Hilfe. Ich versprach, alle Kirchen des Landes aufzusuchen, wenn meine Frau überlebt.«
Derding legte beide Unterarme auf den Tisch, versuchte in Gonners knolligem Gesicht zu lesen: »Und jetzt ist die Frau wohlauf, und Sie können sie allein zurücklassen?« Was für einer Arbeit mochte sein Gast nachgehen, wenn er es sich erlauben konnte, durchs Land zu streifen? Dabei verdiente man bekanntlich keinen Franken. Oder hatte er irgendwo Goldkohlen gefunden?
»Nein«, erwiderte Gonner, »Jeanne ist tot. Die Krankheit war stärker.«
Einen Moment lang schwiegen alle. Nur das Feuer raschelte, als könne es nicht stillhalten.
Gonner schielte auf den in blaues Papier gewickelten Zuckerhut, der auf der Krugbank stand. Vielleicht würde sie ihm etwas davon anbieten, wenn er lange genug darauf starrte. Laut sagte er: »Ja, sie ist gestorben. Aber ich habe sofort gewusst, dass Gott mich prüfen wollte. Deshalb pilgere ich nun trotzdem zu allen Kirchen des Landes. Als letzte werde ich in der Escher niederknien.«
Na, du musst ja Geld wie Heu haben, dachte Derding. Da habe ich den Platz im Stall wohl zu billig abgegeben. Er sah seinem Gast auf den Hinterkopf. Im Nacken hingen Schmutzränder. »Wie geht es ihm denn jetzt so«, fragte er. Vielleicht erzählte

Gonner, wie er das machte, spazieren gehen und trotzdem die Taschen voller Münzen haben.
Gonner starrte noch immer auf den Zuckerhut, während er antwortete: »Na ja, auf und ab, wie die Flöhe unterm Hemd. Aber die Kraft von oben stützt mich.«
»Gott ist kein Reisestock«, sagte Josephine unfreundlich. Sie hatte sehr wohl bemerkt, an was der Blick des Gastes hängengeblieben war. Es wurde Zeit, ihm den Weg nach draußen zu zeigen.
»Wem er die Hand reicht, so wie mir, dem ist er alles zugleich, Hut und Mantel, Schuhwerk und Gehhilfe«, erwiderte Gonner, dachte, dieser Zuckerberg ist gute acht Pfund schwer.
»Und finden Sie überall eine Bleibe unterwegs?«, wollte Derding wissen.
»Sicher«, erwiderte Gonner, drehte nun doch einmal kurz den Kopf, nickte seinem Gastgeber zu, ehe sein Blick wieder zur Krugbank wanderte. So schwer von Begriff konnte doch niemand sein, nicht einmal dieses Bauernweib. »Und meist ist es ein Bett und nicht der Stall, in dem man mich schlafen lässt«, fügte Gonner hinzu. Wenn sie nicht freiwillig eine Prise Zucker herausrückten, musste er etwas nachhelfen und ihnen ein schlechtes Gewissen machen. Aber die Hausherrin schien gar kein Gewissen zu haben, dachte nicht daran nachzugeben, machte einen Schritt auf den Gast zu, stellte sich vor das blaue Papier und erwiderte: »Ein bisschen Opfer sollte bei der Pilgerei doch drin sein.«
Gonner erhob sich, rieb sich die bullige Nase, suchte nach einer passenden Antwort, als es gegen die Haustür wummerte.
»Ich bitte Sie«, fügte Josephine hinzu, machte eine Geste zum Flur hin. Gonner ergriff seinen Reisesack, den er neben den Tisch gestellt hatte, folgte dem Hausherrn durch den dunklen Gang.
Bevor er die Tür aufzog, grummelte Derding: »Und der Nächste.«
Vor ihm stand der Tagelöhner, dessen Haare in alle Richtungen zeigten, als hätte auch er den Leibhaftigen gesehen. Seine Kleidung war verschmutzt, aber die Weste, die unterm Mantel zu sehen war, hatte Derding schon beim ersten Zusammentreffen

vermuten lassen, dass der Mann früher einmal Geld besessen hatte. Er roch förmlich danach, auch wenn er jetzt da oben in Neubrasilien lebte. Derding hatte für so etwas eine gute Nase. Wer wusste schon, was aus dem noch werden würde. Deshalb sagte er freundlich: »Für Arbeit bist du spät dran. Es ist fast Abend.«

»Ich zeige Ihnen, wo Sie schlafen können«, knirschte Josephine, bat Gonner mit leichtem Druck gegen den Rücken die Stufe hinab. Die Sonne stand bereits tief, spannte Lichtfäden über die Straße, auf der Metty Schengen weiter unten auf allen vieren hockte und Steine ersetzte.

»Guten Abend«, grüßte Gonner den Tagelöhner, blieb stehen, kam aber zu keinem weiteren Satz, weil Josephine mit Nachdruck sagte: »Dort drüben.«

Nicolas nickte, blickte Gonner und Josephine hinterher. Über der Eingangstür thronte ein massiver Steinkopf, schien das Geschehen zu beobachten.

»Und?«, fragte Derding, »Wird langsam wieder kalt, was?«

»Ich habe einen Wolf getötet«, erwiderte Nicolas, hob den Schwanz und eine Pfote hoch.

»Wieder ein Drecksvieh weniger«, lachte Derding, »da hast du dir einen Laib verdient. Zeig her.«

Metty Schengen sah kurz von seiner Arbeit auf, konnte von dort, wo er kniete, aber nicht erkennen, was die beiden auszutauschen hatten.

Derding hielt sich die Pfote vors Gesicht, anschließend den Wolfsschwanz, dessen Fell vom Licht kaum merklich gerändert wurde.

»Wo hast du ihn erlegt?«, fragte er.

»Er ist unseren Hütten zu nahe gekommen«, log Nicolas. Er hatte den Wolf im Wald gefunden. Er war schon länger tot und eingefallen gewesen, hatte gestunken. Womöglich war es das angeschossene Tier gewesen, das die Bauern nach der Treibjagd nicht gefunden hatten.

»Wie hast du ihn getötet?«, hakte Derding nach.

»Erschossen«, antwortete Nicolas.

»Ihr habt Waffen da oben?«, rutschte es Derding raus. Nicolas

schwieg. Sollte der Bauer ruhig denken, sie hätten welche. Ein wenig Respekt konnte nicht schaden.
»Du bist doch ein schlauer Kerl«, fügte Derding nach einem Moment hinzu, »erklär deinen Leuten, sie sollen keine Dummheiten machen. Schon jetzt traut sich keiner mehr die Straße zu euch hoch. Alle nehmen den Weg durch den Wald, wenn sie mal nach Heiderscheid müssen. Albert Reisig warnt jeden, man solle sich hüten, Neubrasilien zu durchqueren, sonst komme man nicht lebend wieder raus, oder wenn, dann nackt. Verstehst du?«
Josephine kam zurück aus dem Stall, musterte Nicolas einen Moment lang, ehe sie fragte: »Was willst du?«
»Er hat einen Wolf getötet«, erklärte Derding, reichte ihr die Überbleibsel des Tieres.
»Vielleicht haben wir dann bald mal wieder Wildschweine in der Gegend«, antwortete sie. Die Spitzenbordüre ihrer Haube erhob sich wie eine Krone über dem verdeckten Haar.
»Hol ihm einen Laib Brot«, sagte Derding. Josephine gab Nicolas Schwanz und Pfote zurück, ging ins Haus. Derding wartete, bis sie den Flur hinter sich gelassen hatte und in der Küche verschwunden war, dann nahm er zwei Sous aus seiner Tasche und steckte sie Nicolas zu.
»Es werden noch wilde Zeiten kommen«, sagte er, »es mag nicht so aussehen für euch, aber auch für uns ist es im letzten Jahr schlimmer geworden. Die Regierung presst uns aus, bis nur noch Trester übrig bleibt. Von überall bringen die Fremden ihre Billigware her und verkaufen sie hier. Die Sperrzölle haben den ganzen Viehhandel nach Frankreich vernichtet. Und ich bin noch froh, kein Winzer zu sein. Also macht keine Dummheiten. Wir sitzen alle in derselben Karre.«
Nicolas nickte, hätte gerne geantwortet, dass einige einen besseren Sitzplatz hätten, ließ es aber sein. Josephine kam zurück, reichte Nicolas das Brot und einige alte Zeitungen, fragte: »Hast du auch was an den anderen Türen bekommen?«
Nicolas zeigte auf seinen Sack, erwiderte: »Sind nicht alle im Dorf so großzügig wie Sie.« Er ließ das Brot und die Journale hineinfallen, schulterte ihn. Josephine schaute streng die Straße

hinab, wo Metty Schengen mit einem Hammer auf einem Stein herumklopfte.
»Denk an meine Worte«, verabschiedete sich Derding. Nicolas nickte, trottete hinter einem Huhn durchs Dorf, vorbei an Leo Meiers altem Hof, passierte weiter unten das noch immer unbewohnte Katzenhaus. Eines Tages würde er Josette überzeugen, da einzuziehen. Das Gerede der Bauern würde nach kurzer Zeit versiegen, und das Haus, einmal instand gesetzt, war allemal besser als die Hütte oben.
Seit Langem fühlte sich Nicolas das erste Mal richtig satt, weil er sofort über das angeschnittene Brot, das Maria Seyler ihm mit ihren großen Händen gereicht hatte, hergefallen war. Er hatte so viel gegessen, dass sein Magen zwickte.
Der Frühling war dieses Jahr schnell vorbeigezogen, und der Sommer hatte ihnen wenig beschert, so als seien sie endgültig von Gott vergessen worden. Nicolas hatte auf den Höfen geschuftet, auch bei Derding, und war trotzdem hungrig geblieben, weil er das Essen mit Josette und Liliane teilte. Ab und zu hatte Marc Kartoffeln vorbeigebracht. Aber er tauchte oft wochenlang nicht auf, blieb eine Nacht, benahm sich wie ein wildes Tier und verschwand wieder. Liliane lag fast nur noch in der Hütte, war zu schwach zum Arbeiten, hustete. Und nun hatte der Oktober bereits seit drei Wochen das Land im Griff. Ein ganzes Jahr lebten sie schon auf dem Kale Reis und alle außer Camille hatten Angst vor dem bevorstehenden Winter. Selbst Nicolas dachte daran, einen Wanderer zu überfallen und ihm die Kleider zu stehlen. Dem von heute Mittag zum Beispiel, der sich versteckt hatte, als Nicolas die beiden Ziegen von Camille versucht hatte einzufangen. Hinter einen Baum hatte sich der Mann gedrängt, und Nicolas war der Schalk in den Nacken gestiegen. Er hatte gezischt und Geräusche produziert, dass der Mann in Panik davongerannt war.

Als Nicolas Metty Schengen erreichte, sah er vor der Kirche Pol Crucht stehen, den verrückten Marner Aloyse neben sich.
Schengen hob kurz den Kopf, murmelte: »Mach dich vom Acker«, klopfte dann weiter auf die buckeligen Steine.

Ich kenne dich besser, als du glaubst, dachte Nicolas. Und das gilt auch für dich – er sah, wie Pol sich von der Mauer abstieß und ihm zwei Schritte entgegenkam. Aloyse ließ sich an der Wand entlang zu Boden gleiten, kicherte, schwenkte dabei ein altes Hufeisen durch die Luft. Nicolas mochte Pol nicht, hatte aber auch keine Angst vor ihm. Seit Pol geheiratet hatte, musste er so viel arbeiten, dass ihm für dumme Bemerkungen nicht mehr genug Kraft blieb. Das war schon mal was. Seine Frau fackelte nicht lange, schließlich hatte sie den Hof mit in die Ehe gebracht und schien mehr an diesem wackeligen Gemäuer zu hängen als an ihrem Mann. Josephine Derding sagte von ihr, sie habe gelbe Butteraugen und ein Maul wie ein Pfund Brot. Und das traf zu. Pol liebte seine Frau nicht, sagte es jedem, der es hören wollte. Aber was war das schon: Liebe. Liebe gehörte nicht zum Lauf der Dinge. Darin war man sich einig im Dorf. Jetzt besaß der Junge zumindest eine kleine eigene Wirtschaft und lag seinem Vater nicht mehr auf der Tasche.
Von Anfang an war Pol Nicolas feindlich gesinnt gewesen, weil er ihm Arbeit weggenommen hatte. Ehe die Brasilianer aufgetaucht waren, hatte er sich als Tagelöhner verdient. Dann hieß es immer öfter, wir haben schon einen. Pol verzieh den Brasilianern das nicht, auch nicht nach seiner Heirat. Vielmehr gab er den Zugewanderten die Schuld für seine Hochzeit, die nicht zustande gekommen wäre, hätte er weiter als Tagelöhner arbeiten können. Aber davon wusste Nicolas nichts, als er versuchte, an ihm vorbeizugehen. Pol griff nach seinem Arm, sagte: »Man erzählt sich, eine Josette Meier lebe da oben bei euch.«
»Lass mich«, erwiderte Nicolas, riss seinen Arm los.
»Ist sie oben?«, wiederholte Pol seine Frage.
»Besuch uns doch und schau nach«, antwortete Nicolas. In seinen Augen lag eine Sturheit, die Pol vorsichtiger werden ließ. Von hinten kamen grunzende Geräusche. Aloyse hatte sich das Hufeisen mit der offenen Seite unters Kinn gesetzt und versuchte, es nach oben zu drücken.
»Sie stammt aus Wahl, ist eine von uns«, sagte Pol, und da sein Gegenüber nicht antwortete, fügte er hinzu: »Ihre Augen sind ... Sie sind sehr dunkel. Schwarz.«

Nicolas hob die Schultern an. »Ich kenne da oben nicht alle. Wöchentlich tauchen neue Gesichter auf, und die Häuser liegen weit verstreut.«
Pol starrte ihn an, als wolle er die Bilder sehen, die hinter den Sätzen aufleuchteten. Im Hintergrund stieß Aloyse einen Schrei aus. Das Hufeisen hatte ihm am Kiefer die Haut weggeschrubbt.
»Ich muss jetzt los«, sagte Nicolas.
Pol schwieg.

Zwei Wochen später hatte sich der Herbst noch immer nicht entschieden. Es war nicht mehr wirklich warm, aber die Sonne säte ein helles Licht über die Kuppe, und die Tage, die daraus wuchsen, gaben der Landschaft eine lebensfrohe Buntheit.
Dass das Absterben so schön sein kann, dachte Nicolas. Er saß auf einem kurzen Baumstamm, den er zusammen mit Marc herbeigeschleppt hatte, eine von Derdings Zeitungen über den Beinen, und schaute auf die Hütten, die die Neuankömmlinge Richtung Grewenhof aufgebaut hatten. Einer davon war mit Sicherheit ein Müller, es sei denn das braune Halstuch und die rotgepunktete graue Hose, die er trug, gehörten ihm nicht. Der andere hieß Georges Lasch, war herübergekommen, um sich vorzustellen; wohnte mit seinem eineinhalb Jahre alten Sohn seit zwei Tagen in einer Behausung, die mehr einem Fuchsbau glich als einer Hütte. Nicolas war an ihm nichts aufgefallen, aber Josette hatte ihn sofort als den Mann erkannt, der seiner Frau im Hafen von Remich damals das Kind entrissen und mit ihnen im Boot gesessen hatte. Sein Haar war völlig grau geworden, und in seinem Gesicht nistete eine Traurigkeit, die von den Augen ausging und sich in alle Furchen verbreitete. Das Kind nannte er Pierre.
»Auf dem Schiff hat er es noch Pedro genannt«, sagte Josette später.
Nicolas sah Georges Reisigzweige zusammenpressen. Über seiner Schulter lag ein dicker Ast. Lasch wird Besen binden, dachte er. Das taten einige hier, versuchten sie an die Bauern zu verkaufen. Eine Zeit lang hielten sie sich damit über Wasser, aber kein Hof brauchte wöchentlich einen neuen Besen. Josephine Derding hatte ihnen gar die Tür vor der Nase zugeschlagen,

nachdem sie die Hausierer davon in Kenntnis gesetzt hatte, dass ein neuer Besen zwar gut kehre, der alte aber die Ecken besser finde. Seit letztem Monat versuchten nun einige von ihnen, Körbe aus Ginsterzweigen zu flechten. Aber dafür gab es noch weniger Verwendung in den Dörfern. Die wohlhabenden Bauern hatten einfach schon alles.
Kräuter-Lucie lief an Nicolas vorbei, das Haar offen und verfilzt. Sie drehte sich einmal im Kreis, schlug dabei auf ihren Rock, schien Nicolas nicht wahrzunehmen. Einen Schritt weiter streckte sie die Arme aus, als fürchte sie, gegen etwas zu laufen, lachte schließlich meckernd, bevor sie ihren Weg fortsetzte. Vor ihrer Hütte wirbelte sie noch einmal herum, fiel auf die Knie und kroch hinein. Auf dem Grasdach welkten allerlei Blätter und Pflanzen, faulten vor sich hin. Kinder liefen schreiend durch die Gegend, spielten Fangen. Ihre Gesichter waren so verschmiert, als hätten sie sie in Schlamm getaucht. Der Wind wischte über den Hang, verzog sich wieder. Aus der Behausung in Nicolas' Rücken drang Lilianes Husten, unterbrochen von Krämpfen und Röcheln. Hoffentlich spuckt sie ihren Auswurf in eine Schale, dachte Nicolas. Laut rief er: »Alles in Ordnung?«
»Sie hat sich verschluckt«, antwortete Josette. Sie hockte neben der Mutter, hielt ihren Kopf, wartete, bis der Anfall vorbei war, setzte erneut den Holzbecher an ihre Lippen.
»Lass«, hauchte Liliane. Ihre Stimme klang dünn, hatte trotzdem einen befehlenden Unterton. »Ist dein Bruder zurückgekommen?«
Josette schüttelte den Kopf, dachte, sie wird noch an ihrer Verbitterung sterben, ließ den Nacken ihrer Mutter zurück auf das Stroh gleiten, mit dem seit Neuestem der Boden belegt war. Sie würden nun doch eine zweite Hütte bauen müssen, denn niemand wusste, was Liliane hatte, ob es ansteckend war. Ihr Husten jedenfalls ließ weder Josette noch Nicolas in der Nacht ein Auge zumachen. Marc schlief bereits seit Wochen nicht mehr bei ihnen.
»Du wärst auch verbittert«, sagte Liliane langsam. Josette errötete. Durch das Dach fiel ein schmaler Lichtstrahl auf das Vortuch ihrer Mutter, die versuchte, den hellen Fleck wegzureiben.

Langsam strichen ihre Fingerkuppen über der Stelle hin und her. In den Ecken stapelten sich alte Töpfe, die Marc besorgt hatte, Holzteller, eine leere Quarlie-Flasche. Die Kleider hingen Liliane genau wie Josette und Nicolas am Leib, als gehörten sie jemand anderem, jemand Größerem. Ihre Beine hingegen waren dick und geschwollen, gingen übergangslos in die Füße über. Die Gelenke verschwanden in einer aufgequollenen Masse. Nur wenn Josette auf das wässrige Fleisch drückte, spürte sie sie noch. Schuhe konnte Liliane nicht mehr anziehen, weshalb Josette ihre Füße mit alten Lappen gegen die Kälte umwickelt hatte. Auch die Ader an der rechten Wade, die gekrümmt die Haut gewölbt und von der Liliane geglaubt hatte, ein Wurm habe sich in sie hineingefressen, war nicht mehr zu sehen.

»Du musst trinken«, sagte Josette.

Lilianes Augen tasteten das Gesicht ihrer Tochter ab, ehe sie antwortete: »Spar das Wasser. Der Weg zum Bach ist weit.« Und nach einer Weile fügte sie hinzu: »Ich habe das Gefühl, mein Körper schwimmt bereits im Wasser.« Die gerechte Strafe, dachte sie, die Strafe für das viele Wasser, das ich meiner Familie zugemutet habe. In mir sind alle Flüsse von der Mosel bis zum Meer. Das Leben war von Anfang an schwer gewesen, die Arbeit auf dem Hof, aber sie hatten zu essen gehabt, sie waren gegen die Kälte geschützt gewesen. Und sie allein hatte alles zerstört. Sie hatte die Idee gehabt auszuwandern, sie war ihrem Mann in den Ohren gelegen, bis er zugestimmt hatte. Sie hatte Leo in den Tod und ihre Kinder ins Unglück geführt. Ihr Sohn war zum Wolf geworden, den man bald jagen würde wie ein Tier. Und Josette lebte in Schande, verdreckt, aufmüpfig. Konnte es ein erniedrigenderes Schimpfwort geben, als »Brasilianer« genannt zu werden?

»Verzeiht mir«, murmelte sie so leise, dass niemand es hören konnte.

Josette sah die Lippen ihrer Mutter sich bewegen, strich ihr über die Stirn. Lilianes Atem drang rasselnd aus dem Hals, dann hustete sie erneut. Ihre Brust zuckte, hob sich und fiel einen Moment später in sich zusammen, als könnten die Lungen die Luft nicht halten.

»Sollen wir dich nach draußen tragen?«, fragte Josette.
Liliane bewegte langsam den Kopf hin und her. Der Sonnenfleck auf ihrem Vortuch zitterte. Was sollte sie ihrer Tochter raten? Sie wusste es nicht. Sie hätte gerne gesagt, geht hier weg. Lasst mich zurück. Aber wer wusste, wie es anderswo aussah? Überall war jetzt Fremde, auch auf dem eigenen Hof in Wahl. Würde der Herr sie für ihr Handeln bestrafen oder ihr sagen, du hast genug gelitten? Nicht einmal das wusste sie mit Sicherheit zu beantworten. Und wo war Leo? Nahm Gott die Säufer zu sich?
»Er hätte nicht so viel getrunken, wenn wir hier geblieben wären«, sagte sie plötzlich laut und deutlich.
»Was?«, fragte Josette, »von wem redest du? Von Vater?«
Liliane antwortete nicht. Arbeitend hatte sie zwar gefühlt, wie schwer die Welt sein konnte, aber liegend schnürte es ihr den Atem ab, hatte die Erde ein Gewicht, das ihr auf die Brust drückte und ihr Herz schwerfällig klopfen ließ. Von draußen drang Camilles Stimme zu ihr.
»Ich habe es!«, rief er.

»Ich habe es!«
Nicolas sah von seiner Lektüre auf. Die Kinder waren stehen geblieben, starrten den dicken Mann an, der schnaufend daherkam, in der Hand ein kleines gelb-braunes Buch schwenkend. Nicolas sprang auf, legte die Zeitung auf den Baumstamm, eilte Camille entgegen. Das war doch nicht möglich. In seinem Hals juckte es, dass er lachen musste, so freute er sich. Camille Olingen war unglaublich.
»Da hast du dein erstes Buch auf Luxemburgisch«, sagte Camille, hielt Nicolas ein kleines, kaum handgroßes Bändchen hin. Auf dem Buchdeckel stand tatsächlich auf Luxemburgisch: *Ein Schritt auf den Luxemburger Parnassus*. Der Autor hieß Antoine Meyer. Ich muss mir wieder Notizen machen, unser Leben festhalten, dachte Nicolas, schaute vom Buch hoch, nickte, sah zurück auf die schwarze Umrandung, die Titel, Autorennamen und Druckerei doppelt einfasste und wie ein Fensterrahmen den Blick auf etwas bündelte, was weit im Innern des Landes zu liegen schien.

»Nett gemacht«, sagte Camille, zeigte auf die schwarzen Blätter und Blumen, die die Ecken und Seiten der Umrandung schmückten, »aber ein etwas hochtrabender Titel.«
»Weiter«, schrie eins der Kinder. Die anderen liefen hinter ihm her.
Nicolas öffnete das Buch, blätterte, las einige Verse aus einem Wirtshaus in Luxemburg, blätterte zurück. Es waren nur sechs Gedichte, zum Teil sehr lange, zum Teil Fabeln, in denen Dinge das Wort hatten, Nadeln etwa oder Scherben. Nicolas buchstabierte die Wörter mehr, als dass er sie las. Obwohl es seine Muttersprache war, bereitete ihm die Lektüre des Luxemburgischen Schwierigkeiten. Der Autor hatte für verschiedene Laute Vokale angehäuft, die Nicolas nicht recht einleuchteten. Was ihm im Alltag leicht von der Zunge ging, zeigte sich als Schriftbild verwirrend. Aber das war erst einmal Nebensache. Das erste Buch auf Luxemburgisch. Früher wäre ihm das egal gewesen. Aber als er in der Journal-Ausgabe vom zweiten September gelesen hatte, dass man im Lande laut über das Luxemburgische nachdachte, und nun, trotz niederländischer Regierung und preußischer Militärpräsenz in der Stadt, von einer Nationalsprache die Rede war, da hatte etwas aufgeleuchtet, da war es ihm hell im Kopf geworden. Er hatte an Marcs früheren Eifer gedacht und daran, dass sie alle nicht in diesem Elend säßen, wenn sie in der Heimat geblieben wären. Aber er selbst hatte sich damals nie Gedanken über die Heimat gemacht. Was sollte das schon sein? Ein Ort, an dem der Zufall einen auf die Welt stieß. Eine Beliebigkeit. War Heimat nicht dort, wo man lange genug lebte? Oder schleppte man etwa alte Dinge mit sich herum, Fetzen im Herzen, Staubkörner im Blut, die sich mit der neuen Erde nicht anfreunden konnten, obwohl man sich dort wohlfühlte? Wäre er also nie in Brasilien angekommen, selbst wenn ein Schiff ihn übers Wasser gebracht hätte? Nicolas wusste keine Antwort. Er wusste nur, dass sich etwas in seinem Leben ändern musste.
Einige Zeilen weiter hatte im Blatt gestanden, dass ein Gedichtband auf Luxemburgisch in Bälde erscheinen werde. Nicolas war daraufhin zu Camille gegangen und hatte ihn gefragt, ob er ihm dieses Buch besorgen könne?

»Sicher«, hatte Camille genickt, »aber es wird nicht billig werden.«
Nicolas hatte eingewilligt, sich ein Jahr um Camilles Ziegen zu kümmern und von jedem Brot, das er verdienen würde, eine Scheibe abzutreten. Außerdem sollte er seinem Nachbarn im nächsten Jahr zweimal Fleisch besorgen.
»Danke«, sagte Nicolas, sah, wie Jempy Majerus aus seiner Hütte trat, sich wie ein Pfahl in die Landschaft stellte und die Sonne auf sich scheinen ließ.
Camille hob die Hände. »War ein Leichtes«, sagte er. Die Ärmel seines Wintermantels hatten Staub und Matsch aufgesogen, waren am unteren Ende hart geworden und hingen wie zu große Armreifen um die Handgelenke. Nicolas konnte sich seinen Nachbarn gar nicht mehr ohne diesen Mantel vorstellen. Camille hatte ihn nicht nur letzten Winter getragen, sondern ihn auch den ganzen Sommer über anbehalten.
»Was gut gegen die Kälte ist, hilft auch gegen die Hitze«, hatte er gesagt, und der Schweiß war ihm über die Stirn gelaufen, hatte seinen kahlen Schädel in der Sonne glänzen lassen wie ein nasses Ei.
Nun trug er wieder einen Stofffetzen um den Kopf, hielt seinen Nacken schräg, als sei ihm das Gehirn zu schwer.
Im Hintergrund begann Jempy Majerus laut zu singen. Angenehm zog die Melodie zwischen den Behausungen hindurch, wieselte durchs Gras, wallte die Kuppe hinab.
»Willst selbst eins schreiben?«, fragte Camille, wies mit dem Kinn auf das Buch.
»Erst mal lesen«, antwortete Nicolas.
»Die Grenzen werden nicht mehr lange bleiben, wo sie sind«, sagte Camille. »Nicht nur bei uns sind viele unzufrieden. Die Belgier motzen auch. Alle fangen an, sich auf ihre Eigenheiten zu verständigen. Keiner will mehr was mit dem anderen zu tun haben.«
»Warum sollten die Luxemburger nicht ...«, begann Nicolas.
»Das ist mir alles zu anstrengend«, unterbrach ihn Camille.
Nicolas wollte seinen Satz trotzdem zu Ende bringen, sog etwas Luft durch die Nase ein, als ein Schrei aus Lucies Hütte kam.

Schrill und kurz bohrte ihre Stimme sich in den Himmel, dass Jempy Majerus' Gesang zu zittern begann und Nicolas hinüberblickte. Aber nichts weiter geschah. Es blieb still über dem kleinen Ginsterhaus.
»Ich habe mir einen schönen Stuhl mitgebracht«, sagte Camille, »einen breiten Holzstuhl. Den platziere ich jetzt vor meine Tür und ruhe etwas aus.«
»Willst es dir mit niemandem verscherzen, oder?«, erwiderte Nicolas.
Camilles Züge verhärteten sich. Sein schwerer Leib sah plötzlich wendig aus, voller Kraft. »Daran solltest du dir ein Beispiel nehmen«, antwortete er leise. »Das da sind nur Gedichte in einer Sprache, die keiner lesen kann. Ich wünsche dir gute Unterhaltung.«
Daraufhin drehte er sich um und stampfte zu seiner Behausung. Nicolas blickte ihm nach, sah zurück auf das Buch in seiner Hand und fuhr zusammen, als Kräuter-Lucie abermals schrie. Diesmal war es ein langes, anhaltendes Krächzen, als habe sie Schmerzen. Nicolas machte einen Schritt auf ihre schmale Hütte zu, hielt inne. Auch Camille war stehen geblieben. Jempy Majerus summte nur noch. Ein Schwarm Vögel flog über das Dorf, teilte sich, kam Richtung Wahl wieder zusammen.
»Schau mal nach ihr«, rief Camille.
Nicolas ging zögernd auf Lucies Behausung zu, drehte den Kopf, lauschte am Eingang. Dann blickte er zurück, sagte: »Sie winselt.«
»Schau nach«, befahl Camille.
»Ist doch viel zu eng«, antwortete Nicolas.
»Aaarrgh«, kam es von drinnen. Nicolas zuckte zusammen, kniete sich in den Eingang, verstaute das Buch in seiner Rocktasche, griff nach Lucies Füßen und zog sie daran langsam aus der Hütte heraus. Ihr Kopf polterte über die Erde, die Arme schleiften hinterher. Einen Moment lang lag sie wie tot im Sonnenlicht, die Augen geöffnet, mit geweiteten Pupillen, als sei es Nacht. Im nächsten Augenblick schlug sie um sich, lachte, fasste sich ans Herz und ließ ihren Mund auf- und zuklappen, wie ein Fisch auf dem Trockenen, bevor sie wieder still lag und krächzte. »Aaarrgh.«

»Ich glaube, ihr Mund ist komplett ausgetrocknet«, sagte Nicolas, »sie braucht Wasser.« Er kroch an ihr vorbei in die Hütte hinein. Drinnen roch es widerlich, scharf und faulig. Überall lagen Kräuter zu Büscheln zusammengeschnürt. Selbstgeschnitzte Holzgefäße und Teller standen längs der Wand, gefüllt mit harten Beeren, Kirschen und kastanienartigen, stacheligen Kugeln. Auch Töpfe mit Flüssigkeiten fand Nicolas, Lucies Suppen. Aber Wasser suchte er vergeblich. Also bewegte er sich rückwärts auf allen vieren wieder hinaus, richtete sich auf und rief nach Josette.
»Was ist?«, schrie diese zurück. Ihr Kopf tauchte in der Öffnung ihrer Hütte auf.
»Kannst du Wasser bringen. Lucie geht es schlecht«, antwortete Nicolas.
Camille trat neben ihn, schaute in Lucies gerötetes Gesicht. Ihr Brustkorb schien geschwollen zu sein, wölbte sich, als habe jemand Luft hineingepumpt. Dann sackte er ein und schnellte wieder hoch.

»Ich muss kurz rüber«, sagte Josette zu ihrer Mutter, griff nach dem Holzbecher, tauchte ihn in den halbvollen Eimer, der hinter Lilianes Kopf stand.
»Du hast sehr schmutzige Fingernägel, mein Kind«, hauchte die Mutter.
»Lucie geht es nicht gut«, erwiderte Josette, schaute auf die Hand ihrer Mutter, die auf der Erde ruhte. »Ich bin gleich wieder da.« Sie erhob sich, zog den Kopf ein, ging nach draußen«.

Vor der Hütte schlug der Wind zaghaft in eine Zeitung, ließ die Seiten aufflattern. Josette spürte die Sonnenstrahlen ihr Gesicht abtasten. Dort, wo Kräuter-Lucie lag, hatte sich eine Handvoll Bewohner versammelt, nur Jempy Majerus hielt sich abseits, sang ein Ave Maria. Josette lief hinüber, hielt der Kranken den Becher an die Lippen. Lucie versuchte etwas zu sagen, leierte aber nur, als sei ihre Zunge gelähmt. Dann trank sie gierig den Becher leer. Kinder kamen angerannt. Eines fragte: »Was hat die Lucie? Stirbt sie?« Niemand antwortete ihm. Lucies verfilzte Haare schlängelten sich wie Blindschleichen von ihrem Kopf

weg. Immer wieder krächzte sie. Dann kamen mit einem Mal verständliche Brocken aus ihr heraus. »Bemalt habt ihr ihn«, sagte sie, als spreche sie jemanden an, den nur sie allein sehen konnte, »in Gold, das ist schön. Vor allem die Trauben und Blätter an den Säulen. Und die Engelsflügel über dem Bild.«
»Sie phantasiert«, sagte Josette, »etwas ist in ihrem Kopf.«
»Ruhe!«, unterbrach Camille sie.
Alle schwiegen, hielten die Luft an, während Lucie eine Hand über ihre Augen lehnte: »Und den Bildrahmen. Das gehört sich so für die Heiligen.« Dann riss sie ihre Hand vom Gesicht, starrte Nicolas an, rief: »Du siehst krank aus. Die Adern zerwühlen dir das Gesicht.« Wenig später schien sie das Bewusstsein verloren zu haben, lag bewegungslos da.
Camille hatte den Mund geöffnet, erwartete etwas. Er wusste selbst nicht was, aber es würde etwas passieren. Lucie begann erneut von der goldenen Farbe an den Säulen zu sprechen, wiederholte immer die gleichen Sätze, leierte, bis schließlich nur noch unverständliche Laute aus ihrem Mund kamen.
So ging das eine gute Stunde weiter. Immer wieder schlief sie für Minuten ein, lallte beim Aufwachen, fand die Sprache wieder, lobte die Goldarbeiten, den Anstrich, erklärte Nicolas für den hässlichsten Menschen, den sie je gesehen hatte, und versank in Bewusstlosigkeit.
Niemand verstand, was sie meinte. Keiner wusste, was zu tun war. Die Sonne ließ sie blinzeln. Und plötzlich sagte Camille: »Sie redet vom Altar.«
»Von welchem Altar?«, erwiderte Josette, begriff im nächsten Augenblick, was Camille meinte, schüttelte den Kopf: »Der ist aus Holz, aus dunklem Holz.«
»Sie hat ihn gesehen und er war golden angemalt«, erklärte Camille.
»Aber er ist ...«, begann Josette.
»Was hast du da?«, schrie Nicolas, sprang auf eines der Kinder zu, das aus Lucies Hütte kam und sich daranmachte, die stacheligen Früchte, die es gefunden hatte, zu öffnen. Zwischen seinen Lippen glänzte dunkel eine Beere.
»Spuck das aus«, rief Nicolas, schlug das Kind auf den Hinter-

kopf. Die Beere rollte zusammen mit der stacheligen Frucht zu Boden.
»Das ist Gift«, sagte Nicolas zum Kind, wischte ihm die Tränen von den Wangen. »Willst du so enden wie die hier?« Das Kind schüttelte den Kopf.
»Was die alles zusammengebraut hat, die Kräuterhexe«, warf jemand ein.
Camille bückte sich mühselig, hob die Frucht und die harte Beere auf, drehte sie zwischen den Fingern.
Lucie delirierte weiter, lachte, warf sich auf, fiel zu Boden, pinkelte unter sich, krächzte, lachte erneut, versuchte zu sprechen.
»Von wegen Altar. Da steckt der Teufel drin«, sagte eine Frau, griff sich zwei der Kinder und ging, während Josette in Lucies Hütte kroch, die Suppen und die Kräuter vor die Tür schob. Einiges davon kannte sie, wusste von Liliane, dass man die Finger davon lassen sollte. Die schwarzen, harten Kugeln waren Tollkirschen. In einem Beutel trockneten Fliegenpilze. Allein der Geruch, den manche Blätter verströmten, machte einen schwindelig. Alles musste raus, wenn Lucie heute hier übernachten wollte. Sie stapelte die Grasbündel außen gegen die Seitenwand, legte Pilze und Kräuter darüber, stellte die Suppen davor. Selbst draußen im Wind stank das Zeug noch erbärmlich nach faulen Eiern, sogar schwefelig. Josette hielt einen Moment inne. Den Geruch kannte sie doch.
»Stechapfel«, sagte Jempy Majerus, zeigte auf die stachelige Frucht zwischen Camilles Finger. Niemand hatte bemerkt, dass er mit Singen aufgehört und sich hinter sie gestellt hatte. Sein Mund sah schwarz aus. Nur im Unterkiefer zeigten sich zwei Zähne, die nach vorne standen wie Hauer.
»Wirst bald nicht mehr beißen können, Jempy«, lachte Camille, entfernte sich zwei Schritte von seinem Nachbarn. Andere drehten den Kopf weg. Was aß Jempy nur, dass er so stank? Löste sein Magen sich auf? Faulte ihm die Milz?
Der Vogelschwarm kehrte aus Wahl zurück, teilte sich an derselben Stelle oben am Himmel und fand zehn Meter weiter wieder zusammen.
Jempy rieb sich die kleinen Wunden an seinem Kinn, die er sich

beim Rasieren geholt hatte. Das stumpfe Messer hatte ihm überall die Haut geritzt, aber nicht alle Haare gestutzt, die nun in winzigen Büscheln die blutigen Stellen umrandeten. Sogar das linke Ohr hatte er erwischt.

Der Geruch war wirklich starker Tobak. Außerdem gab es hier nun nichts mehr zu sehen. Lucie lag still da. Man konnte nur abwarten. Die meisten der Anwesenden verabschiedeten sich, kehrten in ihre Behausungen zurück. Auch Josette wollte zu ihrer Mutter, überblickte den Kräuter- und Beerenvorrat an Lucies Hütte, schaute einen Augenblick mit halb geschlossenen Augen in die Sonne, genoss die Wärme, als Nicolas leise sagte: »Ihre Nase wird blau.«

»Was?«, kam es aus mehreren Mündern gleichzeitig.

»Lucies Nase wird blau«, wiederholte Nicolas.

»Dann muss sie saufen, bis sie rot wird«, platzte Jempy heraus und lachte schallend.

»Sie erstickt«, sagte Nicolas. Seiner Stimme war Angst anzuhören. Jempy hörte auf zu lachen.

»Tut etwas«, schrie Nicolas, blickte in die Runde. Niemand reagierte, alle standen nur herum, schauten auf Nicolas hinab, wie er neben Kräuter-Lucie hockte und die Aufregung sein Gesicht verzerrte. War es das, was Lucie vorausgesehen hatte? War ihr Nicolas deshalb so entstellt erschienen?

»Was sollen wir denn machen?«, fragte Camille. »Wir können nichts tun.«

»Sie erstickt«, rief Nicolas noch einmal, sprang hinter ihren Kopf, hob sie an den Schultern hoch und schüttelte sie durch. Ihre Glieder schaukelten dabei, als habe sie diese Welt bereits verlassen.

»Das bringt doch nichts«, sagte Camille.

Nicolas hörte nicht auf, sie zu schütteln, schrie: »Lucie, mach die Augen auf!« Immer wieder: »Lucie, mach die Augen auf!« Aber Lucie blieb ohne Bewusstsein.

»Hör auf«, sagte Josette, »du brichst ihr noch was.«

Nicolas schaute seine Freundin hilflos an, schüttelte den leblosen Körper noch einmal, beruhigte sich dann, hielt Lucie einen Augenblick lang fest, ehe er ihren Oberkörper zu Boden gleiten ließ.

»Wir müssen einfach abwarten«, fügte Josette hinzu.
Hinter ihr begann Jempy Majerus zu summen, drehte sich um und stelzte davon. Jeder wusste, dass er zum Hundebaum gehen und sich mit dem Bauch auf die Erde legen würde. Das tat er nicht oft, aber in den letzten Monaten immer dann, wenn es ein Problem zu lösen gab.
»Andere arbeiten für ihre Ziele, Jempy legt sich hin«, spottete Camille seitdem. Die Brasilianer lachten über den Witz, und nur Camille selbst hörte jedes Mal in seinem Kopf einen Nachsatz, der wie ein Echo den Scherz vervollständigte: Fragt sich, wer mehr Erfolg hat.
»Wir sollten sie wieder in die Hütte legen«, sagte Josette, »draußen wird es kalt werden heute Nacht.«
»Und wie?«, fragte Nicolas, strich sich über die Haare, die sich aufbäumten, sobald die Hand darüber hinweggeglitten war.
»Ich krieche vor und ziehe«, erwiderte Josette.
Nicolas nickte, kniete sich zwischen Lucies Beine, umfasste ihre Taille und schob. So arbeiteten sie sich vorwärts, während Camille als einziger Zaungast zurückblieb. Als sie Lucie drinnen und etwas Stroh unter sie verteilt hatten, und als Josette über sie hinweg wieder nach draußen geklettert war, seufzte Camille, zog den Lappen um seinen Kopf zurecht: »Das ist mir alles zu anstrengend.« Er schmiss den Stechapfel und die Kirsche zu den anderen Früchten und verabschiedete sich. Nicolas sah, wie er den Holzstuhl vor den Eingang seines Hauses stellte und sich schwerfällig niederließ.
»Ich hoffe, sie kommt durch«, sagte Nicolas.
»Ja«, antwortete Josette. Ihre Haube hing auf dem Hinterkopf. Der Wind wuschelte Haarsträhnen in ihr Gesicht. Nicolas nahm das kleine Buch aus seiner Tasche. Der Einband hatte bereits einen Knick, und an einigen Seiten waren die Ecken eingedrückt.
»Was ist das?«, fragte Josette, hob den Holzbecher auf, hakte sich bei Nicolas ein.
»Das erste Buch auf Luxemburgisch«, antwortete er.
»Liest du es mir vor?«
Nicolas lächelte: »Ich muss es erst einmal selbst lesen.«

Josette nickte. »Ich werde später noch mal nach Lucie sehen«, sagte sie.
Um ihre schwarzen Augen strich das Sonnenlicht. Nicolas warf einen Blick zurück auf Lucies Hütte. »Wir müssen was ändern«, erwiderte er, »das kann so nicht weitergehen. Vielleicht sollten wir doch nach Esch ziehen oder irgendwo anders hin. Noch einmal auswandern.«
Josette drückte sich an seinen Arm, schwieg. Neben dem Baumstamm ließ die Zeitung ihre Blätter aufwallen. Ein Eichhörnchen floh, als sie sich näherten. Vorm Eingang küsste Nicolas seine Braut. Ihre Lippen schmeckten nach Salz. Josette ordnete ihre Haube, zog den Kopf ein und trat zu ihrer Mutter. Sie lag seitwärts gedreht, wie so oft in den letzten Tagen. Das sah aus, als schliefe sie, aber meist war sie wach.
»Lucie hat sich vergiftet«, sagte Josette, »sie hat sich Suppen aus der Tollkirsche gebraut. Stechapfel war auch dabei. Zumindest drinnen bei ihr haben wir welchen gefunden, auch andere Gewächse. Vielleicht war sie deshalb immer so fröhlich.«
Liliane antwortete nicht. Josette setzte sich neben ihre Mutter, wischte den Rand des Bechers mit dem Vortuch ab.
»Sie hat viel zu viel in die Suppe getan. Es könnte sein, dass sie das nicht überlebt. Willst du etwas trinken?« Sie tauchte den Holzbecher in den Wassereimer, bemerkte, dass es seltsam still war in der Hütte. Ihre Mutter hustete nicht, kein röchelnder Atem war zu hören. Josette ließ den Becher in den Eimer fallen. Das Wasser schwappte etwas hin und her.
»Mutter.«
Josette nahm ihren Kopf in beide Hände.
Nicolas tauchte im Eingang auf, fragte: »Was ist mit ihr?«
»Mutter!«, schrie Josette.
Aber da war Liliane bereits seit einer halben Stunde tot.

13. Morača

»René, das ist jetzt schlecht. Ich verstehe das ja, aber Charlotte muss ...« Betty ging im Wohnzimmer auf und ab, das Mobiltelefon zwischen Schulter und Ohr eingeklemmt. Der rechte Arm stand dabei angewinkelt vom Körper ab, als sei er eingegipst. Betty ließ die Jacke durch ihre Hände gleiten, versuchte in den linken Ärmel zu schlüpfen, zog den Stoff über den Handballen. »Nein, sie machen einen Ausflug. Wenn sie den Bus verpasst, darf ich sie ins Ösling fahren.«

In der Ecke wippte der Drachenbaum. Erholt hatte er sich in all den Monaten nicht. Unter Bettys Schuhen gab der Teppich nach. Sie blieb vor den Blumen auf dem Fensterbrett stehen, blickte auf die staubfreien Blätter. Zwei lila Kelche lehnten sich aneinander wie ein junges Paar. Bettys Jacke baumelte an einem Arm in ihrem Rücken bis zu den Kniekehlen. »Das ist immer so am Ende des Schuljahres. Ich muss jetzt wirklich ... Moment mal.« Sie nahm den Hörer in die Hand, schaute auf die Uhr, rief: »Charlotte, wir müssen!«, hielt sich das Telefon erneut ans Ohr.

In der Küche saß Jean und tunkte zum Frühstück Kekse in den Kaffee. Wenn er abends in der Kneipe gewesen war, brauchte er morgens etwas Süßes, um in die Gänge zu kommen. Er traf Aleksandar und Adnan öfter. Die Gespräche inspirierten ihn. Anderntags versuchte er dann die Geschichten, die sie erzählt hatten, nachzustellen, haute sie in die Steinsockel, Wälder aus Eisenstangen, geschlitzte Fluchtwege, abstruse Besäufnisse aus Rost.

Durch seinen Kopf schwappte ein dumpfer Schmerz. Sein Nacken war steif, und das Licht, das ihm über die Schultern stieg und ihn von der Tischplatte aus ansprang, ließ ihn die Augen schließen, während er kaute.

»Bei uns gibt es Bier in Plastikflaschen«, hatte Aleksandar gesagt und die Größe mit den Händen angezeigt. In seinen Augen war dabei ein Glanz entstanden, der so viele Erinnerungen gespiegelt hatte, dass für das Bier selbst kaum Platz darin gewesen war. »Keine Kneipe in Trpezi«, hatte Adnan bestätigt. »Wenn wir uns treffen, dann zu Hause, um Karten zu spielen oder unten am Eingang des kleinen Ladens. Da sitzen wir ab und zu auf den Holzscheiten und trinken.«

Aleksandar hatte genickt, an seinem Glas genippt und gesagt: »Es heißt MB, unser Bier.«

»Das wird in Serbien gebraut«, war Adnan ihm ins Wort gefallen. »Wir haben das Nikšićko.«

»Jetzt mach nicht alles kompliziert«, hatte Aleksandar erwidert, »was macht das schon. Wir trinken es. Weißt du, was das bedeutet, MB?«

Jean hatte den Kopf geschüttelt.

»Muslimisches Bier!«, war es ernst über Aleksandars Lippen gerutscht.

Einen Moment lang hatten er, Adnan und Jean sich verwirrt angesehen, dann waren sie nicht mehr zu bremsen gewesen, hatten laut gelacht, dass die ganze Kneipe sich nach ihnen umgedreht hatte. Jean war sich sofort sicher gewesen, irgendwann auch einmal ein MB zu trinken. Vielleicht könnten sie mal Urlaub in Montenegro machen. Er und Betty waren schon länger nicht mehr zusammen weggefahren.

Aber geschlafen hatten sie wieder miteinander. Und das auf Bettys Initiative hin.

»Hast du etwa zwei Minuten Zeit?«, hatte er gefragt. Und sie hatte gelacht und dann in strengem Ton gesagt: »Schweig und zieh dich aus!« Das wiederum hatte ihn zum Lachen gebracht. Er hatte sie hochgehoben, aufs Bett geworfen und ihre Handgelenke oberhalb ihres Kopfes festgehalten. Sie hatten noch viel dabei gelacht. Eigentlich war es eine lachhafte Nummer gewesen, aber er hatte seit Langem endlich wieder so etwas wie Glück an ihrer Seite gespürt. Natürlich war sie keine fünf Minuten länger als nötig neben ihm liegen geblieben, hatte sich an ihren Schreibtisch gesetzt, ungeduscht, im Bademantel, aber seitdem schien es aufwärtszugehen.

Jean lächelte, fischte mit dem Löffel aufgeweichte Keksteile aus seinem Kaffee. Er hörte, wie Betty sagte: »Nein, weiß ich nicht. Woher soll ich wissen, wer Dragana ist?«
Oben knallte die Tür. Charlottes Schnürstiefel polterten die Treppe herab.
»Du willst was?«, rief Betty. »Und hör mal auf, immer ›genau‹ zu sagen, das macht mich kirre.«
Jean hob den Kopf. Seine Tochter blieb im Türrahmen stehen, fragte: »Morgen, Paps. Schwere Nacht gehabt?« Dann lachte sie, sagte: »Tschüss«, und stiefelte ins Wohnzimmer. Auf der sichtbaren Gesichtshälfte war der Kajalstrich unterm Auge dick und verschmiert. Eine Schliere, als hätte Charlotte geheult, lief bis zum Mundwinkel.
»Da verwechselst du Arbeit und Privatleben«, erwiderte Betty, drehte sich um: »Wie siehst du denn aus? Nein, nicht du. Warte mal.« Sie ließ erneut das Telefon sinken, schaute ihre Tochter fassungslos an. Der Skorpion, der Charlottes Haare von ihrer rechten Gesichtshälfte fernhielt, krümmte das Hinterteil zur Stirn hin, dass man meinen konnte, er habe sein Gift unter ihr Auge gespritzt.
»Was soll das?«, fragte Betty, wartete die Antwort nicht ab, fügte hinzu: »Weißt du, wie du aussiehst?«
»Weißt du, wie DU aussiehst?«, fragte Charlotte zurück, zeigte auf die Jacke, die ihrer Mutter halb über der Schulter bis zu den Kniekehlen hing. Wieso brauchte ihre Mutter überhaupt eine Jacke? Es war Mitte Juni und draußen heiß wie sonst was.
Betty ließ den Hörer langsam in die andere Hand gleiten, führte ihn zurück ans Ohr, während sie mit dem rechten Arm versuchte, die Jacke anzuziehen. »René, wir müssen da mal in Ruhe ...«, sagte sie, griff nach ihrer Handtasche, ging in den Flur.
Aus der Küche rief Jean: »Wir könnten doch mal Urlaub in Montenegro machen«, bekam aber keine Antwort.
Betty zog die Haustür auf, zeigte hinter sich auf den Rucksack, der auf dem Boden stand, winkte ihre Tochter anschließend hinaus.
»Du kannst doch nicht jede heiraten, nur weil sie abgeschoben werden soll«, sagte Betty.

»Wiedersehen«, rief Jean übertrieben herzlich. Die Tür fiel ins Schloss.
Von der Metallstange flog eine Elster ab, landete am anderen Ende des Vorgartens im Apfelbaum. Charlotte zog ihr schwarzes T-Shirt nach unten, schulterte den Rucksack. Den neu eingesetzten Ring an ihrem Nabel musste Betty nicht unbedingt sehen. Am gleichmäßig blauen Himmel hing ein Kondensstreifen wie ein abgeschnittenes Stück Gazestoff.
»Ich fahre jetzt los, also lass uns ...«, versuchte Betty das Gespräch zu beenden. Einige Häuser weiter klebten zwei Uniformierte Strafzettel an die Autos.
»Na, das ist ja ganz neu«, antwortete Betty, »und ist diese Dragana auch verliebt?« Sie zwängte sich hinters Lenkrad, schloss die Tür, griff nach dem Sicherheitsgurt, legte ihn sich über die Schulter. Durch die Scheibe sah sie einen Hund die Reifen der geparkten Autos beschnuppern.
»Wieso weißt du das nicht? Frag sie doch«, erwiderte Betty.
Charlotte verdrehte die Augen, öffnete den Rucksack, schaute hinein, während ihre Mutter den Wagen startete. Den CD-Spieler hatte Charlotte bereits gestern eingepackt, dazu drei Marilyn-Manson-Scheiben. Nun lagen eine Flasche Cola, Chips und Kaugummis dabei sowie eine Regenjacke. Was sollte sie mit einer Regenjacke? Sie ließ das Beifahrerfenster herunter. Eine warme Brise griff ihr ins Gesicht. Die Uhr auf dem Armaturenbrett zeigte fünf vor acht. Betty nahm das Telefon in die andere Hand, schnallte sich an, während Charlotte die Regenjacke auf den Rücksitz schmiss.
»Da kann ich nicht«, sagte Betty, »da spielt die Jeunesse gegen ...«
»Ich kann bald auch nicht mehr«, warf Charlotte dazwischen, zeigte auf die Uhr.
»Was heißt denn, ich heirate nur einmal. Du weißt doch nicht einmal, ob sie dich liebt«, rief Betty, legte den ersten Gang ein, fuhr los. Charlotte streckte den beiden Uniformierten die Zunge heraus.
»Natürlich liebe ich Jean«, Bettys Kopf zitterte kurz, »das hat doch damit gar nichts zu tun.«
»Ich brauche noch Geld«, sagte Charlotte.

In der Clair-Chêne-Straße steckte sich Betty blitzschnell das Handy zwischen die Beine, fuhr an einer Verkehrskontrolle vorbei, schaute in den Rückspiegel. Dann nahm sie das Mobiltelefon wieder auf: »Ich musste dich grad weglegen. Die Polizei ...«
»Schönes Vorbild bist du«, sagte Charlotte.
Betty schnitt ihr eine Grimasse, während ihre Lippen ein stummes »Blablabla« formten. Charlotte wusste nicht, ob Betty ihre Bemerkung oder Renés Ausführungen meinte. Sie öffnete die Kaugummipackung, schmiss das Papier aus dem Fenster, steckte sich einen Streifen in den Mund.
»Mach doch einfach, was du willst. Du bist erwachsen. Aber wenn du meine Meinung ...«, entgegnete Betty. »Das ist doch Blödsinn. Unter Freunden wird man doch wohl offen reden können.«
Ein älteres Paar lag im ersten Stock in einem Fenster, schaute auf Bettys Wagen herab. Der Mann trug eine graue Strickjacke und war unrasiert. Die Frau hatte Lockenwickler im Haar.
Was schauen die?, dachte Charlotte, machte eine Blase mit dem Kaugummi, ließ sie platzen. Zwischen den Bäumen am Straßenrand zogen Spatzen hängende Linien.
»Ja«, antwortete Betty, »so machen wir es. Bis dann.«
Sie fuhren am Schwimmbad vorbei, bogen in den Breitenweg ein, während Betty das Telefon in ihre Jacke steckte.
»Lass ihn doch heiraten, wen er will. Geht dich doch gar nichts an«, sagte Charlotte. Und da ihre Mutter nicht antwortete, fügte sie hinzu: »Du mischst dich überall ein. Niemand in deiner Umgebung darf machen, wozu er Lust hat.«
»Die Pubertät soll bei einigen Mädchen ja schon mit Ende zwölf anfangen«, erwiderte Betty.
Von der Ampel aus, an der sie hielten, konnte Charlotte einen Teil des Asylantenheimes sehen. Tiha war sicher schon beim Bus.
»Wieso sagt eigentlich jeder Nonnenhäuschen zum Heim?«, fragte Charlotte.
»Weil früher Nonnen drin gelebt haben«, erwiderte Betty.
»Danke für die Info«, konterte Charlotte.
»Bitte«, antwortete Betty. Sie war mit den Gedanken bei René.

Hatte er sich wirklich verknallt oder machte er sich nur etwas vor? War es in seinem Fall vielleicht konsequent, die Arbeit ins Private zu strecken?

Vor der Schule parkte der Bus, eingehüllt in wildes Gekreische, lautes Lachen. Betty stellte ihren Wagen dahinter, drehte am Schlüssel, schaute ihre Tochter an.
»Ich brauche noch Geld«, sagte Charlotte erneut, hielt die Hand auf.
»Du siehst fürchterlich aus«, antwortete ihre Mutter, »als hättest du geheult.«
»Ja, Elefantentränen«, erwiderte Charlotte.
Betty öffnete die Handtasche, nahm einen Zwanzigeuroschein heraus. »Wie viele Franken sind das jetzt?«
»Franken gibt es nicht mehr«, entgegnete Charlotte, »komm in der Wirklichkeit an.«
»Ich muss umrechnen. Das tun alle, die ich kenne«, erwiderte Betty.
»Alle scheintot«, sagte Charlotte, zog ein Grinsen übers Gesicht.
»Gewöhn dir mal einen anderen Ton an«, warnte Betty ihre Tochter, drückte ihr einen zweiten Zwanziger in die Hand.
»Danke, Muttchen«, sagte Charlotte, sprang aus dem Wagen, verschwand neben dem Bus. Betty ließ das Beifahrerfenster hochfahren. Das Stimmengezappel wurde leiser.
Ich mache blau. Ich mache heute blau, dachte Betty, drehte an den Armreifen an ihrem Gelenk. Sollen die doch ohne mich auskommen. Dann startete sie den Motor und fuhr zur Arbeit.

Als Tiha die Tür zu den Klos aufschubste, erschrak Cecile. Sie hatte ihr Gesicht nahe an den Spiegel heran geschoben und an ihrem rechten Auge herumgefummelt. Jetzt rief sie laut: »Scheiße!«, schaute ins Waschbecken und nahm vorsichtig etwas heraus.
»Ja, was denn?«, erwiderte Tiha, betrat den Toilettenraum. Es roch nach Reinigungsmitteln, obwohl eines der Fenster auf Kippe stand. Die Tür bewegte sich langsam ins Schloss zurück. Cecile drehte sich nicht um, blickte in den Spiegel, wartete da-

rauf, dass Tiha in einem der Klos verschwände, aber die dachte gar nicht daran. Sie war durch den Schulflur gelaufen und hier gelandet, weil Charlotte weder im Bus gesessen noch davor gewartet hatte und sie sie suchen wollte.

Cecile legte die Kontaktlinse auf ihren Zeigefinger.

»Was ist denn mit deinem Auge?«, fragte Tiha, blickte ebenfalls in den Spiegel. Cecile senkte den Kopf, versuchte ihr Gesicht hinter einem der dicken Zöpfe zu verstecken, während ihre Mitschülerin an sie herantrat.

»Jetzt lass mich«, raunzte Cecile.

Von draußen war das Geschrei der anderen zu hören.

»Du hast ja ein ganz normales, grünes Auge«, sagte Tiha.

Cecile bückte sich nach vorn, setzte die Kontaktlinse ein, warf einen Blick in den Spiegel, drehte sich dann ihrer Mitschülerin zu, antwortete: »Nein.«

Tatsächlich sah sie nun aus wie immer. Ein kaum blau zu nennender Kreis unterbrach das Weiße ihrer Augen, so als hätte sie keine Iris.

»Wow«, sagte Tiha, »du hast die ganze Zeit gefärbte Kontaktlinsen angehabt. Und ich dachte ...«

Draußen schrie die Lehrerin: »Alles einsteigen!«

»Halt bloß die Fresse«, drohte Cecile. Ihr dünner Körper steckte in einem schwarzen Hemd, auf dem hochkant ein Logo bis zur Brust verlief.

»Genau wie Marilyn Manson, was«, sagte Tiha.

»Marilyn Manson heißt die Band«, sagte Cecile, »der Sänger mit den Kontaktlinsen heißt Brian Warner, falls dir das noch nicht klar sein sollte.«

»Sind deine Haare auch gefärbt?«, fragte Tiha.

»Kann schon sein«, antwortete Cecile, beruhigte sich etwas.

»Und deine Mutter sagt nichts dazu?«, fragte Tiha weiter.

Cecile zuckte mit den Achseln, warf noch einen Blick in den Spiegel, antwortete: »Ich trag sie nicht zu Hause.«

»Du hast echt völlig normale, grüne Augen«, wiederholte Tiha.

»Jetzt krieg dich wieder ein«, erwiderte Cecile und öffnete die Tür zum Flur.

»Da seid ihr ja.« Frau Beffort stand neben dem Fahrersitz und hatte damit begonnen, die Schüler durchzuzählen. Von weiter hinten winkte Charlotte. Tiha nahm ihre Tasche von einem der Sitze, lief durch den Mittelgang, setzte sich neben ihre Freundin. Sie drückten zur Begrüßung die Fäuste gegeneinander, und Tiha sagte: »Du siehst ja cool aus.«
»Ja, ziemlich cool«, Cecile rutschte in die Reihe davor neben einen Jungen, der Luc hieß und Klassenbester war. Weiter vorne schlug Roger einem Mitschüler seine Tasche auf den Kopf. Ein lautes Johlen klatschte gegen die Fenster, flog an die Decke, verbreitete sich zwischen den Sitzen.
»Jetzt beruhigen wir uns«, rief Frau Beffort ins Mikrophon, dass es quietschte.
»Jawohl, Frau Lehrerin«, antwortete Cecile, und alle lachten. Der Busfahrer startete den Motor und fuhr los.
»Bald ist das Schuljahr zu Ende, wie ihr wisst«, begann Frau Beffort. Lautes Freudengeschrei. »Und damit auch die Grundschule. Ich habe unter anderem versucht, euch etwas über das Land, in dem ihr lebt, beizubringen, und ich hoffe, der ein oder andere behält auch das ein oder andere.«
»Aber klar!«
»Heute fahren wir erst nach Rindschleiden und schauen uns eine der schönsten und ältesten Kirchen Luxemburgs an. Dann geht es quer durchs Land nach Vianden, wo das Mittagessen auf uns wartet und die Burg. Wir werden gegen 18 Uhr wieder in Esch sein. Während der Fahrt bitte ich alle Handys auszuschalten, falls jemand trotz Verbot eins mitgebracht haben sollte. Noch Fragen?«
»Was gibt es zum Mittagessen?«, rief Charlotte.
»Für jeden eine Erbse«, antwortete die Lehrerin, »und nun wünsche ich uns einen schönen Ausflug. Denkt daran, euch Notizen zu machen, denn wir werden nächste Woche einen Aufsatz schreiben.«
Der Fahrer lenkte den Bus auf die Luxemburger Straße.
»Ich habe gar nichts zum Schreiben dabei«, sagte Charlotte, bot Tiha und Cecile, die vor ihnen auf dem Sitz kniete, einen Kaugummi an.

»Kann man doch behalten, was man sieht«, antwortete Tiha, »wir sind doch nicht verkalkt.«
»Wir nicht, aber die«, warf Cecile ein, zeigte mit dem Kopf hinter sich Richtung Lehrerin. Luc kicherte. Wenig später roch es nach künstlichen Kirschen. Alle drei machten Blasen, ließen sie platzen, kratzten das Kaugummi von der Oberlippe. Cecile schaute auf Tihas T-Shirt, dachte, wieso hat die schon Brüste? Bei ihr blieb alles flach.
Sie fuhren am alten Schlachthof vorbei Richtung Autobahn. Der Skorpion auf Charlottes Kopf zitterte wütend. Sie zog ihr T-Shirt hoch, wartete, bis Tiha und Cecile das Piercing bemerkten, bedeckte dann schnell ihren Nabel.
»Habe ich richtig gesehen?«, rief Cecile, versuchte nach dem T-Shirt ihrer Freundin zu grabschen, während Tiha »Zeig! Zeig es!«, wiederholte. Charlotte lächelte, zog langsam den Stoff über ihren Bauch. Ihre Freundinnen schauten auf den kleinen Silberring, der den geröteten und leicht geschwollenen Nabel schmückte.
»Das dürfte ich nie«, sagte Tiha, »du?«
Cecile kniff die Augen zusammen. »Hast du das deiner Mutter gezeigt?«, fragte sie.
»Bist du verrückt? Die Scheintote meckert doch über alles«, erwiderte Charlotte, begutachtete selbst ihren Körperschmuck.
»Wehgetan?«
Charlotte schüttelte den Kopf.
»Sieht total abgefahren aus«, sagte Cecile.
Luc schob neben ihr seinen Kopf über den Sitzrücken, schaute ebenfalls auf Charlottes Bauch.
»Eh, du Spanner«, pflaumte Tiha ihn an, »schau auf deine Wampe.«
Luc drehte sich um, sackte zurück aufs Polster. Draußen schnellten die Leitplanken am Bus vorbei.
»Wenn ich sechzehn bin, lass ich mir die Brustwarzen piercen«, sagte Cecile.
»Boah, nee, das find ich abartig«, antwortete Tiha. »Stell dir vor, da zieht jemand dran.« Sie schüttelte sich.
»Wieso soll da jemand dran ziehen?«, fragte Cecile, warf ihre roten Zöpfe nach hinten über die Schultern.

»Was weiß denn ich?«, entgegnete Tiha. »Gibt so Perverse.«
»An dem kannst du ziehen«, sagte Charlotte, nahm den Ring zwischen ihre Finger und bewegte ihn vorsichtig hin und her.
»Spür ich nichts von.«
»Darf ich mal?«, fragte Tiha. Ihre Freundin nickte. Sie strich über das Metall, fühlte das kleine Stück vom Ring unter der Haut.
»Du kitzelst mich«, lachte Charlotte.
Luc nahm seinen Harry-Potter-Band aus dem Rucksack, steckte den Kopf zwischen die Seiten.
»Du hast aber auch den Bauch dafür«, sagte Tiha, legte ihre Hand flach auf Charlottes Haut.
»Braucht man doch keinen bestimmten Bauch zu«, entgegnete Cecile.
»Sieht bei einigen aber besser aus als bei anderen«, antwortete Tiha. »Wenn man so ganz dünn ist, ich weiß nicht. Da musst du erst mal Brüste bekommen, ehe du sie piercen lassen kannst.«
»Soll ich Tittenhormone schlucken wie du?«, fragte Cecile.
Tiha nahm die Hand vom Bauch ihrer Freundin. In ihrem Hals pulsierte innerhalb von Sekunden eine Wut, in der alle Bemerkungen Ceciles der beiden letzten Jahre brannten. Sie schluckte, atmete einmal durch, sagte dann ruhig, Ceciles Tonfall imitierend: »Därsno öfli wä of noi itsch deiräktschen fiar goi.« Charlotte unterdrückte ein Lachen.
Durch den Bus schrie Roger: »Fahrkartenkontrolle!«
Einige Schüler kicherten, während Ceciles Wangen die Farbe ihrer Haare annahmen. Sie hätte Tiha gerne eine gescheuert, fragte aber nur leise: »Warum machst du das?« Ihre Mundwinkel hingen nach unten. Sie sah verletzt aus.
Tiha hatte sofort einen Kloß im Hals. Es tat ihr leid, sich über Ceciles Aussprache lustig gemacht zu haben. Aber sie war nicht mehr die kleine Tiha aus Montenegro, mit der man umgehen konnte, wie man wollte. Sie sah, wie Cecile die Unterarme auf die Rückenlehne stützte, auf eine Antwort wartete. Unter ihnen summte der Straßenbelag.
»Weil ich erwachsen bin«, sagte Tiha
Ceciles Gesicht blieb ohne Regung. Sie sah auf Charlotte, die kalt ihren Blick erwiderte. Wortlos drehte sie sich um, setzte sich.

Auf die Kopflehne vor ihr hatte jemand mit schwarzem Stift »Fick dich!« geschrieben.

Ab diesem Augenblick schwiegen sie eine lange Weile. Im Bus raschelten Chipstüten. Einige errieten Popstars, die Roger nachahmte. Tiha wusste, dass Charlotte auf ihrer Seite war, Cecile ihr nicht mehr das Wasser reichen konnte, aber das miese Gefühl blieb. Neben ihr legte Charlotte eine CD ein, steckte sich die Knopfhörer in die Ohren.

»Wenn du dich gestritten hast«, sagte Opa Gordan, »ist wieder viel Platz da, um sich zu vertragen.« Er drückte seine Schiebermütze aus der Stirn. »Vielleicht streitet man sich nur, weil die Versöhnung so viel Spaß macht. Das ist ein schönes Gefühl. Da wird einem leicht und man sieht so weit, als stünde man oben bei der Bank und blicke hinab ins Tal«, fügte er hinzu.

Aus Charlottes Kopfhörer war scheppernd die Musik zu hören.

»Warte etwas«, empfahl Opa Gordan, »dann löst sich der Nebel auf, und du kannst losgehen. Irgendwann wirst du sehen, wo der andere steht. Und wenn du angekommen bist, hast du das Gefühl, dass alles nicht der Rede wert war.«

Tiha blickte zwischen den Sitzen hindurch, sah, wie Luc Cecile eine Kekspackung hinhielt und sie zugriff. Draußen flatterte das Licht zwischen den Bäumen auf, blitzte, verschwand hinter einem Stamm, blitzte erneut auf. Es war ein viel zu schneller Takt, und Tiha schloss die Augen. Opa Gordan lag halb auf dem Sofa und sang das Lied mit, das im Fernseher lief. Als Milka und Eldina klingelten, rief er: »Ah, die Zukunft Montenegros steht vor der Tür.«

Die beiden Mädchen legten die Köpfe schief. Zusammen mit Tiha zeichneten sie Vierecke auf die abschüssige Straße, fingen an, von einem Kreidezeichen zum anderen zu hüpfen. Opa Gordan sprang mit. Er plumpste mehr, als dass er auf seinen Füßen landete, schrie dabei und jauchzte.

Eldina flüsterte: »Der ist verrückt.«

Und Tiha antwortete: »Nee, der ist mein Opa.«

Sie lachte.

»Was geierst du?«, fragte Charlotte, nahm die Hörstöpsel aus den Ohren.
»Hab nur nachgedacht«, antwortete Tiha.
»He, Cecile, willst du mal den CD-Spieler?«, sagte Charlotte, lehnte sich nach vorn.
»Hab meinen dabei«, kam es kauend vom Vordersitz.
Luc hielt ihr immer noch die Kekspackung hin.

»Weißt du, dass ich dachte, ihr hättet ein Geheimnis«, sagte Charlotte später, zog mit beiden Händen den Stoff über ihrem Nabel glatt, dass man die kleine Ringwölbung sehen konnte.
»Wer?«, fragte Tiha.
»Na, du und deine Eltern, Adnan, Nada«, erklärte Charlotte, blickte auf ihren Bauch.
»Was für ein Geheimnis?« Tiha verstand nicht, was ihre Freundin meinte.
»Vergiss es«, sagte Charlotte, schob kurz den Stoff über ihr Piercing und zurück.
»Geheimnis«, flüsterte Tiha, »Geheimnis«, näherte sich ihrer Freundin.
Charlotte hielt die Hände schützend vors Gesicht, lachte.
Frau Beffort tauchte bei ihnen auf, fragte: »Na, habt ihr Spaß?«
»Nee«, antwortete Charlotte todernst.
»Wir sind bald da«, entgegnete die Lehrerin. »Benehmt euch in der Kirche. Das ist weder ein Schulhof noch ein Kinderzimmer.«
»Danke, dass Sie es uns sagen«, erwiderte Cecile.
Frau Beffort ging wieder nach vorn zum Fahrer.

Von der Hauptstraße bogen sie an einem alten Steinkreuz ab, das auf einem Ziegelsockel festgemauert war, rollten die schmale Fahrbahn nach Rindschleiden hinab. Zu beiden Seiten erstreckten sich lichte Tannenwälder, die so rasch endeten, wie sie aufgetaucht waren, und umzäunten Weiden Platz machten.
Luc klopfte gegen das Fenster, zeigte auf die geweißten Mauern unten im Tal. Zwei Kühe hoben ihre Schädel, schauten auf den Bus, der das Ortsschild passierte und auf den kleinen Parkplatz rollte.

Als die Türen aufklappten, drängten alle hinaus, als brenne es drinnen. »Freiheit!«, brüllte Roger.
Einige schlenderten zum Weiher, der sich in der kleinen Parkanlage befand, schauten in den Brunnen, blickten enttäuscht auf die Abdeckplatten. Frau Beffort klatschte in die Hände, versammelte alle wieder, führte die Klasse an die Friedhofsmauer, die die Kirche umringte, bat um Ruhe.
»Gott spricht«, flüsterte Luc.
Cecile blickte ihn erstaunt an, sagte: »Du kannst ja richtig lustig sein, Brillengestell.« Luc errötete.
»Ihr seht schon von außen, dass die Kirche aus verschiedenen Teilen besteht«, erhob die Lehrerin ihre Stimme. »Am Turm erkennt ihr die Ziegel, aus denen er gebaut wurde. Das Hauptschiff ist breiter und verputzt, dann wird der Chor schmaler, und man sieht die Ziegel wieder, und hinten der eckige Anbau ist erneut weiß.«
»Der Chor?«, sagte Charlotte, »ich sehe nur Wände.«
»Ursprünglich wurde hier im 10. Jahrhundert eine Kapelle gebaut – liebe Cecile, könntest du deine Kopfhörer in der Tasche lassen, bis ich mit meinen Ausführungen zu Ende bin? Danke dir – aber davon seht ihr nicht mehr viel, denn im 16. Jahrhundert wurde das Schiff verbreitert. Den Chor hatte man bereits im Jahrhundert davor neu errichtet. Größer als der alte.«
Charlotte pustete ihre Backen auf, spuckte den Kaugummi auf die Straße: »Das Schiff, der Chor? Ich denke, wir sehen eine Kirche?«
»Wenn ihr achtgegeben habt, ist euch das eingemauerte Sakramentshäuschen am hinteren Teil der Kirche aufgefallen. Normalerweise befindet sich das nicht außen an einer Kirche, sondern wo?«, fragte die Lehrerin und erntete Schweigen.
»In den Dachrinnen«, flüsterte Luc.
»Richtig«, sagte Frau Beffort, »innen.«
Cecile prustete los, blies dabei Luft in die Kaugummihaut.
»Innen in der Kirche«, bestätigte die Lehrerin. »Aber hier hat man 1936 das Häuschen bei Bauarbeiten wiederentdeckt und aus Unwissenheit als Dekoration außen angebracht. So geht das, wenn einem der Kaugummi die Ohren verstopft.«

Cecile schabte das klebrige Zeug von ihrer Nase. Das war vielleicht eine Riesenblase gewesen.
»Wieso denn wiedergefunden?«, fragte Luc. »Wie kann man denn hier so ein Häuschen verlieren?« Seine Frage war ernst gemeint, aber alle lachten. Er merkte, wie Cecile ihm einen anerkennenden Blick zuwarf.
»Als der Altar, den ihr gleich sehen werdet, eingebaut wurde, 1695, da hat man das Sakramentshäuschen entfernt und irgendwo hinten abgelegt«, erklärte Frau Beffort, machte eine Kunstpause und fragte: »Wer weiß denn, wem die Kirche geweiht ist?«
»Mir!«, schrie Roger.
Fröhliches Gelächter.
»Zu wessen Grab führt denn die Springprozession in Echternach jedes Jahr?«, versuchte es die Lehrerin.
»Ich weiß es, aber ich sag es nicht«, flüsterte Luc.
»Zum heiligen Willibrord«, löste Frau Beffort das Rätsel.
»Ist der auch bei uns in der Klasse?«, fragte Roger.
Von Weitem beobachteten die Kühe das laute Treiben im ansonsten stillen Tal.
»Bevor wir hineingehen, möchte ich noch einmal darauf hinweisen, dass es sich um eine Kirche handelt. Fasst bitte nichts an und benehmt euch«, sagte Frau Beffort. Dann winkte sie die Klasse zur Eingangstür.
»Wer wohnt denn noch hier?«, fragte Roger. »Es gibt ja nur zwei Häuser.«
Die Lehrerin nickte. »Ein Bauer, der Pfarrer und seine Haushälterin«, sagte sie. »Früher gab es hier mehr Einwohner, aber viele waren es nie.«
Die Gittertür zum Kirchhof quietschte, links und rechts standen Grabkreuze, einige neu, andere von der Witterung an den Kanten gerundet und mit Moos bedeckt. Alte Platten waren seitlich in die Turmmauer eingelassen. Luc zückte seine Kamera und machte Fotos, fotografierte vor allem die Kreuze, an denen Cecile sich gerade aufhielt.
Die Rasenflächen rund um die Gräber wirkten giftig grün, hatten aufgerissene Stellen, als habe jemand Fußball darauf gespielt.

Tiha schaute am Turm hoch, sah über der Holztür die Zahl 1750 stehen, stieß Charlotte an: »Von wegen Mittelalter.«
Leider war Frau Beffort in diesem Moment genau hinter ihr, hörte die Bemerkung und erklärte nun einen weiteren Umbau, dem diese Zahl in Stein zu verdanken war.
Niemand machte sich Notizen. Nicht einmal Luc hatte einen Schreibblock dabei.
Sie zogen die Tür auf, betraten laut redend den Turm, blickten ins Halbdunkel. Durch die farbigen Glasfenster drang kaum ein Sonnenstrahl. Von hinten wurde geschoben und geschubst. Die Lehrerin drückte auf den Lichtschalter.
Und plötzlich schwiegen alle. Sogar Roger blieb einen Moment lang der Mund offen stehen. Von außen hatte die Kirche keinen Eindruck auf ihn gemacht, aber nun waren über ihm all diese Fresken, alte Deckenmalereien, wie er sie vom Urlaub mit seinen Eltern her kannte, Heiligenbilder, die ihn normalerweise zu Tode langweilten, aber das hier war sozusagen vor der Haustür und völlig unerwartet gekommen.
Frau Beffort blickte zufrieden auf ihre verstummten Schüler.
»Das ist stark«, flüsterte Cecile anerkennend, behielt genau wie die anderen den Kopf im Nacken. »Das würde auch Brian Warner gefallen.«
»Wer ist ...?«, wollte Luc fragen, aber Frau Beffort verlangte erneut Aufmerksamkeit: »Diese Fresken haben eine spannende Geschichte«, sagte sie. »Früher ist man bei Umbauten nicht zimperlich vorgegangen. Die Fresken, die ihr seht, wurden erst 1952, also vor einem halben Jahrhundert, wiederentdeckt. Man hat sie im Jahre 1706 übertüncht. Ich sehe, ihr schreibt fleißig mit. Die Kirche war baufällig geworden, und man stärkte die Wände durch eine Mauer von innen. Auch die Fenster stammen aus dieser Zeit. Damit alles zusammenpasste, wurden die Decken geweißt. Bald wusste niemand mehr, wie es einst hier ausgesehen hatte. Vieles war damit zerstört. Die Wände sind, bis auf die Stelle da vorn, noch immer weiß. Da war selbst mit modernster Technik nichts mehr zu retten.«
»Ich krieg Nackenstarre«, rief Roger. Einige Schüler setzten sich auf die Holzbänke.

»Bei uns gibt es ein Kloster«, sagte Tiha leise, »das Morača-Kloster, das sieht auch so aus. Ich war als Kind mal da. Aber die Bilder an der Decke haben mehr Farbe, glaube ich. Und es gibt diese Sonnenstrahlen aus Stein nicht wie hier.«

Frau Beffort nickte.

»Sind die Holzfiguren an den Wänden auch alt?«, fragte Charlotte.

»Du bist alt«, rief Roger.

Die Lehrerin bejahte. »Die sahen früher aber auch anders aus. Genau wie der Altar wurden sie von einem Maler aus Wiltz erst 1859 vergoldet. Jetzt schaut euch um und formuliert im Kopf schon mal einige Sätze für den Aufsatz nächste Woche. Ich will wissen, was ihr fühlt, was euch beeindruckt, was ihr mit solchen Bildern verbindet.«

»Was ist das denn für ein Trog?«, rief Roger.

»Ein altes Taufbecken aus Stein«, antwortete Frau Beffort. »Draußen am Weiher habt ihr eine Kopie davon gesehen.«

»Ich nicht«, erwiderte Roger, lief zur Chorabsperrung, hinter der sich der Altar bis zur Decke erhob, in seiner Mitte ein Bild mit Heiligen. »Wieso darf man hier nicht rein?«

»Weil es da steht«, erwiderte Frau Beffort. »Aus Sicherheitsgründen.«

»Ich tu mir schon nicht weh«, antwortete Roger, tat, als wolle er über das Seil klettern. Die Lehrerin drehte sich um, ging in den Turm zurück, las die Namen der Seelsorger, die hier aktiv gewesen waren. Luc fotografierte drauflos, hielt jedes Detail fest. Zufälligerweise lief Cecile ihm immer wieder ins Bild.

»Sieht aus wie Marmor«, sagte Charlotte, »oder meinst du, es ist Holz?«

»Keine Ahnung«, entgegnete Tiha geistesabwesend, »geh doch mal fühlen.«

Charlotte schaute zu Frau Beffort, die noch immer die Namenstafel studierte, hob ein Bein über die Absperrung, schlich zum Altar und fasste ihn an. »Holz«, sagte sie.

In diesem Moment schoss ein schrilles Alarmsignal durch die Kirche, und Charlotte zuckte zusammen. Frau Beffort kam angelaufen, schrie: »Kommst du da raus!«

Charlotte war zu erschrocken, ihr zu antworten, stieg zurück über das Seil ins Kirchenschiff.
Alle standen auf der Stelle, warteten, dass die Tür aufgerissen würde, die Polizei hereinstürmte, aber nach dreißig Sekunden hörte das Alarmsignal einfach auf, und niemand kam.
»An den Skulpturen sind auch Kabel«, rief Roger.
»Finger weg!«, warnte Frau Beffort. »Habt ihr alles gesehen, euch alles gemerkt? Auch dass dort, wo die Gewölbestrahlen auf die Seitenwände treffen, nur noch an einigen Stellen Steinfiguren sind? Die anderen wurden zerstört.«
Grummeln. Immer mehr Schüler setzten sich auf die Bänke. Der erste Eindruck wich bereits der Langeweile. Roger hockte an der Wand, biss in einen Schokoriegel. Über ihm standen Blumentöpfe, in deren Mitte eine Madonna im gelben Kleid ihren Jungen hochhielt. Davor brannten Kerzen.
»Ihr könnt noch hier drinnen bleiben oder euch draußen umschauen«, bot die Lehrerin an. »Wir haben Zeit.«
Alle erhoben sich, trotteten an ihr vorbei nach draußen.
Das Sonnenlicht empfing sie warm und blendend. Tiha versuchte, die Namen und Jahreszahlen auf einem alten Grabkreuz zu entziffern, befeuchtete ihre Finger, rieb über die Vertiefungen. In ihrem Haar spielte der Wind wie in schwarzem Gras.
»Leck das Kreuz doch gleich ab«, sagte Cecile, ging mit Luc zu der kleinen Kapelle, die am Straßenrand hinter dem Bauernhaus stand. Auf einem Schild mit blauem Pfeil stand »Brattert«. Die Tür zur Kapelle war verschlossen. Einige Meter weiter ragte oberhalb der Straße ein weiteres Steinkreuz aus der Erde.
»Sollen wir abhauen?«, fragte Cecile.
»Was?«, Luc war sich nicht sicher, ob er richtig gehört hatte. Seine Brille schien zu beschlagen.
»War nur ein Witz«, sagte Cecile.
Sie sahen, wie die anderen ausschwärmten, die Gegend in Besitz nahmen, trotteten zur Friedhofsmauer zurück.
»Kennst du Marilyn Manson?«, fragte Cecile.
»Nee«, antwortete Luc. Seine Mitschülerin verzog das Gesicht.
»Ich schaue nicht viel fern«, erklärte Luc.
»Marilyn Manson ist eine Band«, erwiderte Cecile. Das Licht

glitt grell über ihre Gesichtshaut, zeichnete das Logo auf ihrem T-Shirt rückwärts nach.
Der Busfahrer spazierte an ihnen vorbei, zündete sich eine Zigarette an.
»Das gibt Lungenkrebs«, rief Cecile.
Der Busfahrer schaute zu ihr herüber, inhalierte tief, erwiderte: »Dann brauche ich Gören wie dich nicht mehr zu fahren.«
Luc kicherte, sagte dann: »Der ist nicht glücklich.«
»Ich will die Bilder haben«, antwortete Cecile.
Auf der Weide verharrten noch immer die Kühe, als hätte sie jemand in Wachs gegossen.
Luc nickte, hielt dann inne, schaute sie an, ehe er leise sagte: »Wenn du mit mir knutschst.«
»Hast du 'nen Schuss!«, zischte Cecile, schaute hinter sich, ob niemand sie beobachtete, blickte zu Boden.
Lucs Kopf glühte. Er sah auf seinen Fotoapparat, ließ ihn durch die Finger wandern. Das war scheiße gewesen. Cecile würde jetzt nie wieder mit ihm reden. Er hob den Blick, setzte zu einer Entschuldigung an, hörte wie sie murmelte: »Wenn du deine Brille ausziehst.« In seiner Brust hüpfte etwas so unkontrolliert hin und her, dass es ihm den Atem nahm.
»Lass zu den anderen gehen«, befahl Cecile.

Fast eine Stunde später waren leere Flaschen, zerknüllte Papiertaschentücher, Chipstüten eingesammelt, die Parkanlage wieder sauber, und Frau Beffort hatte alle Schüler im Bus. Der Fahrer schaukelte sie langsam den Weg hoch, bog oben am Steinkreuz auf die Straße nach Grevels ein.
»Hat Rindschleiden eigentlich eine Fußballmannschaft?«, fragte Roger, aber niemand lachte.
»Ist was mit dir? Bist schon eine Weile so still«, sagte Charlotte.
Tiha zuckte mit den Achseln.
»Bis nach Vianden dauert es noch etwas. Ich kann euch aber eine Geschichte über den Ort hier erzählen«, sagte die Lehrerin ins Mikrophon.
»Nicht nötig«, rief Cecile.
Frau Beffort fuhr unbeirrt fort: »Wenn ihr euch alte Landkar-

ten von Luxemburg anschaut, findet ihr hier an dieser Stelle einen Ort mit dem Namen ›Neubrasilien‹. Die Karten müssen gar nicht mal so alt sein. Ich habe eine, die hat vielleicht fünf Jahre auf dem Buckel und da steht noch Grevels-Neubrasilien drauf. Das hieß hier so, weil die Menschen, die im neunzehnten Jahrhundert nach Brasilien auswandern wollten und es nicht schafften, sich hier ansiedelten. Sie waren arm, lebten in Baracken, und alle nannten sie ›Brasilianer‹.«
»Sieht doch hier aus wie überall«, sagte Charlotte.
Am Straßenrand tauchten Einfamilienhäuser auf, etwas weiter ein alter Bauernhof an einer Kreuzung. Auf der anderen Seite reichte der Blick bis weit ins Tal hinab. Kornfelder blühten. Pferde, Kühe standen in saftigen Wiesen.
»Ja, jetzt«, antwortete Frau Beffort, »aber während eines ganzen Jahrhunderts herrschte hier Armut, und die Gegend hatte einen schlechten Ruf, weil die Menschen hungerten und sich ihr Essen zusammenklauten. Viele waren verzweifelt, haben getrunken. Ich erinnere mich noch, dass mein Großvater sagte: Fahr nie durch Grevels, sonst kommst du nackt wieder raus. Die hatten es nicht leicht. Deshalb will heute kein Einwohner mehr etwas von der damaligen Zeit wissen. Die Älteren schweigen und sind froh, dass Grevels nun ein hübsches Dorf geworden ist wie die anderen ringsum.«
Linker Hand tauchte die Grevelser Kirche auf.
»Die besuchen wir jetzt aber nicht, oder?«, fragte Roger. Gegenüber arbeitete ein älterer Herr mit Hut in seinem Garten. In der Haustür stand eine Frau, die Hände in die Hüften gestemmt.
»Reicht das?«, fragte der Busfahrer. »Kann ich da hinten wenden und dann die Straße nach Ettelbrück nehmen?«
»Machen Sie das«, antwortete Frau Beffort, hakte das Mikrophon ein und setzte sich.
Als der Bus erneut an der Ortskirche vorbeifuhr, schaute Tiha Charlotte an.
»Was ist?«, fragte ihre Freundin.
»Vergiss mich nicht«, antwortete Tiha.
Der Fahrer lenkte den Bus um die Kurve, und es ging bergab.

»Dann hat er befohlen, dass sechstausend seiner Kampfgenossen am 23. April 1810 heiraten. Das sollte seine eigene Hochzeit unvergesslich machen. Der Bruder meines Vaters war auch darunter«, sagte Nicolas, bückte sich, hielt den ersten Eimer in den handtiefen Bach. Einige Meter weiter versperrten Nadelhölzer den Blick.

Georges Lasch schob sein trauriges Gesicht über die schmale Oberfläche, versuchte beide Eimer zugleich ins Wasser zu drücken, wartete, hievte sie auf die Wiese. »Ich wusste nicht, dass Napoleon verheiratet war«, antwortete er, »der war doch nie zu Hause.«

»Mein Großvater Arnold hat erzählt, dass sogar Kommissionen in den Gemeinden gebildet wurden, um die Paare auszuwählen. Der Andrang war groß. Die Auserwählten bekamen eine staatliche Mitgift«, fuhr Nicolas fort.

»Ich heirate trotzdem nicht«, warf Lucie ein, »auch nicht für Gold.« Sie wirkte ruhiger, ausgeglichener, seit sie ihre Vergiftung überlebt hatte, aber auch unzufriedener. Die Fröhlichkeit war aus ihrem Gesicht gewichen, sie lachte nur noch selten. Die Haare hingen ihr offen und verfilzt über die Augen, bildeten einen Vorhang, hinter den sie sich oft stundenlang zurückzog.

»Hat meinem Onkel auch nicht geholfen. Er ist genau wie mein Vater zwei Jahre später in Russland gefallen«, schloss Nicolas.

»Alles ist besser als Hungern, auch Heiraten«, erwiderte Marc, zog seine Lippen selbstsicher in die Breite, ehe er hinzufügte: »obwohl, wenn ich an deine Suppen denke, Lucie.«

Alle lachten. Jempy Majerus zeigte seinen letzten Zahn, trat, zwei halbvolle Eimer schleppend, zurück auf den Weg.

»Halt das Wolfsmaul«, schimpfte Lucie, nahm die Holzkelle, tunkte sie ins Wasser, trank, füllte die Eimer auf, reichte die Kelle weiter.

Es war wieder kalt geworden. Die Oktobertage zogen sich immer früher in die Dämmerung zurück, zeigten sich auch unter der nachmittäglichen Wolkenschicht bereits grau und feucht. Die Wiese lag matschig über den Hügeln, schmatzte unter den Tritten. In beiden Händen die Wassereimer machten sie sich auf den Heimweg. Jempy ging bereits oben an den Hecken vorbei, wippte bei jedem Schritt mit dem Oberkörper, als müsse er sich nach vorn werfen.

»Zu trinken haben wir jetzt«, sagte Georges Lasch, »fehlt nur noch das Brot.«

»Mein Brot ist schon gebacken«, erwiderte Marc, »ich hole es mir bei den Bauern, die den Armeleutegeruch nicht ertragen.« Seine Ohrläppchen sahen entzündet aus. Eine schwarze Kruste umfasste die Ringe.

Georges Lasch warf den Kopf nach hinten, antwortete: »Ja, mit dem Mehl anderer Leute lässt sich gut backen. Aber wenn sie dich erwischen, dann gnade dir Gott.«

»Nicolas hat doch gute Kontakte zu Derding, da musst du doch nicht stehlen«, sagte Lucie. Die Henkel aus Schnüren quetschten ihre Finger zusammen.

»Das ist doch ein Hungerlohn, was der bekommt, und Zeitungen schmecken mir nicht«, erwiderte Marc abfällig. Seit sie vor zwei Jahren hier angekommen waren, hatte er keine Zeile mehr versucht zu lesen. Sein Vater hatte recht gehabt, was sollten einem die Buchstaben, wenn der Magen knurrte. Zeitungen, das war was für Leute mit Geld. Nicolas las noch immer und lebte so schlecht wie jeder hier. Marc verachtete sie mittlerweile, vor allem die Männer, die sich ergeben hatten, ihr Schicksal hinnahmen, anstatt es selbst zu bestimmen. Zumindest in dieser Hinsicht hatte Robert damals ihm und der Bruderschaft keinen Blödsinn erzählt. Jeder war sein eigener Herr. Aber es war Gerede geblieben. Tatenlos hatten sie sich angehört, was Robert verzapfte, und waren wieder dahin zurückgekehrt, wo alles beim Alten blieb, auf ihre Höfe. Erst hier auf dem Kale Reis, hier in Neubrasilien war ihm klar geworden, was das hieß, sein eigener Herr sein. In Bremen hatte er Menschen überfallen, aber es war aus Not geschehen, aus Verzweiflung. Und er hatte im Nachhinein ein schlechtes Gewissen gehabt. Jedenfalls zu Beginn. Nun aber wusste er, dass das Leben selbst so war, wer nicht raubte, wurde beraubt, und wer nicht tötete ... Die hier oben waren zu feige, sich das einzugestehen, ließen sich lieber treten, als selbst jemandem den Fuß ins Gesicht zu schlagen. Sie hatten nichts zu essen, während die Bauern im Dorf jeden Tag Schinken in sich reinstopften. Wie konnte man sich derart selbst verleugnen, aufgeben, langsam krepieren? Wäre es nicht die eigene Schwester, die hier eine Hütte hatte, er würde keinen Fuß mehr in diese verwahrloste Gegend setzen. Jemandem die Nase zu brechen, war so viel einfacher, als den ganzen Tag zu schuften für etwas Brot. Das klang für viele hart, war aber nichts als die Wahrheit. Das letzte Mal hatte er den misshandelten Bauern gezwungen, das Blut von seiner Faust zu lecken. Der hatte vor ihm auf allen vieren gehockt wie ein Hund und hatte geleckt. Und er selbst hatte ihm die Faust noch einmal ins Gesicht gedrückt und sich wohl dabei gefühlt. Er lebte. Er konnte den Kopf heben, jedem ins Gesicht starren, bis sein Gegenüber den Blick senkte. Und bald würde er sich ganz andere Leute als die Bauern im Umland vorknöpfen. All die reichen Scheißer in Luxemburg-Stadt. Zittern würden sie vor ihm, wenn er ihnen in die Kehle biss, die Schlagader durchtrennte. Und das alles hatten sie sich selbst zuzuschreiben. Er hatte nie in seinem Leben vorgehabt, jemanden zu töten, aber es gab Menschen, die schrien danach. Er würde Josette irgendwann dem Nicolas überlassen, sollten sie sehen, wo sie blieben. Mitnehmen konnte er sie sowieso nicht, und hier oben wurde es für ihn langsam unsicher. Selbst die Kurzbesuche waren gefährlich. Irgendwer würde ihn eines Nachts bei einem Überfall erkennen und ihn anzeigen. Schon jetzt machten viele ihn für Taten verantwortlich, die er nicht einmal begangen hatte. Und das nur, weil sie Angst vor ihm hatten, weil er sich nichts gefallen ließ.

Die kleine Gruppe folgte der Krümmung, näherte sich den Häusern von Brattert. Zur Kirche nach Rindschleiden wanderten die Brasilianer noch immer oben herum, nahmen den Umweg in Kauf, aber mit den schweren Wassereimern war das nicht zu

machen. Der Weg hier durch das Dorf war ein gutes Stück näher. Die Bauern aus Brattert sagten sowieso nie etwas, arbeiteten weiter, als gebe es die Vorbeiziehenden nicht. Nur die Kinder liefen ängstlich in die Häuser, versteckten sich, spähten durch den Türspalt.
An diesem Tag aber wirkte Brattert wie ausgestorben, niemand schien zu arbeiten. Nicht einmal Kühe weideten auf den Wiesen. Lucie schüttelte ihren Haarvorhang zur Seite, zog die Nase kraus. In einem Fenster brannte eine Kerze. Es roch nach den Misthaufen, die entlang der Fassaden dampften. Lange konnte die letzte Schicht noch nicht hier liegen. Von einem Karren schaute ihnen eine schwarze Katze herrisch entgegen, als bewache sie das Dorf.
Bleib sitzen, nicht meinen Weg kreuzen, dachte Lucie.
Die Katze senkte den Kopf, bereit, wegzulaufen oder dem erstbesten ins Gesicht zu springen.
Das Wasser in den Eimern schwappte hin und her. Sie machten einen leichten Bogen um den Karren.
Am Ende der paar Häuser flatterte die belgische Flagge an einem Ast. Nicolas griff nach ihr und riss sie herunter.
»Willst du uns umbringen«, flüsterte Georges Lasch, schaute ängstlich hinter sich, ob nicht doch jemand etwas gesehen hatte, aber alles blieb still. Nicht einmal die Kerze im Fenster flackerte.
Nicolas schmiss die Trikolore zu Boden. »Ich bin Luxemburger«, erwiderte er.
»Du bist ein Schwätzer«, entgegnete Marc, »und ein Träumer dazu. Es ist gerade einmal drei Wochen her, dass Belgien sich unabhängig nennt. Die Niederländer werden reagieren, da kannst du Gift drauf nehmen. Die brauchen dich nicht, um Fahnen herunterzureißen. Es wird Krieg geben. Vielleicht steht ihr dann mal euren Mann.«
Nicolas stieß voller Verachtung seinen Atem aus, presste dabei die Lippen aufeinander, ließ sie aufschnellen. »Wie die Fahne im Wind«, antwortete er, »früher hast du mir die Ohren vollgeheult, man müsse im eigenen Land etwas ändern, und jetzt, wo es die Möglichkeit dazu gibt, läufst du mit jedem Köter pissen.«

»Pass auf, was du sagst«, schrie Marc, »du magst auf meine Schwester aufpassen, aber wenn es sein muss, steche ich dich ab wie ein Schwein. Du wärst nicht der Erste.«

»Hehe«, beschwichtigte Georges Lasch.

»Was ist denn mit deinem Robert? Was ist mit der Revolution? Alles verraten hast du!«, erwiderte Nicolas.

»Seit wann spielst du denn den Freiheitshelden? Auf dich haben wir gerade gewartet. Hast schon Schwielen am ganzen Körper, wenn du den Pflug nur siehst«, höhnte Marc. Seine Hände zerdrückten die Henkelschnüre, dass die Finger rot wurden.

»Änderungen denkt man sich erst einmal aus, dann setzt man sie um. Wenn man allerdings den Schädel eines Ochsen hat ...«, antwortete Nicolas.

»Die Belgier werden dir das Maul schon stopfen«, drohte Marc, »und wenn die nicht, dann die anderen.« Hinter ihm kam die Katze mit hochgerecktem Schwanz angelaufen.

»Du sitzt ihnen ja jetzt schon im Arsch«, erwiderte Nicolas.

Marc setzte abrupt seine Eimer ab. Die Katze stockte, hielt ein Bein hoch, als sei sie erstarrt. Nicolas blieb ebenfalls stehen, drehte sich um. Die Katze rannte zurück, versteckte sich unterm Karren.

»Jetzt lasst mal die Belgier. Sollen sie doch machen. Was geht euch das denn an?«, versuchte Lucie zu schlichten.

»Wir sind seit vier Tagen alle Belgier«, antwortete Nicolas ihr, behielt dabei seinen Blick auf Marc gerichtet. »Sie haben Luxemburg zu einer ihrer Provinzen erklärt.«

»Ach«, entfuhr es Lucie. Sie war baff.

»Und sie werden die Steuern senken. Keine Schlacht-, keine Mahl-, keine Weinsteuer mehr. Was ist dagegen zu sagen?«, fragte Georges Lasch. »Lasst uns weitergehen.«

Marc nahm die Eimer wieder auf, wartete bis Nicolas seinen Weg fortsetzte.

»Ich habe nichts gegen Steuererleichterungen«, antwortete Nicolas, »aber warum müssen Fremde uns regieren? Unser Land ist groß. Wären wir schon früher unabhängig gewesen, hätte uns auch niemand Bitburg weggenommen und wir wären noch größer.«

Marc lachte: »Wozu die Größe. Ich will essen. Das ist alles, mit oder ohne Bitburg.«
Die Katze streckte ihren Kopf durchs Wagenrad.
»Es weiß doch niemand, ob die Grenzen so bleiben werden«, mischte Georges Lasch sich ein.
»Weil niemand zeigt, dass er Luxemburger ist. Die können doch machen, was sie wollen, weil wir uns nicht wehren. Und wenn ich diese Fahnen überall sehe, krieg ich die Wut«, entgegnete Nicolas.
»Ich bin jetzt wirklich Belgier?«, fragte Lucie.
»Zumindest behaupten die Belgier das«, antwortete Georges Lasch. »Für die Niederländer bist du immer noch ...«
»Du bist Luxemburgerin«, schloss Nicolas.
»Und du ein Arsch«, sagte Marc.
»Lern erst mal lesen«, erwiderte Nicolas. »Du denkst doch nicht weiter als bis zum Abend. Auch um deine Mutter hast du dich einen Dreck geschert.«
In diesem Moment ließ Marc einen Eimer fallen, griff mit der freien Hand unter den Holzboden des anderen und goss Nicolas das Wasser über den Kopf. Dann schlug er ihn nieder.
Die Katze rannte in den Stall.
»Hört auf!«, schrie Lucie.
Aber die beiden Männer wälzten sich bereits auf der Erde. Marc würgte Nicolas, drückte ihm mit aller Kraft die Gurgel zu. Der junge Pallen schnappte nach Luft, fuchtelte mit den Händen, bekam einen Ohrring zu fassen und riss daran. Marcs Kopf flog etwas zur Seite. Blut tropfte am kleinen Fleischfetzen herab, und er lockerte seinen Griff. Nicolas umklammerte sofort die Handgelenke, starrte Marc in die Augen. Er sah einen so großen Hass, dass er sich fragte, ob er ihm etwas angetan hatte, von dem er nichts wusste. Dann knickte Marcs Kopf plötzlich ruckartig nach hinten, und er ließ Nicolas Kehle los. Lucie hielt seine Haare in der Faust, zog daran. Marc sprang auf, stieß sie weg, während Nicolas sich erhob, schluckte. Seine Kleider waren völlig durchnässt. Einer seiner Eimer war umgefallen und ausgelaufen. Marc stand ihm gegenüber, den Körper leicht nach vorn gebeugt, als wolle er erneut zum Sprung ansetzen. Nicolas hustete. Auch

seine Muskeln blieben angespannt bis zur Verkrampfung. Er hob den leeren Eimer hoch, packte anschließend den Henkel des vollen, spuckte aus und machte sich auf den Weg. Hinter ihm folgten die anderen. Nicolas' Brust hob und senkte sich. Das würde er ihm heimzahlen. Marc hielt Abstand, schritt als Letzter die Erhöhung hinauf, knirschte mit den Zähnen, dass es ihm wie ein Sägeblatt durchs Hirn schrammte.

Als sie am Grewenhof die Straße erreichten, sahen sie Jempy Majerus weiter oben stehen. Er setzte die Eimer ab, schaute zurück, wieder nach vorn, hockte sich schließlich mitten auf den Weg, als sei er müde. Von Wahl aus stieg Wind zu ihnen hoch, fuhr in die Kleider. Nicolas fröstelte, dachte, jetzt singt der wieder. Aber Jempy sang nicht. Er hatte seine Knie umschlungen, wippte hin und her.

Als sie ihn erreichten, merkte Nicolas, dass dem Mann Tränen das Gesicht herabliefen. Er hielt die Luft an, näherte sich Jempy, nahm den leeren Eimer zusätzlich in die andere Hand und berührte den Nachbarn an der Schulter. Jempy reagierte nicht, starrte stumm vor sich hin.

»Was ist?«, fragte Nicolas.

Erst als Georges Lasch Jempys Blick folgte und plötzlich aufschrie, bemerkten alle, dass weder Laschs Hütte, noch die vom Müller, noch die Behausungen der Neuen zu sehen waren. Rauch stieg an den Stellen auf, wo die Baracken gewesen waren, dünne Säulen, die unruhig schwankten, sich auflösten und einen Augenblick später wieder standen.

»Mein Gott«, rief Lucie und lief los. Erst nach ein paar Metern wurde ihr klar, dass die Eimer sie behinderten und sie ließ sie fallen. Die Hütten waren sowieso nicht mehr zu retten, auch nicht mit Wasser. Die anderen taten es ihr gleich. Nur Jempy Majerus blieb sitzen, wippte vor und zurück.

»Das waren deine Belgier!«, schrie Nicolas, während sie rannten. Marc antwortete nicht.

Über ihnen riss der Himmel einen Spalt breit auf, setzte ihren Lauf ins Sonnenlicht und schloss die Wolkendecke wieder. Georges Lasch blieb kurz bei den Überresten seiner Habe stehen. Die Äste kokelten noch, die Töpfe waren schwarz, die Milch

für den Kleinen ausgelaufen. Hoffentlich hatte Josette gut auf Pierre aufgepasst. Er hetzte Nicolas, Marc und Lucie hinterher, fand etwas weiter seine abgestochene Ziege im Gras liegen, ein Klumpen Fleisch. Wie viele Monate hatte er für die gehungert? Dann sah er, dass auch die Hütten weiter vorn zum größten Teil nicht mehr standen. Überall lag Rauch in der Luft, durchsichtige Schwaden, durch die Menschen hin und her liefen. Das waren nicht nur Brasilianer. Ein wildes Bündel an Stimmen rollte über die Kuppe, löste sich, fiel auseinander. Unverständliches. Bizarre Laute. Dazwischen brannten Fackeln schmale Schneisen über die Köpfe. Schreie flammten an immer anderen Stellen auf, Herde voll Angst, Geheul und Hektik. Ein quiekendes Schwein, Schläge, brechendes Holz.
Marc erblickte Josette als Erster. Sie hielt Laschs fast dreijährigen Sohn im Arm, schrie, dass man die Adern an ihrem Hals sehen konnte. Der Junge weinte, drückte sich an Josettes Schulter. Vor ihnen standen Männer mit Mistgabeln, Knüppeln. Von der Hütte ragten nur noch verbrannte Reste aus der Erde. Selbst den Stamm davor hatten sie versucht anzuzünden. Marc sprang schützend vor seine Schwester, brüllte: »Was wollt ihr?«
Keiner der Bauern antwortete. Ihre Gesichter waren gerötet vom Schnaps, von der Kälte, der Anstrengung.
Nicolas stellte sich ebenfalls vor Josette, bereit, sich zu wehren und seinen Platz zu verteidigen, auch wenn dieser Platz nur noch aus verbranntem Boden bestand. Die Männer, die sie bedrohten, stammten aus der Gegend. Nicolas hatte sie in der Kirche gesehen, wusste aber die Namen nicht. Im Hintergrund erkannte er Metty Schengen und Albert Reisig. Fünfzig Meter weiter schrie Lucie: »Ihr Dreckskerle!« Jemand packte sie am Arm, schmiss sie auf ihre brennende Hütte. Sie wälzte sich aus dem Feuer, klopfte die Holzglut von ihren Kleidern.
Georges Lasch sagte zu seinem Sohn: »Es ist gut, Junge, ich bin da«, trat dann neben Marc, der plötzlich ein Messer in der Faust hatte. »Wer von euch Schweinen will denn als Erster sterben?«, fragte er.
Die Bauern rührten sich nicht, aber ihren Mienen war anzusehen, dass sie diesem Hitzkopf alles zutrauten. Die Hütten brann-

ten. Sie wollten kein Blut vergießen, zumindest nicht das von Menschen. Die paar Ziegen und das Schwein zählten nicht.
»Verschwindet!«, sagte einer von ihnen. »Wir wollen euch hier nicht haben.«
»Ja«, rief ein anderer, »wir lassen uns nicht bestehlen und unseren Friedhof mit euren Toten entweihen.«
Aus dem Augenwinkel sah Georges Lasch, wie Lucie auf einen der Brandstifter losging, ihm ihre Nägel ins Gesicht hackte und erneut in die Glut geschmissen wurde. Sie schrie, schlug sich auf die brennenden Haare, sprang zur Seite.
»Schengen«, sagte Marc, presste den Namen durch die Zahnlücken, als schnitte eine Sense durch die Luft, »du brauchst dich nicht hinter den anderen zu verstecken. Dein Hof wird auch bald brennen.«
»Ich verstecke mich nicht«, erwiderte Metty, schob den Kopf hervor.
»Und dann ist deiner dran, Albert Reisig«, fuhr Marc fort, zeigte auf den Bauern. »Und wer ihr anderen auch sein mögt, ich kriege es heraus. Ihr werdet ab heute keine Nacht mehr ruhig schlafen, das verspreche ich euch.« Dann brüllte er so laut, dass auch die Männer, die hinten Jempys Hütte anzündeten, zusammenfuhren. Über seinem Kopf schlitzte das Messer. Der Himmel riss erneut auf, als sei er getroffen worden. Das Licht strahlte auf die Kuppe, und Marc stürzte auf den Erstbesten los, verletzte ihn an der Schulter. Ohne nachzudenken, warfen sich auch Nicolas und Georges Lasch auf die Bauern, die nun die Flucht ergriffen, in alle Richtungen über die Wiese rannten. Josette drehte sich um, sprach beruhigend auf den Jungen ein. Marc und die anderen verfolgten die Bauern nur einige Meter, blieben stehen, liefen dann schreiend zu Lucie, wo andere Brasilianer sich bereits zur Wehr gesetzt hatten und mit Ästen um sich schlugen. Lucie selbst hieb jemandem ein Holzscheit in den Rücken, dass die Funken stoben. Der Himmel schloss seinen Riss wieder. Das Licht schien zu versiegen. Während die Bauern davonliefen, schmissen sie ihre Fackeln auf die letzten noch stehenden Hütten. Sie rannten in alle Richtungen, versammelten sich nach und nach oben an der Straße. Aus sicherer Entfernung betrachteten

sie die Verwüstung. Einige drohten lauthals, hielten ihre Mistgabeln und Knüppel hoch. Nicolas verstand mehrmals das Wort »Warnung«. Dann zogen sie von dannen, und Stille kehrte ein. Zumindest in den Köpfen der Erwachsenen, die erschöpft herumstanden, sich umschauten. Die Kinder heulten, klammerten sich an die Mütter. Soweit man blickte, lagen die Behausungen in Asche, glimmten, kokelten. Alle waren zerstört, alle, bis auf die Hütte von Camille Olingen, die fest und unbehelligt, geschmückt mit roter Bordüre, dastand, als sei nichts passiert.
War das Zufall? Nicolas zweifelte daran. Wo war Camille überhaupt? Auch seine Ziegen lagen nirgendwo.
»Wir müssen ein großes Feuer machen für diese Nacht«, sagte Marc, »am besten gleich zwei.«
Lucie sah ihn an, als wollte sie sagen: Hast du noch nicht genug Brand gehabt?
»Es wird kalt werden«, fuhr Marc fort, »und bis zur Dämmerung werden unsere Häuser nicht wieder stehen. Werft die noch glühenden Äste auf einen Haufen.«
Gewöhn dir den Befehlston ab, dachte Nicolas, machte sich aber mit den anderen zusammen ans Werk. Während sie arbeiteten, sahen sie Jempy Majerus über die Straße kommen. Er schien zu hinken. Wenig später bemerkten sie, dass er am Kopf blutete. Sein Gesicht war verschmiert, die Lippe aufgeplatzt und ein Auge zugeschwollen. Er sang. Nicolas streckte seinen Rücken, fühlte mit einem Mal, dass er fror. Er zog seine nassen Kleider aus, wickelte sich einen Fetzen um die Hüften, wrang die restlichen Sachen aus, legte sie neben die neue Feuerstelle. Jempy ging geradewegs auf Camilles Hütte zu, hörte auf zu singen, wartete einen Moment lang, ehe er schrie: »Komm raus!«
Alle schauten ungläubig auf die letzte Behausung. Und tatsächlich streckte Camille seinen kahlen Schädel heraus, sah nach links, dann zur anderen Seite, als wolle er sich absichern, dass die Luft rein sei, bevor er sein Haus verließ. Jempy stellte sich vor ihn, murmelte nicht zu verstehende Sätze und schlug seinem Nachbarn die flache Hand ins Gesicht.
Aber nicht diese Ohrfeige gab vielen später zu denken, sondern Camilles Reaktion. Er reagierte gar nicht, tat, als sei Jempy nicht

anwesend, als habe der Schlag ihn gar nicht getroffen, sondern jemand anderen, stampfte zu einer Brandstelle, bückte sich, sammelte Holzstumpen auf und schmiss sie ins Lagerfeuer. Er lieh Nicolas eine Decke, half, wo er konnte, und arbeitete so viel wie nie zuvor. Sein massiger Körper schwitzte im langen Mantel, seine Augen aber suchten das Weite, wenn sie dem Blick eines anderen begegneten. Dort, wo Jempys Ginsterbehausung gestanden hatte, schob er mit dem Fuß die Hundeknochen beiseite, säuberte sie mit einem Tuch und gab sie seinem Nachbarn zurück. Jempy nahm sie schweigend in Empfang, brachte sie zum Hundebaum, wo er sie begrub.

»Warum bist du nicht früher rausgekommen?«, fragte Marc Camille, als sie Stunden später um das Feuer saßen. Nicolas' Kleider waren getrocknet, und er hatte sie sich wieder um den Leib geschlagen.

»Ich habe geschlafen«, antwortete Camille.

»Bei dem Krach«, erwiderte Georges Lasch ungläubig, wiegte seinen Sohn, der ruhig in seinen Armen lag.

»Ja«, entgegnete Camille.

Alle merkten, dass er log, aber niemand bohrte weiter oder stellte ihn zur Rede. Nur Lucie sagte, was alle dachten: »Da steckt doch etwas anderes dahinter.«

Camille schwieg, blieb über Nacht bei seinen Nachbarn am Feuer sitzen, zog sich nicht in seine Hütte zurück, nahm nur die rote Bordüre von seinem Dach und warf sie ins Feuer, was alle für einen Akt des Mitleids hielten. Wenn seine Hütte schon stehen geblieben war, musste sie nicht auch noch wie zum Hohn herausgeputzt sein.

Camilles Ziegen tauchten noch am selben Abend wieder auf, meckerten satt und zufrieden vor sich hin, als hätte sie jemand tagsüber auf eine saftige Weide gebracht. Auch dazu stellte niemand eine Frage, zumindest keine laute. Die fünf von den Bauern getöteten Ziegen und das Schwein, die sich die Bewohner der Kuppe mit Müh und Not im letzten Jahr zugelegt hatten, zerteilten sie und hatten so für mehrere Tage Fleisch zu essen.

Es war das erste Mal seit Langem, dass alle vom Kale Reis versammelt waren. Sie saßen eng beieinander. Nur zu beiden Seiten

von Jempy Majerus war gewohnheitsmäßig noch Platz geblieben. Die Schwellung an seinem Auge hatte sich über den Wangenknochen mit der geplatzten Lippe verbunden und entstellte ihn vollends. Lucie reichte eine Suppe zum Braten, aber keiner wagte, davon zu kosten, so sehr sie auch beteuerte, es seien weder Stechapfel noch Tollkirsche darin. Also aß auch sie nur Fleischbrocken und hob den Kräutersud für schlechtere Tage auf.
»Wenn das Haus abbrennt, gehst du betteln, hat Vater immer gesagt«, höhnte Marc, »aber er hat uns nicht verraten, was man machen soll, wenn man schon vor dem Brand gebettelt hat.«
Niemand antwortete ihm. Von Weitem hörten sie Wolfsgeheul. Die Dunkelheit hockte um sie herum wie ein Abgrund. Dort, wo der Schein des Feuers endete, schien ein Ort zu beginnen, der alle blind werden ließ. Der Wind war schwarz gefärbt, trieb über den Hang. Ansonsten bewegte sich nichts dort. Sogar die Vögel flogen nicht mehr.
Marc blickte in die Runde, rülpste, leckte sich die Finger ab, schaute Josette und Nicolas an, ehe er hinzufügte: »Ihr braucht mich ja nicht mehr. Ich suche mir jetzt einen schönen warmen Stall. Hier draußen frieren ja sogar den Hühnern die Löcher zu.«
Dann stand er auf, tastete sein zerrissenes Ohrläppchen ab und verschwand zielsicher in der Nacht. Vielleicht konnte er sehen wie die Wölfe, weil sein Herz bereits das eines Wolfes war.
Lucie lief eine Gänsehaut über den Nacken.

»Ist dir kalt?«, fragte Nicolas. Josette schüttelte den Kopf. Das Feuer ließ die Nasen gelb glühen, stieß Funken in die Nacht. Sie waren satt und müde. Morgen würden sie alles wieder aufbauen. Nicolas dachte daran, eine größere Hütte zu errichten, eine Zwischenwand einzuziehen und so eine kleine Kammer für Töpfe und Werkzeuge zu haben. Vielleicht könnte er Derding nach Holz, nach richtigen Balken fragen und die Mauern und das Dach stabiler gestalten.
Lucie blickte noch immer in die Richtung, in der Marc verschwunden war, schien sich dann zu besinnen, dass sie mit anderen zusammen am Feuer saß und sagte: »Wir sind jetzt Belgier. Hast du das gewusst, Camille?« Ihr Gesicht lag frei, um-

randet von versengtem Haar. Über dem rechten Ohr konnte man die Kopfhaut sehen. Camille aß als Einziger noch immer, fuhr mit der Zunge über die Schweineknochen, antwortete schmatzend: »Nicht alle. Luxemburg-Stadt bleibt preußische Festung und den Niederländern treu. Ist noch nichts entschieden. Aber dieser Oktober 1830 wird in die Geschichte eingehen, und wir haben ihn miterlebt.«

»Ich habe nur Angst«, entgegnete Georges Lasch, »dass sie sich irgendwann wieder an einen Tisch zusammensetzen und den Kuchen neu verteilen. Geld für ein Haus wird uns niemand geben, auch unsere Staatsbürgerschaft nicht.«

»Ich brauche keine Papiere, um zu wissen, dass ich Luxemburger bin«, sagte Nicolas.

»Hast ein neues Steckenpferd, was?«, witzelte Camille.

»Woran merkst du es denn, das Luxemburgische?«, fragte Georges Lasch. »Juckt es am großen Zeh?«

»Ich wüsste schon gerne, was ich bin«, warf Lucie ein.

»Warum?«, fragte Georges Lasch.

»Keine Ahnung, eben darum. Das gehört sich einfach«, erwiderte Lucie.

»Ist doch alles Zufall«, schnaubte der Müller, schnäuzte in seine Hand und wischte den Schnodder am Gras ab.

»Hast du noch das Buch?«, fragte Josette.

Nicolas schüttelte den Kopf. »Es war in der Hütte«, antwortete er.

Am Himmel verschoben sich schwarze Scheiben, drifteten nach und nach auseinander, legten ein dunkles Blau frei. Lucies Atem strömte sichtbar aus ihrer Nase nach unten, verdunstete. Auch vor den anderen Gesichtern bildeten sich im Takt der Atmung kleine Wölkchen. Es klarte mehr und mehr auf. Einige Sterne waren zu sehen. Der Mond schien durch einen Schlitz ins Sichtfeld zu gleiten. Die Nacht wurde heller.

»Trotz allem«, sagte Lucie, »ist es schön hier. Ich würde nie in die Stadt ziehen.«

»Du warst doch noch nie da«, erwiderte Nicolas, »es gibt dort so viel zu sehen. Das ist wie ein Tor zur Welt. Auf dem Jahrmarkt haben sie letztens sogar eine Eskimofrau gezeigt.«

Lucie zog die Mundwinkel nach unten, antwortete: »Ich habe gehört, die Droschkenfahrer sind völlig rücksichtslos, rasen, ohne nach links und rechts zu schauen. Ich mache doch keinen Ausflug und werde überfahren.«
»Ja«, bestätigte Nicolas, »die Droschken waren schon immer ein Problem. Es werden mehr und mehr.«
»Die werden die Belgier auch nicht zurückschrauben«, sagte Camille, wischte seine fettigen Hände an einem Lappen ab, zog einen Quarlie aus der Tasche, trank und ließ die Flasche kreisen.
»Wo hast du den denn her?«, fragte der Müller. Seine Augen glänzten. Camille konnte sehen, wie die Flammen sich darin spiegelten. In den Augen der anderen war es nur hell, wirkliches Feuer sah er nicht. Trotzdem nahmen sie alle einen kleinen Schluck, und der Schnaps war schon bald alle. Die Ersten legten sich an Ort und Stelle hin, versuchten zu schlafen. Die Mütter drängten sich an ihre Kinder. Das Feuer wärmte ihnen die Füße, während der Brandwein ihre Mägen heizte.
»Du hast Augen wie diese Nacht«, flüsterte Nicolas. »Noch in zweihundert Jahren wird man unsere Nachkommen an diesen schwarzen Augen erkennen.«
Josette lächelte: »Mein Dichter«, sagte sie schelmisch. Ihre Hand ruhte in der von Nicolas.
Jempy Majerus sang leise ein Lied. Alle hörten zu, sahen dabei in die Flammen, warteten auf den schwefeligen Geruch, der die Melodie begleitete. Aber er blieb aus. Lucie hob den Kopf, schnupperte. Nichts. Merkwürdig war das. Sie schaute zu Jempy hinüber. Seine Oberlippe spannte sich wie eine Geschwulst, eine blutige Ausstülpung, als sitze ihm etwas Fremdes auf der Wange. In seinem Mund war kein einziger Zahn mehr zu sehen, auch den spitz nach vorn stehenden hatte er verloren. Es war ein schwarzes Loch, aus dem die wunderbarsten Klänge kamen. Zwischen den Liedern hörten sie die Wölfe antworten.
Bislang waren sie mit den Bauern mehr oder weniger klargekommen. Es hatte Streitereien gegeben, das ja, immer wieder Auseinandersetzungen wegen Äpfeln, Kartoffeln, die verschwunden waren. Holz hatte plötzlich vor einer Tür gefehlt, ein Topf.

Manches davon hatten die Bauern erfunden, anderes war nicht abzustreiten gewesen. Man hatte kein gutes Verhältnis miteinander, es war eher ein gegenseitiges Erdulden, aber nach dem, was nun passiert war, würde eine schlimme Zeit anbrechen. Würden die Bauern noch einen von ihnen als Tagelöhner einstellen? Oder waren ihnen die billigen Arbeitskräfte doch mehr wert als das gestohlene Obst und Gemüse? Wollte denn überhaupt noch jemand zu diesen Brandstiftern und für sie schuften, bis die Hände bluteten? Marc hatte recht: Anzünden wäre das Beste. Auge um Auge, Zahn um Zahn. Dann würden sie auch dasitzen ohne Dach über dem Kopf. Und jeder einzelnen Kuh würde man die Kehle aufschlitzen. Aber wem war damit geholfen, wenn noch mehr in der Gegend ihren Besitz verloren? Waren ja nicht alle schlechte Menschen. Derding zum Beispiel hatte gute Seiten. Zwar kehrte seine Frau den Tisch mit dem Besen, aber Derding selbst wusste, was es bedeutete, hier zu leben, auch wenn Marc behauptete, sein Mitleid sei nur die Kehrseite von Derdings schlechtem Gewissen, weil er den Hof seines Vaters billig genug bekommen habe. Derding steckte dem einen oder anderen immer wieder eine Brotkrumme zu. Man musste auch bei ihm hart arbeiten, aber das Essen war in Ordnung. Und solange man Josephine nicht widersprach, immer den Blick gesenkt hielt, bekam man sogar Nachschlag. Zumindest einmal war das Nicolas passiert.

Alles würden sie wieder aufbauen, größer, stabiler, ein Zeichen ihres Willens. Niemand konnte voraussagen, wie lange die neuen Hütten stehen bleiben würden. Was man einmal tat, das machte man auch wieder. Aber wo sollten sie hin? Sie würden bleiben, bis eine der drei Gemeinden ein Einsehen hätte und sie aufnehmen würde.

So saßen sie, Jempy Majerus' Melodien lauschend, fast schläfrig, bis Georges Lasch plötzlich seinen Sohn absetzte und sagte: »Da kommen sie wieder.«

Sofort sprangen alle auf. Nur Jempy blieb sitzen, sang weiter, senkte die Stimme etwas.

Am Mond erschienen dunkle Stellen, als wäre er verletzt, als platze der Schorf von seinen Wunden.

Sie sahen zur Straße hin, wo eine dunkle Gestalt sich langsam näherte, ballten die Fäuste, gefasst darauf, dass diesmal noch mehr Bauern aufkreuzen würden als zuvor. In ihren Köpfen strudelte das Blut. Ein Hass loderte auf, den sie einige Minuten zuvor nicht in sich vermutet hätten.
Sollen sie kommen!
Die Männer bildeten eine Reihe. Sogar Camille blieb bei ihnen, sah einmal zu seiner Hütte hinüber, dann wieder nach vorn. Die Frauen hoben die Kleinen hoch, stellten sich hinter das Feuer. Gemurmel. Hast.
Die meisten Kinder schliefen einfach weiter, die Köpfe auf der Schulter ihrer Mutter liegend. Der Müller zog einen brennenden Ast aus dem Feuer, schwenkte ihn langsam hin und her. Wie eine brennende Drohung strich das glühende Holz in Brusthöhe durch die Nacht.
»Lasst uns erst hören, was sie wollen«, forderte Camille.
»Was werden sie schon wollen«, antwortete der Müller.
»Ein Körbchen Erdbeeren«, sagte Lucie. Sie stand in vorderster Reihe neben Nicolas.
Josette nahm Pierre an die Hand, zog ihn hinter das Feuer.
»Wir werden ihnen schon ein leckeres Mal bereiten«, stieß der Müller zwischen den Zähnen hindurch.
»Ja.«
»Das werden wir.«
»Hier läuft niemand weg.«
Dann verstummten sie allmählich.
Sollen sie kommen!
Aber es blieb bei dieser einen schemenhaften Gestalt. Niemand sonst tauchte auf. Sie ließen ihre Blicke die Straße abwandern, spähten über den Boden, ob jemand sich im Hinterhalt hielt, aber sie sahen nichts weiter als diesen bepackten Menschen, der sich ihnen entgegenschleppte. Und je länger sie ihm entgegenblickten, desto ruhiger wurden sie. Das war kein Bauer. Ihre Muskeln entspannten sich. Georges Lasch setzte sich wieder hin, winkte seinen Sohn zu sich.
»Alles in Ordnung.«
Der Müller warf den glimmenden Ast zurück ins Feuer, lachte.

Die Erleichterung kitzelte ihn. Der Mensch da schien sich verlaufen zu haben, suchte Brattert oder Wahl, jedenfalls nicht die Brasilianer.
»Hätte mich auch gewundert, wenn die wiederkämen«, sagte Camille. Sein Herz arbeitete schwer, während er sich ungelenk auf die Erde setzte.
Andere hockten sich ebenfalls wieder hin, spürten, wie sich etwas in ihnen löste. Camille stöhnte.
»Es ist eine Frau«, sagte Josette.
Alle Köpfe waren der Gestalt zugewandt. Sie hatte die Straße verlassen, kam geradewegs auf sie zu.
»Keine Frau kann so viel tragen«, warf der Müller ein.
Die Gestalt war völlig vermummt. Sogar ums Gesicht hatte sie sich Tücher gewickelt, dass nur die Augen frei geblieben waren. Und ihr Mantel reichte bis zu den Schuhen, fiel übergroß am Körper hinab. Über beiden Schultern lagen Säcke, die schwerer zu sein schienen als sie selbst. Sie schleppte sich vorwärts, kämpfte mit ihrer Last.
Georges Lasch hob seinen Sohn auf den Schoß, schaukelte ihn.
»Der bringt Geschenke«, sagte Lucie ernst.
Einige lachten. Die Mütter betteten die Kinder zurück auf die Erde. Im Schein des Feuers wirkte ihr Schlaf friedlich und unbelastet. Josette ergriff Nicolas' Hand.
Die Gestalt trat grußlos bis auf einen Meter an sie heran, warf die Säcke zu Boden. Alle Augen waren auf sie gerichtet.
»Auch aus Brasilien zurück?«, fragte Camille.
Es war eine Frau. Josette hatte recht gehabt. Aus der Nähe verrieten sie die Schuhe, die unter dem weiten Mantel hervorschauten. Auch ihre Augen waren die eines Weibes.
Die Frau antwortete nicht, atmete schwer ein und aus, verschnaufte einen Augenblick, besah dabei die Gesichter der Männer, die um das Feuer saßen. Josette und die Frauen schien sie zu übergehen. In ihren Augen flimmerte es ängstlich. Sie schaute Camille an, ließ ihren Blick zu Jempy Majerus wandern, hörte einen Moment lang seinem leisen Gesang zu, schien verwirrt zu sein, sah auf Georges Lasch, dann auf seinen Sohn. Und mit einem Mal änderte sich ihr Blick. Die Angst verschwand,

und Wasser füllte ihre Augen. Langsam zog sie den Stoff von ihrem Gesicht. Lappen um Lappen wickelte sie sich aus.
Was soll das werden?, dachte der Müller. Hat sie Lepra? Und auch einige anderen schienen dies zu denken, erhoben sich, wichen zurück. Jempy Majerus hörte mit Singen auf. Aber im Gesicht der Frau war nichts von einer Krankheit zu sehen, auch ihre Hände wirkten normal.
»Was soll das werden?«, fragte der Müller nun laut, sah wie Georges Lasch sich etwas nach vorne beugte, erst ein völlig versteinertes Gesicht aufsetzte, ehe er zu stammeln begann. »A-nise? A-nise?« Er ließ seinen Sohn von den Knien gleiten, erhob sich, machte einen Schritt auf die Frau zu, stotterte erneut: »Anise?«, machte einen weiteren Schritt, stellte sich vor die Frau. Nicolas sah, dass er zitterte. Der Frau liefen stumm die Tränen übers Kinn. Josette hatte mit einem Mal das Auswandererlied im Ohr, eine helle zerbrechliche Stimme sang: »Kinder segelt jetzt nach hinnen, nach dem Land Brasilien zu.«
»Mein Gott, Anise«, sagte Georges Lasch immer wieder, hob die Hände, traute sich aber nicht, seine Frau zu umarmen. Der Wind ließ das Feuer unruhig tanzen. Lucie hatte den Mund leicht geöffnet. Sie fand, diese Anise sah schön aus, vor allem sauber, nicht wie jemand, der lange unterwegs gewesen war. Und das war Laschs Frau? Wieso war er ohne sie losgezogen?
Anise stellte sich auf die Zehenspitzen, neigte den Kopf und schaute auf den Jungen, der am Feuer stand und die Szene beobachtete. Georges Lasch drehte sich um. Seine Stimme vibrierte, als er sagte: »Pierre, das ist Anise, das ist deine Mama.«
Der Junge antwortete nicht, runzelte nur die Stirn, starrte die Frau an. Anise ging an Georges vorbei auf den Jungen zu, kniete sich vor ihn und umarmte ihn. Der Junge wehrte sich, rief: »Papa.«
Anise ließ ihn los, schaute zu Georges, der sich ebenfalls hinkniete, seinen Sohn in den Arm nahm und noch einmal sagte: »Es ist deine Mutter.«
Anise schluchzte.
»Na, das ist ja ein Ding«, sagte der Müller. »Camille, hast du zur Feier des Tages nicht noch einen Quarlie irgendwo versteckt?«

Pierre drückte sich an seinen Vater, sah dann zu Anise, legte ihr kurz einmal die Hand auf die Wange, zog sie zurück. Das Gesicht seiner Mutter war nass. Er wischte die Hand an Georges Jacke trocken.
Anise streichelte Pierre über den Kopf, sagte dann leise: »Pedro.«
Der Junge versteckte sein Gesicht in der Schulter seines Vaters.
Lucie schluckte. Sie wollte nicht heulen, aber das war gerade das Schönste, was sie in den letzten Jahren erlebt hatte.
Anise ließ den Arm sinken, aber Georges ergriff die Hand seiner Frau, legte sie dem Jungen zurück auf den Kopf, wiederholte: »Deine Mama ist da.«
Der Junge schielte zu seiner Mutter. Anise versuchte zu lächeln, aber die Tränen wollten nicht aufhören.
Pierre drehte ihr das Gesicht nun ganz zu, schaute sie etwas länger an, ehe er fragte: »Warum weinst du?«
»Ich weine gar nicht«, antwortete Anise.
Der Junge fasste ihr erneut ins Gesicht. Anise küsste seine Hand. »Du hast aber lange Haare«, sagte sie.
Pierre lachte. Seine Mutter wischte sich die Wangen trocken. »Warte mal.« Sie ging zu ihrem Gepäck, öffnete einen der Säcke, zog eine Decke heraus, suchte dann eine Zeit lang, steckte den ganzen Arm hinein und brachte ein grob geschnitztes, schuhgroßes Holzpferd zum Vorschein. Als sie weiter wühlen wollte, trat ihr Mann an ihre Seite, flüsterte: »Nicht hier.«
Anise sah zu ihm hoch, den Blick fest und unbeugsam, als wollte sie ihm zu verstehen geben, dass sein Befehl schon einmal alles zerstört habe. Georges zog die Brauen zusammen, ließ seine Pupillen in die linken Augenwinkel springen. Anise folgte seinem Hinweis, schaute an ihm vorbei. Um das Feuer lagen und hockten etwa dreißig Menschen, von denen jeder, der nicht schlief, sie beobachtete. Sie sahen zerlumpt und dreckig aus. Einer hatte ein geschwollenes Gesicht, die Haube einer anderen war so verschmutzt, dass man nicht einmal den Boden damit wischen würde. Es war ein elender Haufen, zerknitterte Gesichter voll Leid, ausgemergelt, bis auf einen. Und in ihren Blicken war eine Gier, die nichts Böses wollte, aber auch nichts Gutes verhieß. Anise zog den Sack zu, nahm Decke und Pferd, ging zu ihrem

Sohn, der ungläubig das Holztier umfasste, seine Mutter ansah, dann den Vater, ob das Pferd auch wirklich für ihn sei? Schließlich begriff er, imitierte ein Wiehern, sagte: »Mein«, und seine Wangen röteten sich.

Anise lachte, konnte die Augen nicht von ihrem Sohn lassen.

»Mehr als zwei Jahre«, hauchte sie, »mehr als zwei Jahre.« Sie biss sich auf die Unterlippe.

Georges Lasch hätte gerne gesagt, dass es ihm leid tue, aber vor den anderen konnte er das nicht.

Stattdessen fragte er: »Seit wann weißt du, dass wir hier sind?«

Anise schüttelte den Kopf. »Ich wusste es nicht«, antwortete sie. »Es kamen plötzlich so viele zurück. Warum solltet ihr es geschafft haben?«

Pierre setzte das Pferd ins Gras, kroch mit ihm auf allen vieren ums Feuer.

»Jedes Mal, wenn ich genug Geld beisammen hatte, habe ich die Säcke geschultert und bin zu einer der Neusiedlungen gewandert. Aber ihr wart nie unter den Heimkehrern«, ergänzte Anise. »Vater ist mittlerweile gestorben.«

Georges senkte den Blick.

»Wir sollten schlafen gehen«, sagte Josette zu Nicolas.

»Ja«, stöhnte Camille, »morgen ist viel zu tun«.

Einige standen auf, streckten die Beine kurz aus, legten sich an Ort und Stelle hin, die Arme eng an den Körper gepresst. Die Erde war kalt.

»Wo wohnst du?«, fragte Anise, blickte sich um, sah aber nur eine Hütte.

Georges Lasch legte eine Hand an seine Stirn. Er konnte nicht antworten.

Vor ihren Füßen bäumte Pierre sich auf, das Holzpferd machte einen Sprung durch die Luft. »In Brasilien«, lachte der Junge.

Jempy Majerus begann zu summen.

»Wir kennen ihn«, antwortete Adnan. »Eigentlich nicht wirklich. Er war immer schon anders. Aber sein Vater ist ein guter Mann. Ich hoffe, er erfährt es nicht.« Anschließend wiederholte er für Biljana und Nada auf Serbokroatisch, was er gesagt hatte.
»Wie soll er?«, fragte Aleksandars Frau auf Französisch zurück, »die Luxemburger werden wohl keine Fahndungsplakate in Petnjica oder Berane aufhängen, oder?«
Sie saßen im Esszimmer von Betty und Jean, schnitten die mit Garnelen gefüllte Tomate auf ihrem Vorspeisenteller entzwei, während die fast zweijährige Dušica am Tischende an einem Stück Weißbrot lutschte. Tiha und Charlotte knabberten Salzstangen, weil sie sowohl Tomaten als auch Garnelen für eine Geschmacksverirrung hielten.
Vor die Fenster schob das Licht einen grauhellen Februartag.
»Danilos Vater«, fuhr Adnan auf Deutsch und mit vollem Mund fort, »ist immer etwas weich gewesen. Er hat nie mit der Faust auf den Tisch gehauen. Seine Frau starb bei Danilos Geburt. Er hat versucht, mit dem, was er auf seinem Feld erntete, zu überleben und seinen Sohn durchzufüttern. Wir haben ihm oft Mehl gebracht oder Zigaretten. Er wohnt auf einer Waldlichtung in einem Holzhaus oberhalb von Petnjica. Es hat nur einen Raum, und wenn es regnet, singt das Wellblechdach.«
»Vielleicht war er es ja auch gar nicht«, antwortete Betty, wiederholte ihren Satz auf Französisch und hatte im gleichen Augenblick Arnos Mondgesicht vor Augen, wie es unter ihr zitterte. Sie blickte zu Nada, der sie die ganze Geschichte erzählt hatte, nachdem in der Zeitung vom Mord an den beiden Geldtransportfahrern berichtet worden war. Jean gegenüber hatte sie geschwiegen.
»Danilo hat schon als Kind die anderen beklaut, aber keiner hat etwas gesagt, weil er ja nichts hatte. Noch weniger, viel weniger als die anderen«, erwiderte Adnan.

»Er hatte nie etwas«, sagte Biljana auf Französisch, »Danilo war immer arm.«
»Das hat Adnan gerade erzählt«, antwortete Aleksandar auf Serbokroatisch.
»Können wir Musik anmachen?«, fragte Charlotte.
Betty schüttelte den Zeigefinger. Die Gabel- und Messergeräusche klimperten zaghaft durchs Wohnzimmer.
»Ihr seid so langweilig«, entgegnete Charlotte. Der Kajalstrich unter ihrem sichtbaren Auge war dick aufgetragen, zog aber keine Schliere bis zum Mund. Ihre Mutter hatte auf diesem Kompromiss bestanden.
»Das eine muss natürlich nichts mit dem anderen zu tun haben«, sagte Adnan, »ist ja immer leicht, die Dinge gradlinig aus der Vergangenheit zu erklären. Jedenfalls hat der Vater alles für Danilo getan, hat ihn verteidigt, auch als er in Petnjica gegenüber von der Moschee in ein Haus einbrach. Vielleicht hat er auch wirklich an die Unschuld seines Sohnes geglaubt.«
»Er ist naiv«, ergänzte Aleksandar.
»Oder will es sein«, mutmaßte Adnan.
»Hlep«, forderte Dušica, streckte den Arm, wies auf den Korb.
»Brot«, sagte Aleksandar, reichte seiner Tochter eine Scheibe, die sie sich in den Mund stopfte.
»Ich glaube, wenn er wüsste, dass sein Sohn als Mörder gesucht wird, würde er sein Haus anzünden und sich umbringen«, ergänzte Aleksandar. Er hatte schon aromatischere Tomaten gegessen.
»Vielleicht weiß er es längst oder hat es von Anfang an geahnt. Wieso hat er mich gebeten, auf ihn aufzupassen? Dass das nicht möglich ist, war ihm mit Sicherheit klar«, antwortete Adnan, übersetzte anschließend.
»Erzähl ihm eine schöne Geschichte, falls du ihn mal sprichst«, meldete sich Nada zu Wort, »er wird die Wahrheit nicht hören wollen.« Sie hatte den Stuhl so nahe an die Tischkante gezogen, dass sie eingequetscht zu sein schien. Was bei anderen lächerlich ausgesehen hätte, verlieh ihr Würde. Mit geradem Rücken tat sie ihre Meinung kund, und niemand widersprach.
»Vielleicht erzähle ich, dass er nicht in Luxemburg bleiben wollte

und weitergezogen ist, nach Frankreich oder Portugal«, antwortete Adnan. »Ich nehme ein Geschenk mit, sage, sein Sohn habe es für ihn gekauft.«
»Wieso redet ihr, als wärt ihr schon weg?«, brummte Jean. Er hatte ausnahmsweise keine von Staub verfärbte Hose an. Auch sein Hemd war sauber.
Alle schwiegen einen Moment lang.
»Wenn ich ehrlich bin«, erwiderte Adnan, »es ist mir nicht aufgefallen.«
»Was ist?«, fragte Nada.
»Jean sagt, wir würden reden, als seien wir bereits wieder in Montenegro«, erklärte Adnan.
»Bei den Aussichten«, warf Biljana ein.
»Weißt du, wie lange es vom dritten negativen Bescheid bis zum ›Annulé‹ dauert?«, fragte Aleksandar.
Betty schüttelte den Kopf. Die zu den Außenrändern hin spitz zulaufende Brille, die sie seit Kurzem trug, gab ihrem Gesicht etwas schelmisch Überlegenes. Selbst wenn sie ernst blieb, schienen die Augen zu lächeln. Aber sie lächelte nicht, schien an etwas anderes zu denken.
»Im Heim bei uns hat ein Mann aus Mali gewohnt«, sagte Biljana, »Agibou, ein sehr netter Mann. Etwas zu pingelig. Er hat den ganzen Tag geputzt. Deshalb hatte die Heimleitung ihm ein Einzelzimmer zugewiesen, weil keiner es bei ihm aushielt. Letzte Woche ist er mit dreckigen Schuhen im Treppenhaus hin und her gelaufen und hat jedem, der vorbeikam, lachend zugerufen: ›Ich habe mein ›Annulé‹ gewonnen.‹ Übers ganze Gesicht hat er gestrahlt, als sei er verrückt geworden. Mir hat es die Kehle zugeschnürt. Am nächsten Tag war Agibou verschwunden. Er hatte all seine Sachen mitgenommen, war ausgezogen, weggelaufen wie ein Schuljunge. Ich habe das Treppenhaus putzen müssen, war zufällig dran. Ich weiß nicht, warum er aus Mali geflüchtet ist. Man lebt Jahre nebeneinander und erzählt sich trotzdem seine Geschichte nicht. Und plötzlich kann man sie gar nicht mehr erzählen. Gestern wurde er auf der Roten Brücke in Luxemburg-Stadt festgenommen, als er versuchte, über das Plexiglasgeländer zu klettern. Er hatte eine Tasche und eine aus-

ziehbare Leiter dabei. Am helllichten Tag wollte er da drübersteigen und springen.«
»Ist ja krass«, sagte Tiha, »der Agibou?«
»Kennst du den?«, fragte Charlotte.
»Du hast den auch mal gesehen«, antwortete ihre Freundin. Auf ihrem T-Shirt prangte in großen Lettern das Wort »Wahn«.
»Er wollte mit seiner Tasche springen«, wiederholte Biljana. In ihrem Mundwinkel glänzte etwas Tomatensaft.
»Erzählst du die Geschichte von Agibou?«, fragte Aleksandar. Biljana nickte.
»Lernt doch mal beide Sprachen«, mischte Tiha sich auf Serbokroatisch ein, »Deutsch und Französisch. Diese Wiederholungen machen einen ja kirre.«
»Sei nicht so frech.«
»Früher war das einfacher, da gab es dieses Plexiglas noch nicht auf der Brücke. Jeder, der genug hatte, sprang dort runter. Und das waren einige«, sagte Jean, pickte eine Garnele auf, wartete nach jedem Satz, bis Adnan zu Ende übersetzt hatte. »Die Leute, die im Pfaffenthal ihre Häuser haben, waren darüber nicht sehr glücklich. Abends, wenn sie im Bett lagen, rumste es plötzlich, dass sie dachten, jetzt geht die Welt unter. Dann war wieder einer durchs Dachgebälk gekracht und lag verrenkt auf dem Speicher. Wenn so etwas mehrmals im Monat vorkommt und deine Kinder bereits mit Plastikfiguren, die sie an die Tischkante stellen, Selbstmord spielen, denkst du womöglich bald auch daran zu springen. Ich weiß nicht, ob es heute noch dort steht, aber in den Achtzigern gab es im Pfaffenthal dieses Warndreieck, auf dem eine Brücke zu sehen war und ein Männchen, das kopfüber abstürzte.«
Alle lachten.
»Kein Witz«, fuhr Jean fort. »Es konnte halt immer einer von oben kommen, auch wenn man nur vorbeispazierte. Und aus dieser Höhe wiegt so ein Mensch bestimmt eine Tonne, wenn er unten aufschlägt.«
»Ich habe die Brücke noch nie gesehen, oder?«, fragte Tiha.
»Wir können doch da mal hinfahren«, antwortete Charlotte, dann zu ihrem Vater: »Erzähl weiter.«

»Das reicht völlig«, unterbrach Betty, wischte sich den Mund mit einer Serviette ab, strich sich das Haar hinters linke Ohr.
Auf dem Drachenbaum in der Ecke saßen kleine Plastikspinnen, schaukelten auf und ab. Obwohl die Erde im Kübel nass aussah, waren die Blätter nach wie vor völlig vertrocknet. Auch Nada hatte die Pflanze nicht retten können. Trotzdem dachte niemand daran, sie wegzuschmeißen.
Betty stapelte die leeren Teller übereinander, legte das Besteck obenauf, trug alles in die Küche.
»Soll ich dir helfen?«, rief Biljana.
»Nee, danke«, kam es zurück.
»Gab es nie jemanden, der sich in einen Vogel verwandelt hat, so unterwegs?«, fragte Tiha.
Jean verstand nicht, was sie meinte.
»Ob es jemanden gab, der sich mal verwandelt hat, geflogen ist?« Eltern konnten unglaublich schwer von Begriff sein. Er kannte das Bild auf Charlottes Jacke doch auch, den Mann mit Flügeln, den bösen Engel.
Jean blies die Backen auf, schien nachzudenken. Dann hellte sich sein Gesicht auf, als sei ihm gerade ein Fall wieder ins Gedächtnis gerutscht, bei dem ...
»Frag meinen Vater so etwas nicht, der erzählt dir alle Geschichten, die du hören willst«, warnte Charlotte.
»Wieso das denn?« Jean lehnte sich über den Tisch, spielte den Verärgerten.
Aus der Küche hallte es, als sei ein Topf auf die Fliesen geknallt. Nada schob ihren Stuhl zurück, ging nachsehen.
»Letztens mit dem Schmuggler, da hast du...«
»Das ist eine Escher Sage«, verteidigte sich Jean. Er bog den rechten Arm einige Male vor und zurück. Sein Ellenbogen schmerzte seit heute Morgen.
Nada kam zurück, sagte zu Biljana: »Der Topf war leer.«
»Es gibt Escher Sagen? Erzähl mir eine«, forderte Adnan.
»Muss nicht wirklich sein«, rief Charlotte dazwischen.
»Doch«, entgegnete Adnan.
Eine Elster landete auf dem Fensterbord. Hinter den Pflanzen war nur ihr zuckender Kopf zu sehen.

»Warum sollte es hier keine Sagen geben?« Jeans Stimmbänder steckten voll feiner Metallsplitter. Der Vogel floh geräuschlos zur Wäschestange.

»Von wann genau die hier ist, weiß ich nicht. Vielleicht aus der Zeit, als wir noch niederländisch waren und wenig zu beißen hatten. Ein Schmuggler namens Turmes soll heimlich Aufträge und Bestellungen für die Escher erledigt haben. Sie sagten ihm, bring unser Korn rüber nach Frankreich und bring es gemahlen zurück. Dann schulterte Turmes zwei Säcke und schlich über nicht bewachte Pfade auf die andere Seite. Er wurde nie erwischt, weil er sich in eine Hecke verwandeln konnte, sobald Gefahr drohte. Aber eines Tages hatten die Grenzsoldaten den Schmuggler umzingelt. Es gab nichts, wo er sich hätte verstecken können, und so sahen sie, wie aus dem Mann eine Hecke wurde. Ungläubig rannten sie auf das Gestrüpp zu, waren aber machtlos, schließlich konnten sie keine Hecke verhaften. Einer der Soldaten riss vor Wut einen Zweig ab, warf ihn zu Boden. Dann gingen sie fort. Von diesem Tag an fehlte Turmes das linke Ohr. Das Schmuggeln aber hat er nie aufgegeben. Heute steht er bei uns im Garten hinterm Haus. Das Gestrüpp neben dem letzten Apfelbaum.« Jean griff nach dem Rotweinglas, spürte seinen Ellenbogen, nahm das Gefäß in die linke Hand, hielt es hoch. Adnan übersetzte zu Ende, hob dann wie die anderen sein Glas.

»Was ist mit uns?«, fragte Charlotte.

»Prost«, sagte Jean.

Alle tranken. Die beiden Mädchen sahen den Erwachsenen zu, wie sie ihre Gläser am Sockel hielten, ihre Münder auszuspülen schienen, schluckten, den Wein sanft absetzten.

»Wann gibt es zu essen?«, fragte Tiha.

»Wir sind bereits satt«, antwortete Biljana.

»Die Männer, die mich über die Grenzen schmuggelten, hatten diese Fähigkeit auch, glaube ich«, sagte Aleksandar. »Einmal bin ich aufgewacht und war allein im Wald. Wir waren am Abend zuvor getrennt, in kleine Gruppen aufgeteilt worden. Also bin ich morgens losgelaufen, dachte, die haben dich vergessen. Du wirst sie einholen, aber die Einzigen, die ich später traf, waren ein Mann mit seinem zehnjährigen Sohn, der sich das Bein gebrochen hatte. Von den Schleppern fehlte jede Spur, aber Hecken gab es genug. Wir hielten den Jungen rechts und links unterm Arm fest, während wir durch einen Fluss wateten. Bis hierhin ging das Wasser«, Aleksandar zeigte auf seine Brust. »Er hat vor Schmerz gewimmert. Das Wasser trieb sein Bein weg, und er hatte keine Möglichkeit, es nach unten zu drücken. Ich dachte, wenn einer von uns hier ausrutscht, ertrinkt der Junge. Aber wir haben es geschafft. Sogar bis in die nächste Stadt haben wir es geschafft. Dort im Krankenhaus haben sie ihm einen Gipsverband angelegt. Weder ich noch der Vater hatten Geld, den Arzt zu bezahlen. Wir warteten auf eine günstige Gelegenheit, dann nahm der Vater seinen Sohn auf den Arm, und wir liefen weg. Später trennten wir uns. Die beiden wollten in Deutschland bleiben.«

Betty kam mit einem großen Römertopf zurück.

Über dem Vorgarten krümmte sich der Himmel, litt grau vor sich hin, während ein Flugzeug eine schaumige Wunde hineinriss. Dušica versuchte aus dem Kinderstuhl zu steigen, gab Geräusche von sich, die weder Betty noch Jean verstanden.

»Vom toten Tier nehme ich«, sagte Charlotte.

Tiha nickte.

Während Biljana ihre kleine Tochter aus dem Stuhl hob und auf den Teppich stellte, ging Betty zurück in die Küche, brachte erst Kartoffeln, dann Möhren und Bohnen. Dušica wanderte um den Tisch, schaute jeden lachend an, entdeckte den Drachenbaum mit den Spinnen und zog daran.

»Sie wird mal eine von uns«, flüsterte Tiha.

»Seelchen, komm her«, rief Biljana, breitete ihre Arme aus.

Dušica zog noch einmal an einem der Äste, blieb stehen, tat, als höre sie Biljana nicht, warf dann den Kopf zurück und lief, so schnell sie konnte, zu ihrer Mutter, die sie auf den Schoß nahm.

»Sie hat unglaublich dunkle Augen«, sagte Betty, »eigentlich schwarz, so etwas habe ich bei einem Kind noch nie gesehen«.

Biljana küsste ihre Tochter auf die Schläfe, antwortete: »Ja. Keine Ahnung woher. Aleksandars sind braun, meine grün.«

»Irgendjemand von euren Vorfahren hatte mal solche Augen«, erwiderte Betty, »sonst wäre das nicht möglich.«

»Worum geht's?«, fragte Adnan.
»Musst du denn alles wissen?«, entgegnete Nada. »Es geht um Dušicas Augen.«
»Da schaut die schwarze Seele des Vaters raus«, sagte Adnan.
Betty schnitt den Lammbraten an, legte jedem eine Scheibe auf den Teller, tippte mit dem Griff der zweizackigen Gabel gegen Charlottes Knie, das ihre Tochter an die Tischkante drückte, um ihren Stuhl zum Wippen zu bringen. Die Schüsseln wanderten von Hand zu Hand. Biljana zermatschte Möhren und Kartoffeln für ihre Jüngste, hievte sie zurück in den Stuhl.
»Guten Appetit«, sagte Betty. »Ich hoffe, es schmeckt.«
»Hab ich«, antwortete Charlotte.
Die anderen bedankten sich, ergriffen Messer und Gabel. Das Essen dampfte. Adnan zerdrückte ebenfalls seine Kartoffeln, vermischte sie mit Soße zu einem braunen Brei, der über das Fleisch und die Bohnen floss. Nadas Teller hingegen wirkte wie aus einem Kochbuch. Zwei Bohnen krümmten sich auf der einen Seite um einige Kartoffeln und um die Bratenscheibe gegenüber zog sich eine Soßenrinne, die wiederum durch vier Möhrenscheiben brückengleich mit dem anderen Gemüse verbunden war. Auf Charlottes Porzellan lag nur Fleisch, das sie in unzählige kleine Teile zerschnitt, bevor sie es rasend schnell verschlang und sich die nächste Scheibe aus dem Römertopf fischte.
»Wer will noch Wein?«, fragte Jean.
»Ich«, rief seine Tochter als Erste. Tiha hielt gleichfalls ihr leeres Glas hoch.
Jean ignorierte beide.
Es war warm im Wohnzimmer. Vom Heizkörper stieg die Luft hoch, sichtbar nur durch das leichte Auf und Ab der Pflanzenblätter auf dem Fensterbord. Die Elster saß noch immer auf der Stange, verharrte, als sei sie festgeklebt.
»Hast lecker gekocht, Mama«, sagte Charlotte, die rechte Backe vollgestopft und kauend.
»Das Essen ist sehr gut«, lobte Nada auf Französisch.
Tiha verdrehte die Augen.
»Ist was?«, fragte Nada, erwartete aber keine Antwort. »Dieses Essen werde ich in guter Erinnerung behalten, an bestimmte

Mahle im Heim möchte ich nicht mehr denken.« Sie wendete sich ihrem Mann zu, sagte etwas auf Serbokroatisch. Auch Aleksandar und Biljana lachten.
»Wir dürfen ja nicht selbst kochen«, setzte Nada wieder an. »Aber die angelieferten Gerichte werden in Aluschalen warmgehalten, und bis wir sie auf den Tisch bekommen, ist das Gemüse so weich und von allen Vitaminen befreit, dass man nicht wirklich Freude beim Knabbern hat. Wir haben uns deshalb vor Wochen beschwert und uns geweigert zu essen. Und wisst ihr, was passierte? Eines Mittags saß in unserem Essraum eine gut gekleidete Frau mit kurzen, blonden Haaren, und löffelte Tütensuppe. Das ist gut, sagte sie zu ihren Begleitern, und ich dachte, am ersten Tag fand ich es auch nicht schlimm, aber kommen Sie doch einfach die nächsten drei Jahre jeden Tag vorbei, dann reden wir weiter. Wisst ihr, wer's war? Die Ministerin für Familie und Integration.«
»Nee«, rief Jean, »das ist doch absurd.«
»Sie hat getestet und fand das Essen gut«, sagte Nada.
Dušica schlug freudig mit dem Löffel in ihre Pampe.
»Darauf sollten wir trinken«, schlug Jean vor.
Die beiden Mädchen machten mit, prosteten sich mit Cola zu, hielten die süße Flüssigkeit eine Zeit lang im Mund, kauten sie und schluckten.
»Guter Tropfen«, näselte Charlotte, spitzte dazu die Lippen, »Anbaugebiet neben der Bank in Trpezi«.
Tiha gluckste. Cola lief ihr übers Kinn.
»Ich bin mir nicht mehr so sicher, ob deine Tochter einen guten Einfluss auf Tiha hat«, sagte Nada zu Betty und lachte.
»Ja«, warf Biljana ein, »sie liegt mir jetzt dauernd in den Ohren, sie wolle auch so ein Piercing.«
»Was für ein Piercing?«, fragte Betty, drehte die zu heiße Kartoffelscheibe im Mund.
Einen Moment lang schwiegen alle, schauten sich an. Aleksandar und Adnan, weil sie die Situation nicht verstanden, die anderen, weil sie ahnten, was kommen würde.
»Oh oh«, brach Jean als Erster die Stille, »hast du Dummheiten gemacht?«

Charlotte errötete, schaute ihre Mutter aber mit festem Auge an. Auf ihrem Kopf saß eine Spange in Form eines Kreuzes.
»Was ist?«, wollte Adnan von seiner Frau wissen.
»Jetzt sag nicht, du hast …«, begann Betty.
Charlotte entblößte ihren Nabel.
»Ich fass es nicht!«, stieß ihre Mutter hervor.
Im Vorgarten hielt sich der Wind an den Ästen fest, ließ sie zappeln, stürzte anschließend haltlos zwischen zwei Fahrräder, die an der Mauer standen.
»Seit wann hast du das?«, fragte Betty, um Fassung bemüht, aber ihr Gesicht hinter der Brille entglitt ihr. Die Haut spannte sich, wurde blass. »Seit wann hat sie das?«, wiederholte sie ihre Frage auf Französisch.
»Ein halbes Jahr bestimmt schon«, antwortete Biljana. »Ich dachte, du …«
»Acht Monate«, berichtigte Charlotte.
»Ist das nicht voll cool«, begeisterte sich Tiha, zeigte auf den Ring.
»Ich hatte keine Ahnung«, antwortete Betty. »Ich habe es ihr verboten.«
»Jetzt sag doch mal, Mama, das sieht doch voll geil aus«, beharrte Tiha.
Dušica versuchte die Wörter »voll geil« zu wiederholen, freute sich. Ihr Mund war von Kartoffel- und Möhrenbrei umrandet.
»Habe ich dir nicht gesagt, du sollst warten, bis du groß genug bist«, schimpfte Betty.
»Hab ich doch«, antwortete Charlotte.
»Ich fass es nicht«, wiederholte Betty, legte das Besteck neben den Teller.
»Na, ist ja jetzt auch kein Weltuntergang«, beschwichtigte Jean.
»Sie kann doch nicht einfach tun, was sie will!« Betty wurde laut.
»Jetzt lass uns das später bereden«, bat Jean.
»Wo hast du das machen lassen?«, wollte Betty wissen. Die anderen blickten zwischen Charlotte und ihrer Mutter hin und her.
»Beim Teufel«, antwortete Charlotte.
»Werd nicht auch noch frech!« Bettys Stimme drohte sich zu überschlagen.

»Aber der Laden heißt so«, sagte Charlotte, »kennst du den nicht?«
»Woher soll ich so einen Laden kennen?«, fragte Betty zurück.
»Weil du ständig daran vorbeiläufst« entgegnete Charlotte. Sie hatte noch immer das Ende des T-Shirts in den Händen und den Bauch entblößt.
»Das Essen ist wirklich sehr gelungen«, sagte Adnan.
Betty reagierte nicht, fragte: »Weißt du, was für Infektionen du bekommen kannst? Hast du etwa noch eins? Irgendwo anders?«
Nada sah, wie der Hals der Gastgeberin leicht anschwoll, eine Ader sich zeigte. Charlotte klappte den Stoff über ihren Nabel, ließ sich Zeit. Ihrer Mutter schoss das Blut in den Kopf.
»Nein«, antwortete Charlotte, »wo soll ich denn noch eins haben?«
Betty stieß ihren Atem aus, sackte etwas zusammen. »Vielleicht solltest du Tiha wirklich von meiner weghalten«, sagte sie zu Biljana.
»Wieso«, rief Tiha, umarmte Charlotte, gab ihr einen schmatzenden Kuss auf den Mund. Alle außer Betty schmunzelten. Aber auch sie beruhigte sich, nahm ihr Besteck wieder auf, murmelte: »Darüber reden wir noch.«
Draußen flog die Elster auf, verschwand in einem zu tief gerutschten Himmel.
Es roch nach Rosmarin und Thymian im Wohnzimmer. Jean fasste sich an den Ellenbogen, sagte: »Ich glaube, ich habe einen Tennisarm, ohne je Sport zu treiben. Sogar die Gabel zu heben fällt mir schwer.«
»Du musst mehr trinken«, erwiderte Adnan, schenkte sich Wein nach.
»Ich bin froh, dass Tiha eine Freundin hier hat und aufs Gymnasium geht«, sagte Biljana. »Und beide sind so gut in Sprachen.«
»Bitte, Mama«, entgegnete Tiha.
»Ist doch so«, antwortete Biljana, »ich war nie auf einem Gymnasium. Dein Vater auch nicht. Aber du wirst es zu etwas bringen.«
Tiha starrte auf ihren Teller, stopfte sich Bohnen und Kartoffeln in den Mund, während ihre Mutter weitersprach. »Bei uns wird es irgendwann besser werden, und dann kommen wieder Tou-

risten. Mit Deutsch und Französisch, sie spricht ja sogar schon Luxemburgisch, ist alles möglich.«

»Ja«, antwortete Jean, »vor allem mit Luxemburgisch.«

Alle lachten.

»Das stimmt«, sagte Nada, »in jedem Land sind die Menschen froh, wenn sie sehen, dass du dich bemühst, ihre Sprache zu sprechen«.

»Also, wenn ihr hierbleibt, fände ich das auch schön, mit euch Luxemburgisch zu reden, aber in Montenegro macht das wenig Sinn«, antwortete Jean, wechselte ins Deutsche und sagte zu Adnan: »Wir haben beschlossen, dass du Luxemburgisch lernen musst, damit du hier der nächste Großherzog wirst.«

Adnan zählte sofort die Wörter auf, die er bereits im Luxemburgischen beherrschte. Es waren fast alles Begriffe, die mit Essen zu tun hatten: »Kartoffel, Suppe, Lauch, Schweinenacken mit Saubohnen, Spülmaschine ...«

Jean, Betty und die Kinder lachten, aber allen wurde erneut klar, dass Biljana, Nada, Adnan, Aleksandar, Tiha und die kleine Dušica bald aufbrechen würden, dass die Abreise nach dem dritten negativen Bescheid, den sie bekommen hatten, nur eine Frage der Zeit war, sie vielleicht heute zum letzten Mal alle zusammensaßen.

Nach dem ›Annulé‹ würden sie nur noch Kost und Logis erhalten, kein Tagesgeld mehr, kein Ausweis für den öffentlichen Transport, bis Montenegro der Auslieferung zustimmte. Mit Beginn der Ferien im Juli könnte es so weit sein. Die luxemburgische Regierung hatte mittlerweile gelernt, dass man Kinder nicht während des laufenden Schuljahres abschob. Auch Tiha hoffte, das Schuljahr würde noch lange andauern. Adnan und Aleksandar hingegen zählten darauf, dass Montenegro sich mit den Reisepapieren nicht sonderlich beeilen würde. Es gab schließlich keinen Grund dafür. Warum sollte die Regierung ihre Landsleute zurückholen, wo es doch an Arbeit für sie fehlte und die Rückkehrer dem Staat nur auf der Tasche lägen? Zumal das Land noch immer nicht unabhängig war, sondern seit elf Tagen zusammen mit Serbien das neue Jugoslawien bildete, und viele Rückkehrer den Serben als Deserteure galten. Da müssten

die Luxemburger schon nachhelfen, den Montenegrinern ein paar Millionen für Entwicklungshilfe versprechen, dann würde auch der Apparat wieder schneller laufen.
»Habt ihr mal was von Dragana gehört?«, fragte Betty.
»Dass sie wieder in Petnjica ist und dort versucht, ein Reisebüro aufzubauen«, antwortete Biljana, putzte Dušicas Mund ab, ließ sie aus dem Stuhl steigen.
Auf den Tellern lagen nur noch Reste. Charlotte leckte von ihrem die Soße, stellte ihn blank zurück auf den Tisch.
»René hat sich in den Kopf gesetzt, sie zu heiraten«, fuhr Betty fort. »Ich dachte, das gibt sich, wenn sie weg ist, aber er scheint richtig verliebt zu sein, ruft sie täglich an und ist dabei, alle Papiere zu besorgen. Ich wüsste gerne, was sie dazu sagt.«
Biljana zuckte mit den Achseln.
»Ich mag René sehr gern«, sagte Betty, »deshalb mache ich mir vielleicht zu viele Gedanken. Dragana kenne ich nicht persönlich. Nur das, was René von ihr erzählt. Sie ist ein gutes Stück jünger als er. Muss ja nichts heißen. Ich möchte nur nicht, dass er blind heiratet und sie aus Berechnung.«
»Misch dich doch einfach nicht ein«, warf Charlotte dazwischen, klopfte ihrer Freundin auf die Schulter, und beide verschwanden nach oben. Dušica folgte ihnen zum Treppenabsatz, kletterte die Stufen hoch, bis Biljana sie zurückholte, was der Kleinen missfiel. Ihre schwarzen Augen verengten sich, sie schrie. Biljana nahm einen großen Löffel aus der Kartoffelschüssel, wischte ihn an der Serviette ab und gab ihn ihrer Tochter. Dušica fuchtelte damit herum, vergaß das Weinen.
»Dragana hat anfangs für uns bei den Gesprächen übersetzt. Sie ist eine nette Frau. Warum sie heiratet, spielt keine Rolle«, nahm Nada den Faden wieder auf. Die grauen Strähnen im hochgesteckten Haar wirkten wie aufgemalt. »Man kann sowieso nicht alles erklären. Hast du nie etwas getan und dich nachher gefragt, warum eigentlich?«
Betty errötete, schaute auf ihren Teller, dann zurück zu Nada, die lächelte.
»Wenn es nicht gutgeht, lassen sie sich halt scheiden«, sagte Jean. Dann sprach eine Weile niemand mehr.

Biljana spielte mit der Kleinen, tat, als lasse sie den Löffel verschwinden, und die anderen sahen ihr dabei zu. Das Essen hatte alle müde gemacht.
Die Elster saß erneut auf der Wäschestange, als wartete sie auf die Reste des Mahls.

Wenig später war der Tisch abgeräumt, und Betty verteilte Dessertteller, brachte ein Blech Tiramisu herein.
»Neben dem Kühlschrank steht großartiger Mirabellenschnaps«, sagte Jean zu seiner Frau, »im Ösling gebrannt.«
»Wir haben euch auch etwas mitgebracht«, antwortete Adnan feierlich, nachdem er kurz mit den anderen Rücksprache gehalten hatte. Er ging in den Flur zum Kleiderständer, griff nach einem zusammengerollten Bündel und kam zurück. »Es ist vielleicht ein merkwürdiges Geschenk für eine Luxemburger Familie, aber es steckt viel von uns da drin.«
Er löste den Knoten, ließ die Schnur zu Boden fallen und hielt einen etwa fünfzig Zentimeter breiten und siebzig Zentimeter langen Teppich hoch. An beiden Enden hingen Fransen. Der Hintergrund war weiß und darauf das Brustbild eines Mannes mit Brille. Die Gäste schauten Betty und Jean gespannt an. Aleksandar schien zu wachsen, drückte den Rücken gerade, während Adnans Kopf hinter dem Teppich hervorlugte.
»Und?«, fragte er.
Jean fuhr sich über die Glatze, sagte: »Oh, danke. Das ist sehr ...«
»Wer ist das?«, unterbrach ihn Betty.
»Josip Broz«, antwortete Nada.
In Bettys Kopf kramte etwas ihr Gedächtnis um, öffnete Schubladen, fand Kommoden, alte Zeitungen, von denen sie nicht wusste, dass sie sie besaß, aber der Name Josip Broz stand nirgendwo.
»Wer?«, fragte sie zögernd.
»Na, Tito«, rief Adnan.
»Tito?«, wiederholte Jean.
»Ja«, strahlte Adnan, »Tito, unser Tito.«
»Ich habe ihn selbst geknüpft«, sagte Aleksandar. »Einige Jahre vor dem Kosovokrieg gab es bei uns im Dorf noch eine Teppich-

fabrik, in der ich gearbeitet habe. Biljana hat auch da gearbeitet, viele von uns. Für das Dorf war das gut. Meinem Schwiegervater habe ich einen gemacht mit der Blauen Moschee drauf.«

»Das sind die beiden beliebtesten Motive, die hängen überall bei uns an der Wand«, ergänzte Adnan, »Tito und die Blaue Moschee.«

Er reichte seinen Freunden den Teppich über den Tisch hinweg. Jean nahm ihn entgegen, spürte den Schmerz in seinem Ellenbogen. Betty und er bedankten sich, waren aber sichtlich verwirrt.

»Ich dachte, Religion spielt keine so große Rolle für euch«, sagte Jean. »Also, ich käme nie auf die Idee, mir die Kathedrale von Luxemburg oder den Kölner Dom an die Wand zu hängen.«

»Schadet doch nichts«, antwortete Adnan.

Betty legte das Geschenk auf die Sofalehne, fragte: »Warum Tito?«, während sie Tiramisu auf die Tellerchen verteilte. »Der ist doch schon lange tot.«

»Weil bei ihm alles besser war«, erwiderte Aleksandar, »wir hatten Arbeit. Es herrschte Frieden. Jugoslawien war groß.«

Adnan übersetzte.

»Man könnte es auch anders sehen«, warf Nada ein, »aber wir sehen es so.«

Dušica tunkte ihren großen Löffel in den Nachtisch ihrer Mutter, schmierte sich die Creme auf die Wange.

»Er steht für eine Zeit, in der wir leben konnten«, fügte Adnan hinzu, »es gab nichts zu fürchten. Ich weiß, ich hätte, wäre ich damals schon Journalist gewesen, auch bei ihm nicht alles schreiben können, was ich gewollt hätte, aber wenn ich zurückblicke, gab es einfach weniger Probleme. Es war schön in Jugoslawien. Vielleicht war auch die ganze Welt damals besser, kein Kosovokrieg, kein Afghanistan, kein Elfter September. Vielleicht haben wir auch nur weniger mitbekommen. Aber das sind Argumente, die das Herz nicht interessieren.« Dann sprang er auf und brüllte: »Es lebe Tito!«

Alle brachen in schallendes Gelächter aus. Sie aßen Tiramisu, unterhielten sich, redeten von der Oper, ihrer ersten Oper, in die sie mit Betty gegangen waren und die sie ratlos wieder verlassen hatten. »Ein Mond aus kochender Milch« hatte auf dem Plakat gestanden, aber das Essen danach war reichlich gewesen. Von einem Thema sprangen sie zum nächsten, diskutierten über den Flugzeugabsturz in Niederanven, so eine Katastrophe hatte es bis dahin in Luxemburg noch nicht gegeben, erzählten vom Knall, als letztes Jahr die Kühltürme auf dem Arbed-Gelände gesprengt worden waren, von der Italienrundfahrt, die im Mai nach Luxemburg kommen würde, und Jean wusste, dass er sich immer an diesen Tag, an dieses Essen, an seine Freunde erinnern würde, wenn irgendwo der Name »Tito« fiel. Er blickte zum Sofa, wo der Teppich über der Lehne hing. Ein Ast des Drachenbaumes warf Schatten auf die linke, obere Gesichtshälfte des Staatsmannes, und es war, als ob Tito ihm zuzwinkerte.

Ein halbes Jahr später, Mitte August 2003, hämmerte es um sechs Uhr morgens an der Tür. Aleksandar sprang aus dem Bett, sah Biljana an, die ebenfalls in ihre Pantoffeln schlüpfte, und flüsterte: »Weck die Kinder.«
Die Beamten waren freundlich, baten sie, sich zu beeilen. Sie hätten eine halbe Stunde Zeit. Aleksandar und Tiha stopften die restlichen Sachen in die Taschen, die neben den Betten warteten, seit in der Zeitung gestanden hatte, dass die Luxemburger Regierung den Aufbau Montenegros mit einigen Millionen Euro unterstützen würde. Es war ein Angebot, das die Montenegriner nicht ablehnen konnten.
Adnan hatte mit dem Zeigefinger auf den Artikel getippt und gesagt: »Jetzt wird es schnell gehen mit den Papieren. Auf Wiedersehen, Luxemburg.«
Biljana nahm Dušica, die weiterschlief und sich nie an das Land, in dem sie geboren wurde, erinnern würde, auf den Arm, blickte sich im Zimmer um. Fast vier Jahre hatten sie darin gewohnt. Nun würde eine andere Familie hier einziehen und die Hoffnung mit Reißzwecken an die Wände heften. Draußen war es bereits hell. Das Morgenlicht schaukelte auf dem Stromkabel im Hinterhof, sprang hinab auf die Steinfliesen. Im Flur standen Adnan und Nada in ihren Mänteln, unter denen die Pyjamas

hervorschauten. Das Hämmern hatte auch sie, genauso wie andere Bewohner geweckt.
Aber niemand wollte etwas von ihnen, und so zogen sich alle außer Nada und Adnan wieder zurück, legten sich in die Betten, auch wenn sie nicht mehr einschlafen konnten.
Aleksandar bat darum, telefonieren zu dürfen, trat auf den Flur, warf ein paar Münzen in den Apparat, mit der Absicht, seinen Bruder Živko anzurufen, wählte dann aber doch Jeans Nummer. Lange ließ er es klingeln, wollte auf Wiedersehen sagen, ihn, Betty und Charlotte nach Trpezi einladen. Die kleine Sitzbank hatte Esch bereits seit einiger Zeit wieder verlassen, stand wie früher oben über dem Dorf, und er würde mit Jean zusammen ins Tal blicken.
Aber niemand hob ab.
Als sie sich von Adnan und Nada verabschiedeten, kamen Tiha die Tränen.
»Wir sehen uns bald wieder«, scherzte Adnan. »Und du wirst die erste Dolmetscherin von Trpezi sein.«
Aber niemandem war zum Lachen zumute. Sie hatten Klumpen im Magen liegen, als hätten sie seit Tagen das Essen nicht verdaut.
Im Treppenhaus war es kühl.
Unten gab der Sicherheitsbeamte ihnen die Hand und wünschte alles Gute.
Sie stiegen in den Kleinbus ein, blickten ein letztes Mal auf Esch, bevor sie auf die Autobahn Richtung Findel fuhren.
Im Flugzeug waren sie die einzigen Passagiere.

16. Schwarze Berge

Als Albert Reisig am frühen Morgen eines Märztages 1831 seine Haustür öffnete, lag davor eine brennende Fackel. Erschrocken blickte er die Straße hoch, dann hinunter Richtung Friedhof. Im Dorf war niemand zu sehen. Alle schienen noch beim Frühstück zu sitzen oder waren in den Ställen beschäftigt. Zwischen die Höfe fuhr langsam das Licht, streute weiche Schatten an die Gegenstände. Albert Reisig stieß das brennende Holz mit dem Fuß weg, schöpfte Regenwasser aus dem Holzfass und löschte das Feuer. Dann lief er mit dem Wassereimer an der Kirche vorbei zu Metty Schengens Hof. Und wie er richtig vermutet hatte, lag auch dort eine Fackel auf der Stufe. Er leerte den Eimer darüber, klopfte an die Tür, wartete.

»Was?«, schrie Metty Schengen von drinnen. Albert hörte ihn den Flur entlangpoltern.

»Ach, du«, sagte Metty, als er Albert erblickte. Dann sah er die gelöschte Fackel, knirschte mit den Zähnen, spuckte aus, ehe er grummelte: »Dachte, das wäre vorbei.«

»Dachte ich auch«, antwortete Albert.

Metty Schengens fettglänzende Haare standen über der linken Schläfe widerborstig in die Luft. Er wischte sich den Rest Hirsebrei aus dem Schnurrbart, fluchte: »Soll dich der Teufel holen, Marc Meier.« Es war das vierte Mal, dass es vor ihren Türen brannte. Einige Tage, nachdem sie im vergangenen Oktober den Brasilianern einen Besuch abgestattet hatten, waren die Fackeln zum ersten Mal aufgetaucht. Das hatte ihnen Angst gemacht, weil keiner den Täter gesehen oder gehört hatte. Nicht einmal die Tiere waren wach geworden, hatten Krach geschlagen. Dass es Marc gewesen war, daran zweifelte niemand. Warum aber brannte er ihre Häuser nicht einfach nieder?

Die folgenden Wochen hatten Albert und Metty abwechselnd Wache gehalten, aber Marc war ihnen nicht über den Weg gelaufen. Nur der Mond und der verrückte Aloyse Marner hatten

sich gezeigt. Während die Sichel sich an ein und derselben Stelle festgehalten hatte, war Aloyse wie ein Gespenst durchs Dorf gewandert, hatte die Arme geschwenkt, als wolle er wegfliegen, war stehen geblieben und hatte kichernd an die Kirchenmauer gepinkelt. Daraufhin war Schengen durchgefroren und wütend aus seinem Versteck gesprungen, hatte dem Trottel eine Ohrfeige verpasst, die sich gewaschen hatte, ihn anschließend am Nacken gepackt und sein Gesicht in die Pisse gedrückt. Das würde ihm eine Lehre sein.
Auch die nächsten beiden Wochen waren ruhig geblieben, keine nächtlichen Besucher, kein Feuer. Also hatten Albert und Metty ihre Wachen eingestellt, waren in ihre Betten gekrochen und hatten wachgelegen. Aber irgendwann mussten sie doch eingeschlafen sein, denn am Morgen hatten vor ihren Türen erneut Fackeln gebrannt. Eine Mischung aus Angst und Wut war ihnen in den Hals gekrochen, hatte sie zum Quarlie greifen lassen. Marc schien zu wissen, wann sie auf ihn warteten und wann sie schliefen. Wie machte er das? Gab es Spitzel im Dorf? Informierte ihn jemand, wann sie die Wachen abbrachen?
Metty und Albert hatten daraufhin ihre Nachbarn beobachtet, sich gemerkt, wann wer wohin ging. Herausgekommen war dabei nichts. Alles nur Zufall? Wartete Marc einfach nur eine gewisse Zeit ab, ehe er wiederkam? Sie hatten damals keine andere Wahl gesehen, als sich abwechselnd erneut hinter einen Karren zu hocken und zu lauern.
Die Nächte waren kälter und der Wind schneidender geworden. Auch der Schnaps hatte nicht mehr geholfen. Spätestens nach Mitternacht waren ihre Körper stets starr gewesen. Albert Reisig hatte sich deshalb eines Nachts zähneklappernd in seinen Flur zurückgezogen und sich, in der Annahme den Brandstifter zu hören, sollte er denn auftauchen, auf einen Stuhl hinter die Haustür gesetzt. Als seine Frau ihn morgens dort geweckt hatte, war er aufgesprungen und hatte sie erst einmal angeschrien. Dann hatte er die Tür aufgerissen und die Fackel gesehen. Es war Hexerei. Er hatte zum Wassereimer gegriffen, aber als er bei Schengens Haus angekommen war, hatte dieser den Brand vor seiner Tür bereits gefunden und gelöscht.

»Da können wir auch gleich schlafen gehen, wenn man sich auf dich nicht verlassen kann«, hatte er Albert angemotzt. Ein Wort hatte das andere gegeben, und sie waren nahe dran gewesen, aufeinander einzuschlagen.
In den folgenden Nächten hatten sie beide gewacht, jeder in der Nähe seines Hauses, und den anderen verflucht. Und natürlich hatte Marc sich nicht blicken lassen. Unruhig waren Metty und Albert nach zwei eisigen Wochen in ihre Häuser zurückgekehrt, hatten sich schlafen gelegt und damit gerechnet, dass der Spuk anderntags von Neuem beginnen würde. Aber am Morgen hatte keine Fackel vor der Tür gelegen, und auch in den Wochen danach war es friedlich geblieben. Hatte Marc aufgegeben? Metty und Albert waren auf der Hut geblieben, hatten im Schlaf die Ohren gespitzt, schließlich doch an ein Ende geglaubt und aufgeatmet. Nach und nach waren sie wieder ins Gespräch gekommen, hatten ihre Auseinandersetzung abgehakt, auch wenn die eine oder andere Narbe geblieben war. Und nun, zwei Monate später, fing alles wieder an.
»Wir müssen denen das Handwerk legen«, sagte Metty. Albert nickte, obwohl er sich sicher war, dass Marc die Fackeln hinschmiss und nicht die anderen Schuld hatten. Er wollte nicht noch einmal auf die Kuppe. Das Anzünden der Hütten war sinnlos gewesen. Die Brasilianer hatte das nicht vertrieben, alle waren sie geblieben, aber Albert und Metty lebten seitdem in Angst. Marc hatte ihnen beiden gedroht, und ihm war alles zuzutrauen. Er konnte das ganze Dorf abbrennen.
»Die oder wir«, bekräftigte Metty seinen Entschluss, legte eine Hand auf die widerspenstigen Haare über der Schläfe. »Und diesmal müssen alle mitmachen. Auch der Kuhfladen von Derding.«
Albert Reisig klopfte das Herz etwas zu schnell. Metty stampfte zum Misthaufen, zog die Gabelzinken heraus, legte sich den Holzstiel über die Schulter. Dann marschierte er los bis zum nächsten Haus. Albert ging ihm hinterher. Seine Wangen hatten eine kräftige rote Farbe, wirkten fast dunkel unter dem hellen, abgenagten Haar.

Zwanzig Minuten später war das ganze Dorf vor Derdings Haus versammelt. Nicht alle hatten sich bewaffnet, die wenigsten wollten mit, wenn es hoch nach Neubrasilien ginge, aber hören, was los war, konnte nichts schaden.
Metty Schengen rief: »Sie wollen uns so arm machen, wie sie selbst sind. Wo sollen wir denn hin, wenn unsere Höfe brennen?« Seine glasigen Augen glitten über die Gesichter der Dorfbewohner, blieben an Derdings Blick hängen. Über der Tür beobachtete der Steinkopf jede von Schengens Gesten.
»Wieso sollten sie das Dorf abbrennen?«, fragte Derding. Josephine, die neben ihm stand, ihre Haube unterm Kinn zusammenknotete, wiederholte: »Ja, warum? Wir haben ihnen doch nichts getan. Die Fackeln brennen bei dir und bei Reisig Albert. Und ihr wisst auch, warum.«
»Das ist Marc Meier doch gleich. Hauptsache, es brennt. Der gehört ins Gefängnis. Weiß doch jeder von uns, dass er ein Verbrecher ist. Erinnert ihr euch an die geheimen Treffen damals? Der Anführer von denen sitzt längst. Wäre Marc nicht nach Bremen geflohen, hätten sie ihn auch eingelocht«, schrie Metty.
»Wenn es Meier ist, den du suchst, warum willst du dann die Brasilianer vertreiben?«, fragte Derding ruhig.
Metty Schengen schluckte. Er sah, wie selbst die Dorfbewohner, die gewillt gewesen waren, ihn zu begleiten, die Knüppel senkten. »Die stecken doch alle unter einer Decke!«, platzte er heraus. Sein widerborstiges Haarbüschel sah im Sonnenlicht wie ein Ziegenhorn aus. »Solange einer von denen hier lebt, werden wir keine Ruhe finden. Sie sind streitsüchtig, sie saufen, sie stehlen. Selbst untereinander sind sie sich nicht gewogen. Keiner von euch geht gern die Straße dort hoch aus Angst, überfallen zu werden. Wollt ihr ein Leben lang einen Umweg machen?«, fragte Metty, zählte einige Mistgabeln mehr in der Luft, aber Josephine erwiderte kalt: »Wir haben ihnen nichts getan, und sie tun uns nichts. Sie klauen Kartoffeln, ja. Und wenn ich jemals einen von ihnen dabei erwische, werde ich den Dreschflegel auf seinem Rücken entzwei schlagen. Aber das mit den Fackeln hast du dir selbst zuzuschreiben. Das betrifft uns nicht.« Sie schob die Haube etwas zurück und ging in den Stall, kümmerte

sich um das Vieh. Schengen sah seine Felle davonschwimmen. Die Gesichter seiner Nachbarn zeigten deutlich die Spuren von Josephines Rede. Die Blicke wichen ihm aus, einige murmelten etwas von »Arbeit« und machten sich fort.
»Dann tue ich es alleine!«, schrie Metty. »Ihr werdet mir einst dankbar sein.« Er drehte sich um, knallte sich die Mistgabel auf die Schulter, sagte wütend zu Albert: »Kommst du.« Es war keine Frage. Metty zweifelte nicht daran, dass zumindest Albert mitmachen würde. Schließlich war auch er betroffen. Aber Albert zögerte. Sie würden alle Brasilianer töten müssen, damit es aufhörte, und das wollte er nicht, davon abgesehen, dass sie beide dazu gar nicht in der Lage wären. Die Zeiten waren auch ohne Mord und Totschlag schon wirr genug. Überall die belgische Gendarmerie, zugleich immer mehr Plakate, die für den niederländischen König warben. Man wusste nicht mehr, wem man was erzählen durfte, weil jeder jeden verraten konnte. Albert Reisig war verunsichert, wollte einfach nur in Ruhe sein Brot essen, und nun sollte er erneut gegen die Brasilianer ziehen?
Er blickte zu Pol, der an einem Pflug lehnte, Aloyse Marner zu seinen Füßen wie ein Straßenköter, las in seinen Augen Josettes Namen und eine deutliche Warnung, sie in Ruhe zu lassen. Noch so ein Problem. Er selbst hatte Pol erzählt, dass Josette da oben hauste. Es war ihm gar nicht in den Sinn gekommen, dass Pol etwas für sie empfinden könnte. Einen Witz hatte er machen wollen über die Meier-Tochter. Pol war ja verheiratet, auch wenn seine Frau eine schlechte Wahl war. Wer traf es schon auf Dauer gut mit den Weibern? Aber Pols Mund hatte sich leblos geöffnet, und seine Gesichtszüge waren ihm im ersten Moment derart entglitten, dass sein unbeteiligtes »Ach ja« nicht darüber hinwegtäuschen konnte, dass da was im Busch war. Albert Reisig hatte versucht sich zu erinnern, sich ins Gedächtnis gerufen, wann und wo die beiden zusammen aufgetaucht waren, bevor Leo seine Familie nach Remich verfrachtet hatte. Fündig war er nicht geworden, aber da musste etwas gewesen sein.
»Jetzt komm«, brummte Metty erneut, blieb kurz stehen, warf einen Blick zurück, sah die letzten Dorfbewohner auseinandereilen, stampfte weiter. Albert merkte, dass seine Hände feucht

waren, wischte sie an seinem Kittel ab, folgte ihm. Es wird eine Katastrophe geben, dachte er.
Aus Derdings Stall hörte man die Kühe brüllen.

Pol wartete, bis alle in den Häusern verschwunden waren, machte sich anschließend auf den Weg. Er ging nicht direkt zur Kuppe hoch, schlug einen Bogen, lief durch die Wiesen, Aloyse an seinen Fersen, als führe er ihn an der Leine.
Dann blieb Aloyse stehen. Auf den Halmen ruhte das Licht, ließ sich hin und her schaukeln. Aloyse versuchte es mitzunehmen, indem er Grashalme ausriss. Aber sobald er das Grün nahe an seine Augen führte, versteckte sich das Licht. Es verschwand, und Aloyse fand nicht heraus, wohin, so oft er die Halme auch wendete. Mit den Fackeln war das einfacher. Sobald er sie angezündet hatte, lebten sie hell auf, bis Metty oder Albert sie morgens löschten. Ihr Licht war gut. Ihr Licht hatte Rauchfedern, die zu Vögeln wurden. Wenn er es nachts zum Leuchten brachte, kniend im Katzenhaus, wo er seine selbstgebastelten Fackeln lagerte, loderte es grell und glücklich in ihm auf. Er hatte dann das Gefühl, nicht aus einem Körper, sondern selbst aus vielen Flammen zu bestehen. Weder Metty noch Albert sollten ihn in Zukunft verprügeln, ihm Fußtritte verpassen. Das hatten sie lange genug getan. Immer waren es die beiden gewesen, die ihre Wut an ihm ausgelassen hatten. Außer Pol behandelte niemand im Dorf ihn freundlich, das nicht. Aber sie schlugen ihn auch nicht. Sie ignorierten ihn einfach oder zeigten ihm, dass er woandershin gehen sollte. Nur Albert und Metty fanden immer einen Grund, ihn zu misshandeln. Jetzt aber brannte Aloyse. Zur Warnung leckte er von Zeit zu Zeit an den Schwellen ihrer Häuser. Wenn das Licht vor ihren Türen wirkte, würden sie ihn in Ruhe lassen. Und das Licht wirkte. Metty und Albert waren so mit sich und den Fackeln beschäftigt gewesen, dass sie ihn gar nicht mehr wahrnahmen. Auch tagsüber nicht. Er würde noch mehr Lichter bauen.
»Was machst du da?«, fragte Pol. Aloyse drehte ein Büschel Halme nahe an seinem Gesicht, kicherte.
»Ist was mit dem Gras?« Pol redete zu ihm, als sei er ein Kind, das man ermuntern müsse zu reden.

Aloyse reichte ihm das Bündel, sah, dass die Sonnenstrahlen es aufhellten, zog es blitzschnell zurück in den Schatten, den sein Kopf warf, und war enttäuscht, das Licht wieder verloren zu haben.

»Du hast am meisten Freude von uns allen, was«, sagte Pol, »wer so wenig Verstand hat, braucht sich keine Sorgen machen.«

Aloyse streckte seinen Arm erneut, riss ihn zurück, fuhr ihn wieder aus.

»Behalt dein Gras«, lachte Pol, »ich klaue es dir nicht.«

Sie streiften die letzten Meter hoch durch die Wiese, erreichten die Straße, wanderten eng an den wenigen Bäumen entlang. Eine Elster flog ihnen voraus, hob, kurz bevor sie den Stamm erreichten, aus der Krone ab, landete in der nächsten, wartete, bis sie sich auf einige Schritte genähert hatten, und flatterte wieder los. Weiße Wolken bewegten sich über ihnen, veränderten sich, wurden durchsichtig. Von hier aus konnte Pol den Grewenhof sehen. Etwas weiter standen die neu errichteten Baracken der Brasilianer, andere wirkten wie klobige Hecken im Hintergrund. Er hörte die Kinder schreien, suchte sich einen Platz unter einer Buche und setzte sich hin. Ins Dorf hinein traute er sich nicht. Er würde warten. Es war noch nicht spät am Morgen. Irgendwann kämen die Brasilianer, gingen zum Bach, holten Wasser. Eventuell wäre Josette dabei. Und er täte endlich das, was er sich vorgenommen hatte, seit er sicher wusste, dass sie hier lebte. Er würde sie ansprechen. Er konnte sie sogar vor Metty und Albert warnen. Das würde sie ihm nicht vergessen. Vielleicht dachte sie sowieso anders als früher. So viel war in der Zwischenzeit geschehen. Das konnte ein Frauenherz weicher machen. Sein jetziges Weib, an dessen Namen er nicht einmal denken wollte, würde nicht mehr lange leben. Sie hatte den Teufel im Kopf, krampfte immer öfter und bekam Schaum vor dem Mund. Wenn sie tot wäre, hätte er allein das Haus und die vier Kühe. Es war ein kleiner Hof, und er war arm, aber besser als die hier oben hatte er es allemal.

Pol blickte die Straße hoch, sah einen kleinen Jungen mit einem Stück Holz spielen. Er setzte den geschnitzten Ast auf den Boden auf, ließ ihn hochspringen und wieder landen, als sei er ein Schiff im Sturm. Erst als der Junge das Holz auf der Straße stehen ließ, erkannte Pol, dass es Beine hatte und ein Pferd war.

Wenn Josette heute nicht vorbeikäme, musste er sich etwas anderes ausdenken. Es blieb noch genug Zeit, denn bis Metty und Albert sich abgesprochen und Mut angesoffen hätten, würde es bereits Nacht sein. Sie waren nicht die Schnellsten.

Er blickte zu Aloyse, sagte: »Setz dich.«

Aloyse roch am Stamm, glitt anschließend daran hinab, rieb seinen Rücken an der Rinde, dass es knisterte, so als brenne es irgendwo. Über die Straße wedelten die Schatten der Baumkronen wie schlechtgebundene Besen.

Ein angenehmer Wind floss dazwischen, scheuchte den Jungen mit dem Pferd nach Hause, wellte über die Unebenheiten der Landschaft, rutschte zwischen den Hütten hindurch, strandete vor Lucies Füßen.

»Zwei Tropfen Krötenblut würden reichen«, sagte sie. »Dann würde er nicht mehr trinken. Zwei Tropfen.«

Camille hatte seinen kahlen Schädel auf beide Hände gestützt, spürte selbst einen pochenden Schmerz hinter der Stirn, aber in der eigenen Kotze liegen wie der Müller da drüben, das ging zu weit.

»Ich brauche Wasser«, antwortete er.

Lucie stopfte sich Blätter zwischen die Lippen, kaute sie durch, lagerte sie in der rechten Backentasche. Der Sud, der sich dabei in ihrem Mund bildete, schmeckte bitter, aber sie hatte das Gefühl, dass der Hunger nachließ, das Magengrummeln verstummte, wenn sie die Kräuterpampe lange genug im Mund behielt.

»Wer kommt mit«, rief Georges Lasch von Weitem, schwenkte einen Holzeimer.

Camille hob nur kurz den Kopf, stöhnte, flüsterte dann: »Ich gebe dir zwei Kerzen, wenn du mir Wasser mitbringst.«

»Mach ich«, antwortete Lucie, blieb aber sitzen. Sie hatte sich am Vortag den Kopf mit einem Messer rasiert, war fast kahl, aber an mehreren Stellen standen noch kleine Büschel wie seltene Pflanzen.

Nicolas und Josette kamen aus ihrer Hütte, stritten.
»Du hast mir gar nichts zu befehlen!«, sagte Josette, und Nicolas erwiderte: »Wie kann man so stur sein.«
Dann standen sie sich gegenüber, starrten sich wütend an, bis Josette die zwei Eimer nahm und loszog.
»So ein Scheißtag«, grummelte Camille, zog den Wintermantel enger um seinen Leib.
Das Licht griff mit spitzen Nägeln in seine Augen, bohrte sich ihm ins Gehirn.
»Ich geh dann auch mal«, sagte Lucie, folgte Jempy Majerus, der sich mit zwei Frauen unterhielt, merkte, dass sie keinen Eimer dabei hatte, kehrte um.
»Ich habe Durst«, stöhnte Camille, als sie an ihm vorbeikam.
Der Müller lag noch immer bewegungslos im Gras, die Arme nach hinten gestreckt, als sei er tot. Aber Camille hatte nicht die Kraft nachzusehen.
»Reißt du die Hütte ab oder reparierst du nur das Loch?«, fragte Lucie im Vorübergehen. Die Büschel auf ihrem Kopf kämpften gegen den Wind an. Nicolas schlug mit Wucht gegen einen dicken Ast, der das Dach stützte, antwortete: »Kümmer dich um dich!« Dann holte er eine Schüssel, warf lehmige Erde hinein und goss einen Rest Wasser darauf. »Sag ihr, sie soll sich beeilen, sonst ist das hier schon wieder hart, ehe ich anfangen kann«, schrie er Lucie hinterher.

Auf der Straße ging Georges Lasch neben Josette, erzählte, dass sich die geschnitzten Tiere gut verkauften. Das Pferd, das Anise mitgebracht habe, habe ihn auf die Idee gebracht. »Ich habe es einfach versucht«, lachte er, »zuerst mit etwas Unkompliziertem, einer Schlange. Die sah noch holperig aus, aber Derding hat sie mir trotzdem abgekauft. Dann habe ich es mit einer Katze versucht und wieder mit einer Schlange. Schließlich war das Pferd dran. Ich werde immer besser. Meine Augen allerdings immer schlechter. Momentan bringt das Spielzeug mehr ein als die geflochtenen Körbe und die Reisigbündel zusammen.«
Josette antwortete nicht, hörte nur mit einem Ohr zu. Sie war wütend auf Nicolas, der sich immer mehr aufspielte, als habe er

die Weisheit mit Löffeln gefressen. Wenn er sich seine Notizen machte, durfte er nicht gestört werden, der Herr Dichter. Aber zu essen war die Tinte nicht, da konnte er hundertmal das Wort »Gans« hinkritzeln, satt wurde niemand davon.
»Wenn du mal Kinder bekommst, schnitze ich ihnen auch ein Tier«, sagte Georges.
Josettes drehte ihm missmutig das Gesicht zu. Ihre schwarzen Augen blitzten wie feuchte Tollkirschen.
»Jeder hat mal Streit«, sagte Georges, dann schwieg er.
Ein gutes Stück hinterm Grewenhof sahen sie einen Mann am Wiesenrand stehen. Hinter ihm lehnte jemand an einer Buche. Der Mann schien ihnen entgegenzukommen, ging aber sehr langsam, so als wolle er ihnen nicht auf Augenhöhe begegnen, vielmehr warten, bis sie die Abbiegung nach Brattert genommen hatten, um seinen Weg über die Straße fortzusetzen.
»Wir sollten auf die andern warten«, schlug Georges vor.
»Warum?«, entgegnete Josette. In ihr war so viel Ärger, dass sie ihn gerne rausgelassen hätte. Sollte ihr bloß einer blöd kommen.
»War nur so eine Idee«, erwiderte Georges und trabte neben Josette her, dachte, bis jetzt war es ein schöner Tag. All die letzten Wochen und Monate hatten ihm gefallen. Seit Anise wieder bei ihm war, hatte sich alles zum Besten gewandelt. Er machte sich weniger Sorgen, und der Junge spielte so fröhlich wie nie zuvor. Wenige Tage nach ihrer Ankunft hatte er sich sogar bei Anise entschuldigt, jedenfalls hatte er es versucht. Sie waren mit Pierre unterwegs gewesen, hatten die Holztiere angeboten, und Anise hatte plötzlich gesagt: »Wenn du Katzen schnitzen kannst, dann könntest du doch für nächstes Jahr Weihnachten ganze Krippen herstellen.«
Die Idee hatte ihm Mut gemacht, er war stehen geblieben und hatte versucht, seiner Frau zu erklären, warum er ihr damals in Remich den Kleinen aus dem Arm gerissen hatte, und warum Brasilien so wichtig ...
»Lass es, du kannst es nicht«, hatte sie geantwortet und an die nächste Tür geklopft. Georges hatte nicht ganz verstanden, ob sie das Entschuldigen oder das Planen der Zukunft meinte. Er war im ersten Augenblick sauer über diese barsche Antwort gewesen,

aber weil sie bereits am Abend ohne große Mühen alle Spielzeugtiere verkauft hatten, war sein Unmut schnell vergessen gewesen. So hatten sie sich abends gemeinsam über die dicken Brotscheiben, die sie in Milch tauchten, gefreut, und Pierre war auf seinem Vater herumgeturnt, bis es in der Hütte richtig warm geworden war.

»Der macht Zeichen«, sagte Georges. »Wir sollten vorsichtig sein.«
Josette sah, wie der Mann den rechten Arm anhob, die offene Handfläche zeigte, nicht winkte, nicht deutlich auf sich aufmerksam machte, eher zaghaft, behutsam, als ginge nicht von ihm, sondern von Josette und Georges eine Gefahr aus.
»Was will der von uns?«, fragte Georges.
In diesem Moment verlangsamte Josette ihren Schritt, starrte auf den Mann, das Kinn leicht hängend, als weigere sich ihr Verstand das aufzunehmen, was die Augen sahen. Dann begann sie, schneller zu gehen.
»Was ist los?«, fragte Georges, passte sich Josettes Geschwindigkeit an.
Der Mann kam nun rascher auf sie zu. Hinter ihm tänzelte der andere her.
»Wer ist das?«, fragte Georges. In seinem Hals bildete sich ein Schleimklumpen. Er fürchtete plötzlich, die Zukunft könne vorbei sein, ehe sie richtig begonnen hatte.
»Josette!«, rief Pol von Weitem.
»Ach, der Crucht und der Aloyse. Er ruft deinen Namen«, sagte Georges.
»Das hör ich«, antwortete Josette, ging noch schneller. Sie wollte Pol nicht sehen. Es war demütigend. Sie hatte ihn abgewiesen. Er würde es ihr heimzahlen. Und der blöde Aloyse trottete noch immer hinter ihm her. Sie hörte die Stöcke von damals aufeinander schlagen, Pol sagte: »Ich liebe dich.« Der Kirchturm zeigte in die Nacht.
Kurz bevor sie den Grewenhof erreichten, rief Pol erneut Josettes Namen.
»Vielleicht solltest du ...«, sagte Georges. Er empfand Pols

Stimme mit einem Mal als angenehm. Darin war nichts Aggressives, eher ein kaum wahrnehmbares Flehen.
»Halt die Klappe«, fuhr Josette ihn an, schlug den Weg nach Brattert ein.
Georges sah, wie Pol zu laufen anfing – »Warte«, schrie er.
Aloyse galoppierte ebenfalls los, warf seine Beine nach vorn wie ein Kind, hielt ein Büschel Gras in der Hand.
»Sie wollen wiederkommen«, schrie Pol, »hört ihr, sie kommen wieder. Alles werden sie niederbrennen!«
Georges blieb stehen. Pol lief an ihm vorbei, beachtete ihn nicht, versperrte einige Meter weiter Josette den Weg, brabbelte: »Schengen und Reisig rufen alle zusammen. Sie wollen euch vertreiben. Ihr müsst euch bewaffnen.«
Josette schlug ihre Holzeimer zusammen, dass es krachte. Pol wich einen Schritt zurück, redete weiter: »Weil Marc ihnen Fackeln vor die Tür legt, wollen sie euch alle vertreiben. Schengen schäumt vor Wut. Wenn ihr nicht aufpasst ...«
»Was soll Marc tun?«, fragte Josette zornig zurück. »Mein Bruder tut gar nichts, der ist seit zwei Monaten in Luxemburg-Stadt. Was er da treibt, weiß ich nicht, jedenfalls ist er weit weg von euch.«
»Aber die Fackeln ...«, erwiderte Pol.
Aloyse sprang am Wegrand auf und ab, breitete die Arme aus und kicherte. In seinem Mund steckte ein Grasbüschel.
»Was willst du von mir?«, herrschte Josette Pol an. »Du bist doch nicht gekommen, um uns zu warnen.«
»Aber wenn es stimmt«, schaltete Georges sich ein.
»Was soll stimmen?«, fragte Jempy. Seit er zahnlos war und der schwefelige Geruch verschwunden, mischte er sich überall ein, redete viel, als entdecke er die Sprache neu. Dafür sang er kaum noch, ließ sich vielmehr jeden Abend von den Frauen bitten, geradezu erweichen, ihnen ein Lied zum Besten zu geben. Sein Gesicht hatte sich von den Schlägen erholt, nur das linke Lid hing etwas zu tief übers Auge.
»Die Bauern wollen unsere Häuser wieder anzünden«, antwortete Georges.
»Und warum willst du uns warnen? Du bist doch einer von ih-

nen.« Jempy trat neben Georges, setzte einen Eimer ab, fasste den anderen am Holzrand. Er würde sich nicht noch einmal wehrlos zusammenschlagen lassen.
Pol antwortete Jempy nicht, hatte nur Augen für Josette. Jempy verstand sofort, um was es hier ging. Seit er selbst nicht mehr von den Weibern gemieden wurde und sie sich am Feuer ungezwungen neben ihn setzten, hatte er darüber nachgedacht, sich fest zu binden. Es kamen immer mal wieder neue alleinstehende Brasilianerinnen an. Eine würde sich doch wohl finden lassen. Der Blick, den er hier sah, hätte sein eigener sein können.
»Wirst du mit ihm fertig?«, fragte er Josette, und da sie nur verächtlich das Gesicht verzog, nahm er seinen Eimer vom Boden, nickte den beiden Frauen zu, und alle drei setzten ihren Weg fort. Hinter Georges' Rücken tauchte Lucie mit einigen anderen auf. Sie stopfte die Blätter mit der Zunge in ihre ausgebeulte Wangentasche, fragte: »Gibt es hier die heilige Kommunion? Ich soll dir von Nicolas sagen, dass du ...«
»Halt die Klappe!«, schrie Josette plötzlich so laut, dass man es bis zur letzten Hütte hören konnte.
Aloyse zog den Kopf ein, winselte. Gras fiel ihm aus dem blassen Mund.
»Habt ihr gestern alle Selbstgebrannten gesoffen?«, entgegnete Lucie, drehte sich um, setzte mit den anderen ihren Weg fort. »Zwei Tropfen Krötenblut«, hörte Georges sie sagen, »und alle sind trocken.« Er wusste nicht, ob auch er zum Bach gehen oder noch bleiben sollte. Konnte er Josette mit dem Verrückten und Pol alleine lassen? Selbst wenn der junge Bauer nichts Schlechtes wollte, Josette war aufgebracht.
»Geh schon«, sagte sie plötzlich, als habe sie seine Gedanken gelesen.
Über ihnen flog ein Vogel einen tiefen Schnitt.
Georges zögerte einen Augenblick. Hatte sie ihn gemeint? Aber Josettes Blick ließ keinen Zweifel zu. Er nickte, schlenderte los, drehte sich immer wieder um, bereit zurückzulaufen, falls nötig. Aber die beiden standen sich einfach gegenüber, schienen kaum zu reden. Der Verrückte hatte sich wie ein Gekreuzigter an den Wegrand gepflanzt.

»Was willst du?« Über Josettes Nacken lief ein Zittern.
Pol wandte den Kopf, machte einen Halbkreis um sie, sagte leise: »Dich sehen.«
»Das hast du jetzt.«
»Du siehst noch immer schön aus«, antwortete Pol.
Er macht sich lustig, dachte Josette, hasste ihn dafür. Sie hatte ihn arm in Erinnerung, jetzt leuchtete sein Kittel hellblau. Kein Loch war darin zu sehen. Sie dagegen starrte vor Schmutz, ihre Haare wirkten wie Stroh, und überall juckte es. In ihrem Kopf braute sich eine Lauge zusammen, die sie ihm ins Gesicht speien würde. Aloyse ließ die Arme sinken, kniete sich in die Wiese, schnupperte am Gras.
»Ich habe einen Hof«, setzte Pol wieder an, »wir könnten … Er ist nicht groß, aber wenn …«
»Du weißt doch gar nicht, was du redest«, schrie Josette, »selbst wenn ich wollte, ich könnte nie nach Wahl zurück. Warum war ich all die Jahre nicht da? Um jetzt freudig an Pol Cruchts Seite einzuziehen?«
»Ich würde auf dich aufpassen«, antwortete Pol.
»Ich brauche niemanden, der auf mich aufpasst!« Josettes Stimme fuhr schrill über die Straße.
Aloyse krümmte sich im Gras.
»Beruhige dich doch«, sagte Pol, griff nach Josettes Hand.
»Untersteh dich!«, schrie es aus ihr.
»Lass sie in Ruhe«, brüllte jemand von hinten.
Pol fuhr herum, sah Nicolas, einen faustgroßen Stein in der erhobenen, lehmigen Hand.
»Was?«, sagte er, »ich wollte euch nur warnen«.
In diesem Moment flog der Stein mit all der Wucht, die ihm Nicolas' Arm verlieh, auf Pol zu und traf ihn seitlich am Kopf. Der Aufprall war ein trockenes Knacken, das Aloyse aus der Wiese hochschnellen ließ, während Pol die Beine wegknickten und er zusammenbrach. Hart schlug er auf der Erde auf, blieb auf dem linken Arm liegen, die Brust nach oben gedreht.
»Du wirst sie in Ruhe lassen!«, brüllte Nicolas, stand mit gespreizten Beinen über dem Bauern.
Pol reagierte nicht. Blut floss über seine Schläfe.

Nicolas atmete heftig ein und aus. Auf seiner Stirn waren Schweißtropfen.
»Mein Gott«, hörte er Josette sagen.
»Er soll dich in Ruhe lassen«, wiederholte Nicolas.
Aloyse schlich mit geducktem Oberkörper auf seinen Freund zu, stützte sich mit einer Hand neben ihm ab, hoppelte um ihn herum, winselte. Dann fasste er ihm ins Gesicht, nahm sein Kinn und wackelte daran. Pols Kopf schlenkerte hin und her.
»Nein«, sagte Josette.
Aloyse wimmerte.
»Pol«, sagte Nicolas.
Von unten kam Georges Lasch angelaufen, schrie schon von Weitem: »Was ist passiert?« Er kniete sich hin, schlug Pol mit der flachen Hand ins Gesicht, rief seinen Namen. Aloyse jaulte bei jedem Schlag auf. Georges erhob sich, bedeckte mit der Rechten seinen Mund, schien nachzudenken, ehe er sagte: »Ihr müsst weg. Vielleicht schieben sie es wieder Marc in die Schuhe, aber wenn nicht ... Ihr müsst weg.«
»Das macht doch keinen Sinn«, erwiderte Nicolas, »wenn sie den Leichnam entdecken, werden sie alles anzünden. Nicht wir müssen weg. Er muss weg. Wir begraben ihn.« In seinem Kopf rauschte es kalt und klar. Er spürte nichts mehr, als sei sein Körper eingefroren. In seinem Hals herrschte eine splitternde Trockenheit.
»Und was machst du mit dem da?«, fragte Georges, zeigte auf Aloyse, der sich neben Pol gelegt hatte, ihn von der Seite aus ansah. »Willst du ihn auch töten?«
»Ich will niemanden töten«, schrie Nicolas, »es ist einfach passiert.«
»Trag ihn zurück«, sagte Josette, »Aloyse, trag ihn ins Dorf.« In ihrer Stimme sprudelte etwas, ihre Augen blieben schwarz und trocken.
Aloyse neigte den Kopf etwas zur Seite, sah zu Josette hoch, die ihm zunickte. Er stand auf, legte sich Pols Arm um die Schulter, hievte ihn auf den Rücken, stampfte los.
»Er wird Zeit brauchen«, sagte Georges, »wir müssen uns etwas überlegen.«

»Ich möchte nicht mehr«, sagte Josette.
»Was möchtest du nicht mehr?«, fragte Nicolas.
»Alles«, antwortete Josette, »einfach alles.«
Aloyse schwankte an den Bäumen vorbei. Pols Glieder hingen um seinen Leib wie ein erlegtes Tier.

»Es ist besser, wenn ihr geht«, beschloss Camille, nachdem Georges ihm alles erzählt hatte. »Aloyse kann nicht reden. Sie werden ihn fragen, ob es Marc war, und er wird nicken. Aber hier oben wissen es bald alle, und wenn der eine oder andere drei Tage nichts zu essen hat, wird er euch verkaufen. Das wird uns allen schaden. Es ist besser, wenn ihr geht.«
Nicolas blickte zu Boden. Die Klarheit in seinem Kopf war einem Nebel gewichen, der ihn von innen glühen ließ, aber jeden vernünftigen Gedanken unterband.
Lucie setzte etwas abseits ihre Eimer ab, bekam nach und nach die Geschichte mit, reichte Camille zu trinken, erzählte Jempy vom Steinwurf. Bald standen alle Brasilianer um sie herum, die meisten stumm, aber voller Aufregung. Sogar der Müller war aufgewacht, verstand aber nicht, was los war. Die meisten unterstützten Camilles Sicht. Sie würden alle zu leiden haben, wenn Josette und Nicolas blieben.
»Ihr könntet erst einmal nach Esch gehen«, schlug Georges vor, »da kennst du dich aus.«
Sein Sohn hatte das Holzpferd unterm Arm eingeklemmt, ließ sich rückwärts gegen Anise' Beine fallen, drückte sich wieder hoch.
»Nein«, erwiderte Camille, sein Kopf schmerzte, und er sprach auffällig langsam, »dort werden sie euch finden, vielleicht nicht dieses Jahr, aber irgendwann. Ihr müsst weit weg.«
»Nach Brasilien«, scherzte Jempy Majerus, aber nur die beiden Frauen an seiner Seite lachten zaghaft.
»Brasilien ist jeden Tag woanders«, antwortete Camille.
»Arnold wollte ins Land der schwarzen Berge. Vielleicht ist das nicht ganz so weit«, sagte Nicolas
»Wer ist Arnold?«, fragte der Müller. Sein Erbrochenes klebte ihm am Kinn und auf der Brust.

»Die Gegend heißt Montenegro«, antwortete Camille.
Alle sahen ihn fragend an.
»Monte negro, schwarzer Berg. Gehört zu Serbien, glaube ich, vielleicht sind auch die Türken noch da. Liegt nicht gerade vor der Haustür.«
»Zumindest mit deinen schwarzen Augen wirst du da nicht auffallen«, lachte Jempy.
»Brasilien lag auch nicht vor der Haustür«, antwortete Nicolas.
»Seid ihr ja auch nicht hingekommen«, entgegnete Camille.
»Wieso wir?«, fragte Josette zurück.
Camille trank erneut einen Becher von Lucies Wasser, versprach ihr dafür eine weitere Kerze.
»Lass es uns probieren«, sagte Nicolas zu Josette. »Wenn wir nicht so weit kommen, bleiben wir eben woanders.«

Sie schnürten ein paar Decken zusammen, wickelten einen Topf ein. Nicolas nahm einen Hammer und ein Messer an sich. Auf dem angekokelten Baumstamm draußen saß Lucie, reichte ihnen Kräuter, die sie satt machen würden. Nicolas traute ihr nicht, verstaute die Blätter aber im Topf, um Lucie nicht zu kränken. Anise und Georges schenkten ihnen ein paar Holztiere, die sie unterwegs verkaufen könnten. Auch Pierre wollte sein Pferd hergeben, aber Josette sagte: »Das musst du behalten, weil es von deiner Mama ist.«
Sie schüttelten Hände, hörten sich Segenssprüche an. Jempy Majerus gab ihnen einen kleinen Sack Hirse.
Als sie sich von allen verabschiedet hatten, sagte Camille: »Ich habe noch was für euch.« Hinter seinem Rücken zog er eine längliche Papierrolle hervor, überreichte sie ihnen, mit der Gewissheit, etwas Besonderes zu schenken. Es war eine Karte. Nicolas zog sie auseinander. Die Umrisse der Niederlande waren zu sehen, auch Luxemburg war eingezeichnet. Belgien gab es darauf noch nicht. Er ließ seinen Blick über das Kaisertum Österreich gleiten, fand Serbien. An der Küste las er klein den Namen »Montenegro«. Zwischen beiden erstreckte sich die osmanische Landzunge.
»Es liegt am Meer«, sagte er zu Josette. Einige versuchten, über

seine Schulter einen Blick auf das Papier zu erhaschen. Es war braun und vollgekritzelt.

»Danke dir«, sagte Nicolas, umarmte Camille.

»Wo wollt ihr hin?«, fragte der Müller. Er roch nach Schnaps, als sei er eine offene Flasche.

»Wenn mein Bruder kommt, sag ihm, dass es mir leid tut«, rief Josette, als sie sich bereits einige Meter entfernt hatten.

»Verdammt noch mal, wo gehen die denn hin?«, wiederholte der Müller seine Frage.

Lucie lief ihnen hinterher, fragte: »Kann ich eure Hütte haben?«

»Mach nur«, entgegnete Nicolas, »du kannst dich ruhig vergrößern.«

Lucie lachte. Ihre Wange wölbte sich wie eine Schweinsblase.

Ein Vogelschwarm flog über sie hinweg, federte das Licht ab. Josette schaute hoch. Die schwarzen Punkte wirkten wie ein Pfeil und zeigten in Richtung Südost.

Danksagung

Besonders danken möchte ich
Ilona Renner und Claude Freichel für die Wanderungen durch das Textland, sowie Jean-Marie Reding, ohne den meine Auswanderer nie die Mosel hoch gekommen wären.

Mein Dank gilt ebenfalls Ben Linster für weiterführende Recherchen, Liliane Helminger für die Einblicke ins Gewerkschaftsleben, Jean Lichtfous und Serge Kollwelter für die Einführung in die Materie der Migration, Nadine Conrardy für die Führung durch das Don-Bosco-Gebäude, Mirela Kočan für die Vermittlungen in Trpezi, Banjo und Šadija Duraković für ihre Gastfreundschaft, Eldina und Edo für das Dolmetschen und Elma für ihre freundliche Art, Elmaz Kalać, dem besten Sänger Montenegros (zumindest im Auto), Hadija Hadjić für ihre Erinnerungen an ein Luxemburger Asylantenheim, Bayram Duraković für seine Geschichte der Flucht, Murat Huremović für seine Kindheitserinnerungen, Rafet, Nurija und Alis Huremović für den Vormittag in ihrem Haus, Ernad Agović für seine Geschichte auf der Ferienmesse in Luxemburg, Roger Nilles für das Sesamöffne-dich ins Archiv des Luxemburger Wort, Romain Wantz für die guten Zeiten von Jeunesse Esch, Yann Tonnar für seinen Film »Weilerbach«, Anne-Kathrin Godec für die Namensfindungen und manch Sprachliches aus dem serbokroatischen Raum, Germaine Goetzinger und Marc Siweck für literarische Schnappschüsse, Constant Nelissen für die Pläne Neubrasiliens und seine Führung durch Grevels, Emile und Céline Peller für Kaffee und Gespräch, Christiane Welter für die Einladung ins Familienministerium und Vera Weisgerber für ihre Fotos.

Die Landkarte für den Buchumschlag hat mir die Gemeinde Bascharage zur Verfügung gestellt. Auch dafür meinen Dank.

Weltliteratur aus Argentinien: Die Erzählungen von Borges' Meisterschüler

Guillermo Martínez

Gewaltige Hölle

Erzählungen

200 Seiten / gebunden mit SU

ISBN 978-3-8218-6115-9

Martin Halter nannte Guillermo Martínez im *Tages-Anzeiger* einst »Borges' Meisterschüler« – und tatsächlich sind die Parallelen zum großen Argentinier verblüffend: Martinez erzählt aufwühlend und zugleich ungeheuer kontrolliert – der beißende Humor ist streng gezügelt, die Spannung grandios dosiert. Fast unmerklich entwickeln sich seine Erzählungen, die in diesem Band vollständig versammelt sind, auf den Irrsinn zu: auf das Absurde im Angesicht der oft grausamen Schrecken der Realität.

EICHBORN

www.eichborn.de

Der Krieg aus der Perspektive eines Jungen, der die Welt gerade erst entdeckt

Theodor Buhl

Winnetou August

320 Seiten / gebunden mit SU
ISBN 978-3-8218-6118-0

Winnetou August ist ein ebenso virtuoser wie wundersamer Roman, der etwas Provokantes macht: Er erzählt von Krieg, Flucht und Vertreibung aus der Sicht des achtjährigen Rudi Rachfahl, der Schreckliches sieht und die Ereignisse zugleich als großes Abenteuer erlebt, als Teil der geheimnisvollen Welt der Erwachsenen, in deren Mittelpunkt der Vater August steht, eine beinahe mythologische Figur …

eichborn
www.eichborn.de